이상문학상 작품집

2026년 제49회 이상문학상 작품집

눈과 돌멩이

관종들

대부호

겨울의 윤리

실패담 크루

우리의 적들이 산을 오를 때

다산책방

차례

2부 우수상

3부 심사평

2026년 제49회 이상문학상 작품집

1부

대상

© 김승범

2026년 제49회 이상문학상 작품집

눈과 돌멩이

위수정

2017년 동아일보 신춘문예를 통해 소설을 발표하기 시작했다. 소설집 『은의 세계』 『우리에게 없는 밤』, 중편소설 『fin』 등이 있다. 2022년 김유정작가상, 2024년 한국일보문학상, 2026년 이상문학상 대상을 수상했다.

눈과 돌멩이

유리를 깨트린 적이 있어. 어렸을 때. 열 살쯤이었나. 그때 우리는 현관문이 유리로 된 작은 집에 세 들어 살았거든. 친구들이랑 놀다가 저녁 무렵 폴랑폴랑 뛰어서 집에 갔는데 문이 잠겨 있더라. 그 집엔 초인종이 없어서 문을 두드려야 했지. 콩콩. 그런데 인기척이 없는 거야. 내가 집에 왔는데. 열쇠도 없는데. 나는 좀 더 세게 문을 두드렸어. 빨리 문 열라고. 그런데 어느 순간 유리가 탁, 깨지더니 커다란 파편 하나가 바닥으로 떨어졌어. 그 소리. 부서지는 소리. 난 너무 놀랐어. 무섭더라. 그런 사고는 쳐본 적이 없었거든. 그럴 나이잖아. 잘못한 게 별로 없을 나이. 아, 정말…… 좋았던 때였다. 그치?

말을 멈춘 수진의 얼굴에 서글픈 미소가 스며들었다. 그래서? 재한은 수진을 재촉했다. 응? 술에 취한 수진의 눈가가 불그스름했다. 아, 그래서…… 도망쳤어. 나오다 언니를 마주쳤는데.

도망을 쳤어?

이해할 수 없었거든. 내가 그랬다는 게.

그런 걸 실수라고 하지.

실수? 그래, 실수. 결국 내 잘못.

그래서 어디로 갔는데?

열 살짜리가 어딜 갈 수 있었겠어. 동네를 돌아다녔겠지. 바닥에는 죽은 쥐가 눌려 붙어 있는 동네였어.

불쌍한 수진. 재한은 방금 일어난 일인 듯 안쓰럽게 수진을 바라보았다. 혼났어?

아니. 유리 갈아 끼웠다고 아무렇지 않게 말하더라. 왜 그냥 갔냐고. 어디 갔었냐고. 엄마 아빠도 뭐라 안 했는데. 그런데.

그런데?

아직도 믿을 수가 없어. 나한테 그런 날이 있었다는 게. 콩콩 두드렸을 뿐인데 와장창 망가졌다는 게. 지금 생각해보면, 그렇게 약한 유리 한 장이 우리 집 현관문이었다는 게 더 놀랍지만.

너는 잊어도 될 걸 너무 많이 기억하고 있어.

맞아. 그런 기억들은 이제 좀 사라졌으면.

수진은 말을 마친 후 팔을 테이블 위에 올리고 얼굴을 괴었다. 재한은 수진의 머리를 쓰다듬었다. 재한은 지금도 간혹 그날의 수진을 떠올렸다. 수진이 아프기 전의 일이었다. 선약이 깨져서 상심한 채 재한을 만나러 왔던 어느 여름밤이었다. 누구와의 약속이었는지 수진은 결국 말해주지 않았다.

수진은 그렇게 가끔 재한을 찾아왔다. 딱히 비밀로 할 만한 일은 없었으나 재한은 그날의 일을 유미에게 말하지 않았다. 어쩌면 수진이 유미에게 말했을 수도 있겠다는 생각은 했다. 셋은 대학교 영화 감상 동아리에서 만나 이십 년 가까이 친하게 지내고 있었다. 대학을 졸업한 후 각자 회사 생활을 하고 연애를 하면서 자주 만나지는 않았지만 서로의 근황은 꿰고 있었다. 하나에게 말하지 않고 나머지 둘이 만나기도 한다는 걸 셋은 알고 있었다. 그런 것은 별문제가 되지 않았다. 셋은 느슨하게 오래가는 사이였고 그것이 만족스러웠다.

재한은 춥고 어두운 새벽, 공항버스에 올랐다. 창밖으로 보이는 불빛을 바라보며 수진을 떠올렸다. 수진이 죽은 후 재한은 수진을 생각한다는 의식도 없이 종종 그렇게 수진을 떠올렸다. 수진이 했던 말과, 어떤 순간의 표정과 몸짓 같은 것들. 기억하는 줄도 몰랐던 장면들을. 그것은 유미도 마찬가지였다. 가까웠던 누군가가 떠나면 그렇게 된다는 것을 둘은 이제 알게 되었다. 그 무력함과 슬픔을. 이어서 뒤따르는, 대상이 모호한 분노도.

수진은 둘에게 유언을 남겼다. 자신의 일부를 어딘가에 뿌려달라는 부탁이었다. 장례식을 치른 후 수진의 언니는 뼛가루 일부를 작은 도자기에 담아 둘에게 건넸다. 도자기는 일단 유미가 보관하기로 했고, 그렇게 몇 달이 흘렀다. 시간이 지날수록 숙제를 자꾸 미루는 기분이 들었지만 재한은 유미가 먼저 연락해오기를 기다렸다. 어떤 날은 수면제를 먹고 잠들기도 했다. 수진이 죽고 난 후 둘은 한동안 연락을 잘 하지 않았다.

재한은 셋이 있던 채팅방을 보는 것이 두려웠고 유미도 마찬가지일 거라고 생각했다. 그렇게 두 계절을 흘려보낸 후 겨울이 왔다. 연말이 되어 둘은 안부를 주고받았지만 유미는 재한이 원하는 말을 꺼내지 않았다. 지친 재한이 지나가듯 물었다. 그런데, 수진이 보내주러 안 가?

수진이? 아, 가야지. 겨울이니까.

재한은 그제야 유미가 겨울을 기다리고 있었다는 것을 알았다. 재한과 유미는 그곳에 가기로 한 뒤 뼛가루를 어떻게 옮길 것인지 고민했다. 골분을 해외로 가져가기 위해서는 여러 가지 서류를 제출해야 했고 검역소의 확인도 받아야 했다. 하지만 재한이 검색해본 결과, 기내 반입으로 가져가면 별일 없이 통과된다는 사람도 있었다. 인터넷에는 주로 반려동물의 골분에 관한 질문이 많았지만 어쨌든 엑스레이에 걸릴 확률은 낮아 보였다. 조금인데 그냥 가져가볼까? 마음으로만 생각했던 말을 유미가 꺼냈을 때, 재한은 망설였다. 걸리면 어떡하려고?

걸리면 걸리는 거지. 근데 안 걸려. 재한이 듣고 싶은 말이었다.

공항 안에는 어딘가로 떠나려는 이들이 잔잔한 물결처럼 오가고 있었다. 유미는 작은 배낭을 앞으로 멘 채 재한을 기다리고 있었다. 잘 가져왔어? 재한의 물음에 유미는 배낭을 열어 안에 든 꽃무늬 파우치를 보여주었다. 약통에 넣어 왔어. 그게 안전할 거 같아서.

내가 가져갈까? 유미는 고개를 저었다. 우려와 달리 유미의 짐은 스캐너를 무사히 통과했고 둘은 안도의 눈빛을 교환했다.

잠을 잘 못 잤어. 비행기가 이륙할 때까지 유미는 눈을 감고 있었다. 나도. 하지만 재한은 비행기가 공중으로 붕 떠오르는 순간 의자의 기울기가 변하는 것을 관찰했다. 재한은 그 순간에만 느낄 수 있는 감각을 즐겼다. 중력을 거슬러 하늘로 하늘로. 두렵고도 은근히 설레는 시간. 비행 중에는 모든 것을 과학과 운에 맡겨야 한다. 과학과 운. 가장 먼 것 같은 둘. 재한은 불가항력인 상태가 두려웠지만 한편으로는 좋았다. 책임질 게 없다는 것이. 어쩔 수 없다는 것이.

얼마쯤 지나 경고등이 꺼졌고 승무원들이 기내 서비스를 시작했다. 재한은 유미에게 물었다. 나고야에서 유명한 음식이 뭐랬지?

장어덮밥.

그러니까, 그걸 뭐라고 부른다고?

히쓰마부시.

아, 그래. 그거.

히쓰가 나무 그릇, 마부시는.

마부시는?

그게 뭐라더라.

장어 아닌가? 아니지. 장어는 우나기잖아?

그렇게 묻는 재한을 유미가 바라보았다. 우리 이런 얘기, 전에도 하지 않았나?

유미의 말에 재한은 고개를 끄덕이며 웃었다. 맞아. 그때도 마부시가 뭔지 물었던 거 같은데.

이 년 전쯤이었을 것이다. 그때는 수진도 있었다. 수진은 꼭 가고 싶은 곳이 있는데 함께 가줄 수 있는지 물었다. 비행기표는 자신이 사겠다고 했다. 무언가를 주도하는 쪽은 주로 유미였고, 재한과 수진은 따르는 쪽이었다. 특히 수진은 나서서 뭘 하자고 한 적이 거의 없었다. 여기야. 여기 가자. 수진은 하얗게 눈이 내린 숲속에 아름드리나무들이 곧게 뻗어 있는 사진을 보여주었다. 제주도야? 유미의 물음에 수진은, 삼나무 숲이라고 답했다. 그럼 제주도네. 재한이 말하자 수진은 고개를 저었다. 도가쿠시.

어디라고? 일본? 도쿄야? 수진이 갑자기 왜 그러는지 궁금했던 둘은 이것저것 물었다. 수진은 미소 띤 얼굴로 잔에 술을 따르며 말했다. 우리 해외여행 같이 가본 적 없잖아. 둘이 알기로 수진은 여행을 그다지 좋아하는 사람이 아니었다. 재한과 유미는 들떠서 관광지와 먹거리를 검색하며 여행 계획을 세웠다. 술이 어느 정도 들어갔을 때, 수진이 장어덮밥 이야기를 꺼냈다. 그걸 꼭 먹어봐야 한댔어. 누가? 유미가 물었고, 수진은, 여기를 추천해준 사람인데, 일본을 좋아하는 사람인데, 하면서 얼버무렸다. 그게 누구냐고 유미가 몇 번이나 물었지만 수진은 술잔을 이리저리 돌리며 웃기만 했다. 말하기 싫을 때 하는 수진의 버릇이었다. 수진은 의외로 쉽게 사랑에 빠지는 스타일이었다. 그동안 수진이 좋아했거나 사귀었던 사람들을 둘은 거의 다 알고 있었다. 알고 있다고 생각했다. 그래서 언젠간 말해주겠지, 하고 말았다. 렌털을 해야겠지? 재한이 말을 돌렸다. 원숭이 온천은 어때? 원숭이랑 같이? 미쳤네. 장어덮밥 너 딱 기다려. 그날 수진의 목소리와 미소를 재한은 오래 기억했다. 웃고 있지만 종종 먼 곳을 떠돌던 눈빛도.

나고야의 장어덮밥은 먹지 못했다. 수진이 여행을 취소했기 때문이었다. 여행을 가자고 한 것도, 약속을 취소한 것도 수진답지 않았다. 수진은 미안하다고만 했다. 유미는 이유를 물었다. 나중에 말해줄게, 나중에. 하지만 나중은 없었다. 수진은 그

다음 해 담도에서 암이 발견되었다. 간까지 전이됐대. 항암 치료에 들어가면서 수진은 만남을 꺼렸다.

나 완전 골룸 됐어. 나중에 봐. 머리라도 나면.

수진은 애써 농담처럼 말했지만 아무도 웃지 못했다. 그리고 투병 중에 수진은 스스로 목숨을 끊었다.

걔가 그랬다는 게 너 믿어져? 재한이 유미에게 물었을 때 유미는 흔들리는 목소리로 답했다. 난 수진이가 없다는 게 안 믿어져. ……우리랑 있었잖아. 유미는 눈물을 닦았다. 술을 더 먹여서라도 그때 이유를 들었어야 했어. 같이 일본이라도 다녀왔어야 했어. 오지 말래도 자주 갔어야 했어. 유미와 재한의 후회는 끝이 없었다.

나고야 공항 입국장을 무사히 빠져나온 둘은 그제야 마음이 놓였다. 죄짓고 어떻게 사나. 재한의 말에, 그러게, 이게 뭐라고. 유미가 답했다.

둘은 예약한 차를 받기 위해 렌터카 사무실을 찾아갔다. 휴대폰 맵을 따라 공항 밖으로 나오자 차갑고 습한 바람이 불었다. 재한은 하얗고 작은 새가 도도도도 걸어가는 것을 보았다. 저 새 이름이 뭔지 알아? 재한이 물었다. 뭔데?

도오조.

유미가 화낼 힘도 없다는 듯 혀를 찼다. 재한은 점점 멀어지는 새를 향해 말했다. 하이, 도오조. 새는 재한의 말 따위는 들리지 않는 듯 제 갈 길을 갔다. 새의 걸음걸이는 목적지가 분명해 보였고 재한은 왠지 방해하고 싶어졌다. 저기다. 유미가 손으로 가리킨 곳에 일본어 간판이 보였다.

생활 일본어가 가능한 유미가 사무실로 들어가 서류 작성을 하는 동안, 재한은 유리문 바깥에서 캐리어를 지키고 서 있었다. 간혹 여행객들이 지나치기는 했으나 주차장은 대체로 한산했다. 비행기로 두 시간 날아왔을 뿐인데 글자를 읽을 수도 없고 말도 통하지 않는다는 게 재한은 매번 신기했다. 일본어를 배우겠다는 생각은 하지 않았다. 간혹 느끼는 이런 무지의 상태가 나쁘지 않았다. 재한은 주위를 둘러보다 새가 다시 이쪽으로 걸어오는 것을 보았다. 왁, 놀래켜볼까. 재한이 발을 구르려는데 어린아이들을 데리고 가는 가족이 지나갔다. 아이들에게 잠깐 눈길을 주는 사이 새는 사라지고 없었다. 왠지 서운했지만 금방 잊었다. 유미는 카운터 앞에서 여전히 직원과 대화 중이었다. 직원이 굳은 얼굴로 유미에게 뭐라 뭐라 말하고 있었다. 재한은 캐리어를 끌고 사무실 안으로 들어갔다.

스노타이어 장착된 차로 예약을 했는데 지금 차가 없대.

차가 없다니? 예약했는데?

응, 했는데 안 됐대. 예약이.

직원이 보낸 메일을 유미가 미처 확인하지 못한 게 문제였다. 유미는 직원과 한참 대화를 나눈 뒤에 겨우 차 키를 받아 사무실을 나왔다. 이 근방으로 폭설 예보가 있어서 스노타이어 미장착 차량은 고속도로 통행 불가래.

통행 불가? 그럼 어떡해?

몰라. 일단 뭐든 달라고 했어. 근데 눈 때문에 생긴 사고는 보험에서 제외된다는 거에 서명하라는 거야.

그래서 했어?

했지. 그래야 차를 준다니까. 근데 이게 말이 돼? 이거 인종

차별 아냐?

인종차별이라는 말에 재한은 유미가 농담을 한다고 생각해서 피식 웃었다. 유미는 속이 안 풀리는 듯 인상을 쓰며 욕설을 내뱉었다. 예약 확인을 제대로 하지 않은 네 잘못 아니냐고 말하고 싶은 걸 재한은 겨우 참았다. 지금 그런 걸 따지는 것보다 앞으로의 일이 문제였다. 체인이라도 사서 끼우고 가야 하지 않을까? 재한의 말에 유미는 여전히 굳은 얼굴로 답했다. 가다가 카센터 있으면 들르지 뭐.

둘은 직원이 안내해준 은색 소형 세단에 짐을 실었다. 재한은 조수석에 앉아 창을 내리고 숨을 크게 들이마셨다. 어디선가 비릿한 향이 나는 것 같았다. 장어 냄새인가, 생각하다가 설마, 하고 고개를 저었다. 근처에 바다가 있다는 사실은 나중에 알았다. 운전석에 앉은 유미는 내비게이션을 켜고 목적지를 입력했다. 수진의 뼛가루가 든 가방은 재한이 안았다. 재한은 좌측통행이 영 어색했다. 유미도 공항을 빠져나가다 깜빡이를 켜야 할 때 와이퍼를 켰다. 도로에 나가서는 자연스레 중앙선을 침범해 역주행을 하려 했다. 유미는 실수할 때마다 민망한 듯 웃었다. 고멘나사이. 금방 적응됨. 나고야시를 빠져나갈 때까지 재한은 유미보다 더 긴장한 채로 내비게이션을 보며 방향을 짚어주었다. 유미가 좌측통행에 어느 정도 적응했을 때는 정오가 가까운 시간이었다. 배 안 고파? 재한이 물었고, 유미가 답했다. 아, 우리 장어덮밥 안 먹었네.

재한은 낮게 구름이 드리워진 하늘을 바라보다가 날씨 앱을 켰다. 눈 내릴 확률 80퍼센트. 목적지인 도가쿠시까지는 아직 세 시간가량을 더 가야 했다. 숙소는 도가쿠시를 지나 삼십

분쯤 더 가야 하는 곳에 있었다. 쉬지 않고 간다고 해도 서너 시는 되어야 도착할 것이다. 게다가 눈까지 내린다면……. 유미는 길가에 보이는 편의점 앞에 차를 세웠다. 간단한 끼닛거리를 사서 나오는데 둘의 얼굴에 차가운 것이 닿았다. 자잘한 눈송이가 떨어지고 있었다. 재한이 재촉했다. 얼른 가자.

둘은 카센터를 찾아 체인을 끼우기로 했다. 첫 번째 카센터에서는 체인이 없다고 했다. 다음으로 찾은 가게는 문은 열려 있는데 사람이 없었다. 조금 기다리다 둘은 다시 차에 올랐다. 사람이 왜 이렇게 없지. 유미가 불안한 듯 말했다. 지방이니까. 어디든 그렇잖아. 재한은 주위를 둘러보았다. 가는 눈발이 날리는 오래된 동네에 보이는 것이라곤 낮게 이어진 건물들과 주차된 차들이 전부였다. 활기라고는 찾아볼 수 없었다. 사람들은 다 어디 있는 걸까? 유미는 다시 차를 몰기 시작했다. 공항 근처에서 체인 달고 올걸. 후회하는 재한을 향해 유미가 말했다. 이럴 줄 알았나 뭐. 재한은, 그래도 그편이 나았다고, 이건 무모했다고, 폭설에 갇히면 어떡할 거냐고 따지고 싶었다. 하지만 유미를 향했던 마음은 자신에게 돌아왔다. 너는 뭘 했는데.

유미는 단속을 피하려고 국도를 택했다. 속도는 40킬로를 넘지 않았다. 두 시간을 꼬박 달려 나가노시에 진입했을 때는 다행히 눈이 잦아들었다. 우리 좀 쉬었다 가자. 밥도 먹고. 재한의 말에 유미는 고개를 저었다. 눈이 또 언제 퍼부을지 몰라서. 한 시간만 더 가면 돼. 운전을 하는 사람은 유미였기에 재한은 더 이상 뭐라 할 수 없었다. 중간에 카센터 보이면 들르자. 하지만 카센터는커녕 드문드문 보이던 집들마저 보이지 않게 되었다. 다시 눈이 내리기 시작했고, 눈발이 굵어지는 것은 순식간이었다. 눈은 의지를 가진 것처럼 집요하게 창으로 달려들어 부딪혔다. 재한은 분위기를 바꾸기 위해 라디오를 틀었다. 귀에 익은 노래가 흘러나왔다. 와, 이 노래 진짜 오랜만이네. 재한의 마음이 반짝 가벼워졌다. 이런 노래도 알아? 유미가 물었다. 자드 몰라? 엄청 예쁜 누난데. 누나? 몇 살인데? 음, 글쎄. 옛날에 죽었어.

왜?

사고랬는데. 어디서 떨어졌댔나.

재한은 말을 뱉은 후 아차 했다. 둘 사이에 끼어든 침묵을 피하려고 재한은 일부러 노래를 따라 흥얼거렸다. 노래는 금방 끝이 났고, 라디오에서는 디제이가 게스트와 대화를 주고받기 시작했다. 다음 노래가 나오길 기다렸지만, 알아들을 수 없는 시끄러운 수다만 계속 이어졌다. 재한은 고개를 틀어 바깥 풍경을 응시했다. 라디오에서 흘러나오는 정제되지 않은 웃음소리를 들으며 재한은 창밖으로 보이는 희고 고요한 식물들의 세계를 바라보았다. 소리와 풍경의 불일치가 오히려 재한의 불안을 조금씩 가라앉혔다. 그것은 낙관이라기보다는 슬픔에 가까웠다. 먼 곳의 풍경은 천천히 멀어졌고, 가까이 있는 나무들은 빠르게 사라졌다. 타인의 기억 속을 헤매는 기분이었다. 이유를 알아차리기도 전에 눈물이 날 것 같아 재한은 창을 내렸다. 차가운 바람이 들이쳤다. 뻐근한 눈알을 깜빡였다. 슬픔이 날아가도록. 저 흰 풍경 속으로 모두 다 사라지도록. 유미가 눈치채지 못하도록. 눈송이는 얼굴에 닿는 순간이 끝이었다. 바늘처럼 날카롭게 톡, 치고 소멸하는 차가운 감각. 눈발이 시야를 가려 뿌옇게 보이는 풍경을 재한은 눈을 가늘게 뜨고 좀 더 자세히 응시하려 애썼다. 멀리 일렬로 서 있는 침엽수와 얼어붙은 호수 위로 쌓인 눈. 눈은 내리고 내려서 집요하게 인간의 흔적을 지우고 있었다. 아련한 풍경이었다. 여기 정말 죽인다. 설국이 괜히 나온 게 아니네. 재한은 즐거움을 가장해 말했다. 지금 죽이는 게 문제가 아니고. 유미는 짧게 한숨을 내쉬었다. 아주 그냥…… 개같아. 유미는 화풀이할 대상이 필요해 보였다. 재한은 한참 설경에 정신이 팔렸다가 큐브릭의 유명한 영화를 떠올렸다. 그 영화에서 가장 무서웠던 건 눈이었다. 눈은 인간을 고립시킨다. 무기력하게 만들고 결국 미치게 만든다. 자비를 모른다. 하지만 이런 배경이라면. 아무리 보아도 신비로워서 무슨 일이 일어나도 비현실적일 것 같은데…… 여기서 차가 멈춘다면? 눈이 영영 그치지 않는다면. 두려움 뒤에는 무엇이 있을까. 재한이 입을 열었다. 여기서 차가 고장 나는 거야.

그럼, 렉카 불러야지.

눈이 내리는 거야, 영원히.

재수 없는 소리 하지 말고 창 올려라.

하나가 두려워하면 나머지 하나는 현실적이 되었다. 셋이 있을 때도 그랬다. 낯선 건 무섭다. 하지만 낯선 것보다 두려운 건 아무도 없는 것. 재한은 유미와 함께여서 다행이라고 생각했다. 수진도 우리에게 이런 마음이었을까. 가깝게 여겼을까. 그런데 왜. 재한은 생각에서 벗어나려 틈틈이 유미에게 농담을 던졌다. 과자를 까서 입에 넣어주기도 했다.

목적지까지는 40킬로미터가량이 남아 있었다. 예상보다 두 시간 이상 지체되었다. 애초 계획대로라면 지금쯤 숲에서 나와야 했을 시간이었다. 한두 시간 후면 해가 질 것이다. 눈은 그칠 기미가 보이지 않았다. 길은 점점 구불구불해졌고 고도는 높아졌다. 지나치는 차량도 뜸해졌다. 그러다 한순간 차가 휘청했다. 재한이 놀라 움찔했다. 미끄러진 거지? 유미가 고개를 끄덕였다. 쉽지 않네. 덤덤하게 말했지만 핸들을 쥔 손에 힘이 들어가 있었다. 유미는 속도를 좀 더 늦춘 후 간간이 짧게 브레이크를 밟았다. 조금 전의 감상적인 생각은 온데간데없고 재한의 머리는 순식간에 명료해졌다. 살아야 한다. 그 생각뿐이었다. 유미야, 우리 무리하는 거 아닐까. 천장이 투명한 터널에 진입했을 때 재한이 물었다. 이제 거의 다 왔어.

내려갈 것도 생각해야지.

이제 와서 어떡하라고.

유미의 말에 짜증이 묻어 있었다. 목적지가 가까워지자 길 양쪽으로 낮은 가게들과 건물들이 띄엄띄엄 보였다. 재한은 그제야 조금 긴장이 풀렸다. 사람 있나 봐.

응, 여기 유명한 소바 동네랬어. 이거 다 소바 가게야.

소바라는 말을 듣자 재한은 입에 침이 고였다. 뱃속이 텅텅 빈 느낌이었다. 그러나 대부분 가게는 영업이 끝나 문을 닫은 상태였다. 오늘 죄다 문 닫기로 약속한 날인가? 우리 온다고? 재한이 불안을 감추려 너스레를 떨었다. 둘은 동네를 돌다 영업 중인 식당을 겨우 하나 찾아냈다. 주차장에는 붉은색의 도요타 SUV와 작고 식빵처럼 생긴 소형차가 눈을 맞으며 서 있었다. 주인이 없으면 어쩌나, 영업이 끝났다고 하면 어쩌나, 걱정했으나 다행히 종업원이 둘을 맞아주었다.

가게는 소박했다. 4인용 테이블 네 개, 6인용 테이블 한 개가 놓인 실내는 오래되어 보였으나 깔끔했다. 카운터 근처 테이블에서 등을 돌린 채 식사 중인 여자 한 명을 제외하면 손님은 없었다. 둘은 창가 테이블로 가서 앉았다. 음식을 주문한 후 유미는 피로가 묻어 있는 얼굴을 손바닥으로 비볐다. 눈이 퀭했다. 재한은 시계를 보았다. 숲에 갔다 오면 해가 질 것이다. 계속해서 눈이 내리고 있는 창밖을 보며 재한이 물었다. 우리 서울에서 일기예보 확인 안 했나?

그러게. 유미는 따끈한 차가 담긴 잔을 꼭 쥐고 길게 한숨을 내쉬었다. 그 모습이 재한을 탓하는 것처럼 보였다. 숲 안쪽에 신사가 있댔지? 재한이 만회라도 하려는 듯 휴대폰을 켰다. 도가쿠시 신사는 다섯 개 신사로 이루어져 있는데, 우리가 갈 삼나무 숲이 있는 곳은 오쿠샤 신사 쪽. 신사는 입구부터 2킬로미터 정도 걸어 들어가야 함. 재한은 2킬로미터에 힘을 주어 말했다. 곧 정갈하게 세팅된 음식이 나왔고 둘은 말없이 먹는 데 집중했다. 접시가 모두 비는 데까지 몇 분 걸리지 않았다. 급하게 식사를 마치고 물을 마시는데 유미의 발이 재한의 발을 건드렸다. 재한이 고개를 들자, 유미가 눈짓을 했다. 재한은 유미의 눈길이 향하는 곳으로 시선을 돌렸다. 앞쪽 테이블의 여자가 자리에서 일어나는 게 보였다. 무릎 아래로 내려오는 원피스에 얇은 아이보리 패딩을 걸치고 하얀 스타킹에 검은 등산화를 신고 있는 그는, 남자였다. 희끗한 파마머리를 하나로 묶은 그는 곱게 화장한 얼굴이었으나 마른 목에 도드라진 울대뼈가 또렷하게 보였다. 그는 종업원과 안면이 있는 듯 카운터 앞에서 이야기를 나누었다. 저렇게 치장하고도 그의 목소리와 말투는 보통 남성과 크게 다르지 않았다. 과장된 태도 같은 것도 없었다. 남성치고는 자세가 우아하다고 해야 할까, 다소곳하다고 해야 할까.

주위를 의식한다기보다 자기 자신을 의식하는 태도 같았다. 그만 봐. 계속 곁눈질하는 재한에게 유미가 눈치를 주었다. 잠시 뒤 주방에서 앞치마를 두른 자그마한 노파가 나와 무언가 담겨 있는 봉지를 그에게 건넸다. 노파와 잠깐 대화를 나눈 후 남자는 커다란 숄을 어깨에 두르고는 인사를 하고 가게를 떠났다.

오카마.

유미가 작게 말했다. 뭐라고? 재한이 되물었다. 오카마라고. 여장 남자. 드라마에서만 봤는데 실제로 보게 되네. 이 동네 재밌다. 유미가 속삭이듯 말했다. 재한도 유미를 따라 속삭였다. 무섭다.

무섭다고?

응. 넌 안 무서워? 재한은 몸을 부르르 떠는 시늉을 해 보였다. 그 모습을 보고 유미가 웃었다. 병신아.

어, 말조심.

너나 조심해.

둘은 계산하고 가게를 나섰다. 허기가 가시자 마음의 여유가 생겼다. 하지만 바깥에는 여전히 눈이 내리고 있었고 시간은 다섯시가 다 되어가고 있었다. 눈발이 흩날리는 하늘을 바라보며 재한이 말했다. 이건 계시일까?

계시? 무슨 계시?

숲에 가지 말라는.

왜?

재한은 답하지 못했다. 그새 차에는 눈이 쌓여 있었다. 재한은 장갑 낀 손으로 눈을 대충 치웠다. 저기로 조금만 올라가면 돼. 유미가 가리킨 쪽으로 쭉 뻗은 길이 보였다. 재한은 다시 시계를 보며 말했다. 나 어제 밤새웠거든. 그러니까 잠 못 잔 지 거의 서른 시간 넘었다. 유미는 심상하게, 나도, 하며 차에 올랐다. 재한도 별수 없이 차 문을 열었다. 수진이 혼자 추웠겠다. 재한이 유미의 배낭을 안으며 말했다. 유미가 가방을 내려다보았다. 그냥 유골일 뿐인데. 뼛가루.

마음에도 없는 말 참 잘해.

유미는 대꾸 없이 시동을 걸었다. 차를 빼는데 왠지 바퀴가 자꾸 미끄러질 것 같아 재한은 유미의 가방을 꽉 그러쥐었다. 우리 그냥 내일 다시 오면 안 될까?

재한아.

아니, 숲에 가는 게 문제가 아니라 아예 못 내려갈 수도 있을 거 같아서. 고립되면 어떡할래.

여기까지 왔는데 들어가보긴 해야지. 숙소는 삼십 분만 가면 되는데.

그건 눈 안 올 때 얘기고.

내일 눈 더 많이 오면?

재한은 유미가 고집을 피운다고 생각했다. 유미는 핸들을 기어이 산 쪽으로 돌렸다. 재한은 불안하게 흔들리는 차 안에서, 유미의 흔들림 없는 얼굴을 바라보았다. 무시당한 기분이었다. 자신의 말은 전혀 듣지 않고 결국 자기 마음대로 하고 만다는 생각이 들었다. 재한은 유미의 주장을 한 번도 꺾어본 기억이 없었고, 그것이 이제 와 부당하게 여겨졌다. 재한은 핸들을 잡은 유미의 손을 보았다. 저 손을 떼어놓고 싶다. 저 꼭 다문 입술이 놀라 벌어지는 것을 보고 싶다. 무방비 상태로 넘어지는 것을……. 재한은 그런 생각을 하는 자신이 낯설어서 멈추려고 했지만 생각은 자꾸만 이어졌다. 재한은 창을 내리고 숨을 크게 한번 쉬었다. 미쳤네. 이게 다 눈 때문이야. 너무 많은 눈 때문에.

오쿠샤 신사 주차장에는 다행히 몇 대의 차가 주차되어 있었다. 거기에는 조금 전 식당 앞에 있던 붉은색 도요타 SUV도 있었지만 둘은 알아차리지 못했다.

재한과 유미는 차에서 내린 뒤 낡은 도리이가 서 있는 쪽으로 걸음을 옮겼다. 이렇게 아무 색도 안 칠한 건 처음 보네. 재한이 말했다. 여기를 지나면 이제 신의 세계라는 거지. 이런 기둥문 하나로 세계를 나눌 수 있다니. 유미가 오래되어 창백해 보이는 도리이를 올려다보며 말했다. 재한은 왠지 좀 으스스하다고 생각했지만 아무렇지 않은 얼굴로 유미의 뒤를 따랐다. 도리이를 지나자, 눈이 쌓인 길 양쪽으로 이름을 알 수 없는 잡목들이 늘어서 있었다. 관광을 마치고 밖으로 나가려는 사람 몇몇이 맞은편에서 걸어오고 있었다. 들어가는 사람은 유미와 재한밖에 없었다. 등산화 없이 눈길을 걷기는 쉽지 않았다. 미끄러지지 않기 위해 애를 쓰며 이십 분 남짓 걷다 보니 한자로 수신문이라고 적힌 커다랗고 빨간 문이 서 있었다. 그 문을 경계로 쑥쭉 뻗은 나무 기둥들이 눈에 들어왔다. 화면에서 보았던 삼나무 숲의 시작이었다. 둘은 서둘러 문을 넘어섰다. 또 다른 세계가 눈앞에 펼쳐졌다. 30~40미터는 가뿐히 넘는 거대한 삼나무들이 일렬로 우뚝우뚝 서서 고요하게 둘을 바라보았다. 나무들은 수백 년간 조용히, 끈질기게 몸을 키우고 있었다. 유미가 말했다. 우리가 되게 작아진 거 같아. 압도적인 경관에 둘은 입을 벌린 채 하늘을 올려다보았다. 오래된 나무들과 그 사이를 유연하게 비집고 들어와 나풀나풀 떨어지는 눈송이. 다른 세상에 온 것 같아. 유미가 말했다. 정말 신의 세계네. 재한이 맞장구를 쳤다. 이런 걸 보고 싶었구나, 수진이. 재한의 말을 들은 유미가 말했다.

봤을 수도 있어.

뭐라고?

걔 여기 왔을 수도 있다고. 너, 와보지도 않은 데다 자기를 뿌려달라는 게 말이 된다고 생각해? 영화도 아니고.

글쎄. 수진이라면 그럴 수도 있지 않을까?

재한의 물음에 유미는 무슨 말을 하려다 입을 다물었다.

설렘은 오래가지 못했다. 주위가 어둑해지고 있었고 발이 푹푹 빠지는 인적 없는 눈길을 걸어가는 것이 힘에 부쳤다. 발이 자꾸 미끄러졌다. 무언가가 둘을 주시하고 있는 것 같았다. 재한은 불안했다. 너, 혹시 나한테 말 안 한 거 있어? 갑작스러운 물음에 유미가 그게 무슨 말이냐는 표정으로 재한을 보았다. 그러니까, 수진이가 여기 와본 거야? 아님, 그냥 그 사람이 좋아했던 장소라서 여기 뿌려달란 거야?

모르지. 그래서 내가 이상하다고 했잖아. 영화를 너무 많이 봤나. 그런데…… 아까 네 말대로, 수진이라면……. 유미는 말을 끝맺지 못한 채 몸을 돌려 다시 걷기 시작했다. 둘은 한동안 말이 없었고 눈 속으로 푹푹 발이 빠지는 소리만 들렸다. 앞으로도 뒤로도 나무와 눈이 전부였다. 보이는 거라곤 그것이 전부였는데도 주위는 살아 있는 것으로 가득 차 있는 느낌이었고, 그래서 재한은 더 불안했다. 재한은 걸음을 멈추고 단호하게 말했다. 그만 가자. 재한은 유미가 미간을 살짝 찌푸리는 것을 보았다. 신사 근처가 좋을 거 같은데.

난 더 안 갈래.

내일 못 오면? 일기예보에는 계속 눈인데.

재한은 이 반복되는 대화를 마무리하고 싶었고, 이번에는 참지 못했다. 아, 그럼 너 혼자 가든가! 그 소리에 놀란 유미가 입을 벌린 채 재한을 보았다. 재한이 그렇게 소리를 내질러본 적은 군대에 있을 때 이후로 처음이었다. 재한 역시 자신의 목소리에 놀랐다. 재한은 수치심과 흥분이 뒤섞여 머리가 뜨거워지고 가슴이 두근거렸다. 씨발. 재한은 자기도 모르게 낮게 욕설을 내뱉었다. 뭐야 너? 돌았냐? 유미가 눈을 동그랗게 뜬 채 물었다. 내 얘기를 안 듣잖아. 너무하잖아. 나 정말 걱정돼서 그래. 미안. 재한은 재빨리 사과한 후 몸을 숙이고 깊게 숨을 내쉬었다. 하얀 입김이 눈밭 위로 흩어졌다. 재한은 한동안 숨을 골랐다. 소리를 지르는 순간 느꼈던 은근한 쾌감을 숨기고 싶었다. 재한은 천천히 몸을 일으켰다. 눈을 피하는 재한을 향해 유미가 작지만 또박또박 힘을 주어 말했다. 알았으니까 미친놈처럼 소리 지르지 마. 유미의 입술이 창백했다. 재한은 후회했다.

유미는 가방에서 약통을 꺼내 들었다.

좀 더 가볼래? 재한이 미안함이 잔뜩 묻은 어조로 물었다.

유미가 한숨을 푹 내쉰 후 고개를 저었다. 아니야. 일단 여기 뿌리고, 내일 올 수 있으면 다시 오고.

둘은 길을 벗어나 사람들이 다닌 흔적이 없는 숲 안쪽으로 걸음을 옮겼다. 재한은 하늘을 보았다. 나무 꼭대기도 하늘도 너무 멀었다. 이 나무들은 도대체 몇 년이나 산 걸까? 재한이 일부러 말을 걸었다. 유미는 대답이 없었다. 몇백 년 됐겠지? 재한이 되물었다. 그렇겠지. 유미가 마지못해 답했다.

그동안 어떻게 살았지?

산다는 생각이 없었겠지.

둘이 가까운 나무쪽으로 발걸음을 옮기는 순간 유미의 몸이 기우뚱했다. 재한은 재빨리 유미를 잡았다. 유미는 그의 손을 뿌리쳤다. 재한은 머쓱했지만 유미를 이해했다. 유미는 약통 뚜껑을 열어 뼛가루를 조심스레 손 위에 부었다. 회색빛 가루가 소복하게 쌓였다. 그 위로 눈송이가 하나, 또 하나 내려앉는 것을 둘은 잠시 지켜보았다. 유미는 재한에게 뼛가루를 나누어 주었다. 재한의 손이 조금 떨렸다. 재한은 자꾸만 누가 보고 있는 것 같아서 주위를 두리번거렸다. 유미는 커다란 나무 아래 수진을 조용히 뿌렸다. 재한도 유미를 따라 뼛가루를 쥐었다가 공중에 놓아주었다. 뿌연 가루가 소리 없이 떨어졌다. 손에 닿는 수진의 뼛가루. 재한은 이것을 이해할 수 없었다. 재한은 유미 몰래 손을 들어 냄새를 맡아보았다. 기도할까? 유미가 말했고, 둘은 손을 모으고 눈을 감았다. 재한은 빠르게 주기도문을 외웠다. 잠시 후 눈을 떴을 때 유미는 하늘을 올려다보고 있었다.

이 모든 게, 거짓말 같아.

둘 다 울지는 않았다. 뼛가루를 뿌리는 행위는 영화에서처럼 낭만적이진 않았다. 비참한 기분이었다.

눈에 띄게 사방이 어두워졌다. 재한은 다시 현실로 돌아왔다. 주차장으로 향하는 발걸음이 급했는데 눈 때문에 속도가 나지 않았다. 뭐든 많이 내리면 무섭다. 너무 많은 건 공포야. 재한이 쌓인 눈을 밟아나가며 말했다. 바지와 양말이 눈에 젖어 축축했다. 유미도 마찬가지였다. 무섭다는 거 있잖아. 유미가 하얀 입김을 뿜으며 말했다. 응?

수진이 그런 얘기 한 적 있어. 자기를 무서워한다고.

누가?

수진이가 좋아했던 사람이.

어이없네. 수진이가 무섭다니. 근데 그게 누군지 너 알아?

좋아하는 사람이 자기를 무서워하는 게 어떤 기분인지 아냐고 묻더라. 너한텐 그런 말 안 했어? 그때 수진이 표정이…….

도대체 수진이 어디가 무섭대?

호러라고 했대. 악몽이라고. 아무렇지 않게 그렇게 말했대.

아니, 어떻게 사람한테 그런 말을 하지? 걔는 도대체 누굴 좋아한 거야.

너 정말 몰라?

너는 알아?

둘이 다시 주차장에 도착했을 때는 주위가 어둑해져 있었다. 주차되어 있던 차들은 거의 빠지고 몇 대 없었다. 둘은 차에 올라 라이트를 켜고 서둘러 주차장을 빠져나왔다. 다시 눈 덮인 도로가 시작되었다. 올라올 때보다 눈은 더 쌓였고 여섯시가 채 되기도 전인데 해가 져서 어두웠다. 유미는 목을 빼고 천천히 차를 몰았다. 재한은 유미의 눈치를 보며 괜히 툴툴댔다. 그런데 그런 사람이 뭐가 좋다고 여기까지 우리를.

수진이 혼자 좋아한 거 아닐까?

수진이가 뭐, 스토킹이라도 했다는 거야? 재한은 말도 안 된다는 듯 고개를 절레절레 흔들었다. 말도 안 되지? ……근데 왜 우리한테 한 번도 안 보여줬을까. 어쨌든 여기는 정말 미쳤네. 혹시 수진이가 일부러 우리를 여기로……. 유미의 말이 끝나기도 전에 차가 또다시 미끄러졌다. 유미가 브레이크를 밟자

차는 오른쪽으로 밀려서 돌기 시작했다. 재한은 어, 어, 소리를 지르며 몸을 시트에 밀착시키고 창문 위의 손잡이를 부여잡았다. 유미는 발을 뗐다가 다시 짧게 여러 번 브레이크를 밟았다. 차는 거의 반 바퀴를 회전한 후 멈추었다. 재한이 급히 차에서 내렸다. 휴대폰으로 대처 방법을 검색하는 사이 숲 쪽에서 천천히 다가오는 자동차 불빛이 보였다. 재한은 급한 대로 휴대폰을 들고 흔들었다. 붉은색 도요타 SUV가 멈춰 섰다. 잠시 후 차에서 긴 치마를 입은 여자가 내렸다. 그리고 조심스레 재한 쪽으로 걸어왔다. 가까이 와서야 그가 좀 전에 식당에서 본 여장 남자라는 것을 알았다. 그는 걱정스러운 얼굴로 재한에게 무언가를 물었다. 꾸밈없는 중저음의 남자 목소리였다. 재한이 우물쭈물하고 있는데 유미가 다가왔고 둘은 대화를 시작했다. 그 와중에도 재한은 그의 붉은 입술과 얇게 그린 눈썹, 혈관이 불거진 투박한 손과 초록 매니큐어를 칠한 손톱을 흘끔거렸다. 이분이 스프레이 체인을 빌려주신대. 댁이 이 근처라고 따라오래. 유미의 말에 재한은 정신을 차렸다.

남자의 집은 숲에서 불과 1킬로미터 정도 아래에 있는 단층 주택이었다. 멀찍이 떨어져 있는 집 한두 채에서 가느다란 불빛이 보였다. 집 앞에 주차한 뒤 둘은 그를 기다렸다. 하늘이 도왔다. 유미가 말했고, 너 저 아저씨 손톱 봤냐, 재한이 물었다. 잠시 후 남자가 스프레이 통을 들고 집에서 나왔다. 둘은 차에서 내렸다. 남자가 통을 위아래로 흔들며 유미에게 무슨 말을 건넸다. 유미가 스프레이를 받아 들고 흔들었다. 스프레이가 별로 안 남았네. 새벽에 제설차 지나간다고 괜찮으면 집에 있다 가라고 하시는데, 어떡할래?

그래? 새벽에? 재한은 유미의 눈을 바라보았다. 유미의 의중을 읽으려 했지만 잘되지 않았다. 너 좋을 대로 해. 난 다 좋아. 평소에 유미에게 습관처럼 하던 대답이었다. 유미가 눈을 흘겼다. 네 말 좀 들으라며. 네가 정해.

남자의 안내를 따라 현관으로 들어서자 깜빡 불이 들어왔다. 실내에는 온기와 그 집 특유의 은은하고 달큼한 향이 배어 있었다. 남자는 슬리퍼를 챙겨 둘의 앞에 가지런히 놓았다. 유미가 난처한 얼굴로 슬리퍼 신기를 망설이자, 그는 상관없다는 손짓을 하고 발을 닦을 수건을 가져다주었다. 유미는 양말을 벗어 들고 욕실로 향했다. 재한도 어쩔 수 없이 현관에서 양말을 벗고 젖은 바지를 걷어 올렸다. 재한은 벗어 든 양말을 어째야 하나 생각하다 점퍼 주머니에 넣었다. 섹스. 남자가 말했다. 네? 재한은 남자를 보았다. 남자의 턱 밑이 푸르스름했다. 섹스, 섹스. 남자가 손가락으로 재한의 아래를 가리켰다. 재한은 당황했다. 섹스? 재한은 남자의 도드라진 울대뼈를 보았다. 늘어진 피부가 닭 껍질 같다고 생각했다. 역시 변태였어. 심삭은 확신이 되었고 순식간에 머리가 뜨거워졌다. 유미야! 재한이 소리를 높여 유미를 불렀다. 벗었던 신발을 맨발로 꿰신었다. 축축하고 차가운 감촉. 재한은 한 번 더 유미를 불렀다. 잠시 뒤, 욕실에서 어리둥절한 표정으로 유미가 나왔다. 가자. 이 새끼 변태야. 화를 내는 재한을 보던 남자가 유미에게 뭐라 뭐라 말했다. 양말 달라는데 왜 그래? 양말?

삭스. 삭스.

재한은 이번에는 머리가 차갑게 식는 것 같았다. 어떤 표정을 지어야 할지 난감했다. 귀가 달아오르는 게 느껴졌다. 제발 얼굴까지 빨개지는 일은 없기를 바라며 주머니에서 젖은 양말을 꺼냈다. 스미마센. 그것 말고는 할 수 있는 일본어가 없었다. 재한은 그가 한국어를 알아듣지 못하는 게 다행이라고 생각하다가 혹시 변태라는 말을 알아들은 건 아닐지 걱정했다. 어쩔 줄 모르는 재한에게 그는 웃으며 비닐봉지를 건넸다. 재한과 유미는 거기에 젖은 양말을 넣었다.

현관에서 좁은 복도를 따라 조금 들어가자 대여섯 평 정도 되는 아담한 거실이 나왔다. 거실 중앙에는 코타쓰가 있었다. 다른 가구들은 거의 없었고, 구석에는 불단이 하나 놓여 있었다. 원래 사는 집은 오사카에 있다고 했다. 거실 한쪽에는 정원으로 향하는 커다란 유리문이 있었다. 일본 영화에서 흔히 보았던 구조라 재한은 내심 신기했다.

그는 자신을 코요라고 부르라고 했다. 한자로 홍엽紅葉. 단풍. 여자 이름이란 걸 눈치챘지만 둘은 모른 척 예쁜 이름이라고 칭찬했다. 코요는 불단 앞으로 가서 향을 피우고 합장했다. 불단에 놓인 액자 안에는 서구적인 이목구비를 지닌 남자의 사진이 들어 있었다. 코요의 애인이라고 했다. 영화배우 같아요. 유미의 말에 코요는 고개를 끄덕이며 웃었다. 로드리고. 하프 재패니즈.

로드리고?

아버지가 멕시코인이라고 했다. 재한은 무심코 말했다. 그래서 잘생겼구나. 아, 그게 아니라. 이번에도 코요는 잔잔하게 웃었다. 맞아요, 그래서 잘생겼지. 재한은 자신의 의도와 다르게 뭔가 자꾸 어긋나는 기분이었다. 코요는 따뜻한 우롱차를 내어주었다. 셋은 적당한 거리를 둔 채 이런저런 이야기를 나누었다. 재한과 유미가 오래된 친구 사이라는 것, 예약 착오로 다른 차를 빌려야 했다는 것, 가게들이 모두 문을 닫아 당황하고 있었다는 것 등등. 코요는 유미의 말에 과하지 않게 맞장구를 쳐주었다. 밝은 곳에서 본 코요는 나이가 더 많아 보였다. 푹 꺼진 눈두덩 안에서 깊게 반짝이는 진한 커피색 눈동자가 매력적인 것 같기도, 기이한 것 같기도 했다.

술을 한잔할까요? 코요가 물었다. 유미는 손사래를 쳤다. 한국에서도 익숙하게 해왔던 몸짓. 아이고, 아니에요, 괜찮아요, 하는, 마음과는 다른 사양의 제스처. 코요도 그런 몸짓에 익숙한 사람이었다. 간단하게 마시죠, 저녁 대신. 혼자 적적했는데 오히려 잘됐다며 코요는 채소 절임과 과자 따위를 코타쓰 위에 올렸고, 맥주와 잔을 가져다주었다. 코요가 자리를 비운 사이 재한은 유미의 눈치를 보며 작게 말했다. 어휴 쪽팔려.

너 오늘 여러 가지 한다?

근데 넌 겁이 없냐.

무섭다며. 여기가 눈길보다 낫지 않아?

그래도 혹시 술에 약을 탄다든가 말이야.

넌 진짜 인간이.

장담하지 마. 근데…… 좋네. 따뜻하고. 아, 눈이 감긴다.

유미는 코타쓰에서 빠져나와 문가로 가서 섰다. 조명 때문에 유리에 실내가 비쳐서 바깥이 보이지 않았다. 재한이 다가가 문을 조금 밀어보았다. 정원 역시 집처럼 아담했다. 담 쪽으로 작지만 수형이 훌륭한 소나무와 가지만 남아 있는 감나무가 거리를 두고 서 있었다. 구석에는 작은 석탑이 가만히 눈을 이고 자리를 지키고 있었다. 일본 시골집 정원에서 눈 내리는 모습을 보고 있다니, 이상한 하루다. 유미가 말했다. 영화 같다. 완전 고레에다 히로카즈. 재한의 말에 둘은 함께 웃었다. 신 넘버 원. 서울시 중구에서 나가노로 날아와 폭설을 뚫고 우연히 만난 오카마(라고 말할 때에 유미는 아주 작게 속삭였다.) 코요 상. 그의 집 거실에서 눈 쌓인 정원을 바라보는 밤. 코요가 음식에 약을 타는 줄도 모르고 둘은 좋다고 시시덕거린다.

그건 약간 구로사와 기요신데? 재한의 말에 유미가 또 웃었다. 재한은 유미의 웃는 얼굴을 보자 마음이 놓였다. 재한은 새삼스러운 눈으로 정원을 응시했다. 소복하게 쌓인 눈은 마시멜로처럼 매끈했다. 가장자리에 어지럽게 나 있는 새 발자국을 제외하면. 재한은 오전에 공항에서 본 하얀 새를 떠올렸다. 오래전 일 같았다. 그 새가 그립네. 재한은 자신이 입 밖에 내고도 이상한 말이라고 생각했다. 이런 것도 그립다고 말할 수 있나? 재한이 고개를 틀어 유미를 보았다. 뭘?

잘 알지도 못하는데 그리울 수 있나?

그리워? 그립다. 잘 알지 못하기 때문에……. 유미의 목소리가 가라앉았다. 이런 데서 살면 좋겠어.

지루할걸.

우리가 이 집 훔칠래? 우리 둘이 코요 상을, 까지 말한 후 유미가 입을 다물었다. 이번에는 봉준호야? 재한은 어이없다는 듯 웃었다. 하지만 불가능하지는 않지, 하고 말해볼까 하다 자신이 그렇게 말하면 정말 이상해질 것 같아서 다른 말을 꺼냈다. 저기, 진짜 애인 맞을까?

누구? 로드리고?

너무 잘생겼잖아. 너무.

유미는 고개를 절레절레 흔들며 자리에서 일어났다.

코요는 무릎이 조금 늘어난 레몬색 바지에 회색 풀오버로 갈아입고 조용히 거실로 나왔다. 재한은 코요의 느릿한 걸음걸이, 짙은 아이라인, 늘어진 귓불에 박혀 있는 귀걸이 같은 것이 자꾸 눈에 들어왔다. 셋은 코타쓰에 모여 앉아 맥주를 마셨다. 코요는 이맘때면 한 달 정도 산장에서 머문다는 것, 아까 그 소바 가게의 오랜 단골이었다는 것, 관광객들이 빠지는 해 질 무렵에는 숲으로 산책을 다닌다는 것을 알려주었다. 유미는 친구의 소개로 이곳에 오게 되었다는 것과 이렇게 많은 눈은 태어나서 처음 본다며 일본의 눈은 스케일이 다르다고 칭찬처럼 말했다. 재한은 중간중간 유미의 통역으로 대화를 대강 이해했다. 잠깐씩 양념처럼 대화에 끼어들기도 했다. 코요의 시선이 재한에게 머물 때마다 재한은 먼저 시선을 피했다. 코요는 종종 머리칼을 귀 뒤로 넘겼고, 맥주를 마신 후에는 손끝으로 입가를 닦았다. 재한은 그 버릇들이 너무 여자 같다고 생각했다.

여덟시가 되었을 뿐이었는데 피곤함에 알코올이 더해져 재한은 눈꺼풀이 무거웠다. 눈치가 빠른 코요는 손님방에 이불을 깔아주겠다고 했다. 손사래 치는 둘을 향해 이제 술까지 마셔서 어디 갈 수도 없다며 농담을 던졌다. 나한테 이런 건 아무것도 아니에요. 코요는 기어이 이불을 깔러 갔고, 재한은 차로 가서 짐을 가져왔다. 재한은 그가 친절한 동네 이모 같다고 생각했다가 삼촌이 아니라 이모라고 생각한 자신에게 놀랐다. 제정신이 아니라고 생각했다. 설마 정말 진짜로 약을? 재한은 고개를 흔들며 잠을 못 자면 만취한 것과 비슷한 상태가 된다던 누군가의 말을 떠올렸다.

마시는 시늉만 하는 재한과 달리 유미는 취기로 볼이 불그스름하게 달아올라 있었다. 여기가 고향인가요? 유미가 묻자, 이곳은 로드리고의 고향이라고 했다.

멕시코가 아니고요?

여기서 태어났어요. 엄마가 일본 사람. 외모만 그렇지 로드리고도 완전 일본 사람.

소바 마니아. 우린 정말 좋았는데 이젠 가고 없네요. 코요는 이런 이야기를 노래처럼 했다.

……사실 제 친구도 죽었어요.

죽어요? 어쩌다가?

암이었는데. 유미는 무언가 떠오른 듯 충동적으로 휴대폰에서 수진의 사진을 꺼내 보여주며 물었다. 혹시 이런 사람 본 적 없어요? 작년 겨울에. 재작년일 수도 있어요. 여기 눈 옆에 점이 있는데.

오, 예쁘네요. 그 친구라는? 코요는 한동안 사진을 이리저리 확대하며 유심히 바라보았다. 그러다 그 깊고 반짝이는 눈을 들어 유미에게 물었다. 진짜 친구 맞아요? 당황하는 유미를 보며 코요는 긴 검지를 코 밑에 갖다 대고 미소 지었다. 농담이에요. 내 기억엔 없네요. 언제 오셨는지는 모르겠지만. 그런데, 무슨 암?

아, 그걸 일본어로 뭐라고 하지. 어쨌든 결국 자살했지만요. 코요는 천천히 고개를 저은 후 말을 이었다. 자살. 난 그 말이 세상에서 제일 잔인한 거 같아.

코요는 잔에 남은 맥주를 마저 마신 후 길게 한숨을 내쉬었다. 그래도, 그렇게 가버린 건 좀 원망스럽기도 해요. 유미가 술잔을 내려다보며 말했다. 당신들과 함께하는 게 싫어서가 아니고…… 멈추고 싶었던 거겠죠, 고통을. 셋 사이에 씁쓸한 침묵이 번졌다. 재한도 자살이라는 단어는 알아들었고, 유미가 수진의 이야기를 했다는 것을 눈치챘다. 마음이 상했지만, 어차피 이 사람과 다시 만날 일은 없을 거라 생각하니 괜찮아졌다. 코요는 둘의 이름도 금방 잊을 것이다. 이곳은 어쩌면 비현실과 다를 바 없을지도 모르겠다고 생각하며 눈앞에 놓인 유리잔을 손으로 쥐었다. 차갑고 견고한 감촉이 느껴졌고, 그것은 현실이었다.

대화에 끼기 힘들었던 재한은 몸도 머리도 점점 무거워졌다. 결국 양해를 구한 후 세면도구를 챙겨 욕실로 들어갔다. 발바닥에 닿는 하늘색 타일의 감촉이 놀랍도록 차가워 까치발로 샤워기 앞에 섰다. 뜨거운 물이 몸에 닿자, 온몸이 녹아내리는 것 같았다. 어두웠던 새벽길, 하얀 새의 걸음걸이, 눈이 흩날리던 희뿌연 풍경, 희게 반짝이던 나무들, 길 위로 미끄러지던 감각, 눈으로 푹푹 들어가던 발, 꼭대기가 보이지 않던 나무, 그 사이로 내리던 눈송이들, 빈 숲을 울리던 목소리와 흔들리던 유미의 눈동자. 흩어지고 가라앉던 수진의 뼛가루와 그 위로 내려앉던 고요한 눈송이, 집요한 눈송이……. 수진의 뼛가루가 아직 그 숲에 있다. 점점 가라앉을 것이다. 영원히 수진의 일부가 거기에……. 안 무섭니, 수진아. 누군가에겐 악몽이었던 수진은 이제 가루만 남았네. 문득 오늘 하루가 자신과는 무관한 영화의 요약본처럼 스쳐 지나갔다. 이 모든 것이 단 하루에 일어났다는 사실을 믿을 수 없었다. 누군가의 죽음이 또 다른 누군가에게는 안도가 될 수도 있을까. 그런 죽음도 있겠지. 재한은 자신이 무슨 생각을 하는지도 인지하지 못한 채 물을 잠근 후 거울 앞에 섰다. 비누를 집었다가 다시 놓았다. 코요의 비누. 물을 틀어 비눗기를 지우며 문밖에 있는 코요를 떠올렸다. 저 남자는 속옷도 여자 것을 입을까. 브래지어를 할까. 저렇게 꾸미고 흥분할까. 죽은 혼혈인을 생각하며 혼자서……. 재한은 어느새 단단해진 성기를 물끄러미 내려다보았다. 아, 더럽네. 그런데 무엇이? 재한은 뻗어나가는 생각을 멈추기 위해 머리를 흔들었다. 찬물을 틀어 세수했다. 많이 마신 것도 아닌데 만취한 것 같은 이 기묘한 감각. 하지만 아무 일도 일어나지 않을 것이다. 괜찮을 것이다. 날이 밝기 전에 눈은 치워질 것이다. 우리는 떠날 것이다. 그러나 이런 생각은 재한에게 전혀 위안이 되지 않았고, 그것이 이상했다.

재한이 욕실을 나왔을 때 유미는 여전히 코요와 술잔을 기울이며 대화를 나누고 있었다. 유미는 마치 오랜 친구를 만난 것처럼 즐거워 보였다. 유미가 원래 저런 사람이었나? 재한은 둘에게 인사를 한 후 먼저 방으로 들어왔다.

방은 어둡고 고요했다. 둘이 무슨 얘기를 저렇게 하는 걸까. 내 흉을 보고 있을까. 다시 나가볼까. 하지만 재한의 몸은 솜이불을 두른 채 물에 잠긴 사람처럼 무거웠다. 잠에 빠진 줄도 모르고 잠 속을 헤매다 인기척에 눈을 떴다. 유미가 베개 위에 자신의 타월을 깔고 있었다. 뭐 하냐? 재한이 눈을 비비며 물었다.

응? 나, 남의 베개는 좀.

체력 좋다.

유미가 가볍게 한숨을 내쉰 후 말했다. 로맨틱코미디.

뭐라고?

내 삶이 로맨틱코미디였으면 했어.

재한이 이불을 끌어 올리며 답했다. 맞아. 그게 제일인데.

이제는 호러만 아니었으면 해.

나는…… 예술영화 될까 봐 겁남.

아, 생각만 해도 피곤하네.

둘은 힘없이 웃었다. 서로 한방에 누워 있다는 어색함을 느끼기도 전에 하나가 가늘게 코를 골기 시작했고 나머지 하나도 금방 잠으로 빠져들었다.

재한이 잠에서 깼을 때는 아직 해가 뜨기 전이었다. 머리가 아팠다. 서울 집이라고 생각했다가 아니라는 것을 깨달았다. 여기가 어디더라. 유미의 가느다란 숨소리가 규칙적으로 들려왔다. 여기는 나가노. 나가노는 도가쿠시. 도가쿠시엔 수진이. 수진이는 장어덮밥, 장어덮밥은……. 엉뚱한 생각으로 꼬리를 물다가 요의를 느꼈다. 다섯시가 조금 넘은 시간이었다. 재한은 다시 눈을 감았다. 나가고 싶지 않았다. 그럴수록 요의는 더 강해졌다. 결국 일어날 수밖에 없다는 걸 알면서도 몇 분을 더 참았다.

재한은 화장실에서 소변을 본 후 변기 위에 붙어 있는 세면대에서 손을 씻었다. 벽에 걸린 수건에 무심코 손을 닦았다가 흠칫했다. 손에 코를 대고 냄새를 맡았다. 별다른 냄새는 나지 않았지만 왠지 찜찜했다. 다시 물을 틀어 손을 닦고 그대로 화장실을 나왔다. 물기를 옷에 대충 닦고 방으로 돌아가려는데 어디선가 희미한 담배 냄새가 났다. 재한은 고개를 빼고 주위를 살폈다. 창을 열고 코요가 정원 쪽으로 걸터앉아 담배를 피우고 있었다. 그가 고개를 돌려 재한을 보았다. 재한은 방으로 돌아가려던 마음을 접고 그에게 다가갔다. 정원에 켜놓은 등이 뿌옇게 주위를 밝히고 있었다. 코요가 물었다. 아 유 오케이?

아임 오케이. 아직 안 잤어요? 재한이 묻자, 코요는 방금 일어났다고 답했다. 어색한 웃음과 이어지는 침묵. 화장을 지우고 장신구를 뺀 코요는 평범한 남성의 모습이었으나 그렇다고 코요가 아닌 것은 아니었다. 재한은 코요에게 말을 걸고 싶었다. 듣기에 좋은 말을 해주고 싶었다. 유미가 없으니 무슨 말을 해도 부끄럽지 않을 것 같았다. 재한은 어설픈 영어로, 도와주셔서 감사하다고 말했다. 당신은 우리의 구원자나 마찬가지라고. 코요는 손사래를 쳤다. 초록색 손톱이 왔다 갔다 했고 손가락 사이에서 담뱃불이 빛났다. 아직도 캄캄한 하늘을 보며 재한은 숨을 들이마셨다. 죽은 친구 있잖아요. 이름이 수진이에요. 재한은 수진의 이야기를 했다. 뼛가루를 가져와서 숲에 뿌렸어요. 아까 거기요. 이제 저보다 당신과 더 가까이 있겠네요. 코요가 자신의 말을 이해했는지 재한은 알 수 없었다. 재한은 코요가 어떤 말이든 해주길 바랐다. 하지만 코요는 별말 없이 간혹 고개를 끄덕였고 다 피운 담배를 재떨이에 꾹꾹 눌러 껐다. 재한에게는 그것이 이제 그만 들어가라는 신호처럼 여겨졌다.

히쓰, 마부시.

재한이 내뱉은 말에 코요가 의아한 얼굴로 바라보았다. 히쓰, 마부시. 재한은 천천히 다시 한번 말했다. 자신이 이상한 사람이 아니라는 걸 증명하고 싶었다. 호의를 보이고 싶었다. 하지만 코요의 커피색 눈동자에는 의혹과 경계심이 깃들어 있었다. 재한은 코요의 휴대폰을 가리켰다. 코요가 휴대폰을 건넸고, 재한은 장어덮밥을 검색해 보여주었다. 휴대폰을 멀찌감치 떨어뜨려 몇 초간 응시하던 코요가 아, 하는 표정을 짓더니 크게 웃었다. 코요는 히쓰마부시, 히쓰마부시, 우나기동, 하며 고개를 끄덕였다. 재한도 크게 웃으며 히쓰마부시, 오이시데스, 하며 엄지를 들어 보였다. 먹어보지도 않았으면서. 재한은 코요를 따라 웃으며, 이 웃음 뒤에 또 어색한 침묵이 찾아올 것을 예감했다.

재한은 방으로 돌아와 자리에 누웠다. 다시 잠들기는 힘들 것 같았다. 방금 코요에게 했던 말들을 되새기며 하나하나 후회하기 시작했다. 그 눈빛. 지금 밖으로 나가면 코요가 있을까. 있다면 다시 처음부터 말하고 싶었다. 하지만 그럴 수는 없다. 수진이 그렇게 떠날 줄 알았다면 뭔가 좀 더 할 수 있지 않았을까. 하지만 그럴 수는 없다. 세계가 나뉘는 데 한 발짝이면 충분하다는 것을 재한은 이해했다.

재한은 한참 몸을 뒤척이다 휴대폰을 켜서 히쓰마부시를 검색했다. 나고야식 장어덮밥이라고 나왔다. 재한은 검색창에 히쓰를 쳐보았다. 밥통, 붓 그리고 비통. 비통? 히쓰으 하고 길게 발음하면 비통이라는 다른 단어가 되었다. 이런. 재한은 고개를 저었다. 히쓰를 삭제한 뒤 마부시를 검색했다. 섶이라는 명사가 나왔다. 그 아래에는 눈부시다는 형용사가 있었다. 그것 역시 마부시이라고 읽어야 하는 다른 단어였다. 재한은 자신이 히쓰으 마부시이라고 발음했던 걸까, 생각했다. 그래서 코요가 그런 표정을. 재한은 다시 자리에서 일어났다. 왜? 잠이 잔뜩 묻어 있는 목소리로 유미가 물었다.

나 뭘 잘못한 거 같아. 맞지?

재한의 말에 유미가 가만히 한숨을 내쉬었다. 고요하고 서늘한 공기가 둘을 감쌌다. 재한은 발끝을 감싸 쥐었다. 혹시 수진이가 어릴 때 얘기 한 적 없어?

무슨?

현관문 깬 얘기. 수진이가 현관문을 실수로 깨고 도망쳤는데 언니가 수진이를 불렀대. 어디 가냐고. 이리 오라고. 괜찮다고. 근데 수진이는 갈 수가 없었대. 왠지 모르겠는데 그냥 그 어떤 것도 설명할 수가 없었대. 그래서 언니가 빤히 보고 있는데도 뒤돌아서 갔대. 뛰지도 않고, 천천히 걸어서. 울지도 않았대. 그게 열 살 때였대. 그런데 왜 도망쳤을까? 쫓는 사람도 없는데. ……좀 더 자세히 물어볼걸. 재한은 혼잣말처럼 웅얼거렸다. 잠이 든 줄 알았던 유미가 조금 뒤 잠꼬대처럼 말했다.

수진이는 비를 좋아했어. 눈이 아니라.

재한은 캄캄한 방에 조용히 울리는 유미의 일정한 숨소리를 듣다가 다시 방에서 빠져나왔다. 코요의 걸음걸이를 흉내 내 가만히 거실을 가로질러 창을 열었다. 차가운 바람이 재한의 얼굴을 쓸어내렸다. 아까와 달리 하늘은 남빛을 띠고 있었다. 어딘가 밝아오고 있다는 증거였다. 재한은 망설이다 코요의 것으로 보이는 슬리퍼를 신고 정원으로 나갔다. 남의 신발이 발에 닿는 감각이 낯설었다. 화장을 지우고 줄무늬 파자마를 입은 조금 전의 코요는 연약해 보였다. 재한이 발로 툭 차면 힘없이 쓰러질 것 같았다. 남의 집 정원에 남의 슬리퍼를 꿰차고 서 있는 자신의 단단한 다리를 내려다보았다. 눈이 닿은 발은 금세 다시 차가워졌다. 발끝에서부터 소름이 올라왔다. 재한은 망칠 수 있다고 생각했다. 단 한 번의 결단으로 모든 것을 망가뜨릴 수 있다. 끝낼 수 있다. 수진도 이런 마음이었을까. 재한은 혼란한 상태로 하나씩 하나씩 발자국을 찍어나가며 무결했던 눈의 정원을 훼손했다. 그건 너무 쉬웠다. 그만해야지, 생각하면서도 조금만, 조금만 더. 그러다 아까 보았던 새의 발자국을 발견했고, 재한은 그것을 가만히 내려다보았다. 이것은 계시인가. 재한은 고개를 들어 주위를 둘러보았다. 재한은 화단 안쪽에서 눈을 피한 돌멩이를 하나 주워 손에 꼭 쥐었다. 차갑고 단단한 돌멩이. 소름이 돋은 피부와 달리 재한의 내부는 달아올랐다. 이것을 힘주어 던지면 저 창이 깨어진다. 간단한 힘의 원리. 하지만 그런 일은 일어나지 않을 것이다. 나는 그런 사람이 아니니까. …… 아닌가? 나는 꿈에 빠진 건가, 아니면 꿈에서 깬 건가. 재한은 돌멩이를 주머니에 집어넣었다. 문득 말할 수 없이 두려워졌다. 잠을 잘 못 자서 그런 거라고 생각했다.

날이 밝았고, 유미와 재한은 가지고 있는 엔화를 털어 방 안에 두고 나왔다. 유미는 간단한 감사 메모를 남기는 것도 잊지 않았다. 많이 친해졌냐? 재한의 물음에, 유미가 짧게 한숨을 내쉬었다. 혼네와 다테마에 몰라? 인간 생활 고되다. 유미는 무심한 얼굴로 스마일 마크를 메모지에 그려 넣었다. 코요는 굳이 나와서 손을 흔들어주었다. 재한은 사이드미러로 코요가 얼굴에 웃음을 지우고 등을 돌려 미련 없이 집으로 들어가는 모습을 보았다. 길은 모두 제설이 끝나 검은 아스팔트를 드러내고 있었다. 유미는 한결 편안해진 표정이었다. 둘은 숲에 한 번 더 들르기로 했다. 검게 쭉 뻗은 길을 달리며 재한은 주위 풍경을 살폈다. 어제와 마찬가지로 바깥은 눈의 세계였지만 햇살이 닿은 풍경은 안온해 보였다. 콧노래를 흥얼거리다 유미가 말했다. 로드리고 말이야. 죽은 게 아니래.

뭐?

멕시코로 떠난 거래.

근데 불단을 왜 만들어? 재한이 어이없다는 듯 물었다.

그냥 기도하는 거래.

저주의 기도 아니야? 진짜 무서운 할배네. 단풍 할배.

미친놈아.

어쩌다 저렇게 됐을까?

넌 어쩌다 그렇게 됐냐?

난 곱게 늙고 싶다.

유미는 피식 웃고는 말했다. 꼭 늙어라, 곱게.

농담처럼 말했지만, 한동안 재한은 떠난 사람을 위해 매일 기도하는 코요의 마음에 대해 생각했다. 그 마음이 자꾸 재한에게 눈처럼 가만히 내려앉았다.

오전에 다시 찾아간 숲은 어제와 달리 인파로 북적였다. 둘은 어제 뼛가루를 뿌렸던 곳을 찾아 들어갔다. 여기쯤이었나? 헷갈리네. 유미가 난감한 얼굴을 했다. 어느 쪽으로 보나 엇비슷한 나무들이 서 있었고 위치를 가늠하기 힘들었다. 맞는 거 같은데. 표시라도 해둘걸. 재한은 후회했다. 맑은 하늘과 따스한 햇살과 사람들의 행렬로 숲은 어제와 달리 활기가 가득했지만, 어제 재한이 느꼈던 꿈틀거리던 생명력은 오히려 안으로 숨어버린 느낌이었다. 둘은 사람들 눈에 잘 띄지 않는 곳에 서서 다시 손을 모으고 눈을 감았다. 수진아. 재한은 잠깐 숨을 고른 후 자신이 할 수 있는 가장 가벼운 어조로 수진의 명복을 빌었다. 이제는 아프지 마. 슬프지 마. 아무도 좋아하지 마. 아니다. 거긴 그런 게 없는 곳이지. 편히 쉬어. 재한이 눈을 떴을 때 유미는 어딘가를 보며 웃고 있었다. 유미의 시선을 따라가보니 관광객들이 코믹한 자세로 사진을 찍고 있는 것이 보였다. 우리도 사진 한 장 찍자. 재한의 말에 유미가 고개를 끄덕였다.

숲에서 나오며 재한은 주머니 안의 돌멩이를 만져보았다. 코요의 눈빛과 그의 정원이 떠올랐다. 여기다 버리고 갈까, 잠깐 고민하다 집으로 가져가기로 했다. 하지만 돌멩이는 국외 반입 금지일 텐데. 재한은 앞서 걷는 유미를 불렀다. 유미가 뒤돌아 재한을 보았다. 하얀 풍경 때문인지 유미의 얼굴도 환했다. 돌멩이는 유미에게 비밀로 하기로 마음먹었다. 히쓰으 마부시 이 먹으러 가자. 재한은 일부러 끝을 길게 늘여 말했다. 재한은 주머니 속 돌멩이를 꼭 쥐었다. 그것은 단단했고 언제든 만질 수 있었다.

수상 소감

어둠 안에서 내미는 손들

2025년 2월, 여러 선생님과 함께 세미나 겸 여행을 갔다. 당시 나는 여러모로 지친 상태여서 차 뒷좌석에 앉기만 하면 잠이 들었다. 운전을 하던 선생님은 우리 차에 신생아가 한 명 있다는 농담을 하곤 했다. 나는 그냥 웃고 말았지만 사실 내가 정말 신생아였으면 좋겠다고 생각했다. 막 태어나서 그저 숨 쉬고 잠자고 먹는 것만으로 충만한 나날이었으면 좋겠다고. 분명 내게도 그런 날들이 있었을 텐데 전혀 기억이 나지 않는다. 당연한 일이고 다행이기도 하지만 한편으로는 아쉽다.

여행 중에 차 안에서 잠이 들었다가 눈을 뜨면 태어나서 처음 보는 아름다운 설경이 끝도 없이 이어졌다. 예상치 못했던 폭설로 우리는 일정을 수시로 변경해야 했지만 나는 그것이 좋았다. 일정을 변경해도 크게 상관없다는 점이 좋았고, 그러한 상황을 함께할 수 있는 이들이 있다는 것도 좋았다. 잠들었다가 깨면 풍경이 바뀌어 있었고 가만히 눈을 보다가, 한참 보다가, 또 잠이 들었다. 왠지 아직도 그 설경이 여전히 거기에 그대로 펼쳐져 있을 것 같은 생각이 들 때가 있다. 그때의 우리들도.

여행 막바지에 나는 내가 존경하는 선생님과 잠깐 함께 걷게 되었다. 선생님께서는 이번 여행이 내 소설에서 어떤 식으로 그려질지 궁금하다는 말씀을 하셨는데, 그 말을 듣기 전까지 나는 이 여행을 토대로 소설로 쓰겠다는 생각을 하지 못했다. 하나의 글이 태어나는 순간은 예상치 못한 우연 속에서 움튼다는 사실을 기억하고 싶다. 그 운명 같은 소중한 순간이 언제 어떤 방식으로 찾아올지 모른다고 생각하면, 세상에서 둘째가라면 서러운 비관론자인 나도 그 순간을 기다리며 희망을 갖고 살아갈 수 있을 것 같다. 황종연 선생님, 이렇게 선생님과의 일화를 남길 수 있어서 기뻐요. 선생님의 차갑고 정교한 시선을 따라가는 길이 제게는 또 다른 소중한 여정입니다. 깊은 존경과 감사를 전합니다.

문학적으로 믿고 의지할 수 있는 이가 있다는 것은 축복이다. 나는 꽤 늦은 나이에 대학원에 들어가 본격적으로 소설을 쓰게 되었다. 그곳에서 나는 글쓰기를 삶으로, 생활로 대하는 방법을 배웠다. 낭만적인 글을 쓰더라도 쓰는 행위 자체는 결코 낭만적일 수 없다는, 낭만적이어서는 안 된다는 차가운 사실도. 그것을 배우지 못했다면 나는 작가가 될 수 없었을 것이다. 생활인으로서의 글쓰기, 삶으로서의 문학을 보여주신 이장욱 선생님께 제자이자 팬으로서 존경의 마음을 전합니다.

두렵고 힘이 들 때, 좌절과 열패감 그리고 절망을 기꺼이 껴안은 채 각자의 자리에서 홀로 분투하고 있는 동료들을 떠올린다. 보이지도 않고 잘 알지도 못하지만 당신들이 내게 큰 위안이 된다는 사실을 전하고 싶다. 이 시대에도 문학의 존재가치를 믿는, 보이지 않는 공동체의 일원들에게 존경과 감사를. 또한 문학의 소중함을 믿고 내가 가는 길에 묵묵하게 지지를 보내주는 소중한 가족들, 매일 아침 저를 위해 기도해주시는 엄마에게 사랑과 감사를 보내요.

이 소설을 쓰면서는 무언가 분명하게 손에 잡히는 것이 있었으면 좋겠다고 생각했다. 마음도, 기억도, 시간도, 사람도, 하얀 눈도, 그 무엇도 손에 쥘 수 없다는 것이 슬펐다. 내게는 돌멩이가 필요했다. 손에 쥘 수 없는 것들을 쥐어보려는 시도로써의 글쓰기가.

이런 말이 무책임하게 들릴 수도 있지만, 나는 어떤 시공간에 인물들을 부려놓는 것을 좋아한다. 그리고 그들이 갈등하며 움직이는 모습을 관찰한다. 그렇게 쓰다 보면 어떤 순간에는 인물들을, 서사를 어떤 방향으로 움직여야 좀 더 밀도 높은 작품이 될 수 있을지 그림이 그려지기도 한다. 하지만 그러지 않기로 결정하게 될 때가 있다. 그런 결정을 내릴 때까지 물론 많은 고민을 하지만 그저 그렇게 두기도 한다. 어떤 세계는 그런 식으로 완성될 수도 있다고 생각하기 때문에. 이번 소설이 그러했다. 나는 독자들에게 이해받고 싶은 마음으로 글을 쓰지만, 그리고 그것이 작가의 의무이자 예의라고 생각하지만, 이 작품은 나의 필요에 의해서 쓴다는 느낌이 좀 더 강했다. 당시 나에게는 이 인물들이, 이 이야기가 필요했던 것 같다. 그래서 이 작품으로 이상문학상을 받게 되어 내게는 더 의미가 크다. 타인의 인정과 무관하게 내 세계를 만들어가는 작가가 되겠다고 다짐했었는데, 역시 독자의 이해와 지지 없이는 불가능한 것 같다. 「눈과 돌멩이」를 눈여겨봐주시고 세심하게 읽어주신 심사위원 선생님들께 고개 숙여 깊은 감사의 인사를 전합니다. 조금 더 단단하고 자유롭게 쓸 수 있는 힘을 주셨습니다.

마지막으로, 우리의 자유로운 영혼, 이상해서 매력적이었던 작가 이상에게 무한한 존경의 마음을 전하며, 저도 당신처럼 한 발짝 더 내디딜 수 있는 용기를 가질 수 있기를.

2026년 제49회 이상문학상 작품집

문학적 자서전

유예되는 절망

최근에는 부쩍 과거의 일을 떠올리는 일이 잦아졌다. 인생의 어느 시점부터는 그렇게 된다고들 하지만 나도 그렇게 될 줄은 몰랐다. 보편적인 삶의 패턴과 조금은 다르게 살아왔기에 생의 시기에 따른 보편적인 행동이나 사고 패턴과도 다르게 갈 줄 알았는데, 나 역시 어떤 부분에서는 그 길을 얌전하게 따라가고 있음을 발견한다. 그리고 혼자 웃는다. 정말 웃기기도 하고, 한편으로는 씁쓸하기도 해서. 하지만 또 내 안의 어떤 부분은 그러한 패턴을 벗어나 움직이고 있음을 느낀다. 호오나 의지와는 무관하게.

어쩌면 나는 어렸을 때부터 과거의 일을 떠올리며 살아온 것 같기도 하다. 열 살의 나는 대여섯 살의 나를 떠올렸고, 스무 살의 나는 십대의 나를……. 다섯 살의 나를 떠올리는 건 지금도 마찬가지다. 다만 나이를 먹을수록 떠올려야 할 과거가 늘어나서 좀 더 잦아진 것처럼 느껴지는 것일지도 모르겠다. 이 역시 나만 그런 건 아닐 것이다. 어떤 부분은 다르지만 또 비슷한 것이 사람이니까.

*

나는 작가가 되었고, 지금은 소설 창작을 가르치는 선생이기도 하지만 여전히 에세이, 특히 자전적인 글을 쓰는 일은 힘이 든다. 어쩌면 소설을 쓸 때보다 에너지가 더 필요한 것 같기도 하다. 왜일까 생각해보니, 아무래도 나를 드러내야 한다는 부담감 때문인 듯하다. 어쩌면 스킬의 문제이기도 할 텐데, 아직 이런 종류의 글쓰기 스킬은 잘 습득하지 못한 것 같다.

작가는, 특히 소설가는 소위 말하는 '내향적 관종'들이 많다. 관심을 필요로 하지만 자신이 드러나는 것은 피하고 싶은 성향의 사람들이 소설을 쓰는 게 아닐까. 물론 그렇지 않은 작가들도 있다는 건 잘 알고 있다. 여하튼 내향적 관종에 속하는 이들을 만나면 나는 동질감을 느낀다. 동질감이 곧 호감으로 이어지는 것은 아니지만, 그래도 나와 유사한 부류가 있음에 안도한다. 예전에는 이 세계에 내가 유일한 존재라고 믿었던 때도 있었다. 물론 우리는 모두 유일한 동시에 유사하다. 인간이 혼자 살 수 없다는 말은 꼭 동거인이 필요하다는 말은 아닐 것이다. 나와 비슷한 삶의 패턴, 사고방식, 가치관, 취향을 가진 이가 어딘가에 존재한다는 사실. 그것을 아는 것만으로도 살아갈 수 있는 존재가 인간인 것 같다. 그런 의미에서 SNS는 긍정적인 역할을 하고 있음이 분명해 보인다.

유일하기를 바라면서도 어딘가에 속하기를 원하는 마음. 그래서 우리는 별자리나 엠비티아이를 묻게 되는 거겠지. 그건 너와 나를 구분 짓기 위함이라기보다는 서로를 이해하기 위한 시도에 가깝지 않을까. 사람의 성향을 몇 가지로 나누는 방식에 회의적인 이들도 있겠지만, 큰 줄기로 본다면 가능한 이야기라고 생각한다. 그리고 그 커다란 줄기를 타고 뻗어나간 작은 잎맥들의 차이. 그것을 관찰하는 일이 소설가의 일일 것이다.

*

최근에는 새로운 엠비티아이가 등장했다는 기사를 보았다. 오트로버트Outrovert라는 유형인데, 내향형Introvert과 외향형Extrovert의 중간에 위치한 성향으로 'Outro'와 '-vert'가 결합되어 만들어진 신조어라고 한다. 그러니까 내향형도 외향형도 아닌, 이도 저도 아닌 유형. 말하자면 양향인. 혼자만의 시간을 편안해하면서도 사람들과 적극적으로 어울릴 수 있는 사람. 홀로 있는 시간도, 여럿이 함께하는 모임도 즐길 수 있는 사람. 오트로버트는 내향형과 외향형의 장점을 함께 지닌 이들을 지칭하는 말로 쓰이는 것 같다. 그렇다면 혼자 있을 때는 외로워하면서, 사람들과 함께 있으면 불편해하는 이들도 오트로버트라고 할 수 있을까? 아무래도 양향인 반대편에 있는 부류를 지칭하는 이름도 필요해 보인다. 하지만 그 둘은 어느 정도 겹치는 부분이 있을 것이다. 이것도 저것도 다 되는 사람을 우리는 이도 저도 아닌 사람으로 분류하기도 하니까. 아닌가?

왜 이런 궁금증을 갖게 되었냐면, 나야말로 오트로버트 같다고 느끼기 때문이다. 나를 잘 모르는 이들은 나를 외향인으로 생각한다(는 의견을 들었다). 나를 오래 또는 깊게 보아온 이들은 내가 완전한 내향인임을 알아차린다. 나 역시 스스로가 내향인이라고 철석같이 믿고 있는데, 바깥 활동이 전적으로 '일'

처럼 여겨지기 때문이다. 그것이 친구와의 사적인 만남이든 무엇이든 간에. 게다가 말을 많이 하고 나면 언제나 집에 와서 후회를 한다. 하지만 사람들과 함께 있을 때는 과하게 명랑하거나 수다스럽다. 내게는 사람들을 즐겁게 해줘야 한다는 일종의 의무감 같은 것이 있다. 남들을 불편하게 하고 싶지 않은 성격 때문인 것 같다. 내가 어쩌지 못하는 타고난 배려심. (이 말을 듣고 코웃음을 치는 지인들의 얼굴이 떠오르기도 하지만, 나는 정말 그렇게 생각한다.) 나는 그것을 바람직한 사회생활이라고 여겨왔는데, 최근에는 생각이 조금 바뀌었다. 나 역시 그것을 어느 정도는 즐기고 있는 것 같다고. 사람들에게 에너지를 쏟은 뒤 홀로 남으면, 몸 안에 새로운 호르몬이 도는 것이 느껴진다. 피곤하지만 이제는 그것이 필요하다고 생각한다. 이렇게 보면 나는 분명 혼자 있는 시간을 꼭 필요로 하면서도 바깥 생활을 나름 즐기는 오트로버트다. 하지만 홀로 있어서 쓸쓸하고 외로워 울 때도 있고, 사람들과는 대체로 오래 함께 있고 싶지는 않다. 이 역시 나만 그런 건 아닐 것이다. 이도 저도 만족하지 못해 스스로를 구제 불능이라 생각하는 이가. 바깥에서는 신나게 떠들고 집에 돌아와 이불 킥을 하는 사람이. 돌이킬 수 없는데도 계속 같은 장면들을 떠올리며 발설되어버린 말들을 수정하는 이가. 당신도 그렇다고? 어쩌면 강도의 차이만 있을 뿐 다수의 사람이 그럴지도 모르겠다. 그날의 기분과 상태에 따라 이럴 때도 있고 저럴 때도 있다고. 언제나 자신이 원하는 것을 잘 알아차리고, 망설임 없이 행동한 뒤 후회 없이 잠드는 사람은 거의 없을 거라고. 물론 이건 나의 바람일지도 모른다. 나와 비슷한 사람이 많기를 바라는 마음.

하지만 후회는 세상에서 가장 쓸데없는 짓 같기도 하다. 이미 지난 일에 마음을 쓰느라 현재를 놓치는 일은 어리석다. 어찌할 수 없는 일에 대해 곱씹는 것은 스스로를 피폐하게 만든다. 우울에 빠지게 한다. 그럼에도 나는 후회라는 행위만이 인간을 인간답게 만든다고 생각한다. 나는 휴머니스트는 아니지만 인간이기에 어쩔 수 없이 인간을 인간으로 만드는 것이 무엇인가에 대해 고민할 수밖에 없다. 인간은 후회를 해야 한다. 어쩌면 필요 이상으로. 다만 과거의 늪에 빠져 현재를 무의미하게 소비해서는 안 되겠지. 나 역시 종종 그런 우를 범한다. 돌이킬 수 없는 것들을 곱씹느라 너무 많은 시간을 소비하고 지쳐버린다. 그러다 보면 자괴감에 빠져 허우적거리게 된다. 그럼에도 후회하는 일은 나를 가장 인간답게 만든다고 믿는다. 다만 여기에서 잊지 말아야 할 점은, 후회에 잠식당하지 않을 것. 우울에 몸과 정신을 모두 바치지 않을 것. 좀 더 나은 방향으로 나를 설정할 것. 계속해서 수정해나갈 것. 마치 나의 삶을 퇴고한다는 마음으로. 그리고 불가능하겠지만, 반복하지 않을 것. 그것만이 현재를 좀 더 의미 있게 만드는 방법이 아닐까. 의미 있게. 의, 미, 있, 게. 아, 의미란 무엇인가.

*

글을 읽고 쓰다 보면 의미에 무관심해질 수 없다. 달리 말하면, 의미에 무관심한 이가 읽고 쓰는 일에 관심을 갖는 것은 불가능하다. 아, 무의미해, 라는 말을 입에 달고 사는 나 역시 마찬가지다. 쿨함을 가장하고 있지만 사실 나는 무의미가 싫기 때문에, 그것을 견디기 힘들기 때문에 아주 작고 희미한 의미라도 찾아 헤매는 것이다. 읽고 씀으로써 가능한 일이다. 의미 없음에 대한 글을 쓰겠다거나 의미를 찾는 일은 시대착오적이라고 여기는 사람조차도 그 무의미의 의미를 찾는다는 점에서 나와 다를 바 없다.

후회를 하고 의미를 찾는 것. 인간에게 희망이 있다면 우리는 거기에서 답을 찾아야 하지 않을까. 아닌가? 아, 나는 확신하는 일이 왜 이렇게 어려운가. 자기 확신이 있는 이들이 부럽다. 나는 나의 판단을 신뢰하기가 힘들다.

내가 글 쓰는 사람이 되어 좋은 점은, 이런 나의 성격에 가장 잘 맞는 직업이기 때문이다. 글 쓰는 사람은 퇴고하는 사람이다. 인물을 만들고, 문장을 쓰고, 소설 하나를 완성해도 머릿속에서는 계속 갈팡질팡할 때가 많다. 이걸 이렇게 했어야 했나, 저걸 저렇게 바꿔야 하나, 이 문장의 단어와 어순은 이것이 최선인가. 하지만 글을 쓰면 계속해서 고칠 수 있다. 심지어 훌륭한 편집자들이 도와주기까지 한다. 아마추어일 때에는 이 작업이야말로 세상에서 가장 고독한 일이라고 생각했는데, 어떻게든 원고를 만들고 나면 도와주는 이들이 생긴다. 그럼에도 고독한 직업 최상위권임에는 분명하며, 나는 앞으로도 계속 허둥대겠지만. 심지어 출간을 한 뒤에도 그런 고민은 계속되어 한동안은 책을 아예 펼쳐보지 않는 쪽을 택할 때도 많다. 하지만 출간되어도 나중에, 인쇄를 다시 할 때 고칠 수 있다. 다행이다. 당장 중쇄를 찍지 못하더라도 희망은 있는 셈이니. 희망? 그래, 희망. 그 달콤하고도 씁쓸한.

*

나의 반려견 쪼무는 올해로 열네 살이 된다. 2012년생인데, 아직도 우리가 처음 만났던 날을 떠올려보면 그것이 십사 년 전이라는 사실이 믿기지 않는다. ……믿기지 않는다? 십사 년 전은 아주 먼 과거일까. 내가 대학에 입학했던 시절은 그보다 훨씬 오래되었고, 내가 유치원에 다녔던 때는……. 과거를 떠올리면 사람들은 흔히 아주 오래전의 일이라고 말하지만, 내게는 여전히 생생하게 기억되는 순간들이 있다. 그렇다면 오래되었다는 감각은 어디에서 기원하는 것일까. 보통 십 년 이상이 지나면 오래되었다고 한다. 십 년이면 강산도 변한다고 하니까. 하지만 정말 그 시간은 '오래된' 것일까. 어쩌면 우리가 오래전이라고 부르는 건, 물리적으로 그다지 오래된 과거가 아닐지도 모른다. 우리가 늙는 속도에 비해 절대적인 시간은 아주 짧은 게 아닐까. 길고 짧다는 기준은 상대적인 것이니까. 아, 이런 과학적인 이야기는 지식이 너무 없어서 뭐라고 써야 할지 모르겠다. 이 에세이를 마감하고 나면 과학적 지식을 좀 쌓아봐야겠다. 언젠가는 멋진 SF를 쓰고 싶은데……. 각설하고, 나는 이 글을 쓰고 있는 지금도 자꾸 과거로 가버리는 순간들을 느끼고 있다. 사람들이 말하는 오래전의 일들을 가깝게 느끼지만, 사진 속의 나도, 쪼무도 지금의 모습과는 다르다. 그 때문에 우리는 오래전이라고 느끼는 것 같기도 하다.

쪼무는 12월에 세 번째 암수술을 받았다. 나이에 비해 건강해서 금방 회복했지만, 열세 살이라고 말하면 다들 아, 하면서 입을 다문다. 언젠가 쪼무와 헤어지게 되리라는 사실을 안다.

그건 쪼무가 한 살이었을 때부터 해왔던 생각이다. (나는 과거를 떠올리는 것만큼, 닥치지 않은 미래에 대한 걱정도 많다.) 언젠가 쪼무와 헤어지게 되고, 나는 홀로 남을 것이다. (반대의 가능성도 있으나 생각하고 싶지 않다.)

누구나 가족과 연인과, 결국엔 삶과 이별해야 한다. 예외는 없다. 그 모든 일을 겪어야 한다는 사실을 나는 믿을 수가 없다. 하지만 사건들은 일어난다. 나의 이해와 무관하게. 그러므로 나는 내게 일어난 일들을 사후적으로라도 이해하기 위해 살아가는 것 같기도 하다. 아무리 오랜 시간을 들여 되새겨보아도 불가해한 일들은 있을 것이다. 불가해한 채로 받아들이는 연습도 필요하겠지. 살아가려면. 인간으로 살아가려면. 그것을 애도라고 불러도 될까?

나는 삶에 대한 애착이 강한 것 같다. 언제나 삶과 가장 느슨하게 연결되어 있는 사람이 나라고 믿어왔는데. 그러므로 내게 있어 글쓰기는, 직업인 동시에 인간으로 잘 살아가기 위한 방법이기도 하다. 얼마나 뛰어난 글을 쓰는가도 물론 중요하지만, 글을 쓴다는 행위 자체가 지닌 의미를 잊지 않고 싶다. 나를 나로, 인간을 인간으로 만드는 것. 읽고 쓰는 행위에 담긴 그 수행성을.

*

나는 결국 외향형도 내향형도 아닌 것 같고, 남의 말에 잘 흔들리며 후회와 걱정으로 대부분의 시간을 보낸다. 대체로 모든 일에 확신을 갖지 못해 갈팡질팡하고, 나의 판단을 의심하며 쉽게 결정을 내리지 못한다. 이런 나의 성향이 조금은 달라지기를 바란다. 그러면 지금보다 10퍼센트 정도는 더 행복할 수 있을 텐데. 조금만 더 낙천적인 인간이 되었으면.

최근에 겪은 일인데, 쪼무의 암이 재발했을 때 나는 깊은 절망에 빠졌다. 해야 할 일을 다 해낼 자신이 없었고, 두렵고 무기력했다. 그러다 문득 죽음에 대해 생각했다. 내가 한 달 후에 죽는다면? 그러자 신기하게도 힘이 났다. 이성이 활동을 시작하며 해야 할 일들의 리스트를 떠올렸다. 나의 절망은 내일이 당연히 지속될 거라는 근거 없는 믿음에서 비롯된 것이었다. 삶은 언젠가 끝이 난다. 그러니 해야 할 일은 해야 한다. 마감을 지키고, 강의계획서를 쓰고, 청소를 하고, 장을 봐야 한다. 정리를 차근차근해야 하는 것이다. 타인에게 피해를 주지 않으려면 단정하게 지내야 한다. 당장 내일 무슨 일이 생길지도 모르니 집이 깨끗해야 한다. 이런 생각을 하는 걸 보면 나는 더 이상 우울증 환자는 아닌 것 같다.

그럼에도 나는 또 절망에 빠질 것이다. 그것은 반복될 것이다. 다만 후회를 통한 사고의 퇴고를 기쳐 조금은 다른 절망에 빠지기를 바란다. 조금 더 나은 절망으로. 또한 나는, 당신도 나와 함께 혼란스러워하고 허둥지둥하며 결론을 잘 내리지 못하기를 바란다. 절망에 빠졌다 나오기를 반복하기를 바란다. 그것은 일종의 작가적 마음이기도 한데, 세상 모든 사람이 어느 정도는 그랬으면 좋겠다. 사람들이 모두 글 쓰는 사람이 되어 결론을 유예하며 지속적으로 퇴고하는 삶을 살았으면 좋겠다. 세상은 좀 더 느리게 흐르고, 어쩌면 엉망진창으로 보일 수도 있겠지만, 분명 조금 더 나은 쪽으로 향할 것이다. 하지만 안 되겠지. 그렇게는 안 될 것이다. 그래도 우리 같은 부류가 사라지지는 않을 거라 믿는다.

나는 계속해서 절망을 말할 것이다. 인간의 어리석음과 탐욕과 편협에 대해 집요하게 파고들 것이다. 이기심과 욕망과 비겁함에 대해 쓸 것이다. 비난하거나 미워하지 않는 방식으로. 분노하거나 화내지 않는 방식으로. 너무 뜨거워서 오히려 차갑게 느껴지는 방식으로. 나는 어둠을 말함으로써, 빛을 등짐으로써, 생을 긍정하는 글쓰기를 하고 있다고 믿는다.

……아닌가?

*

이 글이 책으로 나오면 나는 또 이 글을 쓰고 있는 지금 이 시간을 떠올리며 추억하겠지. 어쩌면 이불 킥을? 이 말은 쓰지 말걸, 이 말은 덧붙일걸, 하면서. 아, 그러고 보니 이 글은 오래 두고 퇴고할 수는 없을지도 모르겠다. 그렇게 생각하니 또 걱정이 되는데…….

2026년 제49회 이상문학상 작품집

자선 대표작

오후만 있던 일요일

원희는 남편이 몸에 딱 붙는 바이크 웨어를 입은 채 현관 거울에 자신의 차림을 이리저리 비추는 모습을 바라보았다. 규석은 은퇴 후 한동안 우울증 약을 복용하다 동창의 권유로 자전거 동호회에 가입했다. 이제 동호회에서도 운영진 위치에 있는 규석은 몸의 굴곡이 적나라하게 드러나는 라이딩 전용 복장도 전혀 민망해하지 않는 수준에 이르렀다. 아니, 그렇게 된 지도 이미 몇 년이 흘렀다. 처음에 규석은 원희에게도 함께 나가면 안 되겠느냐며 부탁에 가까운 권유를 해왔다. 혼자서는 어색하다고. 그러나 원희는 여럿이 모여서 하는 운동에는 흥미가 없었다. 단호하게 거절했으나 규석이 정 견디지 못하는 것 같으면 함께할 만한 다른 취미라도 찾아야 하나 고민은 했다. 의외로 규석은 금방 자전거에 빠졌다. 나도 자전거 배워볼까? 원희는 천만 원이 넘는 티타늄 MTB 자전거를 가볍게 들고 나서는 규석에게 충동적으로 물었다. 응? 규석은 못 들은 척 되묻고는 말을 이었다. 수임이 만난댔지? 맛있는 거 먹고 잘 놀다 와. 현관문을 빠져나가는 순간에도 규석은 거울에 비친 자신의 모습을 다시 한번 재빨리 훑었다. 규석이 나가자 현관문이 닫혔고 이어서 도어록 잠기는 익숙한 소리가 들렸다. 몇 초 후 조용히 현관 센서 등이 꺼졌다. 빈 공간에 신발 몇 켤레만 우두커니 남았다. 원희는 그 적막을 잠깐 응시하다 몸을 돌려 욕실로 향했다.

원희는 대학 동기이자 음대 교수인 수임과 미용실에서 만나 머리를 한 후 피부 관리를 받으러 갈 예정이었다. 원희는 고주완이 연주한 쇼팽의 에튀드를 들으며 외출 준비를 시작했다. 부드럽고 힘 있게 건반 위를 질주하는 고주완의 손가락과 유연한 팔의 움직임, 텐션에 따라 달라지는 어깨와 등의 곡선……. 그의 모습을 떠올리자 어디선가 감미로운 바람이 불어와 가슴이 기분 좋게 벅차올랐다.

원희는 대학에서 피아노를 전공했지만 결혼 후 육아와 살림을 하며 연주에 손을 놓았다. 간혹 피아노 앞에 앉아 쇼팽의 왈츠나 브람스를 연습하기는 했는데 그마저도 그만둔 지 꽤 되었다. 청소를 할 때나 피아노에 대해 누군가 물어볼 때마다 여유가 생기면 다시 시작해야지, 생각은 했으나 시간은 정말이지 솜사탕이 물에 녹듯 스르르 흘러 사라져버렸다. 원희는 자신이 손녀가 있는 '할머니'라는 사실이 문득문득 믿기지 않았다. 너무 일찍 아이를 낳은 딸이 가끔은 원망스럽기까지 했다. 피아노는 언젠가부터 집 한편에서 장식품 역할을 충실히 하고 있었다. 원희는 이제 자신은 그저 클래식 애호가일 뿐이라 여겼지만 내심 아직도 언제든 연습만 하면 손가락이 금방 풀리지 않을까 생각하고 있었다. 생각만.

가벼운 화장을 마친 후 원희는 콧노래를 부르며 휴대폰으로 고주완 팬 사이트에 들어가 게시 글을 훑어보았다. 이어서 날씨를 확인했다. 실크 스카프를 두르고 트렌치코트를 챙겼다. 봄이었지만 해가 지면 아직 쌀쌀했다. 원희는 신발장에서 와인색 플랫슈즈를 골라 신고 거울을 보며 매무새를 점검했다. 최근 들어 머리숱이 눈에 띄게 적어지는 것 같아 짧게 혀를 찼다. 엘리베이터를 타고 지하 주차장으로 내려가는데 전화벨이 울렸다. 유나였다. 원희는 받을까 말까 잠깐 고민했다. 응, 유나야. 엄마 엘리베이터. 이따 전화할게. 그러나 운전석에 앉아 시동을 걸고 라디오를 켜는 순간 원희는 딸을 잊었다. 유나는 현재 셋째를 임신 중이었다. 일곱 살, 다섯 살의 딸을 두고 또다시 임신해 만삭에 가까운 유나를 생각하면 원희는 절로 고개가 저어지고 한숨부터 나왔다. 미용실에 도착해 대기하고 있는데 유나에게 다시 전화가 걸려 왔다. 엄마, 어디야?

미안. 운전한다고 깜빡했네. 엄마 지금 미용실, 수임 이모랑.

엄마, 나 게장 안 좋아하는 거 알지. 근데 갑자기 예전에 엄마가 해준 양념게장이 너무 먹고 싶어서 하루 종일 그 생각밖에 안 나는 거야. 아, 지금도 말하니까 입에 막 침이…….

양념게장? 내가 언제?

왜, 그때 있잖아. 김 서방 생일 때랑…… 또 언제였더라.

그거 할머니가 해주셨던 거 같은데. 아니, 샀던 거 같기도 하고. 아, 유나야. 엄마 이제 샴푸해야 해. 문자 남겨. 미안.

원희는 바쁜 척 급히 전화를 끊었다. 서운하려나? 좀 더 들어줄걸 그랬나. 게장은 나중에 사다 주지 뭐. 원희는 대기 소파에 앉아 잡지를 뒤적이다 문득 요양원에 있는 시모가 떠올랐다. 시모가 지방의 요양원에 들어간 지도 어느새 오 년이 지나고 있었다. 시모는 자식들이 모두 결혼하고 시부가 세상을 뜬 뒤 이십 년 가까이 홀로 살았다. 초기 치매 판정을 받은 후에는 규석의 형 부부와 서너 달 함께 살다 스스로 요양원행을 택했다. 그때가 여든한 살이 되던 해였다. 원희 부부를 비롯해 모든 자녀가 당분간만이라도 함께 살자며 요양원행을 반대했으나 시모는 완고했다. 희고 풍성한 파마머리에 핑크색 트위드 투피스를 단정하게 차려입은, 팔순 생신 때의 환했던 시어머니의 모습을 원희는 며칠 전 일처럼 선명히 기억하고 있었다. 중학교 영어 선생이었던 그녀는 언제나 우아했다. 원희가 보아온 수십 년간, 시모는 알아서 적당한 거리를 두고 자식들과 크게 서운한 일 없이 대체로 잘 지냈다. 하소연이나 잔소리가 거의 없었다. 그런 만큼 다정한 성격은 아니어서 간혹 차갑게 느껴질 때도 있었다. 결혼하고 처음 몇 년간은 시모가 자신을 달가워하지 않는 것은 아닐까 생각한 적도 있었다. 그러나 시간이 지나면서 원희는 시모의 현명함을 존경하게 되었다. 아주 가끔이지만 시모는 명절 식사 자리나 가족 모임에서 술을 한두 잔 하고 평소와 달리 천진한 표정으로 소리 내어 웃을 때가 있었다. 그럴 때에는 시모를 따라 가족 모두가 함께 웃었다. 원희는 시모를 닮고 싶다고 생각했다. 저렇게 늙고 싶다고. 현명하고 아름답게.

그런 그녀가 치매라는 말을 들었을 때, 원희는 두려웠다. 시모의 다른 모습을 보게 될까 봐. 그녀가 요양원에 입소하던 날을 떠올리면 여전히 가슴이 아리고 눈시울이 뜨거워졌다. 그러나 가족들이 고심해서 정한 요양원은 환경이 나쁘지 않았고 시모는 꽤 잘 적응하는 것처럼 보였다. 전과 완전히 같다고는 할 수 없으나 여전히 단정한 편이었고 사람들과도 잘 어울렸다. 원희는 면회를 갈 때마다 조금씩 변해가는 그녀의 모습을 의외로 담담히 받아들이고 있다는 것을 어느 순간 깨달았다. 규석도 그런 듯했다. 시간이 흐르면서 자신도 모르게 마음의 어떤 끈을 조금씩 놓게 된 것일까. 그런데 어머님이 물려주신 진주 목걸이를 어디에 뒀더라. 다음에 하고 가면 알아보고 좋아하실까……. 여보세요. 원희는 장난스레 자신을 부르는 목소리에 정신을 차리고 고개를 들었다. 수임이 웃음 띤 얼굴로 서 있었다.

신세계가 펼쳐진다더니 왜 그런지 알겠어.

안식년을 맞아 몇 주 전에 노안 수술을 받은 수임이 자신의 얼굴을 이리저리 훑어보며 말했다. 너무 잘 보여, 너무. 둘은 두피 관리를 받은 후 뿌리 염색을 하기 위해 거울을 마주하고 나란히 앉았다. 넌 하지 마.

왜?

눈도 건조하고 밤 운전도 힘들고.

그놈의 건조. 지겹다.

원희의 말에 수임이 웃었다. 그런데 그보다도, 너무 잘 보이니까 늘어진 모공부터 잡티 하나까지.

잡티가 뭐 얼마나 있다고.

하여간, 넌 하지 마. 수임은 피곤하다는 듯 눈을 감았다. 원희는 거울로 수임의 얼굴을 잠깐 바라보다 자신에게로 시선을 옮겼다. 햇살을 받은 얼굴 라인이 적나라하게 드러나 있었다. 리프팅 시술을 받을 때가 됐나. 원희는 짧게 한숨을 내쉬었다.

최근 들어 원희는 수임을 따라 피부과에 가서 부지런히 관리를 받았다. 고객님을 누가 육십대로 보겠어요. 피부과 실장은 오늘도 원희에게 그렇게 말했다. 요즘은 기계들이 너무 잘 나와서 관리만 꾸준하게 하시면 전혀 그 나이로 안 보여요. 물론 고객님처럼 타고나는 게 사실 제일 중요하긴 해요. 여자는 마치 대단한 비밀을 말해준다는 듯 작게 속삭였다. 누구에게나 하는 말이라는 걸 알았지만 실장의 립 서비스는 언제나 듣기 좋았다. 수임은 이 병원의 VIP였다. 수임은 피부과에서 받는 다양한 시술은 물론이고, 방학 때면 성형외과에서 지방흡입이나 눈매 교정 같은 수술도 받았다. 수임이 나이에 비해 젊은 외모를 유지하는 비법이 요가라든가 채식 같은 것만이 아니라는 사실을 잘 알고 있었다. 그러나 수임이 안면거상술 얘기를 꺼냈을 때에는 말려야겠다고 생각했다. 하지만 수임은 이미 결정을 내린 듯했다. 이게 다 노안 수술 때문이야. 자세히 보니까 얼굴에 주름이 많아도 너무 많고, 너무 처졌어. 이렇게 좀 올리면 훨씬 낫잖아. 수임은 손으로 이마를 당겨 올려 보였다. 너 지금도 충분히 예뻐. 누가 육십대라고 하겠어. 원희는 그렇게 말하면서도 이런 말을 사십대부터, 아니 어쩌면 삼십대부터 서로 주고받았다는 사실을 기억했다. 그 나이로 안 보인다는 말. 우리가 서른이라니 믿어지니. 우리가 마흔이라니. 아줌마라니. 오십이라니. 갱년기가 왔나 봐. 환갑? 환갑이 뭐니. 나 할머니 됐다.

우리 전에 그랬잖아. 원래 나이보다 딱 다섯 살만 젊어 보이자. 그게 제일 자연스럽고 좋은 거라고.

야, 내일모레면 다섯 살 젊어 보여도 육십이다.

수임이 떫은 얼굴로 말했고, 잠시 후에 둘은 킥킥대며 웃었다.

미쳤지.

미쳤네.

원희는 관리실 침대에 누워 고주완의 리사이틀이 얼마나 남았는지 머릿속으로 계산해보았다.

고주완은 얼마 전 해외 콩쿠르에서 입상하며 티켓 파워가 급상승한 젊은 피아니스트였다. 그러나 처음 수임이 고주완의 연주회에 가자는 말을 했을 때만 해도 원희는 아무런 기대가 없었다. 수임의 말로는 입상 전에도 국내에는 이미 고주완 마니아가 많았다고 했다. 걔가 아주 파워풀한 매력이 있어. 실력이야 말할 것도 없지만 그보다 뭐랄까, 어딘지 섹시하달까. 수임의 말에 원희는 고개를 저었다. 또 시작이네. 아들 같은 애한테. 아니, 그게 아니라, 너도 보면 알 거야. 원희는 수임의 말을 흘려들었다. 원희는 젊고 패기 있는 신인보다는 경지에 오른 중견 연주자가 자신의 취향이라 굳게 믿고 있었다. 어린 시절부터 백발의 노련한 연주자들이 훨씬 관능적으로 느껴졌다. 그날 원희는 공연 프로그램도 확인하지 않았다. 그저 나들이 가는 기분으로 따라나섰을 뿐이었다. 그런데 고주완은 달랐다. 그의 연주는 아름다웠다. 아니, 아름답다는 말로는 부족할 성도로 원희는 그의 연주에 매료되었다. 슈베르트로 시작해 쇼팽을 거쳐 버르토크 소나타가 시작되었을 때에 원희는 전율했다. 평소 버르토크는 거의 듣지도 않았는데 그 현란한 불협화음에 완전히 매혹되었다. 원희는 연주가 끝날 때까지 소리는 물론이고 그의 얼굴과 몸짓, 손가락과 관절의 작은 움직임까지 하나도 빼놓지 않고 담아두려 온 정신을 쏟아 집중했다. 앙코르까지 끝낸 고주완이 땀에 젖은 얼굴로 객석을 향해 인사하는 모습을 보며 원희는 오랫동안 갈채를 보냈다. 수임이 옆에서 그런 자신을 바라보며 웃고 있는 줄도 알아차리지 못했다.

와인 한잔만 하고 가자. 수임이 공연 뒤풀이에 함께 가자며 원희를 잡았다. 평소였다면 거절했을 테지만 원희는 시계를 보며 대답을 끌었다. 주완이 보고 가. 오늘 연주 좋았지? 거봐, 잘한다니까.

응, 잘하더라.

공연장 근처의 작은 와인 바에 몇몇의 관계자와 지인이 모였고 서로 간단하게 인사를 나누었다. 연주복 대신 청바지에 푸른색 체크 셔츠를 입은 고주완이 도착했을 때에는 모두 일어나 박수로 맞았다. 옷차림 때문인지 무대 위에서 보았던 모습보다 좀 더 어리고 밝아 보였다. 소개의 시간이 시작되었다. 여기는 내 대학 동기이자 사십 년 절친, 오원희 여사님. 까다로운 분이신데 오늘 공연 보고 주완 님 팬 되셨대. 고주완의 시선이 자신을 향하자 원희는 가슴이 뛰었다. 그러나 감정을 숨긴 채 자연스러운 미소를 지어 보이는 것은 이제 원희에게는 쉬운 일이었다. 연주 너무 좋았어요. 특히 버르토크. 주완이 원희의 말에 활짝 웃으며 고개를 숙였다. 아유 감사합니다. 버르토크 매력 있죠. 둘의 대화는 그것으로 끝이었다. 사람들 사이에서 주완은 무척 활달하고 사교적으로 보였다. 연주할 때의 모습만으로는 전혀 알 수 없었을 그의 경쾌한 말투와 웃음소리. 긴장이 풀려서일까, 아니면 평소의 모습인가. 그것도 아니면, 그저 낯선 이들과 있을 때 의례적으로 나오는 태도일 뿐일까. 원희는 사람들의 말이 귀에 들어오지 않았다. 주완의 옆에는 주완과 비슷한 또래의 젊은 여자가 앉아 있었다. 원희는 주완과 여자를 훔쳐보느라 수임의 말에도 건성으로 답했다. 주완과 간혹 눈이 마주칠 때마다 원희는 아무렇지 않게 시선을 돌렸지만 겨드랑이에서 땀이 났다.

술자리가 끝난 후 인사를 나누며 무슨 학교 이사장이라는 노신사가 주완에게 악수를 청했다. 훌륭한 연주자의 좋은 기를 받는다며 기뻐했다. 그러자 너도나도 악수를 청했다. 수임은 고주완의 등을 토닥이며 가벼운 포옹까지 했다. 원희는 그 모습을 옆에서 가만히 보고 있었다. 내 친구한테도 악수 한번 해드려. 수임의 말에 주완이 공손하게 손을 내밀었고 원희는 그의 손을 반쯤 잡았다 금방 놓았다. 둘은 잠깐 눈이 마주쳤고 원희는 고개 숙여 인사했다. 주완은 옆에 있던 여자와 함께 자리를 떴다. 원희는 둘의 뒷모습에서 시선을 떼지 못했다. 여자는 허리 라인이 드러나는 타이트한 블라우스에 고주완과 마찬가지로 청바지 차림이었다. 뒤태는 군살 없이 꼿꼿했고 머리를 쓸어 넘기자 길고 풍성한 생머리가 탄력 있게 흔들렸다. 수임이 원희의 어깨를 툭 쳤다. 완전히 반했네. 수임이 빙글거리며 원희를 보고 있었다.

집으로 돌아가는 길에 휴대폰을 확인해보니 규석에게서 문자가 와 있었다. 어디야? 한 시간도 더 전에 온 문자였다. 원희는 전화를 하려다 답을 남겼다. 지금 가는 중. 집에 도착할 때까지 규석도 원희도 더 이상 연락하지 않았다.

원희는 그날 밤 쉽게 잠들지 못했다. 휴대폰으로 고주완을 검색해 그의 이력과 기사를 샅샅이 훑었다. 일반적인 영재들보다 조금 늦은, 초등학교 고학년 때부터 피아노를 시작했다는 점을 제외하면 예술 중고등학교를 거쳐 예술 종합대학에 들어가 국내외 콩쿠르에 입상하며 인지도를 높인 전형적인 케이스였다. 작년부터 베를린 거주. 서른두 살. 미혼. 유나보다 다섯 살이나 어리네. 그리고 나보다는……. 원희는 그런 생각을 하다 씁쓸하게 웃으며 고개를 저었다. 수임의 말처럼 고주완은 이미 팬이 많았다. 180센티미터가량 되는 키에 마른 것도 근육질도 아닌, 적당하게 살집이 있는 체격이었다. 전형적인 미남이라고 할 수는 없으나 코가 얼굴의 비율에 맞게 오뚝하게 솟아 있어 보기 좋았다. 웃지 않을 때에는 차갑게 보이는 쌍꺼풀 없는 눈도 매력적이었다. 그리고 파워풀한 연주와 달리 결코 과하지 않은 그 절제된 표정, 조명을 받아 부드럽게 빛나는 섬세한 손가락의 흐름과 그에 따라 반응하는 팔과 어깨의 움직임. 때로는 강하게, 때로는 부드럽게……. 원희는 그 모든 것에 마음을 빼앗겼다. 길에서 지나쳤다면 아무런 눈길도 끌지 못했을, 어떤 직업을 가졌다 해도 수긍할 만큼 평범하다면 또 평범한 외모지만 어디에 그런 섬세하고 열정적인 예술 감각과 절묘한 테크닉이 숨어 있는 것인지, 원희는 그러한 간극이 더 마음을 끌었는지도 모르겠다고 생각했다. 무엇보다 저토록 힘 있고 유려한 연주 실력과 나이에 비해 탁월한 곡 해석 능력에…… 아니다. 원희는 스스로를 속이고 있다는 것을 알았다. 사실은 연주가 시작되기 전부터 이미 그에게 매혹되었다. 그가 무대에 모습을 드러내자마자. 그런 식으로 누군가에게 끌릴 수도 있다는 사실을 아주 어릴 적에도 이미 알고 있었던 것 같은데. 너무 오랜 시간 잊고 지낸 감각이었다.

고주완의 팬카페가 있다는 것을 알고 원희는 며칠간 가입을 심각하게 고민했다. 다 늙어서 이게 도대체 뭐 하는 짓인가 싶은 마음에 휴대폰을 끄고 켜기를 반복했다. 원희는 유튜브에서 고주완의 연주 동영상을 찾아보기 시작했다. 인터뷰와 기사도 검색해서 빠짐없이 읽어보았다. 마음에 드는 인터뷰는 몇 번이나 다시 보았다. 고주완의 얼굴이 클로즈업된 사진은 휴대폰에 저장했다. 고주완은 버르토크나 프로코피예프 같은 20세기 작곡가를 특히 애정하는 듯했다. 원희는 불협화음에 매력을 느끼지 못했다. 기승전결이 있는 고전적인 곡들을 선호했다. 그런데 고주완의 공연 이후로 달라졌다. 원희는 이렇게 단번에 취향이 다른 쪽으로 열리는 경험을 해본 기억이 없었다. 원희는 고주완의 모든 앨범과 버르토크, 프로코피예프, 진은숙의 시디를 주문했다. 그리고 유튜브로 종일 고주완의 연주와 20세기 작곡가들의 피아노 소나타와 콘체르토를 반복해서 들었다. 하루가 금방 지나갔다. 어느 날은 규석이 한마디 던졌다. 뭐 이런 걸 들어?

이제 20세기 음악을 좀 들어보려고.

음악은 20세기가 최고지. 팝 마니아인 규석이 웃으며 물었다. 당신 아직도 멜론 안 하지?

뭘 한다고? 멜론을 해?

규석이 웃으며 돋보기를 끼고 원희의 휴대폰을 가져갔다. 남의 휴대폰은 왜? 원희는 짜증을 숨기지 않았다. 가만있어봐. 이 멜론은 먹는 게 아니라 듣는 건데…….

아니, 시디 주문했어. 오기 전까지만 듣는 거야. 그러나 규석은 가만있어보라는 말만 반복하며 원희의 휴대폰을 들고 이것저것 눌렀다. 원희는 규석이 자신의 휴대폰을 만지는 것이 불안했다. 잘못한 것도 없는데. 아, 싫어. 이리 줘. 원희는 규석의 손에서 휴대폰을 빼앗았다. 규석이 돋보기 너머로 원희를 건너다보았다. 왜 그래?

프라이버시라는 게 있는 거야. 내가 당신 휴대폰 보는 거 봤어?

규석은 피식 웃었지만 기분이 상한 표정이었다.

결국 원희는 고주완의 팬카페에 가입했다. 눈을 뜨면 카페부터 들어갔다. 고주완에 관한 정보가 가장 빨리 업데이트된다는 점이 좋았고, 무엇보다 익명 활동이 가능한 것이 마음에 들었다. 카페에서 사람들은 고주완과 관련된 글뿐만 아니라 다른 클래식 공연 정보나 관람 후기, 음악 취향, 심지어 일상까지 공유했다. 원희는 하루에도 몇 번씩 카페를 들락거렸다. 카페는 가입 인사를 쓰고 정해진 댓글 개수를 채워야 등급이 올라가 모든 게시물을 볼 수 있는 시스템이었다. 원희는 자신의 개성을 최대한 지우고 가장 일반적인 내용으로 글을 올렸다. 존재감을 지우고 고주완에 관한 정보만 얻는 것이 원희의 처음 목적이었다. 그러나 등업을 위해 달았던 의무적인 댓글에도 반응을 보여주는 이들이 있었다. 사람들은 대체로 유쾌했고 글을 맛깔나게 쓰는 이도 많아 점점 새로운 소식들이 기다려졌다.

카페 등급이 업그레이드된 후에도 원희는 댓글을 달았다. 처음에는 간단한 댓글 하나도 썼다 지우기를 반복했는데 이제는 좋아하는 곡이나 감상을 직접 올리기도 했다. 그러고 나서 사람들의 반응을 기다렸다. 자신의 글에 회원들이 흔적을 남기는 것을 보면 무언가 의미 있는 일을 하는 기분이었다. 무엇보다 고주완에 대한 애정을 마음껏 표현할 수 있는 점이 좋았다. 고주완과 같은 테이블에 앉아 술을 마신 적이 있다는 이야기를 하면 사람들은 어떤 반응을 보일까. 그러나 그 이야기는 참기로 했다. 아침에 눈을 뜨면 원희는 전과 달리 가볍게 일어났다. 규석에게 짜증을 내는 일도 줄어들었다. 매일 고주완의 앨범을 반복해서 들었고, 유튜브 연주 동영상이나 인터뷰는 아무리 보아도 질리지 않았다. 햇살이 내리쬐는 거실 창가에 서서, 어느새 짙어진 녹음을 보면 이유 없이 웃음이 났다. 남편의 코 고는 소리도 크게 거슬리지 않았다. 수면제를 먹지 않아도 잠들 수 있는 날이 많아졌다.

고주완은 아직 미혼이었으나 약혼녀가 있다고 했다. 네 살 연상의 발레 전공자라는 말부터 베를린에서 만난 유학생이라는 설 등이 있었으나 정확한 이야기는 아무도 모르는 것 같았다. 원희는 술자리에서 보았던 긴 머리의 여자를 떠올렸다. 고주완 애인 있어? 무심함을 가장한 채 수임에게 물은 적이 있다. 수임이 놀리면 뭐라고 대답할지까지 생각해두었다. 그러나 수임은 무심하게 답했다. 응, 약혼자 있다고 들었는데?

그래?

원희의 표정이 미묘하게 변하는 것을 보고 수임이 웃으며 말했다. 단단히 빠졌네. 리사이틀 티켓 구해줘?

원희는 습관적으로 아니라고, 무슨 말이냐고, 설레발을 치려다 티켓이라는 말에 급히 마음을 바꾸었다. 정말? 같이 가. 그리고 수임에게 고백했다. 나 사실 걔 팬카페도 가입했다? 미쳤지? 수임이 웃었다. 그랬어? 그게 뭐 어때서.

나 이런 적 처음이야. 너 나 알잖아.

응, 알지. 그런데 처음은 아닐걸? 옛날에도 그런 적 있었던 거 같은데.

내가? 내가 언제?

원희는 콘서트홀 회원 우선 티켓 오픈 날에 맞추어 R석 예매 완료라는 글을 팬카페에 올렸다. 친구 덕이라는 말은 숨겼다. 누군가는 자신도 성공했다는 글을, 누군가는 아쉽다, 부럽다는 글을 달았다. 원희는 뿌듯한 마음으로 사람들의 반응을 즐겼다. 규석은 누구를 덕질하기 시작한 거냐고 물었다. 덕질이 뭐야? 원희는 아무것도 모른다는 듯 순진한 표정으로 되물었다. 규석이 소리 내어 웃었다. 그게 뭐냐면……. 이런저런 설명을 해주는 규석의 얼굴을 보았다. 입가에 깊은 주름이 패어 있었고 볼에는 희미하게 올라온 검버섯이 보였다. 그에 비해 머리칼은 너무 검었다. 예전에는 원희가 염색 좀 하라고 잔소리를 해도 상관없다던 사람이었다. 언젠가부터 규석은 삼 주에 한 번씩 미용실에 가서 꼬박꼬박 두피관리와 천연 염색을 받고 왔다. 당신도 해, 덕질? 원희가 물었다. 나? 나야 자전거지 뭐.

그것뿐이야, 정말?

당신은 누군데? 요즘 맨날 듣는 그 피아니스트?

응. 궁금해?

원희는 고주완의 영상을 찾아 보여주었다. 규석은 십 초 정도 보고는, 고개를 끄덕이고 금방 딴짓을 했다. 당신은 누구야? 있을 거 같은데. 말해봐, 얼른. 규석은 그런 거 없다며 허허 웃기만 했다. 내가 다른 남자 좋아해도 당신은 안 싫어? 원희가 눈을 흘기며 물었다. 싫기는, 다 늙어서 뭐.

그 말 좀 그만할 수 없을까? 말끝마다 툭하면 다 늙었대. 지겹지도 않냐? 원희가 발끈했다. 아니, 당신은 아직 젊지…… 예쁘고……. 그냥 하는 말이지 뭘 그렇게……. 규석은 횡설수설 말을 주워 담으며 원희의 눈치를 보았다. 그런 규석을 화난 얼굴로 바라보다 원희는 갑자기 웃음을 터뜨렸다. 규석은 영문을 모르겠다는 듯 따라 웃으며, 오춘기야 뭐야, 육춘긴가, 하는 썰렁한 농담을 하고는 입맛을 다셨고 원희는 손가락으로 눈물을 찍었다. 규석을 놀려먹은 것이 너무 우스워서 못 참겠다는 듯. 그러다 웃음기를 싹 지우고 규석에게 말했다. 당신은 덕질인지 뭔지 하지 마. 다 죽일 거야. 원희의 말에 규석의 눈이 커졌다. 원희는 남편의 얼굴을 잠깐 응시하다 금방 다시 웃기 시작했다. 놀라기는. 죽이긴 뭘 죽여.

어머니가 발목을 삐끗하셨대. 규석의 형에게서 연락이 온 것은 본격적인 여름을 알리는 소나기가 쏟아지던 날 늦은 오후였다. 최근 몇 달간 시모의 컨디션이 좋지 않았다. 한 달 전쯤 찾아갔을 때에 시모는 원희를 금방 알아보지 못했다. 이 사람은 누군가? 하는 눈빛으로 자신을 응시하던 시모의 텅 빈 표정에 가슴이 내려앉았다. 아, 너구나. 그 말에 원희는 얼마나 안도했던가. 규석을 다른 사람으로 착각하는 일도 한두 번 있었다. 간병인의 말에 따르면, 최근 들어 부쩍 밤중에 나가겠다고, 급히 가야 할 곳이 있다고 고집을 피울 때가 있다고 했다. 득이 증상은 아니고, 일반적인 겁니다. 날이 따뜻해지면 많이들 그러세요. 의사 선생님도 괜찮다고 하셨어요. 너무 걱정하지 않으셔도 되고요. 식사도 잘하시고 연세에 비해 다른 부분은 양호한 편이시니까. 담당 조무사는 별일 아니라는 듯 덤덤하게 말했다. 저 사람은 하루에 저런 말을 몇 번이나 할까. 원희는 조무사의 얼굴을 보며 생각했다. 잘 부탁드립니다. 부부는 죄인처럼 고개 숙여 인사하고 발길을 돌렸다. 그런 날에는 돌아오는 차 안에서 둘 다 말이 없었다. 그저 가끔씩 한숨을 나눌 뿐이었다. 그런데, 발목을 삐었다니. 화단에 얕은 담 같은 게 있는데 거길 잘못 디디셨다나 봐. 그래도 골절 안 된 게 어디야. 규석은 길게 한숨을 내쉬었다. 입가 주름이 한층 더 깊어 보였다. 당신, 입가 리프팅 좀 해야겠다.

뭐라고?

아니야. 그럼 어떻게 해야 돼?

입원까지는 안 해도 된다니 다행인데. 그냥 뭐, 당분간 휠체어지.

걱정이네. 식사라도 잘 드셔야 할 텐데.

내일 내가 가본다고 했어. 형수가 갑자기 또 아프다네. 장염이라는데, 여름에 회를 왜 먹나 몰라.

이번 주 면회는 원희네 차례가 아니었다. 내일은 유나를 만날 예정이었다. 다음 달로 다가온 출산을 앞두고 간만에 세 식구만 만나 식사를 할 예정이었다. 그다음 날은 고대하던 고주완의 리사이틀이 있었다. 시모와 관련된 전화가 올 때마다 걱정이 앞섰지만 이번에는 고주완이 먼저 떠올랐다. 못 가게 되면 어쩌지. 마음을 숨길 수 있어서 다행이라는 생각을 하며 걱정스러운 얼굴로 규석을 바라보았다.

약속을 미루기 위해 유나에게 연락을 했을 때, 유나는 자신도 요양원에 함께 가겠다고 했다. 할머니 못 뵌 지 너무 오래됐잖아. 내일 아니면 언제 만날 수 있을지도 모르고.

원희 부부는 다음 날 일찍 딸을 데리러 갔다. 거의 한 달 반 만에 만난 유나는 만삭에 살이 오른 모습이었다. 이번엔 손발도 너무 많이 부어. 장갑 낀 거 같아. 유나는 양손을 들어 보이고는 웃으며 말했다. 원희는 딸의 살찐 모습보다 아무렇게나 묶은 머리에 눈이 갔다. 그러나 피부는 매끄럽게 빛났다. 유나는 원래 외모에 크게 관심이 없었다. 나 임신 체질인가 봐. 임신만 하면 피부가 엄청 좋아져. 근데 이번엔 허리가 너무 아픈 거 있지. 확실히 전이랑 달라. 유나는 이마를 찌푸리며 투정 부리듯 말했다. 도대체 너희는 무슨 생각으로 또 애를 가져서 이 고생을……. 원희는 목까지 올라오는 잔소리를 애써 삼키고 짐짓 밝은 얼굴로 말했다. 할머니 뵙고 나오면서 맛있는 거 먹자.

서울에서 한 시간 반 정도 떨어진, 요양원이 있는 해안 도시에 들어서면 바다를 보기도 전에 차창으로 들어오는 특유의 내음을 맡을 수 있었다. 유나는 그것을 미역 냄새라고 했다.

엄마, 근데 오늘따라 유독 진하지 않아?

난 모르겠는데?

왜, 확 나는데.

규석이 운전하는 동안 끼고 있던 선글라스를 벗으며 딸의 편을 들었다. 서울에서 일기예보를 확인하고 출발했는데도 예상과 달리 하늘에는 먹구름이 짙게 내려앉아 있었다. 어떤 녀석이길래 막달까지 괴롭히나 몰라. 이주 나오기만 해봐라. 유나는 내렸던 창을 올리며 혼잣말하듯 중얼거렸지만 원희는 자신에게 들으라고 하는 말이라는 것을 알았다. 그러나 원희는 아무 말도 하지 않았다. 몇 초간의 짧은 침묵이 지난 후 규석이 허허 웃으며 딸이 원하는 답을 대신 해주었다. 제일 야무질 거야. 언니들 다 이겨 먹을걸. 얼마나 예쁠까.

……건강하기만 하면 되지 뭐. 원희가 마지못해 겨우 덧붙였고, 유나는 응, 하고 말았다.

시모는 잠들어 있었다. 불과 한 달 새 부쩍 작아진 시모의 모습에 원희는 내심 놀랐다. 이불을 들추자 붕대를 감은 작고 여윈 발이 보였다. 시모의 잠든 얼굴은 무방비 상태였다. 살짝 벌어진 입가에는 침이 말라붙어 있었다. 창백하고 주름진 얼굴로 시모는 숨을 내쉴 때마다 푸, 푸, 하는 소리를 냈다. 유나는 할머니 옆에 가서 가만히 얼굴을 들여다보다 금방 눈물을 떨구었다. 규석은 유나의 어깨를 토닥였다. 괜찮아. 깨시겠다. 나가 있자.

규석은 상담을 하러 가고 원희와 유나는 정원에 나와 벤치에 나란히 앉았다. 면회 온 가족들과 함께 테이블에 둘러앉아 담소를 나누는 이들, 짝을 지어 한가롭게 산책을 하거나 웃으며 수다를 떠는 노인들이 보였다. 전에 왔을 땐 우리도 저랬는데. 일 년도 안 됐잖아. 그새 너무 많이 변했어. 유나가 가라앉은 목소리로 말했다. 괜찮아지실 거야. 원희가 다독였다.

할머니 연세가 이제 몇이지?

이제, 여든여섯이네.

아까 할머니 얼굴을 보는데, 할머니가 여잔지 남잔지도 모르겠는 거야. 그냥…… 늙은…… 아기 같아서 그게 너무 슬픈 거야. 유나는 또다시 울먹였다. 우리 할머니가 어떤 분이셨는데. 유나는 손으로 연신 눈물을 닦았다. 원희는 가방에서 손수건을 꺼내어 딸에게 건넸다. 너 이럴 줄 알았으면 같이 안 오는 건데. 유나는 눈물을 훔친 후 코맹맹이 소리로 말했다.

아니야, 잘 왔어. 후회하는 것보다는 나아. 마치 시모가 돌아가실 날이 얼마 남지 않았다는 말처럼 들렸다. 나중에 애들 보여드리러 또 와야지. 원희의 말에 유나는 아무 대답도 하지 않았다.

요 며칠 잠도 잘 못 주무셔서 처방받은 진정제를 간혹 드린다네. 아무래도 발이 불편하니까 더 그렇겠지……. 규석의 얼굴이 수척해 보였다. 우리 나가서 점심 먹고 올까? 유나, 너 전에 게장 먹고 싶다고 했지? 원희는 상담 내용을 자세히 묻는 대신 다른 말을 꺼냈다. 그게 언젠데. 지금은 별로야. 유나는 원희를 쳐다보지도 않고 말했다. 엄마 먹고 싶은 데로 가. 나 어차피 이젠 많이 먹지도 못하고 입맛도 없어. 유나는 이마를 살짝 찌푸린 채 부푼 배를 쓰다듬었다.

셋은 해안가에 늘어선 식당가를 지나며 간판을 훑었다. 잠시 뒤에 유나가 물었다. 해물수제비가 뭐야? 규석은 식당 앞에 차를 세웠다. 주말인데도 식당 안은 한산했다. 주문한 음식이 나오기를 기다리는 동안 셋은 별말이 없었다. 규석은 사위와 손녀들의 안부와 출산예정일 따위를 물었다. 차 안에서도 이미 한 얘기들이었다. 잠시 후 커다란 양푼만 한 그릇에 홍합과 게, 낙지, 전복 등이 수북이 올라간 해물수제비가 나왔다. 규석이 앞접시에 음식을 덜어주었다. 나 이런 수제비는 처음 먹어봐. 유나는 좀 전과 영 딴판으로 입맛을 다시며 국물을 떠먹었다. 와, 맛있다. 속이 확 풀리네. 음식을 맛있게 먹는 딸의 모습에 부부는 눈빛을 교환하며 슬며시 웃었다. 식사를 마친 후 규석이 커피를 한잔 마시자고 했다. 셋은 바다가 보이는 카페에 자리를 잡았다. 하늘이 흐려서인지 바다는 회색빛에 가까웠다. 바다는 바다라는 이름이 정말 잘 어울리는 거 같아. 유나가 말했다. 그러네. 규석이 웃으며 동의했다. 파도도 그렇다. 나무도. 바람도. 구름도. 설탕이랑 소금도. 셋은 돌아가며 생각나는 것들을 말했고 서로 웃으며 고개를 끄덕였다. 유나도 유나라는 이름이 잘 어울리지 않아? 원희가 묻자, 유나가 고개를 갸웃했다. 그런가? 그럼 엄마는? 엄마는 원희가 잘 어울리는 거 같아? ……할머니는 현복이라는 이름이 어울리나? 송현복 여사님. 예전에는 너무 잘 어울렸는데 이제는 그냥 너무 슬픈 이름이 돼버린 거 같아. 유나는 다시 울먹였고 원희는 서둘러 자리에서 일어섰다. 너 호르몬 때문인 거 알지? 그만 울어. 애기 힘들다.

시모는 다행히 깨어 있었다. 몸을 일으켜 침대에 기댄 채 간병인이 주는 죽을 먹고 있었다. 셋이 방에 들어서자 시모는 고개를 돌려 바라보았다. 응, 왔니? 그 말에 원희는 마음이 탁 풀렸다. 아니, 꽃밭에 튤립이 한창이잖아. 너희도 봤지? 그 왜…… 짙은 남색 튤립은 잘 없잖아. 그런데 내가 그 향이 어떤지 갑자기 너무 궁금한 거야. 뭐, 그렇게 된 거지. 발을 딱 이렇게 디디는데. 시모는 또박또박 말하며 고개를 저었다. 스스로가 한심하다는 표정으로.

금방 괜찮아져요. 살짝 접질린 거라. 규석이 시모의 다리를 주무르며 말했고 시모는 고개를 들어 창을 보며 작게 말했다. 금방? 금방이라고…….

셋은 시모를 휠체어에 태우고 정원으로 산책을 나갔다. 기온이 높은 데다 날이 흐려 후텁지근했지만 실내보다는 숨이 트였다. 유나는 할머니의 손을 잡고 이런저런 이야기를 늘어놓았다. 원희는 유나가 또 갑자기 울음을 터뜨릴까 봐 염려스러웠다. 그런데 넌 애를 왜 자꾸 낳아? 시모의 뜬금없는 질문에 유나가 눈을 동그랗게 뜨고 할머니의 표정을 찬찬히 살피며 대답했다. 할머니, 난 외동인 게 너무 싫었잖아. 애들이 좋아요. 많을수록 좋아. 봐줄 사람만 있으면 넷도 좋을 거 같아. 원희가 어이없다는 듯 유나를 보았다. 그러나 유나는 원희의 눈길을 모른 척했다. 그럼 이제 일은 못 하겠네? 시모가 물었다. 역시 우리 할머니, 나 일한 것도 기억하시네. 애들 좀 키워놓고 다시 해야죠. 시모가 피식 웃었다. 그게 되나. 그렇게 말하는 시모의 얼굴은 원희가 전에 알던 표정 그대로여서 자신도 모르게 웃음이 났다. 치, 뭐, 엄마는 나 하나 낳고도 일 안 했잖아요? 난 아니라니까. 두고 보세요. 유나는 할머니를 보며 말했지만 원희 들으라고 하는 말이라는 것을 알았다. 시모는 유나를 잠깐 동안 빤히 보았다. 그러다 천천히 웃으며 유나의 배를 쓰다듬었다. 그래, 그래. 잘했어요. 근데…… 남편이랑 그게 엄청 좋은가 보네요. 시모의 말에 셋은 금방 얼굴이 굳었다. 유나는 어색하게 웃으며 자신의 배 위에 놓인 할머니의 손을 들어 잡았다. 우리 할머니 재밌어졌네. 하여간 얼른 나으세요. 알겠죠? 유나는 손녀로서 할 만한 말들을 두서없이 늘어놓았고, 규석은 휠체어 뒤에 가서 섰다. 이제 들어가자. 비 올 거 같다.

시모를 다시 방으로 옮긴 후 유나는 화장실에 가고 싶다고 했고, 원희가 함께 일어섰다. 배가 불러 뒤뚱이며 걷는 유나의 팔을 잡아주자 유나는 원희에게 몸을 기대왔다. 엄마, 아까는 그냥 한 말이야. 알지?

무슨 말?

아니, 나 하나 낳고 일을 안 하고 뭐라 뭐라 한 거.

아, 그거. 생각도 안 하고 있었어. 괜찮아.

괜찮아?

응. 난 그냥 싫었거든. 싫어서 일 안 한 거야. 전에 말하지 않았니?

근데…… 그럼 왜 애도 더 안 낳았어?

그것도 싫어서. 우울증 왔다고 했잖아. 애는 알면서 왜 자꾸 물어봐?

시모는 눈을 감은 채 규석의 책 읽는 소리를 듣고 있었다. 평소에도 오디오북을 곧잘 듣는다고 간병인이 알려주었다. 예전에 부군께서 자기 전에 책을 많이 읽어주셨다던데요. 원희는 처음 듣는 이야기였다. 규석은 원희에게 눈짓을 했다. 원희와 유나는 입을 다물고 소파에 조용히 앉았다. 유나는 금방 졸기 시작했다. 원희는 유나에게 어깨를 내어주고 휴대폰을 꺼냈다. 고주완의 팬카페에 들어가 새 글을 확인했다. 내일 드디어 볼 수 있는 건가요? 사람들의 글을 읽는 원희의 얼굴에 미소가 떠올랐다. 원희는 고개를 들어 방 안을 둘러보았다. 약하게 에어컨이 나왔지만 공기가 탁했다. 이곳을 벗어나고 싶었다. 빨리 집으로 돌아가고 싶었다. 그러나 남편의 목소리는 계속 이어졌다. 책 한 권을 다 읽을 작정인가, 힘들지도 않나, 생각하다 원희도 가물가물 잠에 빠졌다. 그러다 무언가 떨어지는 소리에 원희는 화들짝 깨어났다. 책이 바닥에 떨어져 있었다. 어머니, 어머니. 저예요, 둘째. 규석의 난감한 목소리가 들렸다. 낯설고 기묘한 광경이 원희의 눈에 들어왔다. 원희는 눈앞에 펼쳐진 장면이 무엇을 의미하는 것인지 잠깐 동안 이해하지 못했다. 시모가 규석의 손을 쥐고 손가락을 입안에 넣어 빨고 있었다. 원희는 시모와 눈이 마주쳤다. 시모의 눈이 탐욕스럽게 번뜩였다. 처음 보는 눈빛이었다. 규석은 힘을 써서 급히 손을 빼내고는, 딸과 아내를 돌아보았다. 원희는 지금껏 남편의 그런 얼굴을 본 적이 없었다. 당황과 비참이 뒤섞인 얼굴. 규석은 무슨 말인가 하려

입을 달싹였으나 아무 말도 하지 못했다. 원희는 뭐라 말할 수 없는 표정이라는 게 저런 것인가, 생각했다.

집으로 돌아오는 차 안에서 유나는 멀미가 난다고 했다. 수제비에 조미료가 많이 들어갔나. 너무 많이 먹었나 봐. 규석은 잠깐씩 차를 세웠고, 원희는 유나의 등을 쓸어내려주었다. 아, 얘는 갑자기 이렇게 발로 찬다니까. 엄청 세게. 유나가 자신의 배를 내려다보았다. 유나의 부른 배가 기묘하게 꿀렁이고 있었다. 원희는 딸의 배 위에 가만히 손을 올렸다. 손바닥에 강한 태동이 느껴졌다. 옆구리에 오소소 소름이 돋았지만 아무렇지 않다는 듯 천천히 손을 떼었다. 막내가 힘이 대단하네. 일부러 '막내'라고 강조해서 말했지만 유나는 그저 희미한 미소를 지으며 멋대로 움직이는 자신의 배를 내려다보고 있을 뿐이었다. 집에 다다랐을 때, 유나가 잠깐 올라가서 손녀들을 보고 가지 않겠느냐고 물었으나 부부는 고개를 저으며 손을 흔들었다. 다음에. 어서 올라가서 쉬어. 유나가 예의상 해본 말이라는 것을 알고 있었다.

규석은 저녁도 먹는 둥 마는 둥 했다. 함께 소파에 앉아 뉴스를 보았으나 원희는 규석이 아무것도 보고 있지 않다는 것을 알았다. 술 한잔할까? 원희가 물었지만 규석은 고개를 저었다. 내일 라이딩 있어서. 둘은 일찍 잠자리에 들었다. 그러나 규석은 간간이 한숨을 내쉬며 몸을 뒤척였다. 누구로 착각하신 걸까? 원희가 침묵을 깼다. ……모르지. 규석은 길게 한숨을 내쉬었다. 그러실 수 있어. 솔직히 그렇잖아, 사람인데. 규석은 말이 없었다. 한참 후에 규석이 작게 말했다. 처음엔 너무 놀랐는데, 이제 마음이 너무 아프네. 왜 아픈가 생각해봤는데, 어머니가 자신이 무슨 짓을 했는지 알면 어떤 심정일까, 그런 생각이 자꾸 들어서. 규석의 목소리가 떨렸다. 여보, 어머님은 이제 모르셔, 그런 거. 원희는 규석에게 바짝 다가가 가슴을 토닥여주었다. 어머님은 이제 그냥…… 사람이야. 우리가 아끼는 사람. 전에 알던 어머님은 잊어야 돼. 규석은 돌아누웠다. 너는 그게 되니……. 규석의 목소리에 눈물이 섞여 있었다. 시모의 눈에 규석은 누구로 보였던 것일까. 그녀의 마지막 섹스는 언제고 상대는 누구였을까. 원희는 규석의 등을 쓸어내리며 생각했다. 이 사람과 마지막으로 했던 때가 언제였더라. 그러다 또다시 고주완이 떠올랐다. 내일 리사이틀에는 뭘 입고 가지. 각자 조금 다른 이유로 뒤척이던 부부는 수면제 한 알씩을 먹고서야 겨우 잠이 들었다.

원희는 정성껏 화장을 하고 아끼는 원피스를 꺼내 입었다.

몇 번이나 거울로 자신의 모습을 점검하고 귀걸이도 여러 번 바꾸었다. 콘서트홀 안은 이미 관객들로 북적였다. 지금껏 수많은 공연을 보러 다녔지만 오늘은 유독 관객들에게 눈길이 갔다. 프로그램 브로슈어를 펼쳐 보며 앉아 있는 사람들, 한껏 꾸민 차림으로 삼삼오오 모여 사진을 찍고 수다를 떠는 이들이 모두 팬카페 회원들로 보였다. 회원들은 함께 만나서 공연을 보기도 했다. 그러면서 서로 얼굴을 익히고 사적으로 친분을 쌓기도 하는 모양이었다. 원희도 그들을 만나고 싶은 마음이 있었다. 하지만 그런 식으로 사람들을 만나 친해진다는 게 상상이 잘되지 않았다.

공연 시작까지는 아직 삼십 분 정도 남아 있었다. 원희는 수임을 기다리다 밖으로 나왔다. 길어진 햇살이 나무들을 휘감고 있었다. 공연장 바깥에는 고주완의 얼굴이 크게 인쇄된 포스터가 붙어 있었다. 원희는 망설이다 고주완의 얼굴을 클로즈업해서 사진을 찍은 후 숨을 깊게 들이마셨다. 원희에게서 조금 떨어진 벤치 주위에서 큰 소리로 이야기를 나누는 젊은 남녀 무리가 보였다. 짧은 스커트에 어깨가 드러난 셔츠. 누군가 농담을 던졌는지 무리는 동시에 크게 웃음을 터뜨렸다. 그 모습이 못 견디게 아름다웠다. 가슴 깊은 곳에서 질투심이 솟아났다. 하지만 시간은 누구에게나 공평하니까. 나도 저런 때가 있었던가? 저들도 지금 자신들이 얼마나 아름다운지 모를까. 무심할까. 원희는 한동안 그들에게서 눈을 떼지 못했다. 그들이 무지하기를 바랐다. 실수를 반복하고 좌절하기를. 그리고 후회하기를. 내가 그랬던 것처럼.

수임은 공연 시작이 임박해서 도착했다. 결국 얼마 전에 안면거상술을 받았다고 들었는데 아니나 다를까 모자에 마스크를 쓴 모습이었다. 둘은 급히 공연장으로 들어가 자리에 앉았다. 어차피 오늘은 공연만 보고 갈 거니까. 술도 못 마시고 집에만 있었더니 답답해서 못 참겠다. 수임은 손수건을 꺼내 땀을 닦았다. 마스크를 내린 수임의 얼굴은 부어 있었고 귀 윗부분으로 흉터가 길게 나 있었다. 화장을 진하게 한 얼굴이 땀으로 번들거렸다. 볼 아래에는 짙은 화장으로도 감추지 못한 멍이 보였다. 흉터는 몇 개월 지나야 된대. 그래도…… 참아야지. 수임은 아무렇지 않게 말했지만 지친 표정이었다. 그래, 그래. 잘된 거 같은데? 사십대로 보이겠다. 원희는 마음과는 다른 말을 했다.

객석의 불이 꺼지고 무대 위에 고주완이 모습을 드러냈다.

몸에 잘 맞는 검은 연주복을 입은 그는, 피아노 옆에 서서 은은한 미소를 지으며 관객을 향해 인사했다. 원희는 자신의 심장이 뛰는 소리를 수임이 들을까 봐 괜히 옷깃을 다시 여몄다. 고주완은 피아노 의자에 앉아 손을 건반 위에 올린 후 눈을 감았다. 연주가 시작되었고, 원희는 가슴이 벅차올라 눈물이 날 것 같았다. 고개를 살짝 들어 올려 천장을 응시했다. 객석이 어두워서 다행이라고 생각했다. 고주완은 두 번의 앙코르까지 끝내고 객석을 향해 환한 웃음을 지어 보였다. 원희는 자신도 모르게 따라 웃으며 손이 아프도록 박수를 쳤다. 다른 관객들처럼 기립박수를 보내고 싶었지만 차마 일어서지는 못했다. 고주완이 퇴장했고 원희는 그가 사라질 때까지 눈을 떼지 못했다. 객석에 불이 들어왔다. 수임과 원희는 공연장 밖으로 나왔다. 잠깐 인사라도 하고 갈래? 수임이 물었다. 너 괜찮아? 원희는 되물었으나 올라가는 입꼬리를 숨길 수 없었다. 가자. 원희와 수임은 함께 화장실에 들러 손을 닦고 화장을 고쳤다.

대기실 앞에는 꽤 많은 사람이 모여 있었다. 이삼십대로 보이는 젊은이들과 중년의 남녀, 그리고 백발의 노부인과 노신사도 한둘 보였다. 그들은 꽃다발이나 선물을 든 채 비슷한 표정으로 고주완을 기다리고 있었다. 수임과 인사를 나누는 이도 몇몇 있었다. 그들이 수임의 얼굴을 쳐다보는 눈빛을 원희는 보았다. 수임 역시 모르지 않았을 테지만 아무렇지 않은 듯 자연스럽게 웃고는 고개를 돌렸다. 꽃이라도 한 다발 사 올 걸 그랬네. 원희가 말하자, 꽃다발 선물 젤 싫어해. 수임이 툭 던졌다. 가까이에 서 있던 하이힐을 신은 젊은 여자가 수임을 흘끗 쳐다보았다. 그녀의 손에는 파스텔 톤으로 고급스럽게 포장된 커다란 꽃다발이 들려 있었다. 원희가 수임의 팔을 잡으며 조용히 하라는 눈짓을 했다. 그런데도 수임은, 꽃 선물은 어차피 다 가져가지도 못해. 누가 줬는지 기억도 못 할걸, 하고 아무렇지 않게 말을 내뱉고는 모자를 고쳐 썼다. 여자는 휴대폰을 만지작거리며 혼잣말처럼 한마디 던졌다. 존나 추해. 여자의 말이 원희의 귀에 와서 박혔다. 목덜미가 뜨거워졌다. 반사적으로 수임을 보았는데 수임은 들었는지 어쨌는지 무심한 표정으로 팔짱을 낀 채 서 있었다. 원희는 한 손으로 머리를 매만지며 둘로부터 몇 발짝 떨어져졌다.

잠시 뒤 고주완이 대기실 문을 열고 나왔고 사람들은 그의 주위에 모여 환호했다. 모두 안면이 있는 이들인 듯 반갑게 인사를 하거나 함께 사진을 찍었다. 사인을 해주기도 했다. 수임에게는 전에 그랬던 것처럼 선생님, 하면서 정중하고도 반갑게 인사했다. 원희는 주완이 수임의 어색한 얼굴을 어떤 표정으로 보는지 살폈다. 그러나 그는 전과 다름없는 표정으로 수임과 간단히 안부를 나누었다. 이 친구 전에 봤지? 왜, 내 대학 동기. 수임이 원희의 팔을 끌어당겼다. 주완은 원희와 눈을 맞춘 후 안녕하세요, 하고 고개 숙여 인사했다. 그러나 원희는 주완이 자신을 기억하지 못한다는 사실을 직감했다. 힐을 신은 여자는 밝게 웃으며 주완에게 꽃을 안겼고 주완은 그녀의 이름을 부르며 반겼다. 주완은 그녀의 어깨에 손을 올리고 함께 사진을 찍었다. 원희는 여자의 힐 위로 드러난 하얗고 매끈한 발등을 보았다. 너도 사진 한 장 찍을래? 수임의 말에 원희는 고개를 흔들며 수임의 팔을 끌었다. 그만 가자.

규석은 거실에서 텔레비전을 보며 라면을 안주로 소주를 마시고 있었다. 아, 당신 저녁 먹고 오는 줄 알았는데. 규석이 원희의 눈치를 보았다. 원희는 규석의 옆에 앉았다. 집에 소주가 있었어? 원희는 잔에 든 소주를 입안에 털어 넣었다. 소주 한 병을 비운 후 원희는 간단한 샐러드를 만들었고 규석은 반쯤 남은 위스키를 꺼냈다. 한동안 둘은 말없이 술잔만 기울였다. 섞어 마시면 숙취가 심할 텐데. 평소와 달리 과음을 하는 원희를 보며 규석이 말했다. 심하면 뭐 어때. 할 일도 없는데.

오늘 무슨 일 있었나?

우리도 미리 요양원 알아볼까?

규석이 들었던 술잔을 내려놓았다. 요양원?

응. 왜, 보증금 내고 들어가는……. 좋은 데 많다던데. 호텔식 실버타운인가.

아…… 실버타운. 나도 사실 생각해보기는 했어.

규석은 휴대폰으로 이런저런 검색을 해서 원희에게 내밀었다. 십오 년에 보증금 팔억, 월 오백, 1인 추가 시 삼백. 엄청 비싸구나. 원희가 이마를 찌푸렸다. 여기는 제일 비싼 데고……. 한 십 년 후에 들어갈까. 그럼 내가 몇 살이야. 규석이 중얼거렸다. 그만 자자. 원희가 자리에서 일어섰다. 원희야. 원희는 자신의 이름을 부르는 규석을 바라보았다. 나는, 저, 나중에…… 혹시라도…… 안 좋아지고 그러면, 괜히 이런저런 거 하지 말고. 원희는 규석의 말을 끊었다. 당신 지금 무슨 소리 하는 거야. 정신 차려요. 우린 아직 아니야. 방으로 들어가며 원희는 입술을 깨물었다.

또다시 주말이 되었고 규석은 아침 일찍 라이딩을 나갔다. 규석은 여느 때처럼 현관 거울로 자신의 모습을 점검하며 선글라스를 낀 얼굴을 이리저리 살펴보았다. 원희가 선물한 선글라스가 마음에 든다고 했다. 몸매만 보면 삼십대 같아. 자전거 잘 탔어. 원희가 말했고 규석은 삼십대는 무슨, 했지만 기분 좋은 얼굴로 손을 들어 보이고 현관을 나섰다.

규석이 나간 후 원희는 음악을 틀고 커피를 내렸다. 거실 창으로 보이는 바깥 풍경은 눈이 부셨다. 여름 오전의 화창한 햇살이 초록의 이파리들을 빛내고 있었다. 낮에는 많이 덥겠구나. 원희는 혼잣말을 하며 어디론가 향하는 사람들의 모습을 눈으로 좇았다. 다들 목적지가 분명해 보였다. 원희는 몇 년 만에 피아노 앞에 앉았다. 돋보기를 쓰고 오래된 악보를 뒤적이다 쇼팽의 악보를 피아노 위에 펼쳐놓았다. 녹턴 18번. 쇼팽이 마지막으로 작곡한 녹턴. 예전의 원희는 이 곡을 즐겨 연주했었다. 무엇보다 잔잔하고 평화롭고 나른한 도입부가 마음에 들었다. 그리고 중반부로 갈수록 고조되는 슬픔, 그러나 결코 나락으로 떨어지지 않는 우아함. 쇼팽의 녹턴은 아름다운 기승전결을 가지고 있었다. 원희는 그런 기승전결을 좋아했다. 원희는 건반 위에 손을 올렸다. 손가락은 역시 마음처럼 움직이지 않았다. 예전에는 눈 감고도 연주할 수 있는 곡이었는데, 연습을 너무 오래 안 했지. 연습을 해야 해, 연습을. 그러면 금방 손이 풀리니까. 오래 방치된 피아노는 미묘하게 소리가 어긋나 있었다. 조율을 받은 지가 언제였던가. 원희는 자신의 손등에 도드라진 굵은 핏줄을 보았다. 콘서트홀 대기실 앞에서 본 젊은 여자가 내뱉던 말이 떠올랐다. 원희는 몇 번의 시도 끝에 작게 한숨을 내쉬고 조용히 피아노 뚜껑을 닫았다.

유나에게 전화가 왔을 때 원희는 거실 소파에 누워 깜빡 졸던 참이었다. 응, 유나야.

엄마, 나 비상.

유나의 예정일은 일주일 정도 남아 있었다. 그런데 오늘 갑자기 진통이 시작되어 급히 남편과 병원으로 이동한다고 했다. 동네 엄마한테 애들 잠깐 봐달라고 했거든. 엄마가 지금 좀 와줘.

원희는 정신을 차린 후 재빨리 준비를 마치고 차에 올랐다. 차 안은 후끈한 열기로 뜨거웠다. 시동을 켜고 에어컨을 작동시켰다. 유나의 집에 가까워질수록 급했던 마음이 조금씩 가라앉았다. 유나는 무사히 셋째를 낳을 것이고 손녀들은 안전하게 나를 기다리고 있을 것이다. 이제 삼십 분 정도 후에는 무사히 유나의 집에 도착할 것이고, 아이들은 할머니, 하고 나를 부르며 안겨 올 것이다. 그러나 손녀들은 금방 집요하게 무언가를 요구하고 못 들은 척하고 소리를 지르고 어지르겠지. 반복되는 말을 하며 칭얼대고 엄마를 찾으며 울고…… 할머니 좋아. 싫어. 안 해. 사랑해. 미워. 엄마는 언제 와……. 너희 엄마는 또 아이를 낳으러 갔단다. 동생을 데려올 거야. 회음부가 찢어지는 아픔을 잊고 내 딸은 또 딸을 낳고 또 낳고 또 낳고……. 신호등이 빨간색으로 바뀌었고 원희는 브레이크를 밟았다. 언제나 클래식 채널 주파수에 맞추어져 있는 라디오를 켰다. 몇 분 후에 원희는 유나의 아파트에 들어섰다. 주차할 곳을 찾아 돌다가 놀이터가 보이는 자리에 겨우 빈 곳을 발견하고 차를 세웠다. 라디오에서는 스트라빈스키의 〈봄의 제전〉이 흘러나오고 있었다. 원희는 조급했다. 아이들에게 어서 가야 하는데. 그러나 그대로 시동을 켠 채 가만히 앉아서 음악을 들었다. 강한 리듬의 불협화음이 고조되었다. 에어컨 바람 때문인지 팔에 오소소 소름이 돋았다. 바깥에는 뜨거운 햇살이 강하게 내리쬐고 있었다. 오후 세시 십오분. 시간은 계속해서 흐르고 있었다. 백미러로 얼굴을 비춰 보았다. 거기에는 자신을 이상한 표정으로 바라보는 늙은 눈빛이 있었다. 그 눈빛은 너무 많은 것을 알고 있었다. 버르토크를 연습해볼까. 기승전결이 없는 불협화음을. 매일 연습을 하면 손가락은 금방 힘을 되찾을 것이다. 열 손가락이 균일한 힘으로 단단하게. 근육이라는 건 그런 거니까. 원희는 시선을 창밖으로 돌렸다. 멀리 놀이터에서 아이들이 놀고 있었다. 남자아이 하나와 여자아이 둘이 미끄럼틀에 올라가 차례로 내려왔다. 여자아이들은 유나의 딸들이었다. 나를 할머니라고 부르는 아이들. 그 옆에는 유나 또래의 여자가 앉아 아이들을 지키고 있었다. 아이들은 무구한 표정으로 모래 위에 앉아 웃거나 뛰어다녔다. 아이들의 표정에는 아무런 불안도 의혹도 비밀도 없었다. 과거도 현재도 미래도 모르는 무심한 얼굴들. 놀이터 가장자리에 서 있는 키 큰 나무들이 바람에 흔들리며 빛났다. 여기서 나가자. 얼른 저곳으로 가자. 차 문이 닫히는 견고한 소리를 뒤로하고. 나는 금방 아이들의 보드라운 살결과 달큰한 향기에 파묻힐 수 있을 것이다. 여름의 식물들이 내뿜는 아련한 향과 열기에 휩싸일 수 있을 것이다. 그러나 갈 수 있을까. 바로 앞에서 보고 있는 장면들이 원희에게는 너무 아득하고 먼 곳 같았다. 마치 다른 세계를 보고 있는 듯. 문득 가슴 깊은 곳에서부터 슬픔이 깊은 통증이 되어 올라왔다. 눈물이 흘러내렸다. 터져버린 눈물은 멈추지 않았고 원희는 아이들에게서 눈을 떼지 못한 채 소리 내어 울기 시작했다. 고통스러웠다. 원희는 손을 떨며 불협화음의 볼륨을 높였다.

* 본 작품은 『우리에게 없는 밤』(문학과지성사, 2024) 수록작이며, '어떤날'의 곡명을 빌린 제목임을 밝힌다.

대담

「눈과 돌멩이」 위수정 작가와의 대담

차경희 ∣ 고요서사 대표, 제49회 이상문학상 예심위원

차경희(이하 차) 위수정 작가님, 이상문학상 대상 수상 축하드립니다. 수상 연락받으셨을 때 어떠셨나요. 주변 분들과도 기쁜 소식 많이 나누셨나요.

위수정(이하 위) '아, 올 게 왔구나' 이런 생각과는 완전히 거리가 있었고요(웃음). 대상 수상이라고 들었을 때는 그럴 리가 없는데…… 게다가 「눈과 돌멩이」라니 의외라는 생각이 들었어요. 어머니께 전화로 말씀드리니 너무 좋아하셨는데 옆에서 아버지가 계속 우신다고 하셨어요. 저도 좀 울컥했죠. '이상문학상'이라서 더 큰 의미로 받아들이신 것 같아요. 그래서 저도 더 부담을 느끼고요.

차 맞아요. 이상문학상이라는 상의 전통에 따르는 무게가 있죠. 그래도 부담보다는 충분히 기쁨을 누리시면 좋겠네요. 그런데 「눈과 돌멩이」라서 의외였다는 말씀을 하셨는데, 이 소설은 작가님에게 어떤 의미가 있는 작품인가요?

위　이 소설은 2025년 처음 쓴 단편입니다. 몸도 마음도 지쳐서 한동안 글을 쓰지 못하다가 여름에 시작했던 소설이에요. 이 작품을 쓰면서는 평소와 다르게 머리보다 마음이 가는 쪽으로 써나갔어요. 그래서 '웰메이드'와는 거리가 있는 소설이지 않을까 생각도 했고요. 원래도 촘촘히 설계하고 쓰는 편은 아니지만, 이 소설의 경우에는 갑자기 인물이 죽기도 하니까 그런 점들이 흠결로 보일 수도 있겠다고 생각했어요. 실제 삶에서는 누군가 죽는 일들이 갑자기 일어나기도 하지만 소설에서 설득력을 얻는 것과는 다른 문제니까요. 그런데 이 소설에서는 '그냥 이렇게 쓸 수밖에 없겠다'는 생각이 들었어요. 독자들의 호응을 얻지 못해도 어쩔 수 없다고 생각하며 썼습니다. 사실, 독자의 호응을 예상하고 쓴 글이 없는 것 같기도 하네요.

애도하기 위해 고군분투하는 사람들

차　그런 의외의 부분들 덕분에 오히려 자유롭고 폭발력 있는 소설로 느껴졌어요. 소설이 어디로 가려고 이렇게 예상을 깨는 일들이 벌어지나, 하고 기대하게 됐고요. 예심 후 이 작품에 대해 "상실한 대상에 대한 애도 혹은 기도에 익숙하지 않은 사람들의 현실적인 고군분투를 세련되게 담아냈다"고 메모를 남겼는데요. 이 문장이 「눈과 돌멩이」에 대한 표면적 첫인상이었어요. 소설은 일면 자유로운 에너지를 지니고 있기도 하지만, 위수정 작품 특유의 세련됨(웰메이드)을 잃지 않았다고 생각했거든요. 인물들의 감정이나 상황 들을 흩어지지 않게 잘 담아냈다는 인상을 받았습니다.

이 작품은 오랜 친구 '수진'을 떠나보낸 '재한'과 '유미'가 수진의 유언대로 그의 유골을 뿌리기 위해 일본 도가쿠시에 가서 겪은 일들을 담고 있습니다. 폭설로 인한 기상 악화로 곤란에 처한 두 사람이 일본인 '코요'를 만나 그의 집으로 가게 되는데, 그 집의 불단에는 코요의 전 연인인 '로드리고'의 사진이 올라 있습니다. (코요의 불단에는 작은 비밀이 있긴 하지만) 소중한 존재를 상실한 이 세 사람의 만남이 무척 흥미로웠는데요. 이 만남은 어떻게 구상하시게 된 건가요?

위 2025년 초에 여러 선생님과 일본으로 세미나 겸 여행을 갔었어요. 같이 간 국문과 선생님들이 일본에 대해 잘 알고 계셔서 일반적인 관광지가 아닌 곳들을 다녀오게 됐는데, 돌아와서는 이 여행을 기록으로 남겨두고 싶더라고요. 그곳의 겨울 풍경이 너무나 인상적이었거든요.

이 소설은 가까운 친구를 잃은 인물들이 같이 여행하는 이야기를 써보고 싶다는 생각에서 시작됐고, 그렇다면 결국 애도에 관한 이야기일 수밖에 없겠다고 생각했어요. 우리 인생의 어느 지점부터는 삶 자체가 애도의 여정이 되지 않을까, 이 친구들도 또 우리도 그렇지 않을까 생각했고요.

차 맞아요. 저도 비슷한 경험이 있어요. 그래서 이 작품이 개인적으로 더 가깝게 다가온 것 같아요. 종교도 없으면서 매년 절에 찾아가 한 친구를 위해 기도하는데, 코요가 불단에 전 연인의 사진을 올려둔 이야기를 읽으며 '아, 나도 살면서 그런 불단을 하나 갖게 된 거였구나' 하고 새삼 깨달은 거죠.

위 종교를 찾게 되는 때가 있는 것 같아요. 그 결정적인 순간이 상실을 경험했을 때가 아닐까 하는 생각도 들고요. 살다 보면 필연적으로 누군가를 잃게 되고, 그걸 어떻게 받아들여야 할지 갈팡질팡하며 불안감을 느끼잖아요. 친구를 갑작스레 잃은 인물들이 삶의 연약함과 불가해함을 맞닥뜨리게 하고 싶었어요. 그것이 코요라는 인물과의 만남을 통해 더 잘 드러날 수 있지 않을까 생각했습니다.

자신이 이해하고 있다고 생각했던 세계, 타인, 결국에는 스스로에 대해서도 의문을 갖게 되는 여정이 되었으면 좋겠다고 생각하며 이 작품을 썼어요. 손에 쥐는 순간 녹아버리는 눈처럼 '무엇 하나 정확하게 움켜쥘 수 없는 것이 삶'이라는 인식이 이 소설에서 중요했습니다.

차 나고야의 히쓰마부시, 나가노 소바 같은 지역적 특색도 인물들의 여정을 생동감 있게 만들어주는 요소로 등장합니다. 그중에서도 삼나무 숲이 우거진 도가쿠시 신사의 풍경이 설경과 어우러져 인상적이고요. 찾아보니 도가쿠시는 이십 년 전쯤 나가노시로 통폐합된 작은 촌락인데요. 이 장소와 수진의 이야기가 어떤 이유로 연결되었는지 궁금합니다.

위 제가 도가쿠시에 갔을 때는 눈이 너무나 많이 와서 삼나무 숲은 통행금지였어요. 아예 못 들어갔죠. 그런데 거기 들어가보는 이야기를 쓰고 싶다는 생각이 들었어요. 수진은 누군

가를 좋아했어요. 그 상대가 말했던 곳을 자신도 가고 싶었고요. 우리도 누군가를 사랑하면 같은 경험을 하고 싶은 마음이 생기잖아요. (어쩌면 혼자 다녀왔을 수도 있지만) 수진은 죽어서라도 그곳에 가보고 싶다는 마음이었을 수도 있고, 친구들이 자신 대신 여행하기를 바랐을 수도 있다고 생각해요. 사실 이 소설은 먼저 간 사람에 대한 애도이기도 하면서, 떠난 이가 남겨진 사람들을 위해 유언의 형식으로 위로를 전하는 소설이라고도 생각하거든요. 수진에 대한 서사가 너무 감추어져 있어서 이 소설에 문제가 있다고 느낄 수도 있을 거예요.

차 문제라고 느꼈다기보다는, 소설을 다 읽고 나서도 마치 재한과 유미처럼 계속 궁금해했어요. 도대체 수진은 누구를 좋아했을까, 왜 친구들에게 구체적인 이야기를 남기지 않았을까, 그리고 왜 그런 선택을 했을까…… 저 혼자 생각해보게 되는 거죠. 그런데 계속 이런저런 추측을 해보다가 갑자기 '이걸 아는 게 과연 중요할까?'라는 생각이 들었어요. 수진에게 어떤 이야기가 있든 남은 사람들은 수진의 선택을 온전히 받아들여야 하는 거죠.

위 아무리 가까운 사이여도 꼬치꼬치 물어볼 수 없는 부분이 있으니까요. 누군가를 잃은 후에야 '그에 대해 아는 것이 많이 없었구나' 하고 깨닫기도 하죠. 하지만 우리가 타인을 얼마나 알 수 있을까 하는 의문이 들었어요. 어떤 관계라도 서로 간에 공백이 있을 수밖에 없겠죠. 심지어 '나와 나' 사이에서조차도요.

차 그 부분도 인상적이었어요. 보통 좋아하는 사람이 어딘가를 좋아한다고 하면 그 사람이랑 같이 가고 싶을 텐데 수진은 친구들에게 같이 가자고 하잖아요. 뭔가 이유가 있겠지, 싶었어요.

위 불쌍하지 않나요? 상대방이 자기를 무서워한다고 하니……. 하지만 누군가에게는 수진의 존재가 공포일 수도 있겠죠.

차 생각해보니 수진에 대한 이야기는 많이 나오지 않아도 수진의 감정들은 잘 느껴졌어요.

위 그래서 저는 이 소설의 주인공이 수진이라는 생각이 들기도 해요.

'콩콩'과 '와장창' 사이에서

차 수진에 대해 더 말해볼까요. 소설은 수진의 어린 시절 기억으로 시작합니다. 어린 수진이 "콩콩" 두드렸을 뿐인데 현관 유리문이 "와장창" 깨진 사건이 수진에게는 몹시 이상한 경험이자 기억으로 남은 거죠. 처음에는 저도 이 기억이 무슨 의미인지 바로 이해되지는 않았어요. 재한처럼요. 그런데 소설을 다 읽고 나니, 아마 수진은 유리문을 깼던 감각을 통해 이 세계의 이상한 연약함을 감지한 건 아니었을까, 생각이 들었습니다.

어렸을 때는 제대로 이해하지 못했겠지만 아마 우연히 알아챈 건 아닐까요. 우리 가족을 지켜주고 있다고 믿은 문이 이렇게 쉽게 깨져버릴 수 있구나, 아주 얇은 막 하나가 있거나 없음으로써 나의 세계가 완전히 달라질 수 있구나, 하고요. 이 소설은 우리 세계의 연약한 경계에 대한 이야기일 수도 있겠다고 생각했습니다. 이 기억은 수진에게 어떤 의미였을까요?

위 우리가 경험하는 수많은 일 중에서 평생에 걸쳐 반복적으로 기억에 남는 사건들에 대해 자주 생각하는 편이에요. 충격적이어서 계속 생각나는 경우도 있지만, 당시에는 스쳐 지나갔을 뿐인데 반복적으로 떠오르는 기억들도 있어요. 아마 두 경우 모두 내면에 어떤 흔적을 남겼기 때문일 텐데, 복기하는 이유를 명확히 알지 못할 때도 있죠.

수진에게는 유리문을 깼던 기억이 그런 종류의 상흔이 아니었을까 해요. 선생님 말씀대로 견고해 보이고 단단해 보이는 막이나 경계들이 쉽게 허물어질 수 있다는 사실을 우리는 자라면서 알게 되죠. 그런데 이 사실을 알게 되는 것과 받아들이는 것은 다른 문제라고 봐요. 무엇을 깨닫게 될 준비가 되지 않았는데 한 발짝 차이로 세계가 달라질 수 있다는 사실을 맞닥뜨렸을 때 그것을 바로 납득하는 일은 쉽지 않으니까요. 그래서 수진은 계속 생각하지 않았을까요. 우리의 의지로 할 수 있는 일은 그다지 많지는 않다는 사실, 그리고 무방비 상태로 겪어야 하는 삶들에 대해. 그건 내부와 외부일 수도 있고, 삶과 죽음일 수도 있고요.

차　준비되지 않았는데 받은 타격일수록 더 오래 남는 것 같아요. 제게도 그런 기억들이 있고, 아마 독자분들에게도 있으리라 생각해요.

“세계가 나뉘는 데 한 발짝이면 충분하다는 것을 재한은 이해했다” 같은 문장처럼 직접적으로 말하기도 하지만, 신사의 도리이(“여기부터 신의 세계”), 타인의 슬리퍼(발을 넣거나 넣지 않거나)나 베개(수건을 깔거나 그대로 베거나), 재한의 돌멩이(쥐고 있거나 던지거나) 등 나를 둘러싼 세계의 경계 혹은 결계를 상징하는 듯 읽히는 부분이 소설에 여럿 등장합니다. 작가님의 다른 작품 중 『칠면조가 숨어 있어』(위즈덤하우스, 2024)도 떠올랐는데요. 이 소설에서 남편(선호)이 아내(유미)의 노트북 폴더를 몰래 몇 개 열어본 뒤 남편의 세계가 아주 바뀌어버리죠. 작가님은 어떤 순간에 우리 삶을 규정짓는 경계들의 연약함이나 위태로움을 느끼시나요?

위　저는 공감 능력이 지나치게 발달한 것 같아요. 누가 우는 모습만 봐도 눈물이 막 나와요. 어른답지 못한 것 같아 싫은데도 그렇게 돼요. 어렸을 때도 잘 울었는데, 어쨌든 타인의 슬픔이나 고통, 세계의 위태로움을 예민하게 감지하는 것 같아요. 그래서 불행하다는 생각도 들죠. ‘건강염려증’처럼 일어나지도 않은 일을 사서 걱정하는 사람이라고 지인들이 타박하기도 하는데, 어리석다는 것을 알면서도 생각을 멈추기 쉽지 않아요. 그럼에도 다양한 사람들의 이면, 스스로도 감지 못 하거나 외면하는 일들을 자세히 관찰하는 일이 이제는 습관이 되었고, 그것이 작가의 역할이라고 믿어요.

그런데 한편으로는 견고하고 안온해서 무너지지 않을 것 같은 삶을 사는 사람들도 있잖아요. 세계에 대한 굳건한 믿음이 있는 이들. 사실 그런 이들의 세계가 저는 조금 끔찍하게 느껴져요. 말하자면, 문학이 없는 세계겠지요. 문학이 필요 없는 세계가 아니라, 문학을 필요로 하지 않는 세계라는 의미에서 그렇습니다.

차 그 세계에 사는 사람은 마냥 행복하다고 착각하거나 좋아할 수 있지만…… 그런 사람들만 있는 세계를 상상하면 저도 끔찍하다는 생각이 드네요.

위 바로 그런 곳이 디스토피아 아닐까요. 아니면 존재하지 않는 유토피아거나요.

'불'이 붙은 세계는 왜 매혹적인가

차 이전에 출연하셨던 〈문장의 소리〉(788회)의 제목이 '불화하는 자리 문학의 할 일'이더라고요. 이 제목을 두고 생각해보니 '불' 자가 붙은 단어들은 거의 부정적 단어입니다. 불화, 불길, 불안, 불신, 불륜, 불결 등등. '불'이 앞에 붙는 두 글자 단어들을 사전에서 훑어보다 깨달았는데요. 현실에서는 이 단어들에 대한 제 감정도 부정에 가까운데, 이상하게도 소설에서 이 단어들이 다루어질 때는 무척이나 매력적으로 느껴집니다.

작가님의 작품들과 이 단어들은 친숙한 사이라는 생각이

듭니다. 「눈과 돌멩이」도 그런 면이 있죠. 내내 불화하다 갈등이 폭발하는 재한과 유미, 눈길과 신사에서 느끼는 불안, 코요에 대한 불신 등 긴장된 분위기가 소설을 이끌어갑니다. 근래의 한국문학에서 다정한 연대, 화해, 치유 등에 대한 갈망이 많이 읽히던 지점과 약간 배치되는 작품들을 주로 쓰시지 않나 하는 생각이 들기도 합니다. 혹시 작가님도 소설을 쓸 때 '불'이 붙는 세계에 좀 더 매혹되시나요?

위 작가는 대개 자신이 매혹된 세계에 대해 쓰지 않을까 생각해요. 학생들에게 소설을 가르칠 때도 가장 먼저 자신이 어떤 세계에 매혹되는 사람인지 알아보라고 주문하거든요. 사실 저는 '불'이 붙는 세계에 단순히 매혹되기보다는 그것이 삶의 진실에 좀 더 가깝다고 믿어요. 다르게 말하면, 그러한 세계에 매혹되어 빠져나오고 싶지 않다기보다는 그렇지 않은 세계를 믿지 못한다고 해야 할까요. 특히 소설에서 '불'이 없는 세계는 (자극적이거나 선정적이어야 한다는 의미와 무관하게) 적어도 제게는 큰 의미가 없는 것 같아요.

물론 저도 삶의 부정적 일면을 드러낼 수밖에 없는 소설을 쓸 때 피로감을 느껴요. 제 가족이 편하게 읽을 수 있는 소설을 쓰고 싶기도 하죠. 하지만 아무리 생각해도 저는 세계의 진실은 다른 곳에 있다는 생각이 들어요. 아니, 다른 곳에 좀 더 관심을 두어야 한다고요. 그래도 「눈과 돌멩이」는 제가 쓴 소설 중 가장 온화하고 다정한 편이라고 생각해요. 이 소설 쓸 때는 마음이 덜 괴로웠어요(웃음).

덧붙이자면, 작품 속에서 연대, 화해, 치유 등에 대한 갈망을 드러내는 방식이 꼭 그것을 추구하는 인물이나 서사로 그려져야 한다고 생각하지 않아요. 그것의 불가능성을 이야기하는 것이 오히려 우리가 갈망하는 쪽에 더 가닿는 방법이 아닐까 믿습니다. 관심이 없는 것과는 전혀 다른 의미죠.

차 '세계의 진실'이라는 말씀에 매우 동의합니다. 그런데 불길, 불화의 기운이 작가님 소설에 있다고 해서 읽는 동안 불쾌하게 느껴지진 않았어요. 이야기나 인물을 다룰 때 어디까지 써야겠다고 생각하는 선이나 기준이 있으실까요? 예를 들어, 재한이 유미가 운전하는 핸들을 꺾고 싶다고 생각하거나 돌멩이로 코요의 집 유리창을 깨고 싶다가도 그렇게 하지 않는 것처럼 말이죠.

위 핸들을 쥔 손을 떼어놓고 싶다거나 돌멩이를 던지고 싶어도 그러지 않는 것은, 그것이 그 인물에 가깝다고 생각하기 때문이에요. 작가로서 선이나 기준을 정하고 쓰지는 않아요. 저도 마음이 극과 극으로 오갈 때가 종종 있지만 극에 치달은 행동을 실제로 잘 하지는 않죠. 많은 사람이 그렇게 살아가고 있다고 생각해서 그렇게 쓸 수밖에 없었어요. 그게 제가 생각하는 인물들의 사고와 행동 패턴이라서요.

차 '무서움'에 대해서도 말해보고 싶습니다. 소설에서 수진은 호감이 있는 대상에게 '무섭다'는 말을 들었고, 재한은 코요를 향해 '무섭다'는 감정을 느낍니다. 수진이 무섭다는 말을 들은 이유는 소설을 통해서는 명확히 알 수 없지만, 재한은 코요가 여장 남자라서 낯설기 때문에 무서워한다는 생각이 들었습니다. 그런데 처음에는 혐오의 감정으로 무섭다고 한 것 같았는데 소설 후반에는 어쩐지 '대단하다'의 뜻으로 읽히기도 해서 신기했고요. 이 소설에서 말하는 '무서움'에 대해 이야기해 주실 수 있을까요.

위 '무서움'이라는 감정도 다른 감정들처럼 그 단어 안에 여러 감정이 뭉뚱그려져 있다는 생각이 들었어요. 이 소설에서 '무섭다'는 말은 단순히 공포를 의미하기도 하지만 공포를 가장한 비아냥거림이 되기도 하고 매혹에 대한 두려움으로 바뀌기도 해요.

이 소설은 재한의 내면에서 일어나는 변화를 따라가는 소설이라고 해도 과언이 아닐 텐데, 내면은 미묘하게 달라지지만 그가 사용하는 어휘는 단순해요. 평소에 우리가 말할 때처럼요. 하지만 우리는 그가 같은 단어를 사용해도 의미는 달라졌음을 알 수 있죠. 알 수 있기를 바라면서 썼어요. 단어를 통해 다양한 스펙트럼을 만들어낼 수 있다는 점이 대사의 매력 아닐까 해요.

평소에는 나와 무관한 타자인데 그 타자가 나의 경계 안으로 들어왔을 때 느끼는 것은 매혹에 대한 공포일 수도 있거든요. 이 사람과 연결됨으로써 나의 세계가 변형될 수도 있다는 두려움, 게다가 그 세계 자체가 일반화된 세계에서는 받아들여질 수 없는, 어떤 선일 수도 있다는 생각……. 재한은 코요 같은 인물을 보면 거부감을 드러내기 마련인 전형적 남성이니까요. 덧붙이자면, 젊은 남성의 내면을 이해하고 싶은 마음에 재한을 초점화자로 정한 이유도 있어요. 그의 내면 변화를 조금이라도 보여줄 수 있고 또 그에 대한 동의를 얻을 수 있으면 좋지 않을까 싶은 욕심도 있었습니다.

차 재한과 유미의 갈등이나 서로를 인내하는 모습들이 참 현실적인 친구들의 모습이라는 생각을 많이 했어요. 셋이었다가 둘이 남은 이들은 한국으로 돌아가면 어떤 관계가 될까요?

위 가까운 사이일수록 균열이 세밀하지 않을까요. 오래

알았다고 해서 다 친밀한 관계는 아니기도 하고요. 나 자신도 낯설 때가 있는데 타인과의 관계는 더하겠죠. 서로 안 맞는 부분이 있는 것을 알지만 의지하기도 하는 모습들을 현실적으로 그리고 싶었습니다. 여행 이후 둘은 아마도 더 친해졌을 것 같아요. 잊지 못할 경험을 함께했다는 기억이 생겼을 테니까요. 이건 저의 바람이기도 해요.

차 작가님 작품의 인물들은 '위악적'으로 그려지는 경우가 꽤 있습니다. 마냥 좋거나 매력적이라고 볼 수는 없을 인물들에 대해 쓰면서 자신을 투영하게 될 때가 있으실까요? 있다면 어떤 면을 꺼내놓는지도 궁금한데, 조심스레 여쭤봅니다.

위 제 소설의 인물들이 마냥 선하거나 (사회적인 의미에서) 매력적이지는 않아서 오히려 더 애정이 가요. 그렇지만 무조건적인 애정을 주는 것은 아니에요. 마치 부모처럼 내가 만들었기 때문에 맹목적으로 사랑한다는 식은 아니지만, 너의 행동과 마음을 충분히 이해할 수 있다고 생각하며 인물을 그리려 합니다.

앞서 말했다시피 인간이 원래 그렇다고 생각해요. 어떤 면을 부각해 보여줄지가 관건인데, 제가 관찰한 제 안의 선악들 (사실 선악이라는 구분 자체를 의심하는 편이긴 하지만)의 면면을 드러내주는 일이 인물을 위해 제가 할 수 있는 일이라고 생각합니다. 좋은 사람은 뭘까, 나쁜 사람은 뭘까. 계속 고민해요. 한쪽으로 단정 짓는 데에 기질적으로 거부감이 있는 것 같기도 해요. 쉽게 선과 악을 구분하고, 좋고 아름다운 것에 대해 이야기하는 사람들을 잘 믿지 못해요. 그래서 인물들을 두고 '너무 좋다, 너무 싫다' 이 둘로 나뉘지 않으면 좋겠다고 생각하고 써요.

그런 의미로 저는 제 소설 속 인물들이 매력적이라고 생각해요. 소설 안의 어떤 인물도 저와 많이 다르다고 말하지 못할 것 같습니다. 거부감이 드는 인물을 그릴 때조차도요.

차 생각해보니, 언젠가부터 소설에서 좋은 인물을 발견하고 애정하고 싶어 하는 습관이 생겼어요. 이런 습관이 과해지면 인물에 대해 호불호를 너무 쉽게 정하게 되는 것도 같아서 살짝 뜨끔해집니다. 인물에 대해 너무 좋거나 너무 싫다는 생각이 들지 않게 쓰시려고 한다는 말씀이 인상 깊습니다.

위 소설은 독자에게 어느 정도 스트레스를 줄 수 있어야 한다고 생각해요. 좀 거칠게 말해서, 그것이 예술의 목적이라고도 생각합니다. 경중의 차이는 있겠지만 때로는 읽기 괴롭거나 마음이 힘들어지는 독서 경험이 우리를 더 나은 곳으로 데려가준다고 믿습니다. '이런 이야기까지 읽어야 하나?' 하는 생각이 드는 글이라도 저는 용기를 내서 써보려고 합니다. 그게 작가의 일이니까요.

차 그게 곧 세계의 진실이니까요. 마지막 질문입니다. 등단 이후 꽤 숨 가쁘게 소설을 써오셨을 것 같습니다. 이번 이상문학상 수상이 작가님에게 중요한 기점이 될 것 같기도 한데요. 앞으로는 어떤 소설을 쓰고 싶으신가요?

위 소설을 쓴 지 오래된 것은 아니라서 아직도 소설가라는 말을 들으면 어색할 때가 있어요. 그래서 이번 수상이 더 부담이기도 해요. 이제 이런 말은 밖에서 하지 말아야겠다 싶다가도, 한편으로는 이 자세를 유지하고 싶기도 하고요. 어깨에 힘이 들어갈까 봐 그렇기도 한데, 사실 제 기질상 그럴 것 같지는 않아요. 하지만 사람 일은 모르는 거니까요(웃음).

제가 처음부터 늘 쓰고 싶었던 소설은 블랙코미디예요. 제 소설이 약간 칙칙하고 우울하잖아요. 하지만 지향점은 '무서우면서도 웃기는 소설'이에요. 블랙코미디에서는 언제나 웃음이 공포를 초과하잖아요. 그 점이 좋아요. 무섭고 음습한데 자꾸 웃음이 나는 작품을 써보는 것이 꿈이에요. 이렇게 큰 상을 받게 될 줄은 정말 상상도 못 했는데, 이 상황 자체가 저에게는 무서우면서도 웃음이 나는 상황이기도 합니다. 이런 감정은 블랙코미디와는 거리가 있지만요. 좋으면서도 두렵다고 해야겠지요. 앞으로 더 나은 글을 쓸 수 있으면 좋겠습니다. 부디.

작품론

우리를 살게 하는 위험한 소설

조연정 ❙ 문학평론가

위수정의 「눈과 돌멩이」는 대학 때 영화 감상 동아리에서 만나 이십 년 가까이 느슨하면서도 각별한 우정을 나누어온 수진, 재한, 유미라는 세 친구에 관한 이야기이다. 그리고 이 소설은 남겨진 사람들에 관한 이야기이기도 하다. 암 투병 중이던 수진은 믿기지 않게도 자살로 생을 마감하였고, 모든 것이 후회로 남는 재한과 유미는 수진의 유언대로 일본 나가노의 도가쿠시 삼나무 숲에 그녀의 뼛가루를 뿌려주기 위해 한겨울 일본행 비행기에 오르는 중이다. 그곳은 생전의 수진이 친구들과 함께 가고 싶어 한 여행지였다. 그러나 갑작스럽게 마음을 바꾼 수진으로 인해 여행은 취소되었고, 이제 셋이 함께할 기회는 영영 사라졌다. 누군가 "일본을 좋아하는 사람"이 도가쿠시의 장어덮밥을 꼭 먹어봐야 한다고 수진에게 추천했다던 그곳에, "그게 누구냐고 유미가 몇 번이나 물었지만 (……) 술잔을 이리저리 돌리며 웃기만 했"(16쪽)[1]던 어느 날의 수진을 떠올리며, 재한과

1 본고의 「눈과 돌멩이」 인용은 모두 본 작품집 기준의 쪽수임을 밝힌다.

유미는 미뤄둔 숙제를 하듯 여행길에 오른다.

이 소설은 도가쿠시 삼나무 숲에 도착해 여행의 목적을 달성하기까지 하루 동안의 여정을 그리고 있다. 공항에서 목적지까지 차로 서너 시간을 이동해야 하는 상황에서 "눈 내릴 확률 80퍼센트"(19쪽)의 날씨까지 겹쳐 이동은 쉽지 않다. 왠지 활기라고는 찾아볼 수 없는 오래된 낯선 동네에서, 스노 체인을 감지 않아 폭설 속에서 자꾸만 미끄러지는 차 안에, 수진의 뼛가루가 든 가방을 품에 안고 앉아 있는 재한은 어쩐지 계속 으스스한 기분에 휩싸인다. 산속의 숲까지는 눈이 그치면 움직이자는 재한의 만류에도 불구하고, 운전대를 잡고 있는 유미는 "아주 그냥…… 개같아"(22쪽)라고 화를 내면서도 결연하게 숲으로 향한다. 소설의 대부분은 삼나무 숲으로 가기까지의 우여곡절 속에서 수진을 잃은 재한과 유미가 서로 티격태격 나누는 대화들로 이루어져 있다. 수진과 재한 그리고 유미는 "하나에게 말하지 않고 나머지 둘이 만나기도 한다는 걸"(13쪽) 서로 알면서도 그것이 별문제가 되지는 않는 오래된 관계였는데, 수진만이 빠진, 그러나 수진이 만들어준 이 여행에서, 나머지 둘이 수진에 대해 새로 알게 된 사실은 별로 없는 것 같다. 하늘까지 아득하게 닿아 있는 듯한 삼나무들 사이 나풀나풀 떨어지는 눈송이 사이에 수진의 뼛가루를 뿌려주면서, 재한과 유미는 "이 모든 게, 거짓말 같아"(30쪽)라고 말하며 비참한 기분에 빠질 뿐이다.

「눈과 돌멩이」에는 이들 말고도 또 한 명의 '남겨진 사람'이 있다. 바로 도가쿠시의 아담한 산장에 일 년에 한 달 정도를 혼자 머무는 코요이다. 숲에서 나온 재한과 유미는 눈길에 자꾸만 차가 미끄러지는 바람에 난감한 상황에 처하는데, 이때 숲

쪽에서 그들에게 다가온 차에서 긴 치마를 입은 여자가 내리고 자신의 집으로 가자며 도움의 손길을 내민다. 그는 재한과 유미가 숲으로 오는 길에 들렀던 소바 가게에서 "오카마"(25쪽)라며 힐끔거렸던 여장 남자 코요였다. 예기치 않게 코요의 집에서 하룻밤 신세를 지게 된 그들은 도가쿠시가 코요를 떠난 "하프 재패니즈"(34쪽) 애인 로드리고의 고향이라는 것, 그리고 그곳에 남은 그는 불단을 만들어 떠난 사람을 위해 매일 기도를 올린다는 사실도 알게 된다. 로드리고는 수진과 달리 죽은 것이 아니라 단지 코요를 떠났다는 사실도. 낯선 곳에서 온종일 긴장했던 탓인지 재한은 그저 담담하게 호의를 베푸는 코요에게 경계를 풀지 못하며 실수를 하기도 하는데, 그의 집 욕실에서 뜨거운 물로 샤워를 하며 여러 상념에 잠긴다.

> 어두웠던 새벽길, 하얀 새의 걸음걸이, 눈이 흩날리던 희뿌연 풍경, 희게 반짝이던 나무들, 길 위로 미끄러지던 감각, 눈으로 푹푹 들어가던 발, 꼭대기가 보이지 않던 나무, 그 사이로 내리던 눈송이들, 빈 숲을 울리던 목소리와 흔들리던 유미의 눈동자. 흩어지고 가라앉던 수진의 뼛가루와 그 위로 내려앉던 고요한 눈송이, 집요한 눈송이…… 수진의 뼛가루가 아직 그 숲에 있다. 점점 가라앉을 것이다. 영원히 수진의 일부가 거기에…… 안 무섭니, 수진아. 누군가에겐 악몽이었던 수진은 이제 가루만 남았네. 문득 오늘 하루가 자신과는 무관한 영화의 요약본처럼 스쳐 지나갔다. 이 모든 것이 단 하루에 일어났다는 사실을 믿을 수 없었다. 누군가의 죽음이 또 다른 누군가에게는 안도가 될 수도 있을까. 그런 죽음도 있겠지. 재한은 자신이 무슨 생각을 하는지도 인지하지 못한 채 물을 잠근 후 거울 앞에 섰다. (……) 재한은 뻗어나가는 생각을 멈추기 위해 머리를 흔들

었다. 찬물을 틀어 세수했다. 많이 마신 것도 아닌데 만취한 것 같은 이 기묘한 감각. 하지만 아무 일도 일어나지 않을 것이다. 괜찮을 것이다. 날이 밝기 전에 눈은 치워질 것이다. 우리는 떠날 것이다. 그러나 이런 생각은 재한에게 전혀 위안이 되지 않았고, 그것이 이상했다. (39~40쪽)

온통 눈으로 뒤덮인 낯선 풍경 속에서의 하루가, 수진이 이제 이 세상에 없다는 것도 믿기지 않는 마당에 친구의 유골을 낯설고 차가운 곳에 뿌려주고자 이곳에 왔다는 사실도, 재한에게는 마치 "자신과는 무관한 영화"처럼 이상하게 느껴질 뿐이다. 영화 동아리에서 만난 친구들답게 재한과 유미는 하루 종일 영화 속 장면들을 떠올린다. 폭설로 뒤덮인 마을은 큐브릭의 영화 속 한 장면 같고, 고즈넉한 분위기인 코요의 집에서는 고레에다 히로카즈, 구로사와 기요시, 봉준호의 영화를 떠올리기도 한다. 그러나 여행의 긴장을 잊기 위해 농담처럼 주고받는 재한과 유미의 대화는 이들에게 별다른 위안이 될 수는 없다. 친구의 믿기지 않는 죽음도, 그 친구로 인해 떠나오게 된 이 여행도 "기묘한 감각" 속에서 마주하고 있는 재한은, 그러나 이 낯설고 기묘한 공간으로부터 곧 현실로 돌아갈 것이라는 생각이 "전혀 위안이 되지 않"는다고 느끼기도 한다. 그리고 "그것이 이상했다"고 생각한다.

이 '기묘한 감각'과 '이상한 기분'은 그간의 독자들이 『은의 세계』(문학동네, 2022)와 『우리에게 없는 밤』(문학과지성사, 2024) 등을 읽으며 위수정의 소설에 이끌렸던 이유이기도 하다. 위수정의 여러 소설에는 고급의 취향과 세련된 감각을 자랑하는 우아한 여성들의 일탈의 감각이 설득력 있게 묘사되곤 한다. 가령 「아무도」와 같은 소설에서 남편이 아닌 다른 남자를 마음에 품게 돼 별거를 감행한 '희진'은 "이러려고 집을 나온 거니까"(『우리에게 없는 밤』, 14쪽)라는 말을 반복하면서 "안온한 일상이 존재하지 않는 나날들"에 대한 소망을 드러낸다. 난생처음 접해본 카드 게임에 매료되어 어린 딸과 남편을 잊은 채 카지노를 떠나지 못하는 「9」의 '혜신' 역시 "돈 때문만은 아니"(『우리에게 없는 밤』, 252쪽)라고 말한다. 고등학생 아들의 친구에게 혹은 아들뻘 되는 싱그러운 젊은 피아니스트에게 성적 매력을 느끼며 고통스러워하는 「풍경과 사랑」(『은의 세계』)이나 「오후만 있던 일요일」(본 작품집의 '자선 대표작', 『우리에게 없는 밤』)의 중년 혹은 노년 여성들의 어떤 뜨거운 마음도 우리는 흥미롭게 따라 읽어왔다. 위수정 소설이 보여주는 이 같은 낯설고도 낯익은 마음들은 "주어진 체제에 대한 감응이 아니라 그것을 이탈한 감각을 따라가는 경험, 자기 삶이 놓인 세계에 대한 이해가 아니라 그 세계를 견디기 위해 터져 나오는 충동, 자기 동일시의 앎을 추구하기보다 앎이 되지 않는 삶을 포기하지 않는 욕망"[2]으로 이해되기도 했다.

그 이탈한 감각을 충실히 따라간 자리에는 「집」(『우리에게 없는 밤』)과 같은 소설이 놓이기도 한다. 세목과 달리 이 소설은 영영 집을 떠나는 '나'에 관한 이야기이다. "나는 진과 함께 먼 곳으로, 아주 먼 곳으로 떠나고 싶었다"(291쪽)라는 문장으로 시작하는 「집」은 두 인물이 여행을 떠나는 소설이라는 점에서 「눈과 돌멩이」와 유사하지만, 집을 떠난 '나'는 여행 중에 또 한 번 '진'을 떠나, 얼음이 꽁꽁 얼어붙은 호수 위에 홀로 누워 "꿈이 없는 잠 속"(326쪽)으로 빠져들기를 기다리고 있다. "거기에는

2 백지은 해설, 「부정도 탐색도 없이」, 『은의 세계』, 320쪽.

김치찌개도 상한 우유도 없다. 곰팡이도 부모도 없다. 냄새도 날씨도 없이 나는 집에서 조곤조곤 대화를 나눌 것이다. (……) 집이란 그런 곳이니까"(326쪽)라고 말하는 '나'는 부모가 진 빚을 갚기 위해 끊임없이 성실해야 했던 삶으로부터 떠나 자신만의 '안온한 집'에 당도하고자 하는 것이다. 그곳은 "어두워도 충만하여 빛을 원할 필요도 없"(326쪽)는 곳으로 묘사된다.

자신이 발 딛고 있는 현실이 평균적으로 보아 안온하고 무탈한 일상이든, 더 이상 견딜 의미조차 없어 보이는 궁핍하고 피폐한 일상이든, 위수정의 인물들에게는 발설하기 어렵고 설명하기 쉽지 않은, 현실을 비켜선 어떤 걷잡을 수 없는 충동의 마음들이 단단히 존재한다. 소설 속 설정과 사건보다는 오히려 인물에 집중하도록 하면서 이러한 일탈하는 마음들을 설득력 있게 그려내는 것이 위수정 소설이 지닌 대체 불가의 매력이라고 할 수 있다. 소설 속에 등장하는 돌발적인 인물들은 독자에게 불편한 감각으로 남기보다는 끝내 독자들을 설득하고 만다. 그것은 인물의 내면에 대한 작가의 섬세한 묘사력 덕분이기도 하지만, 어쩌면 일상을 범상하게 살아내고 있는 우리가 모두 그러한 일탈의 마음을 여지없이 품고 있기 때문이기도 하다. 두 번째 소설집을 출간한 직후 한 인터뷰에서 작가는 읽기 편하거나 힐링이 되는 소설은 쓰지 않고자 한다고 말한 바 있지만, 이러한 '기묘한 감각'과 '이상한 마음'의 존재를 확인시켜주는 일 자체로 위수정의 어떤 소설들은 우리에게 알 수 없는 위안을 주는 듯하다. 그것은 다소 위험한 위안처럼 느껴지기도 한다.

다시 「눈과 돌멩이」로 돌아와보자. 낯선 집에서 새벽녘에 잠을 깬 재한은 그곳이 서울집이 아니라는 사실을 깨닫자마자

"여기는 나가노. 나가노는 도가쿠시. 도가쿠시엔 수진이. 수진이는 장어덮밥, 장어덮밥은……"(41쪽) 하는 식으로 엉뚱한 생각을 이어가다가 정원 쪽에서 담배를 피우고 있던 여장을 지운 코요와 나란히 앉아 대화를 나누게 된다. 코요가 지난밤 보여준 호의에 진심으로 고마움을 표하고 싶었던 재한은 일본어가 익숙하지 않아 장어덮밥을 "히쓰마부시"가 아닌 "히쓰, 마부시"라고 천천히 말하며 코요를 당황하게 한다. 사전에서 '히쓰으'는 비통悲痛, 마부시는 명사로 '섶', 형용사로 '눈부시다'라는 뜻임을 확인한 재한은 코요와 나눈 대화들을 후회하지만 돌이킬 수는 없다고 생각한다. 그리고 이어 "수진이 그렇게 떠날 줄 알았다면 뭔가 좀 더 할 수 있지 않았을까. 하지만 그럴 수는 없다"(43쪽)라고도 생각해본다.

> 눈이 닿은 발은 금세 다시 차가워졌다. 발끝에서부터 소름이 올라왔다. 재한은 망칠 수 있다고 생각했다. 단 한 번의 결단으로 모든 것을 망가뜨릴 수 있다. 끝낼 수 있다. 수진도 이런 마음이었을까. 재한은 혼란한 상태로 하나씩 하나씩 발자국을 찍어나가며 무결했던 눈의 성원을 훼손했다. 그건 너무 쉬웠다. 그만해야지, 생각하면서도 조금만, 조금만 더. 그러다 아까 보았던 새의 발자국을 발견했고, 재한은 그것을 가만히 내려다보았다. 이것은 계시인가. 재한은 고개를 들어 주위를 둘러보았다. 재한은 화단 안쪽에서 눈을 피한 돌멩이를 하나 주워 손에 꼭 쥐었다. 차갑고 단단한 돌멩이. 소름이 돋은 피부와 달리 재한의 내부는 달아올랐다. 이것을 힘주어 던지면 저 창이 깨어진다. 간단한 힘의 원리. 하지만 그런 일은 일어나지 않을 것이다. 나는 그런 사람이 아니니까. ……아닌가? 나는 꿈에 빠진 건가, 아니면 꿈에서 깬 건가. 재한은 돌멩이를 주머니에

집어넣었다. 문득 말할 수 없이 두려워졌다. 잠을 잘 못 자서 그런 거라고 생각했다. (44~45쪽)

폭설이 모든 것을 뒤덮어버린 고요한 마을의 조그마한 집의 정원에서 "눈을 피한 돌멩이"를 하나 주워, 왠지 모르게 달아오르는 두려운 마음으로 그 돌멩이를 손에 꼭 쥐어보는 재한의 모습은 이 소설이 말하고자 하는 바를 상징적으로 보여주는 듯하다. 수진의 유언대로 삼나무 숲을 어렵게 찾아온 재한은 아마도 그 돌멩이를 주우러 그곳에 왔던 것인지도 모른다. 「눈과 돌멩이」를 죽은 수진에 대한 애도의 소설로 읽는다면, 마치 "산다는 생각이 없었"(30쪽)던 듯 몇백 년을 살아낸 아득한 높이의 삼나무 숲에 수진을 보내준 행위에 집중하기보다는 수진의 마음에 조금 다가갈 수 있었던 저 돌멩이의 존재에 집중해야 하는 것이 당연해 보인다. 손에 쥔 "차갑고 단단한 돌멩이"를 힘주어 던지면 정원의 창은 일순간에 깨질 것이라 생각하며 재한은 마음이 달아오른다. "단 한 번의 결단으로 모든 것을 망가뜨릴 수 있다. 끝낼 수 있다. 수진도 이런 마음이었을까"라고 재한은 두려움 속에서 생각해본다. 전날 재한의 만류에도 불구하고 의연한 마음으로 눈길을 달렸던 유미의 마음도 비슷했던 것일지 모른다. 재한과 유미는 수진의 마음에 다가가는 방식으로 수진을 애도한다.

「눈과 돌멩이」는 "유리를 깨트린 적이 있어"(11쪽)라는 수진의 고백으로 시작하는 소설이다. 현관문이 유리로 된 작은 집에 세 들어 살았던 수진은 유리문을 콩콩 두드리다가 박살 내고 도망간 적이 있다고 아프기 전 재한에게 무심히 털어놓았었다. 선약이 깨져서 재한을 만나러 온 수진은 그 어릴 적 에피소드를 전하며 "아직도 믿을 수가 없어. 나한테 그런 날이 있었다는 게. 쿵쿵 두드렸을 뿐인데 와장창 망가졌다는 게"(12쪽)라고 고백한다. 안에서 인기척이 없자 문을 열어달라는 심산으로 조금 세게 두드렸을 뿐이라고 말했던 수진의 유리창 이야기가 코요의 집 정원에서 재한에게 다시 환기된 이유는 무엇일까. 돌멩이를 쥔 재한은 어쩌면 유리창이 깨져도 좋다는 생각으로 유리문을 힘껏 두드렸을지도 모르는 열 살의 수진을, 그리고 스스로 고통을 멈추고자 한순간의 감행으로 그들을 떠난 수진의 선택을 그 순간 이해했던 것인지도 모른다. 위수정의 소설을 읽다 보면 이처럼 한순간에 모든 것을 와장창 망가뜨릴 수 있다는, 두려우면서도 묘한 쾌감의 마음이 어쩐지 우리를 살게 한다는 생각도 하게 된다. 일상을 사는 우리에게 더 힘든 일은 어쩌면 일탈의 마음을 다스리는 일이 아니라 일탈하는 일 자체인지도 모르기 때문이다. 그렇다면 재한의 손에 쥐어진 그 "차갑고 단단한 돌멩이"는 언제든 모든 것을 내 의지대로 할 수 있다는 마음의 확인이 되기도 한다. 떠난 수진과 그리 먼 곳에 있지 않다는 식의, 친구를 잃고 남은 자신에 대한 애도가 되기도 한다. "재한은 주머니 속 돌멩이를 꼭 쥐었다. 그것은 단단했고 언제든 만질 수 있었다."(47쪽) 자신을 떠난 사람을 죽었다고 생각하며 그를 위해 매일 기도를 올리는 코요의 비통하면서도 고요한 마음이 이 돌멩이의 단단함과 맞닿는다고 말할 수 있을 것이다.

그렇다면 「눈과 돌멩이」는 위험한 소설이 아닌가. 위수정이 쓰는 위험한 소설이, 집으로 되돌아오지 않아도 된다고 말하는 무시무시하게 매혹적인 그녀의 소설이, 앞으로도 우리를 어떤 방식으로 살게 할지, 긴장된 마음으로 지켜보고 싶다.

2026년 제49회 이상문학상 작품집

2부

우수상

2026년 제49회 이상문학상 작품집

관종들

김혜신

2012년 동아일보 신춘문예를 통해 소설을 발표하기 시작했다. 장편소설 『경청』 『9번의 일』 『딸에 대하여』 『중앙역』, 소설집 『축복을 비는 마음』 『너라는 생활』 『어비』, 중편소설 『불과 나의 자서전』 등이 있다. 2018년 신동엽문학상, 2020년 대산문학상, 2023년 김유정문학상 등을 수상했다.

관종들

정해는 남편 영기에게 가져다줄 전복죽을 포장해 오는 길에 그 애를 봤다.

추운 날이었다. 한겨울은 아니지만 제법 겨울이라고 할 만한 공기가 아파트 단지 내의 풍경을 빠르게 바꿔놓는 중이었다. 대여섯 살쯤 되었을까 싶은 남자아이는 여름내 노인들이 점거하다시피 애용하던 팔각 정자에 누군가 두고 간 인형처럼 얌전히 앉아 있었다. 찌그러진 음료 캔, 지저분한 돗자리, 마른 낙엽 같은 것들과 나란히 놓인 아이의 모습이 이상한 방식으로 시선을 끌었다. 그건 날씨에 비해 얇은 아이의 옷차림 탓인지도, 어쩐지 울적해 보이는 표정 탓인지도 몰랐다. 아니, 그건 정해의 성격 탓이 컸다. 그녀는 그런 사람을, 상황을 그냥 지나치지 못했다.

그러지 말아야 한다고 생각하면서도 정해는 아이에게 다가갔고 경쾌한 목소리로 말을 걸었다.

안녕. 뭐 하니, 여기서?

아이의 자그마한 코가 빨갰다.

동생 기다려요.

동생이 어디 있는데?

집에요.

집에? 그럼 집에 있지, 왜 나와서 기다리니?

그 순간, 아이의 표정이 미묘하게 바뀌는 것을 그녀는 알아보았다. 아이는 대답하지 않았다. 말을 단속하듯 다른 쪽으로 시선을 돌리는 아이의 얼굴에 망설이는 기색이 어렸다. 그건 그녀의 착각일지도 몰랐다. 완강하게 입을 다문 아이를 간신히 관리 사무소에 데려다주고 집으로 돌아왔을 때, 전복죽은 차갑게 식어 있었다. 정해는 냄비에 죽을 데우며 (남편 영기는 전자레인지로 음식을 데우는 것을 싫어했다.) 그 아이 생각을 계속했다. 그래서 하마터면 냄비를 태울 뻔했다.

얘가 혼자 정자에 있었다고? 이 날씨에?

며칠 전, 대장의 일부를 절제하는 수술을 받은 영기는 숟가락으로 죽을 맥없이 휘젓고 있다가 고개를 들었다. 평생 설비업자로 일한 그는 재주에 비해 늘 아쉬운 대우를 받았지만 불평하는 법이 없었다. 정해는 바로 그 점(소박함이라고 해야 할지, 아둔함이라고 해야 할지 알 수 없는)이 그의 삶을 고만고만하게 만들었다고, 더 높이 도약하지 못하게 만들었다고 여겼지만 입 밖으로 꺼낸 적은 없었다. 뭔가를 수리하고 복구하고 바로잡는 것에서 그가 큰 희열을 느낀다는 걸 알았으니까. 함께 살기 위해서는 그가 그런 사람임을 인정할 수밖에 없었으니까. 맞다. 그에겐 뭐든 고칠 수 있다는 자신 같은 게 있었다. 그러나 죽 한 그릇을 앞에 두고 앉은 그에게선 이제 그런 기색을 찾아볼 수 없었다. 정해는 그가 잃어가고 있는 것이 다만 자신감 하나뿐인지 알 수 없었다.

그렇다니까.

그렇게 대답하며 정해는 베란다 쪽으로 고개를 돌렸다. 날은 저물어 있었다. 정해는 아이가 입고 있던 얇은 바지와 바지 아래로 드러난 발목, 구멍이 숭숭 뚫린 슬리퍼 같은 것들을 떠올렸고 미안함을 느꼈다. 아이를 떠넘기듯 관리 사무소에 맡기고 돌아올 게 아니었다는 생각이, 뭔가 더 적극적으로 행동했어야 한다는 후회가 들어서였다.

관리 사무소에 연락해봐. 누가 와서 애를 데려갔는지.

영기가 재촉했고 정해가 고개를 끄덕였다. 그럼에도 곧바로 연락하지는 못했다. 아까 본 사무소 직원들의 냉랭한 태도 때문이었다. 그들 부부가 관리 사무소 직원들과 껄끄러운 관계가 된 건 이미 여러 해 전이었으나 정해는 그 사실이 여전히 불편했다. 그럼에도 한 시간 뒤에 결국 전화를 걸었고, 아이가 무사히 귀가했다는 답변을 들었다. 무사히? 어떻게? 누군가 아이를 데리러 왔는지, 그 사람이 가족이 맞는지, 아이가 집에 들어가는 걸 직접 봤는지 묻진 못했다. 그러면 다시금 유별나다거나 유난하다는 반응이 되돌아올 테니까.

애는 어떻게 됐어? 잘 들어갔대? 확실히 물어봤어? 제대로 확인했대?

잘 해결되었다는 답을 듣고서도 영기는 같은 질문을 반복했다. 정해는 말없이 고개를 끄덕이다 자리를 피해버렸다. 그와 말을 섞으며 혹시 일어날지도 모르는 어떤 문제들을 줄 세우다 보면 이 일을 관리소 직원과 통화하는 것으로 마무리 지을 수 없다는 것을 알기 때문이었다. 그들은 불안을 나누는 데 익숙했다. 가정과 상상 속에서 상황을 비관적으로 몰아가는 데 능숙했다. 맞다. 그들 부부는 작은 문제를 크게 키우는 데 일가견이 있었다. 그건 정해의 언니, 정미가 한 말이었는데 일종의 질책이라 여겼던 그 말을 정해는 더디게 수긍해나가고 있는 중이었다.

그들은 요주의 인물이었다.

삼 년 전, 두 사람은 이천 세대에 육박하는 낡은 이 아파트 단지로 이사 왔다. 그해에 딸이 음주 운전으로 교통사고를 냈고, 이웃 하나가 그들 부부를 명예훼손으로 고소하는 일이 있었다. 돌이킬 수 없을 정도로 절망적인 상황은 아니었으나 문제를 해결하는 과정에 큰 비용이 들었고, 아슬아슬하게 유지되던 가계가 폭삭 주저앉았다. 그래서 눈발이 흩날리는 추운 날에 감행해야 했던 그 이사는 정해에게 아픈 기억으로 남아 있었다.

앞으론 우리만 생각하면서 살자고. 다른 사람들 신경 쓸 거 없이.

이삿짐센터 직원들이 돌아가고, 어수선한 집 안에 남겨졌을 때 영기가 그렇게 말했다. 피곤한 탓인지 목소리가 쉬어 있었다. 후회인지, 반성인지, 결심인지 모를 그 말의 의미를 정해는 바로 이해했다. 돌이켜 보면 몰랐으면 좋았을 일들이, 모른 척 넘겼다면 좋았을 일들이 그들 부부에겐 많았다. 그런 일들에 간섭하고 참견하면서 잃은 것이 많았다. 말하자면 두 사람은 그동안 자신이 잃은 것들을 냉정하게, 뼈아프게 셈할 수 있게 된 거였다.

그래야지.

정해는 망설임 없이 답했다.

그러나 두 사람은 그 말을 지키지 못했다. 잊은 건 아니었다. 다만 그 말을 지키기에는, 자신들의 삶만 신경 쓰고 살기에는 모른 척할 수 없는 일들이 도처에 널려 있었다. 그들은 문제를 제기했고, 시시비비를 따졌고, 목소리를 높이며 주변 사람들의 이목을 끌었다. 그래서 이전 동네에서처럼 이곳에서도 요주의 인물이 되고 말았다.

다음 날, 정해는 아파트 후문이 아니라 정문을 통과해 비즈공방에 출근했다. 그 아이가 앉아 있던 팔각 정자를 지나치지 않기 위해서였다. 그녀는 그 아이로 인해 생겨난 작은 불씨가 저절로 사그라지길 바랐다. 그녀가 관심을 기울이지 않는다면, 불씨를 키우지 않는다면 그것은 소멸할 것이었다.

그녀는 상가건물 안으로 들어섰고, 온갖 물품과 잡동사니로 정리가 불가능해진 한 평 남짓한 점포 문을 열었다. 지난밤, 대충 덮어놓은 비닐과 천을 걷어내고, 공중에 매달아놓은 LED 전구를 켰다. 마트에 온 손님들이 이따금 기웃거리는 그녀의 점포는 인기가 있는 편은 아니었지만, 그녀는 매일 뭔가를 만들었다. 쇠락해가는 건물 안에서 매일 존재감이 옅어지는 자신의 점포를 유지할 방법이 그것밖에 없어서는 아니었다.

정해는 뭔가를 만드는 것이 좋았다. 이전에 없던 걸 만들어내는 과정은 수월하지 않았지만 순수한 기쁨을 주었다. 그건 자신과 아직 완성되지 않은 창작품 사이에 존재하는, 그러므로 그녀가 독점적으로 향유하는 어떤 것이었다. 크기와 색깔이 다른 비즈들을 알맞게 배치할 때, 작디작은 비즈를 나일론 실에 꿸 때 정해는 도대체 누가 사갈까 싶은 철 지난 공예품을 만드는 사람이 아니라, 세상에 아직 없는 어떤 근사한 것을 창조하는 사람이 될 수 있었다.

언니, 고구마 맛볼래?

그녀가 작은 원형 테이블에 앉아 작업을 시작하려고 할 때, 옆 점포의 경아가 들어왔다. 곰돌이 캐릭터가 그려진 데님 앞치마를 매고서였다.

뭐야, 못 보던 거네? 새로 만든 거야?

그녀가 앞치마를 보며 물었고 경아가 답했다.

어제 한번 만들어봤어. 색깔이 좀 탁하지?

아니야. 색감이 고상하고 예뻐. 좋아.

진짜? 사람들이 좀 사 가려나?

경아가 신이 난 듯 제자리에서 한 바퀴 돌았고, 그 바람에 주변에 높이 쌓인 비즈 상자들이 쓰러질 듯 휘청거렸다.

두 사람은 비좁은 테이블에 마주 앉아 고구마를 먹으며 담소를 나누었다. 도무지 걷힐 기미가 없는 불황의 그림자, 그 속에서 분투하는 서로에 대한 격려, 나날이 터무니없이 느껴지는 오늘 치 목표 매상에 이르기까지. 특별한 건 없었다. 그건 두 사람이 거의 날마다 입에 올리는 화제였고, 시시하게 끝날 게 뻔한 하루를 시작하는 준비운동 같은 거였다.

어제 뉴스 때문에 그런가. 기분이 계속 처지네. 언니도 봤지? 집에서 맨발로 도망 나왔다는 애. 아무리 그래도 그렇지, 애를 어떻게 그렇게까지 굶겼을까. 진짜 요지경 세상이야.

경아가 자리에서 일어나며 그렇게 말했을 때, 느슨해졌던 정해의 마음이 다시 팽팽해졌다.

뉴스? 그런 뉴스가 있었어? 누가 애를 굶겼대?

누구겠어. 부모겠지.

부모가 애를 굶겼다고?

대답은 듣지 못했다. 손님이 들어온 것을 보고 경아가 재빨리 자기 점포로 돌아갔기 때문이다. 정해는 간식으로 챙겨 온 삶은 계란을 우물거리며 기사를 찾아보았고, 기사 아래 달린 댓글을 하나씩 읽었다. 믹스커피를 홀짝거리며 영상 속 아이의 모습을 골똘히 살폈고, 어디까지가 사실인지 모를 소문들을 찾아보기도 했다. 그래서 퇴근 무렵에는 그 정자에 다시 가보지 않고는 견딜 수 없는 상태가 되었다.

다행히 아이는 없었다.

정해는 혹시나 싶은 마음에 정자 주변을 크게 한 바퀴 돌았다. 어쩌면 아이가 오가는 사람들의 눈을 피해 어딘가에 숨어 있을지도 모른다는 생각이 들었고, 그것이 고약한 보호자의 비밀스러운 지시가 아닐까 하는 의문이 피어올랐다. 그녀는 나무 기둥에 부착된, 너덜거리는 경고문(빨간색 매직으로 비둘기에게 먹이를 주지 말라는 글씨가 다소간 살벌하게 적혀 있었다.)을 제대로 붙이고, 쓰레기를 태운 흔적 같은 것들을 발로 헤집어보았다. 머릿속에서 마구잡이로 떠오르는 불길한 추측을 떨치기 위해서였다.

다음 날도, 그다음 날도 아이는 그곳에 없었다.

정해가 아이를 다시 본 건 몇 주 뒤, 그녀의 머릿속에서 아이의 존재가 흐릿해져갈 무렵이었다. 토요일 오후, 복도에 내놓은 불법 적치물 문제로 703호 남자와 언쟁을 벌인 뒤, 작정하고 관리 사무소로 걸어가고 있을 때 멀리 그 아이의 뒷모습이 눈에 들어왔다. 이번엔 누군가와 함께였다. 다가가자 남자아이보다 네댓 살 많아 보이는 여자아이가 그녀를 빤히 쳐다보았다.

안녕, 뭐 하고 있니, 여기서?

그녀가 묻고 여자아이가 되물었다.

그건 왜 물어보는데요?

날이 춥잖니, 감기 걸리겠다.

그렇게 말하며 그녀는 아이들의 차림새를 훑었다. 아이들이 입은 점퍼는 소매가 짧아 팔목을 다 가리지 못했고, 구멍이 숭숭 뚫린 투박한 슬리퍼도 바람을 막기엔 역부족으로 보였다. 그녀의 시선이 며칠 감지 않은 듯한 아이들의 기름진 머리칼을, 길게 자라난 아이들의 손톱을, 어딘가 주눅이 들어 있는 것 같은 아이들의 표정을 조심스레 오갔다.

우린 안 추운데요.

여자아이가 새침하게 대꾸했고 남자아이가 그 말을 따라 했다.

안 추운데요, 우리는!

정해는 아이들 곁에 자리를 잡았다. 그러면서 703호 남자를 잠깐 떠올렸다. 복도에 내놓은 잡동사니를 치워달라고 벌써 몇 달째 요청하는데도 남자는 요지부동이었다. 처음엔 형식적으로라도 미안한 기색을 내비치는가 싶더니 어느 순간부터는 뭐가 문제냐는 식으로 나왔다. 바로 옆집도 아니고, 복도 맨 끝 집에 사는 당신이 도대체 무슨 상관이냐는 거였다. 그녀는 공손한 태도로 복도가 공용공간이라는 점을 강조했고 아파트 법령을 입에 올렸다. 화재가 났을 경우 이런 적치물들이 얼마나 위험한지에 대해 설명할 땐 어떤 비극적인 상황들이 눈앞에 펼쳐져서 잠깐씩 말을 멈춰야 했다. 남자의 언성이 커졌고, 705호 신혼부부가 밖으로 나왔다. 엘리베이터를 기다리던 사람들이 그녀와 남자를 흘끔거렸고, 결국 경비원이 올라왔다.

709호분, 그만하시죠. 그 정도 하셨으면 됐어요.

그리고 경비원이 그녀를 향해 말했다. 흡사 호통이라도 치는 목소리였고, 성가시다는 기색이 고스란히 드러났다. 그 말은 703호 남자가 들어야 하는 말이었다. 자신이 아니라. 그 순간, 그녀는 목소리를 낮추려는 노력을 그만두었다. 703호 남자와 경비원, 705호 신혼부부까지. 정해는 다섯 명을 상대로 도돌이표 같은 대화를 이어가다 관리 사무소에 정식으로 항의하겠다는 말을, 이번에는 기필코 이 문제를 해결하겠다는 말을 선전포고처럼 남기고 나온 길이었다. 그러나 자신만만함은 잦아들고 다시금 미심쩍은 마음이 올라오고 있었다.

자신이 유별난 게 아닐까 하는 생각. 문제는 바로 자신이 아닐까 하는 생각.

이런 일은 그녀에게도 쉽지 않았다. 좋아서 하는 일도 아니었다. 주변 사람들과 얼굴을 붉혀야 하는 데다 거기서 비롯된 얼마간의 미안함과 자기 의심을 감당해야 하는 일이기도 했다. 그녀는 지금 자신이 하려는 이 일, 누구도 관심을 갖지 않는 이 적치물을 철거하고 말고 하는 데에 시간과 에너지를 쏟는 게 과연 그만한 가치가 있을까 하는 생각을 했다. 자신을 위한 것이 아니고 남들도 반기지 않는 이런 일을 이젠 진짜 그만해야 하지 않을까 하는 생각도 했다.

이름이 뭐니?

그녀는 아이들을 돌아보며 물었다.

서민지, 서민우? 예쁜 이름이구나. 누가 지어준 거야?

그리고 질문을 이어가는 동안 정해는 이런 일들이 누군가는 반드시 해야 하는 일임을 상기했다. 그럼에도 불구하고 누군가는 해야 하고, 할 수밖에 없다고 스스로를 다잡을 수 있었다.

점심은 먹었어? 누구 기다리니? 관리 사무소에 가서 기다릴까? 여긴 좀 추운데.

아니요. 거긴 안 가요.

대답은 주로 여자아이 민지가 했고, 남자아이 민우는 졸린 듯 눈을 비비며 말이 없었다. 잠시 말이 끊어졌을 때, 민우가 잠꼬대하듯 물었다.

아줌마, 근데 지금 몇 시예요?

두시 이십분. 왜, 이제 가려고?

아뇨. 아빠가 올 거예요. 좀 이따가.

그래? 아빠를 기다리는구나. 아빠가 어디서 오시는데?

집에서요.

진짜였다. 잠시 뒤 추리닝 차림의 남자가 자전거를 끌고 나타났다. 그는 멀찌감치 서서 아이들에게 손짓했고, 아이들은 자리에서 일어났다. 그러니까 아이들이 반가운 기색을 보였더라면, 아빠라고 소리치며 뛰어갔더라면 정해는 그 남자에게 다가갈 생각은 하지 않았을 것이다.

안녕하세요.

정해는 어쩐지 주저하며 걷는 아이들을 뒤따라갔고 남자에게 말을 걸었다.

아, 예.

남자가 건성으로 답했고 확인하듯 아이들을 번갈아 보았다. 누워 있다가 나온 듯 뒷머리가 납작하게 눌려 있었다.

애들이 아빠를 얌전히 기다리는 게 기특해요. 애들이 귀한 시대인데 둘씩이나. 키울 때야 고생스러워도 다 키워놓고 나면 든든하죠. 나도 딸이 하나 있는데 언제 이런 시절이 있었나 싶어요.

남자가 고개를 까딱하고 자리를 뜨려 했으므로 정해는 마음이 급했다.

참, 내 정신 좀 봐. 이거 내가 직접 만든 건데 애들 하나씩 줘도 되죠? 대단한 건 아니고 애들이 귀여워서. 내가 공방을 하거든요.

정해는 가방을 뒤적였고, 샘플용으로 가지고 다니던 팔찌 몇 개를 꺼냈다.

아니요, 됐습니다. 괜찮아요.

남자는 그렇게 대꾸했지만 정해가 막상 민우의 손목에 팔찌를 끼워주는 걸 보고서는 하는 수 없다는 듯 그 자리에 멈춰 섰다. 정해는 아이들에게 어울릴 만한 팔찌를 골라주는 척 시간을 끌며 계속 말했다. 질문이기도 하고 혼잣말이기도 한 말들. 대답을 들을 수도, 듣지 못할 수도 있는 말들. 소득이 전혀 없지는 않았다.

그날 밤, 잠들기 전에 정해는 그 일을 영기에게 털어놓았다.

오늘 그 꼬마 애 봤어. 누나랑 같이 있네. 성사에서. 우리 바로 뒤 동에 사는 것 같아. 애 아빠가 데리러 왔더라고.

멀리서 휘파람 소리 같은 자동차 경적이 높이 솟아올랐다가 가라앉았다.

날도 추운데 왜 애들을 자꾸 거기 둔대. 한번 물어보지 그랬어. 정신 나간 놈.

그건 못 물어봤어. 다음에 만나면 물어볼까? 집에서 나온 차림이던데. 왜 거기서 아빠를 기다리고 있을까? 집에서 기다려도 될 텐데. 그 애들 말이야. 이상하지?

이상하고말고.

잠시 말이 끊어졌고 어디선가 물 떨어지는 소리가 났다. 몸을 일으킨 건 영기였다. 그가 싱크대 수전을 잠그고 돌아와 다시 자리에 누웠다. 사락거리는 이불 소리가 그치고 다시금 주변이 고요해졌다. 정해가 말했다.

하긴, 사정이 있는지도 모르지.

무슨 사정?

모르지. 다들 사정이 있잖아. 우리도 그랬고.

그 말을 하면서 정해는 호경을 생각했다. 하나뿐인 딸. 성장하는 동안 자신에게 이런저런 실망과 아픔을 주었지만 술에 취해 인생을 허비하듯 살게 될 거라고는 생각지도 못했던 자식. 영기와 옥신각신하면서 마침내 딸의 이름을 정했을 때, 수많은 글자 중 클 호浩와 볕 경景이라는 글자를 골랐을 때, 그녀가 상상한 딸의 미래는 이런 것이 아니었다. 그녀는 그 이름이 딸에게 버거웠던 게 아닐까 생각하곤 했다. 그 애는 그 이름에 담긴 부모의 염치없는 기대를, 뻔뻔스러운 욕심을 본능적으로 알아차렸던 게 아닐까 하고. 그런 의문은 딱 한순간의 방심으로 딸의 삶을 망친 게 바로 자신이라는 죄책감으로 돌변해 그녀를 짓누를 때가 많았다.

사정은 무슨. 그래서 호미로 막을 일을 가래로도 못 막는 거야. 무슨 일이 있나 한번 살펴주는 게 뭐가 어려워서. 일이 분도 안 걸리는 일을.

영기는 거기까지 말하고 입을 닫았다. 그러곤 저쪽으로 돌아누웠다. 정해는 그가 딸을 떠올리고 있음을 알았다. 아니, 고작 열 살이던 호경이 버스 차고지 주변을 기웃거릴 때, 버스 광

고판에 붙은 캐릭터에 정신이 팔렸을 때 그곳에 있었던 (혹은 지나쳤던) 이름도, 얼굴도 모르는 사람들을 원망하고 있음을 알았다. 누군가 그 애에게 관심을 가졌더라면, 조심하라고 일러주는 사람이 하나라도 있었다면. 호경은 버스에 치이는 사고를 피할 수 있었을 것이고, 왼쪽 다리를 절게 되지 않았을 것이고, 자신을 돌보지 못한 부모에게 복수하듯 일 년에 겨우 한두 번 얼굴을 보여주는 것조차 못마땅하게 여기진 않았을 것이고. 말하자면 그녀는 그가 그런 말들을 가만히 억누르고 있음을 알았다. 그런 건 그냥 알게 되는 거였다.

그러게. 어려운 일도 아니지.

정해는 그렇게 대꾸했고, 어둠 속 영기의 뒷모습을 바라보다가 눈을 감았다. 규칙적인 숨소리가 오갔지만 두 사람 모두 서로가 깨어 있다는 걸 느낄 수 있었다. 어쩌면 그들은 그런 식으로 대화를 나누고 있는 건지도 몰랐다. 캄캄한 적막 속에서 차마 소리 내어 말할 수 없는 말들을 하고, 듣고, 나누고, 새기고, 복기하면서.

그래서 세 번째로 그 애들, 민지와 민우를 만났을 때 정해가 경찰을 부른 건 충동적인 행동이 아니었다. 그사이 날은 더 차가워져 있었다. 땅거미가 지는 오후, 아이들은 정자 앞에 쪼그리고 앉아 돌멩이를 만지작거리고 있었는데 이전보다 상태가 나빴다.

안녕, 또 만났네?

정해가 인사했고 아이들이 제자리에서 벌떡 일어났다. 추위 탓인지 둘 다 얼굴색이 하얗게 질려 있었다. 그녀는 돼지고기와 양파, 호박과 버섯 등이 담긴 묵직한 장바구니를 내려놓고 정자 한쪽에 걸터앉았다. 그러곤 바람떡 한 팩을 꺼냈고 보란 듯 떡 하나를 집어 먹었다. 떨이로 싸게 구입한 것이었고 영기가 좋아하는 간식이었다.

하나 먹어볼래?

그녀의 물음에 민지가 되물었다.

먹어도 돼요?

그럼. 꼭꼭 씹어 먹어. 마실 게 없으니까.

아이들은 뭘 얼마나 만졌는지 알 수 없는 손으로 떡을 집었고 바로 입으로 가져갔다. 그녀는 떡 한 팩을 무섭게 먹어치우는 아이들을 보는 데에 정신이 팔렸다. 그래서 민우의 팔목에 난 상처를 바로 알아보지 못했다. 엄마와 동생을 기다리고 있다는 민우의 말이 끝나고, 일하러 간 아빠가 일요일에 온다는 민지의 설명이 이어지고, 다시 민우가 무슨 말을 하려고 만세 하듯 두 손을 번쩍 치켜들었을 때, 어딘가에 긁힌 것 같은, 데인 것 같은 붉은 상처가 그녀의 눈에 들어왔다.

팔목에 그거 뭐니? 다쳤어?

그녀가 물었고 민우가 답했다.

네.

어쩌다가? 병원엔 다녀온 거야?

몰라요. 그냥 보니까 이렇게 됐어요.

어디 보자.

민우의 가느다란 손목을 쥔 순간, 그녀는 생각했다. 이 애들을 이대로 그냥 둘 순 없겠다고. 그건 캄캄한 적막 속에서 영기의 뒷모습을 지켜보던 그 밤에 몰래 다짐한 것이기도 했다. 그녀는 112에 전화를 걸었고 두 명의 경찰이 왔다. 아이들의 엄마로 보이는 사람이 유아차를 끌고 나타난 것도 그즈음이었다. 차양 막 탓에 유아차 안 아기의 모습은 보이지 않았다.

무슨 일이에요?

여자가 느릿느릿 유아차를 밀며 다가왔고 그보다 느린 말투로 물었다. 잠에 취한 듯 나른한 목소리였다. 통통한 체구 탓에 슬리퍼를 신은 여자의 발이 유난히 작아 보였다.

이 애들 보호자세요?

경찰 한 사람이 묻고 여자가 답했다.

네. 제가 엄마예요.

날이 추운데, 애들이 길에 있다는 신고가 들어왔어요.

네? 애들은 길에 있으면 안 되는 건가요?

정해는 몇 걸음 떨어진 곳에서 그들이 대화하는 모습을 지켜보았다. 여자가 신고자의 정체를 따져 묻는다면, 아이들이 곤란해지는 상황이 온다면 기꺼이 나서겠다고 생각하면서. 그동안 자신이 목격한 아이들의 모습이 얼마나 위태로웠는지 털어놓겠다고 다짐하면서. 그러나 그런 일은 일어나지 않았다. 제대로 조사를 할 줄 알았던 경찰은 그 아이들을 어쩐지 미덥지 않아 보이는 엄마와 함께 그냥 보내버렸다.

이래도 되는 건가요?

멀어지는 네 사람을 보며 정해가 물었는데 경찰 둘은 뭐가 문제냐는 듯 정해를 바라보았다.

따로 조사를 해야 하는 거 아니에요?

그렇게 되묻고 나서야 경찰 중 하나가 대수롭지 않게 답했다.

조사할 만한 사안은 아니어서 귀가 조처했어요. 별일 없을 겁니다.

어느새 아이들의 모습은 보이지 않았다. 경찰들이 돌아가고 날이 완전히 저물 때까지 정해는 그곳에 남았다. 누군가는 이 짧은 소동에 관심을 보일 거라고 생각하면서, 경찰이 되돌아올지도 모른다고 생각하면서. 그런 일은 일어나지 않았다. 그것이 그녀의 불안을 부추겼다.

이튿날, 정해는 인근 지구대를 찾았다.

일요일 오후, 영기와 함께였다. 두 사람은 폭행 시비가 붙은 한 무리의 대학생들이 나갈 때까지 기다렸다가 형광 조끼를 입은 경찰에게 다가갔고 자초지종을 설명했다. 정해가 잠깐씩 말을 멈출 때마다 흥분한 영기의 목소리가 끼어들었다. 두 사람의 말은 자주 부딪치고 엉키고 꼬였다.

어제 신고를 한 번 하셨다고요?

잠자코 듣던 경찰이 그렇게 물었고 누군가와 짧게 전화 통화를 나누었다.

출동해서 확인한 사항이라 별일 없을 겁니다. 혹시 애들이 또 나와 있거나 하면 그때 다시 알려주세요.

두 사람이 들은 대답은 그게 다였다. 정해는 아이들이 감금되어 있을지도 모른다는 말은 하지 않았다. 애들을 때리고 굶기는 부모가 있다는 말도 하지 못했다. 그녀는 그 애들이 아직 어리다고, 그래서 걱정된다는 말만 했다. 그리고 영기가 감정적인 말을 본격적으로 쏟아내기 전에 그를 떠밀다시피 하며 그곳을 나왔다.

이후 두 사람은 지구대를 다시 찾지 않았다. 그 애들도 만나지 못했다. 그러나 그 일을 그냥 지워버리지 않았다. 그들은 자주 아이들을 생각했고, 불안과 걱정을 나누었고, 시간과 마음을 썼다. 그건 정해가 출퇴근길에 정자를 지나치는 것처럼, 영기가 산책 삼아 잠깐씩 정자 근처를 배회하는 것처럼 그들이 할 수 있는 최소한의 일 중 하나였다. 최소한의 일. 그들은 자신들이 신경 쓰는 다른 문제들도 똑같이 대했다. 그건 선을 넘지 않는다는 의미였다.

그래서 누군가 현관문에 쪽지를 붙여둘 거라곤 예상하지 못했다. 눈 예보가 있던 아침, 현관문을 열자 얼음처럼 차가운 바람이 쏟아져 들어왔고 순간적으로 목도리에 얼굴을 파묻은 탓에 정해는 하마터면 그 쪽지를 발견하지 못할 뻔했다.

"관심도 지나치면 병입니다. 다른 사람들의 사생활과 생활방식을 존중하는 법을 배우세요. 참는 것도 한계가 있습니다!"

노란 포스트잇에 적힌 글씨는 모두 왼쪽으로 비스듬하게 기울어져 있었는데, 군데군데 잉크가 번진 자국이 남아 있었다. 그녀는 주변을 둘러본 뒤 쪽지를 뗐고, 호주머니에 넣었다. 그녀가 그것에 대해 언급한 건 저녁을 먹은 뒤 영기와 나란히 소파에 앉았을 때였다.

누가 붙인 거야?

영기는 구깃구깃한 쪽지를 만지작거리며 물었고 정해가 되물었다.

누구 같아?

그들이 그런 종류의 쪽지를 받은 게 처음은 아니었지만 이번엔 달랐다. 고소니 고발이니 하는 원치 않는 일들에 휘말리면서 그들은 조심하는 법을, 선을 지키는 법을 배울 만큼 배웠다고 생각했다. 두 사람은 자신들의 최근 행적을 더듬었고, 유쾌하다고 할 수 없는 몇몇 이웃과의 언쟁을 떠올렸고, 자신들의 태도와 말투를 점검했다. 사생활이나 생활 방식을 언급할 만한 사안은 아니었다. 의논하고 절충할 문제도 아니었다. 두 사람이 제기하고 요구한 문제는 모두 정답이 분명했다.

사생활과 생활 방식을 존중하는 법?

정해가 혼잣말하듯 그 문장을 되뇐 건 그 때문이었다.

존중 좋아하네. 존중받을 짓을 해야 존중을 하지.

영기는 괘씸한 듯 쪽지를 도로 건네주고 텔레비전 화면으로 고개를 돌렸다.

혐의는 모두에게 있었다. 그 쪽지의 주인은 수개월째 복도에 적치물을 방치하고 있는 703호 남자일 수도, 주차장 한쪽에 온갖 폐품을 쌓아놓고 버티는 509호 여자일 수도, 베란다 난간 위에 위험천만하게 화분들을 늘어놓은 3층 여자일 수도 있었다. 정해는 쪽지를 내려다보며 생각했다. 사방이 온통 적이라고. 상식도 예의도 없는 무뢰배들에 둘러싸여 있다고.

그 애들 생각은 하지 않았다. 쪽지의 주인이 그 애들의 부모일 수 있다고 생각한 건 며칠 뒤, 편의점 앞에서 그 애들을 다시 만났을 때였다. 크리스마스를 며칠 앞둔 날이었고, 정해가 수술 후유증에 시달리는 영기를 데리고 병원에 다녀오는 길이었다. 아이들은 알록달록한 뽑기 기계에 정신이 팔려 있었는데, 여전히 구멍이 숭숭 뚫린 슬리퍼를 신고 있었다.

안녕, 오랜만에 보네?

그렇게 인사를 건넬 때 정해의 가슴이 무섭게 뛰기 시작했다. 미안함인지, 불안함인지, 두려움인지 모를 감정 탓에 그녀의 표정이 굳어졌다.

아, 이 애들이구먼.

몇 걸음 뒤에 서 있던 영기가 다가와 아이들과 눈을 맞추었다. 그리고 편의점 문이 열리며 여자가 나왔다. 애들은 길에 있으면 안 되는 거냐고 경찰에게 되묻던 여자. 행동에서, 말투에서 무신경하고 둔한 성격이 배어 나오던 여자. 아이들의 엄마였다.

안녕하세요.

정해의 인사를 여자는 받을 생각이 없어 보였다. 여자는 아이들을 단속하듯 가까이로 불렀고, 두 사람을 보며 물었다.

지난번에 경찰에 신고한 분 맞죠?

정해는 여자에게 한 걸음 다가섰다. 그것이 악의가 아니라 선의에서 비롯된 행위임을 말하기 위해. 그러나 여자는 다가오지 말라는 듯 한 손을 들어 보이며 말했다.

그날 우리 애들이 거기 있었던 건 그럴 만한 사정이 있었어요. 그런 것까지 말할 필요는 없겠지만 아무튼 이유가 있었어요. 그러니 부탁드릴게요. 저희 애들은 저희 방식대로 잘 돌보고 있으니 마음대로 판단하지 말아주세요. 정말 부탁합니다.

공격적인 말투는 아니었다. 분노가 느껴지는 목소리도 아니었다. 그러나 집으로 돌아와 식탁 앞에 앉았을 때, 정해는 그 아이들에 대한 염려가, 그들 부모에 대한 의혹이 말끔히 걷히지 않은 것을 알아차렸다. 영기도 마찬가지였다. 두 사람은 어쩐지 겁에 질린 것 같은 두 아이의 표정을 입에 올렸고, 자신들이 목격한 미심쩍은 점들을 하나씩 열거하기 시작했다. 그건 그들이 그냥 지나치면 꺼져버릴 작은 불씨를 커다랗게 키우는 방식이었다. 해가 질 무렵, 두 사람은 다시금 뭐든 하지 않고는 견딜 수 없는 상태가 되었다. 그러니까 저녁 식사 전에 정해가 근처 지구대에 전화를 건 건 얼마간 예정된 수순이었다. 정해는 그 애들이 또 길 위에 있었다고 말했고, 슬리퍼를 신고 있었다고 말했지만 아동학대라는 단어는 언급하지 못했다.

그녀가 그 단어를 소리 내어 말한 건 며칠 뒤, 두 사람의 집을 방문한 언니 정미 앞에서였다.

영기의 병문안 겸 김장김치를 전해주러 온 언니가 그들 부부의 안부를 물었을 때, 정해는 김치를 플라스틱 통에 차곡차곡 포개 넣으며 703호 남자에 대해 이야기했고, 김치 조각 하나를 맛보며 3층 여자에 대해 말했다. 그 애들에 대해 말한 건 그 이후였고, 그 애들의 부모가 미덥지 않은 이유에 대해서는 시시콜콜 설명하지 않았다. 정미는 고개를 끄덕일 뿐 이렇다 할 대꾸가 없었다. 그리고 집을 나설 때, 엘리베이터 앞까지 배웅 나온 정해를 보며 나지막한 목소리로 물었다.

정해야, 다른 사람들 심기를 건드리면 좋아? 다른 사람들이 불행하다고 생각하면 마음이 좀 나아?

질책하는 말투는 아니었다. 오히려 자신을 바라보는 언니의 얼굴엔 근심이 가득했다. 근심을 넘어 침통해 보이기까지 하는 언니의 시선을 정해는 피해버렸다. 예민하게 반응하고 싶지 않아서였다. 그건 이웃과의 분쟁으로 언니에게 몇 차례 돈을 빌린 적이 있어서는 아니었다. 그 돈을 아직 다 갚지 못했기 때문만도 아니었다. 뭐랄까. 찰나였지만 언니의 그 말이 자신 안의 뭔가를 건드린 것 같았다.

나는 모르겠다. 사는 게 여유 있지도 않은데 어떻게 그렇게 남들 사는 거에 줄기차게 관심을 가질 수 있는지. 너도, 제부도 살아봐서 알겠지만.

정미는 무슨 말을 더 할 것처럼 입을 열었으나 아무 말도 하지 않았다. 엘리베이터 문이 열리자마자 안으로 들어갔고 바로 닫힘 버튼을 눌렀다. 정해는 그 자리에 서서 층수가 낮아지는 엘리베이터 화면을 올려다보았다. 그러다 정신을 차린 듯 복도 난간으로 다가갔고, 건물을 빠져나오는 언니의 작은 머리통이 나타나자마자 큰 소리로 외쳤다.

원래 손가락질하는 건 쉬워. 언니처럼 말하는 건 쉬운 일이라고. 무슨 일이든 터지고 나서 후회하면 무슨 소용이야! 안 그래?

정미는 듣지 못한 것 같았다. 정해는 언니의 은색 승용차가 주차장을 빠져나가는 것을 지켜보았고, 703호가 복도 한쪽에 쌓아놓은 상자들을 노려본 뒤 집으로 돌아왔다.

12월 마지막 날에 오겠다던 호경은 오지 않았다. 시끌벅적한 타종 행사 방송을 지켜보는 내내 두 사람은 딸에 대한 이야기는 한마디도 꺼내지 않았다. 그 순간엔 각자의 기다림을 모른 척해주는 것이 서로에게 해줄 수 있는 유일하고 중요한 책무 같았다. 서른세 번의 타종이 이어지는 동안 그들은 지난해와 다를 것 없는 소박한 바람을 품었고, 짤막하게 서로를 격려했다. 그런 식으로 어쩐지 한 해 한 해 앞으로 고꾸라지는 것만 같은 서로의 마음을 일으켜 세워주었다.

그래서 다음 날, 현관문에 적힌 낙서를 발견했을 때 두 사람은 크게 놀라지 않았다. 지난밤 나누었던 격려와 위로가 서로에게 얼마간 힘이 되어준 것 같았다.

이봐, 잠깐 나와봐.

이른 아침, 밖에서 자동차 도난 경보음이 울렸고 그것을 확인하러 나간 영기가 정해를 불렀다. 그녀가 싱크대 앞에서 대파를 다듬고 있을 때였다.

왜? 무슨 일 있어?

그녀가 밖으로 나왔고 영기가 현관문을 가리켰다. 색연필인지 립스틱인지 모를 뭔가로 쓴 글자는 아이의 글씨 같기도, 어른의 필체 같기도 했는데 문고리 바로 위에 있었다. 두 사람은 나란히 서서 그 단어를 말없이 내려다보았다. 관종들. 그건 언젠가 어디선가 들어본 말이었고, 그래서 낯설지 않았으나 정확히 무슨 뜻인지 알 수 없었다. 그럼에도 좋은 의미가 아님은 직감할 수 있었다.

지우지 말고 놔둬야 할까?

한참 만에 정해가 물었고 영기가 답했다.

놔둬야 하고말고. 그래야 범인을 잡지. 이따가 경비실에 한번 가보자고.

그쳤던 도난 경보음이 다시 울리기 시작했다. 정해는 주차장 쪽으로 고개를 돌렸다. 아니, 그녀가 보는 건 맞은편 아파트 건물이었다. 그 아이들이 사는 곳. 맞다. 그녀는 그 아이들의 부모를 떠올리고 있었다. 불안이, 걱정이 계속 그곳으로 향했고, 정해는 바로 그 점을 그 애들의 부모를 의심할 만한 타당한 근거로 삼았다. 다른 이유는 필요 없었다. 그걸로 충분했다.

정해는 이 일을 적당히 넘기지 않겠다고, 작은 의혹도 무시하지 않겠다고, 끝까지 지켜보겠다고 마음먹었다. 새해였으니까. 그건 지난해도, 지지난해도 그녀가 목표로 삼은 일 중 하나였다. 한다고 하는데도 늘 부족하다고 여겨지는 일 중 하나이기도 했다.

한참 만에 도난 경보음이 멈추었다.

들어가. 일단 들어가자고.

영기가 현관문을 열 때 두 사람의 눈이 마주쳤다. 정해는 그가 자신과 같은 생각을 하고 있음을 알았다. 그런 건 그냥 알게 되는 거였다.

「관종들」 김혜진 작가와의 대담

박혜진 | 문학평론가, 제49회 이상문학상 예심위원

박혜진(이하 박) 「관종들」로 현대문학상 우수상과 이상문학상 우수상을 동시에 받았습니다. 두 상을 함께 수상했다는 점에서 더 의미가 클 것 같은데요.

김혜진(이하 김) 소설을 끝내고 나면 늘 크고 작은 아쉬움이 남아요. 마감 일정에 맞추다 보니 조급한 마음도 있었고, 지금이라면 조금 다르게 쓸 수 있지 않았을까, 하는 생각도 듭니다. 그럼에도 제가 쓴 것보다 더 많은 것을 읽어주신 것 같아 감사한 마음이 큽니다.

박 제목을 왜 '관종들'이라 하셨어요?

김 '관종'은 일종의 멸칭인데요. 이 단어가 과연 전적으로 부정적인 의미로만 쓰여야 할까, 하는 의문이 들었어요. 타인의 관심을 향한 욕망, 혹은 타인에게 향하는 관심 자체를 하나의 말로 단정 지어 부르는 데에서 어떤 폭력성이 느껴지기도 했고요. 관종은 정말 우리 사회에서 제거되어야 할 존재일까요, 아니면 우리가 타인과 관계 맺는 방식을 지나치게 단순화한 결과일까요? 그런 질문들을 담아보고 싶었어요.

박 「관종들」은 "남의 일에 관심 두지 않으리라" 결심하지만 마음먹은 대로 살지 못하는 주인공 정해의 딜레마를 따라가는 소설입니다. 누구에게나 정해와 비슷한 면이 조금씩은 있지만, 요즘 사회에서는 더 '관심'이 미덕으로만 받아들여지지 않는 것 같아요. 한때는 연대와 배려의 감각이었지만 이제는 오지랖이나 침범으로 오해받기 십상이죠. 이 소설은 그렇듯 쪼그라든 관심의 '위상'을 섬세하게 포착하고 있습니다. 어떤 생각 속에서 이 소설이 시작됐나요?

김 요즘 사회에서는 타인에 대한 관심이 일상화되어 있지만, 그 관심이 아름다운 결말로 이어지는 경우는 드문 것 같아요. 관심을 주는 쪽도, 받는 쪽도 모두 불편해진 상태라고 느껴져요. 이런 감각은 온라인뿐 아니라 오프라인에서도 점점 강해지고 있는 듯하고요. 「관종들」에서 정해의 관심은 온라인적 관심이 아니라 일상에서 마주치는 타인에 대한 관심입니다. 걱정이나 선의에서 출발해 시간과 에너지를 들여 자신의 불안을 해소하려는 시도이기도 하죠. 하지만 그 관심은 이웃의 입장에서는 지나친 간섭으로 받아들여집니다. 이 지점에서 과연 예전에도 그랬을까, 아니면 지금에 와서 달라진 것일까, 하는 질문이 생겼습니다. 관심이 자연스럽게 오가고 소멸되던 시기와 달리, 이제는 관심을 거부하거나 되돌려보낼 때 오히려 더 증폭되는 양상을 보여요. 개인화된 사회의 영향인지, 온라인의 감각이 오프라인 관계까지 잠식한 결과인지 분명하지 않지만, 적어도 우리 부모님 세대와는 다른 분위기와 간극이 생겼다는 점은 분명해 보입니다. 왜 관심이 이렇게 불편한 감정이 되었는지, 그 이유에 대해 계속 생각하게 되었습니다.

박 소설 속 인물을 떠올리게 한 특정한 장면이나 경험도 있었나요?

김 동네에는 남의 일에 간섭하는 듯 보이지만, 실은 규칙을 중요하게 여기며 질서를 유지하려는 사람들이 있습니다. 깐깐하게 느껴지는 인물들이죠. 이사를 다니며 그런 사람들을 실제로 여러 번 마주쳤고, 흥미롭게도 그 존재가 때로는 꽤 편하게 느껴지기도 했습니다. 내가 규칙을 지키는 사람이라면 그들은 안전한 기준이 되어주지만, 그렇지 않은 상황에서 그들은 성가시고 부담스러운 존재가 되는데요. 아마도 이 소설을 쓰며 그런 양가적인 인물들에 대해 계속 생각하고 있었던 것 같아요.

박 이 소설은 관심의 위기를 보여주는 동시에, 과연 '무관심'이 가능한가라는 질문을 던지는 작품처럼 읽히기도 합니다. 호의로서의 관심과 무례로서의 관심을 구분 짓던 사회적 경계가 이미 무너진 상태도 체감할 수 있었는데요. 작가님은 이 무너진 경계에 대해 어떤 문제의식을 갖고 계시나요?

김 낯선 타인에게 다가가는 일은 큰 용기가 필요합니다.

그 관심이 쉽게 왜곡되고, 상대에게는 불쾌함이나 경계로 받아들여지는 경우가 많기 때문입니다. 왜 이런 상황이 되었을까 생각해 보면, 관심이 부드럽게 오가던 사례는 점점 줄어들고 불편하거나 나쁜 경험들이 더 많이 축적된 결과가 아닐까 싶습니다. 그렇게 학습된 사회적 분위기와 경향성이 존재하는 것 같아요. 물론 모든 관심을 하나로 판단할 수는 없습니다. 나쁜 의도로 접근하는 사람도 있고, 선의에서 건네는 말도 분명히 있으니까요.

그렇다면 우리는 그저 경계를 세우고 관심을 거부하는 것이 최선일까요. 서로 완전히 무관심해지는 것이 답일까요. 그 질문이 계속 남습니다. 반면 온라인에서의 관심은 오프라인보다 훨씬 쉽습니다. 책임지지 않아도 되는 방식으로 표현할 수 있기 때문이죠. 그래서 온라인에서의 관심 표현이 더 많아지고, 그 감각이 오프라인 관계에까지 영향을 미치고 있는 건 아닐까 생각합니다.

박 여러 인물의 시선이 겹겹이 교차하며 전개되는 구조가 인상적입니다. 독자가 정해를 바라보는 시선, 정해가 이웃을 바라보는 시선, 다시 이웃이 정해를 바라보는 시선, 그리고 정해의 언니와 딸이 정해를 바라보는 시선까지 서로 다른 관점들이 중첩되며 이야기가 확장됩니다. 이러한 시선의 배열은 인물 간의 오해와 거리, 그리고 '관심'이라는 감정이 어떻게 왜곡되거나 증폭되는지를 드러내는 장치처럼 느껴지는데요. 이런 다층적인 시선 구조를 선택하신 이유와, 이를 통해 특히 보여주고 싶은 점은 무엇이었나요?

김 의도적으로 구조나 의미를 배치하며 쓴 건 아니었습니다. 질문을 듣고 "이렇게 읽히는구나" 하고 생각하게 됐죠. 돌이켜 보면, 저는 소설을 쓸 때 의도나 방향을 미리 설정해두지 않는 편입니다. 일단 끝까지 쓰고 나서, 질문을 받으면 그제야 왜 그렇게 썼는지에 대한 답을 찾아가는 것 같아요.

제가 중요하게 생각한 것은 사람이 단 하나의 모습으로 규정될 수 없다는 점입니다. 스스로 정의하는 '나'가 있는가 하면, 타인이 정의하는 '나'도 있지요. 누가 바라보느냐에 따라 나는 전혀 다른 사람이 됩니다. 그래서 어쩌면 '자기가 정의하는 자기는 진짜 자기가 아닐지도 모른다'는 생각도 하게 됐고요. 엠비티아이처럼 자신을 규정하는 방식도, 사실은 주변 사람들이 말해줄 때 더 선명해지는 것이 아닐까 싶습니다.

정해 역시 그런 인물입니다. 독자에게는 한 인물로 읽히겠지만, 남편에게는 다정한 아내이고, 딸에게는 엄마이며, 이웃에게는 불편한 사람이기도 하고, 누군가에게는 고마운 사람이기도 합니다. 저는 정해를 특별한 인물이라기보다 여러 시선 속에서 다르게 정의되는 아주 평범한 한 사람으로 그리고 싶었습니다.

박 특히 정해를 바라보는 언니의 시선은 인상적입니다. "정해야, 다른 사람들 심기를 건드리면 좋아? 다른 사람들이 불행하다고 생각하면 마음이 좀 나아?"라는 말은 조언이자 비난 혹은 체념처럼 들립니다. 언니는 이 소설에서 어떤 위치의 인물인가요? 개인의 목소리인지, 사회적 상식의 대변자인지 궁금합니다.

김 상식적이고, 어떻게 보면 꽤 영리하게 살아가려는 인물이라고 생각해요. 만약 정해가 지금처럼 어려운 상황이 아니라 넉넉한 환경에서 살고 있었다면 언니는 같은 말을 할 수 있었을까 하는 생각도 들었습니다. 언니의 시선에서 보면, 정해는 자기 앞가림도 제대로 하지 못하면서 남의 일에 지나치게 관심을 두는 사람처럼 보이니까요.

한편으로는 왜 하필 그 사람들에게 관심이 가는가 하는 질문도 따라옵니다. 우리는 모든 사람에게 관심을 두지 않잖아요. 특정 인물에게만 마음이 움직이는데, 그 이유를 생각해 보면 결국 내 안의 어떤 결핍이나 불안 혹은 투영이 작동하고 있는 건 아닐까 싶습니다. 정해가 아이들에게 보이는 관심 역시, 어쩌면 딸을 향한 마음이 다른 방식으로 드러난 것일 수도 있고요. 그런 점에서 언니의 말도 전적으로 틀렸다고 할 수는 없습니다. '네가 불행했으면 좋겠다'라는 의미라기보다는 '너도 사실은 조금 불행한 상태이지 않니' 하는 질문처럼 들렸습니다. 그 말은 정해를 비난하기보다는, 그를 둘러싼 현실과 마음의 상태를 정확히 짚는 말이었을지도 모르겠습니다.

박 소설의 결말에 이르러 정해는 시작할 때와는 정반대의 결심에 도달하고, 마침내 어떤 확신을 갖게 됩니다. 그런데 그 확신의 근거는 사실이나 증거가 아니라, 오직 자신의 '불안'입니다. "다른 이유는 필요 없었다. 그걸로 충분했다"라는 문장은 이 소설을 관통하는 문장처럼 읽힙니다. 정해의 확신이 의미하는 바는 무엇인가요?

김 정해는 스스로가 계속 이렇게 살 수밖에 없다는 결론에 이릅니다. '그래도 해보겠다'는 의지라기보다 '그만둘 수 없겠다'는 깨달음에 가깝습니다. 내 의지로는 이 성향을 바꿀 수 없다는 체념이자 동시에 그런 자신을 받아들이는 태도라고 생각했습니다.

박 정해의 '진심'은 중요한 걸까요? 어느 정도로 진지하게 여겨야 할까요?

김 아파트에서 누군가 문제를 제기하는 장면을 마주하면, 우리는 쉽게 '유별난 사람'이라고 단정해버리기 마련입니다. 하지만 소설은 사람을 그렇게 보지 않는 장르라고 생각합니다. 소설은 한 사람의 단면이 아니라, 그 사람 안에 겹겹이 쌓인 사정과 감정을 들여다보려는 방식이니까요.

정해를 주인공으로 삼은 이유도 여기에 있습니다. 이 인물을 통해, 누군가를 그렇게 쉽게 판단하지 않고 이해해보려는 시도를 하고 싶었습니다. 소설을 쓰고 나면 제 안에서도 어떤 감정이 조금 해소됩니다. '아, 이 사람이 소동을 벌이기까지 이런 사정이 있었구나. 그럴 만한 이유가 있었구나' 하고요.

물론 그것이 어떤 진실이라고 말할 수는 없겠지만, 적어도 제가 소설을 통해 도달한 하나의 답이자, 사람을 이해하는 방식입니다.

박 이 소설을 다 쓴 순간, 작가님에겐 어떤 감정이나 인식이 남았나요?

김 정해는 결국 그런 사람이구나, 하는 이해가 남았어요. 다른 작가님들은 어떨지 모르겠지만, 저는 처음부터 구체적인 계획을 세우고 쓰는 편이 아니에요. 대개는 인물 하나로 시작하고, 써 내려가면서 그 사람을 알아가는 방식으로 쓰죠. 그래서 소설을 시작할 때의 마음과 끝냈을 때의 마음은 늘 조금 달라집니다.

박 「관종들」에서는 불안이 하나의 감정에 그치지 않고, 사고방식이자 행동의 근거로까지 작동합니다. 불안은 공유되고 증폭되며, 사소한 문제를 더 큰 사건으로 키우는 힘이 되기도 하는데요. 이 작품에서 말하는 '불안'이란 무엇일까요?

김 누구에게나 불안은 있습니다. 정해에게 가장 큰 불안은 딸에게 일어난 일, 그리고 자신이 방심하고 있던 순간에 그 일이 벌어졌다는 기억에서 비롯됩니다. 딸이 그것을 완전히 극복하지 못했다는 감각, 작은 일로 지나가길 바랐던 일이 오히려 원망과 비난으로 되돌아온 경험이 정해 안에 학습된 불안을 남겼다고 생각해요.

그 불안은 '일어나지 않았으면 좋겠지만 결국 일어나고 마는 일'에 대한 두려움입니다. 그래서 비슷한 조짐이나 유사한 상황에 놓이면 불안이 급격히 증폭되죠. 해소되지 않은 자기 삶에 대한 두려움, 자신의 책임과 무력감이 뒤섞인 불안이라고 할 수 있을 것 같습니다. 이런 종류의 불안을 안고 살아가는 사람들이 생각보다 많다고 느꼈어요.

박 이 소설에서는 타인의 문제에 대한 관심이 커질수록 정작 자신의 문제—가령 딸과의 단절—를 둘러싼 공백과 침묵 또한 더 크게 부각됩니다. 외부를 향한 과잉 관심과 내부를 향한 침묵이 대비되는 구조가 인상적인데요. 이 대비는 작품 안에서 어떤 의미를 갖고 있으며, 이를 통해 드러내고 싶은 생각은 무엇이었나요?

김 부부가 공유하는 가장 큰 공백과 문제는 결국 딸에 대한 것이고, 그 문제는 사실상 해결이 불가능한 상태라고 생각했습니다. 되돌릴 수도, 완전히 만회할 수도 없죠. 두 사람은 각자의 후회와 상실을 안은 채, 그 공백을 그대로 두고 함께 살아가고 있다는 사실을 서로 알고 있습니다. 그래서 오히려 타인에게 더 많은 관심을 기울이게 되는 건 아닐까 싶었어요. 사소하다고 여겼던 일이 돌이킬 수 없는 큰 사건으로 돌아왔을 때, 그것이 내 안의 결핍으로 남았을 때, 더 이상 자신에게서 할 수 있는 일은 남아 있지 않으니까요. 그때 남는 것은 타인을 향한 관심 혹은 개입뿐입니다. 자신이 한 실수를 타인은 하지 않기를 바라는 마음이기도 하겠죠. 하지만 그 관심은 쉽게 전달되지 않고, 제대로 닿지 않습니다. 그러면 또 다른 타인에게 관심을 옮기게 되고, 그 과정이 반복되죠. 이 소설에서는 그런 방식으로 관심이 이동하고 전이되며, 오히려 문제의 구조가 드러나도록 하고 싶었습니다.

박 이 소설을 통해서 독자분들이 어떤 불편함을 느끼길, 혹은 어떤 지점에서 멈추어 서서 생각해보길 바라셨는지 궁금합니다.

김 요즘 사회는 많이 개인화되어 있다고 느낍니다. 어머니 세대를 보면 모르는 사람에게도 자연스럽게 말을 걸고 관계를 트는데, 제 세대만 해도 이미 그렇지 않죠. 개인의 경계와 관계 맺는 방식이 정말 다양해졌고, 그런 점에서 모두가 어느 정도는 소외된 상태에 놓여 있다는 생각도 듭니다.

그렇다고 해도 우리는 함께 살아가고 있기 때문에 누군가에게 관심을 주고 관심을 받는 일은 계속 일어날 수밖에 없습니다. 문제는 어떤 관심이 좋은 관심이고, 어떤 관심이 무례한 것인지를 정확히 가르는 기준이 점점 더 모호해졌다는 점입니다. 개인의 영역이라는 이유로 모든 관심을 경계해야 하는지, 혹은 우리가 지나치게 예민해진 것은 아닌지 스스로 묻게 됩니다.

어쩌면 어떤 상황에서는 가볍게 반응하고 가볍게 대답하는 게 오히려 오해를 줄이는 길일 수도 있지 않을까요. 저는 우리가 관심을 주고받는 일을 너무 복잡하게만 생각하지 않았으면 좋겠어요. 관심은 분명 필요한 감정이고, 문제는 그 자체가 아니라 그것을 대하는 우리의 태도일 테니까요.

누군가 나에게 관심을 보였을 때 그것을 곧바로 거부해버리면, 상대는 그 경험을 학습해 다시는 시도하지 않게 될지도 모릅니다. 그렇게 되면 관심 자체가 점점 사라지는 방향으로 사회가 흘러갈 수도 있겠다는 생각이 들었습니다.

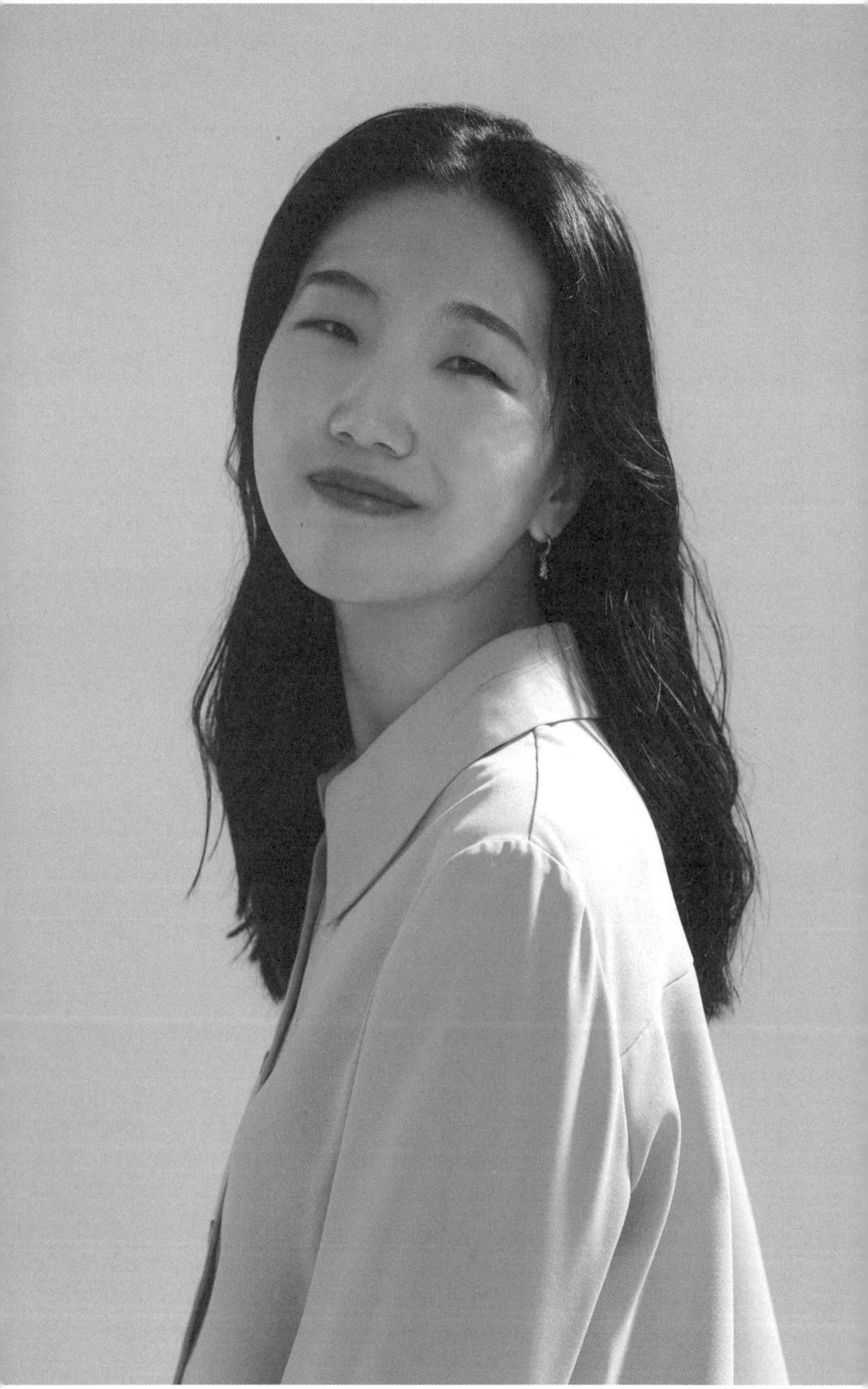

2026년 제49회 이상문학상 작품집

대부호

성혜령

2021년 창비신인소설상을 통해 작품 활동을 시작했다. 소설집 『버섯 농장』 『산으로 가는 이야기』 등이 있다. 2023 · 2025년 젊은작가상을 수상했다.

대부호

— 이자숙 씨 가족 되시죠? 여기 응급실인데요…….

엄마의 번호로 걸려 온 전화에서 낯선 목소리가 첫 문장을 다 말하기도 전에 나는 빠르게 체념했고 그런 자신에게 조금 놀랐다. 작년에는 아버지를 데려가더니 올해는 엄마구나, 하는 섣부른 절망감과 동시에 완전한 혼자가 될지도 모른다는 불온한 해방감이 밀려들었다.

아버지도 지난봄에 응급실에서 돌아가셨다. 아니, 정확히 말하면 내륙 고속도로의 휴게소에서. 아버지의 11톤 트럭에는 다음 날 오전까지 남서울 물류허브에 도착해야 할 택배 상자가 가득 쌓여 있었지만 원칙주의자였던 아버지는 야간 운전 중에 한 번은 꼭 휴게소에 들러 쪽잠을 잤다. 그날은 새벽 다섯시 반쯤, 서울을 고작 50킬로 남겨둔 휴게소였다. 주유소와 가까운 주차장 끄트머리에 트럭을 세운 뒤 아버지는 안전벨트도 풀지 않고 눈을 감았다. 영영. 차량을 실시간으로 추적하던 물류센터 관제 팀의 신고로 출동한 경찰이 아버지를 발견하고 인근 도시의 응급실로 옮겼지만 도착했을 당시 이미 심정지 상태였다고 했다. 갑작스럽지만 여지없는 죽음이었다.

그날 전화를 받은 사람도 나였다. 해는 벌써 여름인 양 뜨겁고 바람은 아직 겨울처럼 차갑던 봄의 초입, 나는 그날도 기어코 발생하고 마는 시스템 오류를 해결하려고 애쓰다가 도망치듯 점심을 시켜 먹던 중이었다.

— 김규남 씨 가족 맞으시죠?

응급실에서는 두 시간 내에 가족이 오지 않으면 아버지를 우선 영안실로 보내야 한다고 했다. 그 말을 듣는 순간 왜인지 필사적으로 그것만은 막아야겠다는 생각이 들었다. 이미 돌아가신 아버지를 응급실에서 보든 영안실에서 보든 달라지는 것도 없는데.

택시를 타고 한 시간 반 만에 처음 가보는 도시의 병원 앞에 도착했다. 손님을 모시고 임장을 나가 있던 엄마는 부동산에 돌아온 뒤에야 내 전화를 받았고, 손이 떨려 최 실장님의 차를 얻어 타고 오는 중이었다. 간호사는 신원 확인이 끝났으면 시체를 옮겨야 한다고 재차 말했다. 엄마를 기다리는 동안 나는 누군가 아버지를 훔쳐 가기라도 할까 봐 침대를 지키고 서서 다가오는 사람들을 사납게 쳐다봤다. 온몸이 부풀어 오르는 것처럼 순식간에 솟구치던 적대감과, 아무도 우리가 어떤 일을 겪었는지 이해하지 못하리라는, 아버지의 삶이 이렇게 납작하게 처리되면 안 된다는 억울함. 아버지의 몸에는 피 한 방울 묻어 있지 않았는데, 나는 그 자리에서 피를 철철 쏟고 있는 것처럼 공기조차 따갑고 아렸다. 엄마가 응급실에 도착하고 나서야 나는 주저앉았다. 엄마는 내려오는 길에 이미 눈물을 다 쏟은 듯 바싹 마른 얼굴로 내 등을 쓸며 말했다.

이제 우리 둘만 남았네.

그 말을 듣는 순간 한껏 팽창했던 신경이 단숨에 바늘에 찔린 것처럼 쪼그라들었다. 도망갈 계획을 들킨 것 같아서. 정말, 어떻게 우리 둘만, 어쩌다 우리 둘만 남았지. 나는 한국을 떠날 준비를 하고 있는데.

그러니까 나는, 엄마가 서울 시내 응급실로 의식을 잃은 채 실려 왔다는 전화를 받고 당연하게 최악을 생각했다.

"너까지 안 와도 되는데."

응급실 접수대 앞 의자에 앉아 휴대폰으로 시끄러운 영상을 보고 있던 엄마가 소리도 줄이지 않고 말했다. 엄마는 턱 끝에 피가 배어 나온 거즈를 붙인 채 한쪽 팔은 어깨걸이에 고정하고 있었지만, 침대에 누워 있지도, 빳빳한 흰 천을 덮어쓰고 있지도 않았다. 아, 아직, 우리 둘이구나.

"나 말고 올 사람이 누가 있다고 그런 말을 해."

재택근무 중에 급히 반차를 내고 햄버거 소스가 묻은 트레이닝복 차림으로 응급실을 헤매던 나는 숨을 겨우 몰아쉬며 대꾸했다. 어떻게 된 일이냐고 묻자 엄마는 어떤 남성의 목소리가 시끄럽게 새어 나오는 휴대폰을 무릎에 내려놓고 옆자리를 차지하고 있던 검은색 나일론 백팩을 오랫동안 뒤적이며 답했다.

"넘어져서 잠깐 기절한 거래. 뇌 사진 다 찍었는데 괜찮다더라. 오른쪽 쇄골만 조금 금 갔는데 시간 지나면 저절로 붙는다고 뭐 해줄 것도 없대. 진통제 맞으니까 이제 아프지도 않은데 꼭 보호자가 와야 퇴원시켜준다고 하네."

뭐 찾아줘? 내가 가방으로 손을 뻗자 엄마는 얼른 퇴원 수속이나 밟으라고 말했다. 응급실 스테이션에 가서 이자숙 씨 보호자라고 말하니 마침 자리에 있던 담당 의사가 다가왔다. 내 또래였고 배가 상당히 부른 임산부였다. 한 손을 허리에 짚은 채 종종걸음으로 걸어온 의사는 엄마의 뇌 CT와 경추 MRI는 큰 문제가 없어 보이지만 어지럼증, 구토, 방향감각 상실 같은 증상이 있는지 하루이틀은 잘 지켜보라고 말한 뒤 잠시 숨을 골랐다.

"저, 어머니 견갑골, 그 날개뼈 쪽에 멍이 크게 들었거든요. 자세히 보니 발자국 같더라고요. 넘어지셨을 때 누가 거길 밟아서 골절이 일어난 걸로 보여요. 넘어진 정도로 쇄골에 분쇄골절이 일어나기는 쉽지 않거든요. 광화문에서 발견되신 걸로 아는데, 혹시 몰라 사진도 찍어놨고 소견서도 드릴 테니 필요하시면 경찰에 제출하세요."

응급실 수납을 마친 뒤 엄마의 외투와 가방을 챙겨 택시를 탔다. 집으로 가는 동안 휴대폰도 어느새 조용해졌고 엄마는 아무 말도 없었다. 하늘이 내려앉은 초봄이었고 빛이 썰물처럼 조용히 물러나고 있었다. 나는 그제야 내 휴대폰을 열어 그새 쌓인 사내 메신저를 훑어보고 저녁에 예정되어 있던 전화영어 수업을 급히 취소했다. 택시에서는 그날 정오부터 광화문광장에서 계엄 규탄 시위에 맞서 자칭 애국 보수 단체 주도의 시위가 있었다는 라디오 뉴스가 나왔다.

"의사 선생님, 임신 후반기 같던데. 요새 응급실 의사 구하기 정말 어렵나 봐."

"다 팔자 좋아서 그런 거지. 먹고 살기 힘들어봐라. 일해야지, 별수 있나."

엄마는 파업 중인 의사들이 자기 말을 듣고 있기라도 한 것처럼 위엄에 차 말했다. 누가 듣고 있는 것도 아닌데 고개가 절로 숙여졌다. 엄마가 다시 한 손으로 가방 안에 손을 넣었다.

"아까부터 뭐 찾는데?"

내가 가방을 가져오며 묻자 엄마는 보조배터리, 하고 짧게 답했다. 엄마의 검은 나일론 가방은 자세히 보니 지퍼에 실올이 다 풀려 있었고, 지하철에서 팔 법한 명품 브랜드 모조품 같았다. 보조배터리를 꺼내주면 또 휴대폰이 시끄러워질 텐데. 건성으로 가방에 손을 넣고 휘적이며 나는 진작 물어봐야 했던 것을 물었다.

"어디서 넘어진 거야?"

"그냥, 길 가다가."

"부동산은 어떻게 하고?"

"최 실장 있잖아. 요새 경기가 안 좋아서 집 보러 오는 사람도 별로 없어."

"누가 엄마 넘어지고 나서 밟고 지나간 것 같다던데. 등은 안 아파?"

"모르고 그랬겠지. 알고 일부러 밟았겠니."

"신고 안 해도 돼? 모르고 그랬든 알고 그랬든 사람 다치게 했으면 과실치상으로 처벌 가능하대."

엄마는 차에 타서도 휴대폰만 보고 있다 처음으로 내 쪽으로 고개를 돌렸다.

"그렇게 일일이 고소하고 그럼 못쓴다. 그렇게 사는 거 아니야."

라디오에서 집회에 참가한 사람들의 구호 소리가 들렸다. 북한을, 중국을, 노동자를, 노조를, 반대파 정치인을 극렬히 혐오하고 반대하는 사람들의 목소리가 택시 안을 순간 빈틈없이 메웠다. 가방 안에 넣은 손을 아무리 휘저어도 보조배터리 같은 건 잡히지 않았다. 그 안에 정체를 알 수 없는 자잘한 것들이 너무 많았다. 사탕, 물티슈, 안경집, 템플릿, 거울, 립스틱 뚜껑, 약봉지, 생수병, 엉킨 줄 이어폰, 왜 있는지 모를 마사지용 볼…… 그리고 얇은 깃대에 매달린 바스락거리는 천이 손끝을 스쳤다. 굴 같은 가방 속에서 어긋난 태극기 문양이 일그러진 눈처럼 나를 바라보았다.

*

엄마의 집, 아니, 우리 가족이 살던 집을 스무 살 때 나간 이후로 나는 단 하루도 그 집에서 자고 간 적 없었다. 아버지의 장례를 치른 후 유품을 정리하러 갔을 때도 자정이 넘는 시간까지 정리를 도운 뒤 택시를 타고 자취방으로 돌아왔다. 그 집은 부모님이 결혼한 지 십 년 만에 마련한 진짜 우리 집이었다. 90년대 후반, 늪지를 낀 서울 외곽 도시에 새로 지은 5층짜리 연립주택으로, 입구는 가파르고 천장은 낮지만 지하 주차장까지 갖추고 있었고, 붉은 벽돌이 아닌 흰 대리석 마감에, 마치 유럽의 저택처럼 높은 장미 문양 철문까지 건물 앞에 솟아 있었다. 이제 장미는 녹슬었고 주차장 진입로는 물이 고일 정도로 패였으며 흰 대리석 외벽은 흙먼지와 거뭇한 때로 뒤덮였지만 그때 그 집은 우리 세상의 중심이었다. 나와 엄마, 아버지 그리고 오빠에게.

그 중심에서 튕겨져 나올 때, 나는 겨우 스무 살이었지만 열아홉에 죽은 오빠가 한 번도 살아본 적 없는 스무 살이었다. 그 무게만으로 숨이 막히는데, 엄마가 돌연 공인중개사 자격증을 따겠다고 결심하고는 내게 집안의 모든 살림을 떠맡겼다. 야간 운전이 잦은 아버지가 자는 시간을 피해 청소기를 돌리고, 빨래도 하고, 밥도 챙겨주길 바랐다. 처음에는 나도 말 잘 듣는 딸이 되고 싶었다. 오빠가 죽은 이후 꼬박 이 년간 엄마는 집에만 있었다. 친구들이나 친척들이 찾아와도 현관문도 열어주지 않고 돌려보냈다.

"나는 괜찮으니 다음에 봐요. 지금 세수를 안 해서 나갈 수가 없네."

엄마는 높고 매끄러운 목소리로 현관문을 향해 노래하듯 말하곤 했다. 새벽부터 일어나 화장을 완벽하게 하고 있었으면서도. 그 시간 동안 엄마는 오로지 아버지와 나의 밥을 챙기고, 빨래를 하고, 집을 닦았다. 집 안의 모든 곳이 반짝이고 빳빳했다. 엄마는 오빠 얘기는 한마디도 하지 않았고, 적어도 우리가 보는 앞에서는 울지도 않았다. 엄마가 드디어 밖으로 나가서 사람들을 만나고, 공부도 하고, 무언가를 하려 한다는 게 나도 좋았다. 수능이 끝나고 시작된 긴 겨울 내내 나는 외출도 거의 하지 않고 집안일을 했다. 친구들이 옷을 사고, 성형수술을 하고, 운동을 하고, 연애를 시작하거나 끝내는 동안, 나는 엄마가 하던 대로 징그럽게 잘 자라는 고무나무에 물을 주고, 행주를 삶아서 식탁을 닦고, 스팀 청소기를 돌리다 발등을 데기도 했다.

내가 그렇게까지 했는데, 엄마는 매번 집 안 꼴이 마음에 들지 않는다고 했다.

나도 대학교는 처음이었다. 개강 후에는 당연히 집에 있는 시간이 줄었다. 전공과목을 과외로 선행학습을 한 아이들이 대학교에도 있을 줄은 몰랐다. 어떻게든 새로운 집단에서 살아남으려 동아리도 들었고 과 행사도 참석했다. 집에 들어오면 언제나 화가 나 있는 엄마가 기다리고 있었다. 내가 남겨놓고 간 물컵 하나, 잘못 벗어놓은 양말 한 짝, 그 모든 것들, 그러니까 내가 그 집에 존재함을 나타내는 흔적을 엄마는 참을 수 없어 했다. 그때는 엄마와 거의 매일 싸웠던 것 같다. 엄마는 나를 늘 "이기적인 년"이라고 공격했다. 자기가 나를 어떻게 돌봤는데, 수험생 시절 내내 어떻게 받들어 모셨는데, 그 덕에 대학생이 됐으면서 어쩜 그렇게 가족을 배려할 줄 모르냐고. 엄마가 언제까지 네 뒤치다꺼리를 해야 하냐고.

나는 엄마의 말을 이해할 수 없었다. 순수하게 이해가 되지 않았다. 엄마가 나를 받들어 모시지도 않았을뿐더러, 오빠가 죽은 후 내내 엄마의 눈치를 본 사람은 나고, 무엇보다 이제 겨우 스무 살인 내가 내 삶을 산다는 게 어떻게 이기적인 건지. 결국 나는, 엄마는 오빠가 아니라 내가 살아남아서 화가 났다고밖에 생각할 수 없었다. 그런 이유가 아니면 도무지 엄마를 이해할 수 없었고, 그 이유를 떠올리고 나자 더는 엄마와 살 수 없었다. 아르바이트 자리를 찾고 고시원을 알아보고 있을 때, 아버지가 안전한 지역에서 원룸을 얻을 수 있는 정도의 보증금을 주었다. 아버지는 나와 엄마가 싸울 때 대개 자고 있거나 밖에 나가 담배를 피우고 있었던 것 같은데. 그 돈을 받기 전에 나는 분명히 말했다.

"저 나가면 다신 안 돌아와요. 그거 알면서도 주실 거예요?"

그리고 나는 그 말을 지켰다. 반쯤은 철없는 복수심이었고,

나머지 반쯤은 순수한 두려움 때문이었다. 그 집에 다시 들어가면, 내 옛 방에 몸을 누이면 너무 많은 것이 덮쳐 올 것 같아서.

집으로 돌아온 엄마는 응급실에서 맞은 진통제 효과가 떨어지자 이를 악물어도 앓는 소리가 새어 나올 정도로 통증에 시달렸다. 처방받은 진통제를 먹고 약효가 있기를 기다리는 동안 엄마는 소파에 비스듬히 누워 입술을 깨물다 못해 턱을 덜덜 떨었다. 등이 아파서 침대에 몸을 똑바로 누일 수도 없었고 부러진 쇄골 때문에 옆으로 돌아눕기도 어려웠다. 얼음찜질로 등 쪽의 통증을 조금이나마 마비시키고 나서야 엄마는 겨우 잠들 수 있었다. 잠든 엄마의 얼굴을 잠시 보고 있다가 그날 새벽에 집을 나왔다. 이번에는 다시 돌아오기 위해서. 수험용 문제집과 당시 유행하던 인터넷소설들, 내가 한때 좋아했고 지금은 어딘가 망가진 아이돌이 여전히 해사하게 웃고 있는 잡지들이, 아직도 숨이 죽지 않은 분노와 무기력과 함께 조용히 삭고 있는 나의 옛 방으로.

그 방은 내가 떠나기 전과 너무 그대로여서 보존인지 방치인지 분간하기 어려웠다. 페인트칠이 벗겨지고 있는 민트색 책상과 의자에 묶어놓은 원숭이 얼굴 모양의 방석, 노란 혹은 누런색 비키니 옷장, 분홍 누비이불이 접혀 있는 흰 프레임의 침대, 침대 옆 벽에 붙여놓은 〈베를린 천사의 시〉 같은 한 번도 본 적 없는 외국 영화 포스터들. 과거의 나는 민트색 책상과 흰 침대, 보지도 않은 예술영화를 좋아하던 사람이었다는 사실이 믿기 어렵다. 지금 내가 살고 있는 원룸은 짙은 색 원목 가구 위주고 세입자답게 벽은 깨끗이 유지한다. 비키니 옷장 안에는 교복이 그대로 걸려 있다. 매일 아침 와이셔츠의 단추를 하나하나

채우고, 치마에 조끼에 재킷까지 껴입고 학교에 간 사람이 정말 나였을까. 자취방에서 가지고 온 외투와 옷가지 몇 개를 걸어두니 옷장이 휘청이는 것 같다. 속옷을 넣어두던 침대 협탁의 서랍장을 열어보다가 뜻밖의 물건을 발견한다. 트럼프 세트. 습관처럼 카드를 꺼내 한 손으로 쥐고 한 손으로 섞어본다. 착착착, 카드가 카드 사이로 감기는 소리가 익숙하게 손마디를 휘감는다.

한때지만 우리 가족은 함께 둘러앉아 카드 게임을 했다. 내가 초등학교를 졸업하기 전까지는, 그러니까 오빠가 중학생이던 무렵까지는 그랬던 것 같다. 아버지에게는 일본인과 결혼해서 일본에 살고 있는 누나가 있었다. 우리는 일본 고모라고 불렀는데, 일본 고모는 다른 가족과는 인연을 끊었지만 아버지에게만은 가끔 연락을 하는 모양이었다. 아버지는 일본 고모에 대해 '용기 있는 사람'이라고만 말했고 자세한 이야기는 하지 않았다. 아마 아버지가 고모를 불쌍히 생각지도, 괘씸히 여기지도 않았기 때문에 고모가 아버지와는 연락하는 것일지도 모른다고 생각해본 적은 있다. 일본 고모는 딱 한 번 우리 집에 온 적 있었는데 너무 어렸을 때라 기억에 남는 일은 별로 없지만, 그때 고모가 내게 벨벳 같은 자줏빛 립스틱을 발라주었던 기억은 선명하다. 아, 그리고 카드. 처음으로 만져본 빳빳하고 매끄러운 카드의 감촉. 고모는 당시 일본에서 유행하던 대부호 혹은 대빈민이라 불리던 게임을 우리에게 알려주고 갔다.

대부호는 대부분의 카드 게임과 마찬가지로 가지고 있는 카드를 먼저 없애는 사람이 이기는 게임이다. 승리한 사람은 대부호가 되고 꼴찌는 대빈민이 된다. 다음 게임 시작 전에 대빈민은 대부호에게 가장 강한 카드 두 장을 바쳐야 하고, 반대로 대부호는 대빈민에게 약한 카드 두 장을 버릴 수 있다. 카드는 3이 가장 약하고 2가 가장 세다. 조커는 모든 카드보다 세고 어느 카드와 내도 되지만 가장 마지막에 낼 수는 없다. 3부터 시작해서 카드를 먼저 없애는 사람이 승리하는데, 같은 숫자를 여러 장 내도 된다. 이때 네 가지 무늬의 같은 숫자를 모두 낸 경우, '혁명'이 일어난다.

혁명이다!

혁명을 외치면 카드의 순서가 거꾸로 뒤집힌다. 이제 3이 가장 세고 2가 가장 약하다. 카드도 거꾸로 내야 한다. 가장 좋은 것만 뺏기는 대빈민이 되지 않기 위해서, 대부호가 되어 좋은 카드를 당연하게 받기 위해서 우리는 게임에 열중했다. 혁명이 일어나면 모두가 놀랐고, 웃음이 터졌다. 그런 행운이 자주 오지는 않았고, 혁명을 일으킨다고 꼭 대부호가 되리란 법도 없었지만.

카드를 다시 집어넣으면서 나는 생각한다. 그때, 우리는 함께 둘러앉아 카드 게임을 했지. 아버지는 집에 들어오는 날이 드물었고, 엄마는 신경이 곤두서 있을 때가 많았지만, 그래도 나는 우리가 텔레비전에 나오는 가족들처럼, 함께 둘러앉아 서로 이야기하며 웃는, 그럴듯한 가족이 된 것 같아 좋았다. 비록 우리가 서로 많은 이야기를 나누지 않았고, 어떤 이야기들은 너무 일찍 영영 모르게 되었지만, 그래도. 그때 우리는 가족 같았다. 그게 행운인지 저주인지, 흐름을 뒤바꾸어놓을 패인지, 순조롭게 만든 패인지, 지금으로서는 전혀 모르겠지만.

*

엄마와 다시 같이 사는 일은, 어떻게 말하는 게 좋을까. 당연하면서 또 당황스럽게 쉽지 않았다. 집을 나온 뒤로 우리는 서로를 한 번도 진심으로 미워한 적 없는 것처럼 지냈다. 다른 엄마와 딸들처럼. 멀어지고 나면 애틋해진다는 흔한 이야기 속 모녀처럼. 나는 어쨌든 엄마에게 유일한 (살아 있는) 자식이었고, 엄마는 엄마였으니까. 일이 너무 바쁠 때만 아니면 일주일에 두세 번은 전화로 안부를 물었다. 엄마는 내게 요새 대출금리가 어떤지, 어떤 세입자나 집주인이 말도 안 되는 요구를 했는지 이야기해주었고, 나는 무조건 엄마 편을 들면서 모든 사람이 엄마를 귀찮게 굴고 힘들게 한다는 데 동조했다. 엄마는 언제나 피해자가 되길 자처한다고 혼자 중얼거릴 때도 있었지만.

다시 돌아온 집에서 나는 엄마를 돌보는 딸 역할에 충실했다. 몸을 잘 움직이지 못하는 엄마를 씻기고 밥을 챙겨주고 약을 먹였다. 엄마가 밥을 먹고 약도 잘 먹은 뒤 일찍 잠이 들 때면 뿌듯하기도 했다. 그런 물리적인 일들은 어렵지 않았다. 문제는 내가 엄마를 전혀 모르겠다는 생각이 들 때였다. 엄마와 같이 살지는 않았어도, 나는 엄마가 어떤 사람인지 안다고 생각했다. 우리는 서로 가장 고통스러운 시간을 함께했고, 바닥을 보인 사이니까. 그런데 엄마는, 그사이에 내가 전혀 모르는 사람이 된 것 같았다.

물론 나도 엄마에게 내가 프리랜서로 일하고 있는 외국계 회사의 본사 자리를 계속해서 지원하고 있고, 지금까지 여러 번 떨어졌지만 혹시나 합격하게 되면 외국에 나가서 살아야 한다는 사실은 말하지 않았다. 그건, 나중에, 모든 게 확실해지면 알릴 계획이었으니까. 그럼에도 바보같이 엄마도 나에게 말하지 않는 것들이 있으리라고는 생각하지 못했다. 이를테면, 엄마가 태극기와 성조기를 가방에 넣어두고 틈만 나면 집회에 참석했다는 것. 온종일 정치 관련, 특히 선동에 가까운 보수 유튜버들의 영상을 보고, 어느 대형 교회 목사를 개인적으로 후원까지 한다는 사실을. 나는 알지 못했다.

내가 방에서 일을 하고 있는 동안 엄마는 거실 텔레비전에 유튜브를 연결해두고 항상 무언가 대단히 잘못되었다고 침을 튀기며 말하는 사람들이 나오는 방송을 봤다. 그들은 정치적 반대파들을 '빨갱이'라고 불렀고, 북한과 중국의 공산 세력과 결탁한 노조들이 힘겹게 일구어놓은 대한민국의 존재를 위협하고 있다고 절박하게 호소했다. '한강의 기적'이란 말도 자주 나오는 단어였는데, 우리나라가 어떻게 북한의 무자비한 공격으로부터 나라를 지키고 민주주의를 표면에 내세워 나라를 북한에 바치려는 세력들을 단속해 경제를 발전시켜 나름 선진국 소리를 듣게 되었는지 일장 연설을 할 때면 엄마의 훌쩍이는 소리가 들렸다. 나는 당황했다.

어렸을 때 엄마는 아버지와 크게 싸우고 나면 화장실에 들어가 울곤 했다. 엄마는 우는 소리를 굳이 감추지 않았고, 오빠와 나는 화장실 문 앞에 등을 대고 앉아 덜 닫힌 수도꼭지처럼 울었다. 영문을 모른 채 또박또박 울다가 제풀에 서러워져 더욱 크게. 아버지가 담배를 빼어 물고 끝만 잘근잘근 씹다가 밖으로 나가고 나면 엄마는 슬그머니 화장실 문을 열고 나와 안방으로 들어가 이불을 뒤집어쓰고 누웠다. 문 앞에서 울고 있는 우리는 보이지 않는다는 듯이.

서른이 훌쩍 넘은 지금도 엄마의 울음소리를 듣고 나는 어린아이처럼 불안했다. 영문도 모르고 마음부터 조급해졌다. "엄마 울어?" 차마 엄마의 우는 얼굴을 볼 수 없어 내 방에서 소리 내어 물어보면 엄마는 곧 조용해진다. 대답도 없이. 그러고 조금 후에, 텔레비전 소리가 커진다. 어느새 화면을 향해 침을 튀기며 화를 내는 사람들이 나오는 유튜브 방송이 틀어져 있다. 엄마는 순식간에 "그렇지, 말 한번 시원하게 한다" 하고 중얼거리기 시작한다.

나는 여전히 엄마에게 다가갈 수 없다. 엄마는 그때처럼 자기의 고통에 눈이 멀어 내가 보이지 않는 것처럼 군다. 오빠라도 있었다면, 오빠에게는 말할 수 있었을 텐데. 나란히 화장실 문 앞에서 울던 시절이 지난 후 우리는 서로에게 큰 관심을 두지 않으며 살았지만, 그래도 오빠가 지금까지 있었다면. 오빠가 어떤 사람이 되었든 상관없이. 입학 예정이었던 화학공학과를 졸업해 제약회사 연구원이 되었든, 취미로 연주하던 기타를 연마해 기타리스트가 되었든, 아니, 아무런 일을 하지 않고 방에서 게임만 하는 사람이 되었든, 조금은 마음을 놓을 수 있지 않았을까. 나 혼자 이 모든 것을 감당하지 않아도 된다는 사실만으로.

그래도 나는 엄마의 마음이나 머릿속까지는 어쩔 수 없더라도 엄마의 몸만은 내가 잘 돌보고 있다고 생각하려 했다. 거동이 불편해진 엄마를 대신해 착한 딸처럼 집을 청소하고, 반찬은 배달시켜도 밥은 아침에 꼭 새로 지었으며, 엄마의 머리를 감겨주고, 몸도 씻겨주었으니까. 엄마의 머리를 미지근한 드라이기 바람으로 말려줄 때면 엄마는 편안해 보였고, 딸이 있어

덕을 본다는 말을 하기도 했다. 나는 내심 엄마가 깨닫기를 바랐다. 몸이 아플 때 의지할 사람이 이제 나밖에 남지 않았다는 것을. 그게 얼마나 무서운 일인지도. 그리고 엄마가 열광하는 바로 그 사람들이, 한국의 가치를 수호하겠다고 떠드는 사람들이, 넘어진 엄마를 밟고 뼈를 부러지게 만들었다는 사실을 똑바로 보기를.

새벽에 거실에서 엄마를 마주치기 전까지 나는 그런 헛된 바람을 가지고 있었던 것 같다. 그날 자정쯤 면접이 있었다. 나는 영국 에든버러에 본사를 둔 사이버보안 회사에서 아시아 서버 담당 프리랜서로 오 년 넘게 일하고 있었고, 이삼 년 전부터 본사에 채용 공고가 나면 빠짐없이 지원했다. 처음 관련 직무의 관리직 포지션에 지원하고 떨어졌을 때는 조금만 더 노력하면, 언어를 연습하고 성과를 쌓으면 될 것 같았다. 상사는 내게 외국인을 채용하는 리스크를 상쇄할 만한 이점이 있어야 한다는 조언을 해주기도 했다. 너는 성실하지만 다른 지원자들만큼 잘해서는 안 되고, 그 이상을 보여줘야 해. 그 말을 나는 믿었다. 일과 생활에 경계를 두지 않았다. 빠듯한 일정을 모두 소화했다. 하지만 그 후로도 면접에서 계속 떨어지자 어쩌면 이 사람들은 나를 뽑을 생각이 처음부터 없었는지도 모르겠다는 생각이 들기 시작했다. 그래도 습관처럼 공고가 뜨면 지원은 했다. 오 년 넘게 일한 곳이 날 뽑지 않는다면 다른 회사들은 두드려봐도 소용없을 테니까.

나는 아주 오랫동안 한국을 떠나고 싶었다. 오빠가 죽은 뒤에도 아무것도 변하지 않은 나라를, 우리 가족만 조용히, 아니, 요란히 무너지고 있는 이 폐허를, 나도 한 번쯤 버리고 싶었다.

오빠는 열아홉 살이었다. 이 지역의 남자아이 대부분이 그렇듯, 오빠도 수능이 끝나고 집에서 가까운 공단으로 단기 아르바이트를 나갔다. 대기업 직영으로 만두를 생산하는 공장이었다. 겨울은 생산량이 급격히 늘어나는 시기라 단기로 사람을 뽑고 교육도 제대로 없이 바로 생산 현장으로 투입한다고 했다. 오빠는 단순 운반 업무를 맡았다. 기계가 포장까지 해놓은 만두를 스티로폼 박스에 실어서 냉동창고로 운반하면 되는 단순 작업. 그런 단순 작업을 하다가도 사람이 죽을 수 있다고, 왜 아무도 생각하지 못했을까.

오빠는 야간 근무 중에 냉동창고에 갇혔다. 공장의 전기설비 확충 작업 중 정전이 발생했다. 냉기 유출 때문에 닫아놓았던 밀폐문이 자동으로 잠겼다. 오빠는 정전을 몰랐다. 그사이에도 냉동시설은 비상 전기로 돌아갔으니까. 문이 잠긴 줄 모르고 오빠는 계속 문을 밀었다. 문이 잠겨 있을 때를 대비한 비상 손잡이가 한편에 달려 있었는데, 오빠는 그런 장치가 있다는 것도 몰랐다. 한 번도 사용할 일이 없었고 누가 알려주지도 않았으니까. 휴대폰은 가지고 들어올 수 없었고 안에 비상 인터폰이 있었으나 정전으로 먹통이었다. 정전은 고작 십오 분 정도 지속되었지만, 그사이에 오빠는 문을 두드리고, 긁고, 비명을 지르다가, 죽었다. 전혀, 단순하지 않게.

그날 면접에서도 나는 여전히 딱딱한 영어 발음으로 나의 업무 태도와 성과를 이야기했고, 평소보다 조금 더 망한 것 같았다. 관리자로서 필요한 자질이 무엇인지 묻는 질문에, 이미 예상 답변까지 준비했음에도 왠지 당황해서, 내가 지금 엄마를 돌보고 있는데, 가까운 사이여도 소통의 어려움을 느낀다, 물론 비즈니스 관계는 가족이 아니지만, 관리자라면 그 사람이 말하지 않는 것도 들을 준비를 해야 한다는 등, 장황하게 말이 나와 버렸다. 면접을 마친 뒤 물을 마시려고 방을 나서다 나는 숨을 잠깐 멈출 정도로 놀랐다. 현관에 커다란 그림자가 인기척에 놀란 벌레처럼 웅크리고 있었다. 자세히 보니 엄마였다. 문에 비스듬히 몸을 붙이고 서서 목을 길게 빼고 작은 구멍을 통해 밖을 보고 있는, 엄마.

"엄마, 뭐 해?"

내 말에 엄마는 나를 돌아보지도 않고 현관문에 몸을 더욱 붙이며 말했다.

"우리 윗집에 어디더라, 동남아, 베트남 말고……. 아, 그래, 미얀마 부부 이사 왔거든? 한 이삼 년 됐어. 요새 국제결혼 통계 보면 한국 남자랑 외국 여자가 많은 게 아니라 한국 여자랑 외국 남자가 더 많은 거 몰랐지? 그 한국 여자들이 진짜 한국 여자들인 줄 아니? 다 순진한 한국 남자들이랑 국제결혼 해서 한국 국적 딴 외국 여자들이야. 그 여자들이 한국 남자 버리고 자기네 나라에서 남자 데려다가 같이 사는 거라더라. 내가 딱 보니까 이 윗집도 그런 거야. 발소리도 시끄럽고 싸움도 시끄럽고, 아주 말도 못 해. 언제 한번은 웬 멀쩡해 보이는 한국 남자가 윗집 가는 계단참에서 서성이고 있는 것도 봤어. 안쓰럽기도 하지. 분명 도망간 여자 찾으러 온 걸 거야. 얘네가 새벽에 늦게 들어오는 날도 있는데, 그런 날이면 웬 외국인들을 우르르 끌고 와. 그러니 내가 잠을 자겠니? 아무리 집값이 싸도 여기도 엄연히 규칙이 있는 공동 주거 공간인데."

엄마는 독백하는 배우처럼 이 모든 말을 단숨에 뱉어냈다.

집에 머무는 동안 윗집의 발소리가 들릴 때도 있긴 했지만 유달리 거슬릴 정도로 시끄럽다고는 생각해본 적 없었기에 나는 엄마의 말을 잘 이해하지 못했다. 다만 쇄골이 부러져 거동도 불편하던 엄마가 새벽에 현관문에 억지로 몸을 붙이고 있는 모습을 보니 이대로는 안 되겠다는 생각만 분연히 떠올랐다. 엄마를 이대로 두면 안 될 것 같다고. 그래서 나는 엄마에게 말했다.

"엄마, 잠 안 오면 나랑 대부호나 하자."

*

저녁을 먹고 치우고, 엄마가 보는 드라마가 모두 끝난 뒤, 나와 엄마는 부엌 식탁에 다시 마주 앉았다. 엄마는 어깨걸이에서 자유로운 한 손으로 열 장이 넘는 패를 겨우 잡고 시큰둥한 표정으로 훑어보며 말한다. 그런데 말이야, 요새 여자애들은 왜 결혼을 안 한다니? 애는 왜 안 낳고? 너도 그럴 작정이니? 남자들한테 이겨먹으려고 들면 못써. 적당히 맞춰주고 살아야지. 싸우려고 드니까 남자애들이 더 그러는 거야. 참, 여자애들이 뭣도 모르면서 그렇게 선동에 휩쓸려 시국에 끼어드는데, 너도 그러는 건 아니겠지? 우리나라가 어떤 나란데. 어떻게 여기까지 왔는데, 그걸 다 도루묵으로 만들려는 거야. 그게…….

나는 아무 말도 하지 않는다. 인터넷 익명 사이트에 엄마와 말이 통하지 않는다는 글을 올렸다. 주변 누구에게도 우리 엄마가 이런 사람이라고 말할 수 없었으니까. 아무리 말해도 소용없으니 포기하라는 댓글이 가장 많았지만, 다른 댓글 하나가 눈에 들어왔다.

— 엄마가 애기라고 생각하고 말을 일단 들어봐. 전에 무슨 관계 전문가 강의 보니까 결국 사람은 자기 말을 들어주는 사람 말을 듣게 되어 있다던데.

나는 그 말을 믿어보기로 했다. 대학교에서 교양수업으로 들었던 상담의 기술 교재를 다시 꺼냈다. 우선 엄마가 하려는 말을 전부 하게 만들 생각이었다. 반박도 하지 않고, 화도 내지 않고, 비웃지도 않고. 며칠 밤 동안 시국에 대한 일장 연설을 끝낸 엄마는 이제 한 손으로도 능숙하게 카드를 쥐고 조금 더 옛날 이야기를 하기 시작했다.

"내가 서울 명동에 있는 포목점에서 일을 시작한 게 86년 도거든. 명동성당 쪽은 맨날 시위대로 들끓고 난리도 아니었지. 최루탄 가루가 얼마나 독한지, 그게 묻으면 옷감들 다 버려야 했어. 아무리 털어도 냄새가 빠지지도 않고, 살에 닿으면 따갑거든. 그래서 사장이 시위대라면 치를 떨었지. 그 사장이 전쟁 끝나고 동대문에서 광목 장사를 시작해서 명동에 점포를 낸 여자였는데, 여장부감이었어. 상고에서 성적도 그다지 안 좋았던 내가 뭐가 맘에 들었는지, 잘 살해줬지. 돈에는 좀 짰어도, 일 배운다 셈 치면 그 당시치고 뭐 돈을 안 준 것도 아니었어. 부모 잘 만나 팔자 좋게 대학 간 애들이 뭐가 그렇게 불만이 많아서 그렇게나 시위를 했는지. 뭐, 직선제를 하고 그런 게 중요한 게 아닌데. 진짜 능력 있는 사람이 나라를 이끄는 게 중요하지. 본질이 중요한데 껍데기를 가지고 물고 늘어지니……."

엄마가 카드를 식탁에 슬그머니 내려놓으며 자신의 반민주적인 발언을 알고 있다는 듯 과장된 한숨을 쉬며 다시 말했다.

"넌 엄마가 무식한 소리 한다고 생각하겠지만, 너처럼 교육받아서 돈 잘 주는 직장 다니는 사람은 모르는 삶이란 게 있는 법이야."

가끔 엄마의 말이 너무 길어지고, 또 견디기 힘들 때면 부엌에서 바로 보이는 방문을 바라본다. 그 방은 오빠의 방이다. 문은 한 번도 열린 적 없었던 것처럼 반듯하게 닫혀 있다.

집에 돌아온 뒤로 한 번도 오빠 방에 들어가보지 않았다. 아마 내 방처럼 예전 그대로, 옷장에는 교복이 걸려 있고, 책상에는 문제집이 널려 있겠지. 집을 떠나기 전에는 종종 거기서 오빠가 사 모은 만화책을 꺼내 읽었었는데. 기타도 괜히 튕겨보고. 엄마가 오빠만 사주었던 스포츠 브랜드 패딩을 꺼내 학교에 입고 간 날 엄마는 나를 때렸다. 오빠가 다시는 입을 수 없는 패딩을 내가 입은 게 그렇게 싫은가. 그때 나는 정말 그렇게 생각했다. 오빠의 죽음을 받아들이지 못해서도 아니었고, 가볍게 여겨서도 아니었다. 패딩이 정말 탐나서 입은 것도 아니었다. 그냥 입고 싶었다.

지금 돌이켜 보면, 나는 그때까지 오빠가 마땅히 우리 삶에 간섭해야 한다고 생각했던 것 같다. 오빠가 남긴 것을 끊임없이 우리 삶에 불러들여야 한다고. 엄마와 아빠가 언젠가부터 오빠에 관해서라면 완전히 입을 다물어버리기 전까지는, 그래야 마땅하다고 믿었다.

"엄마, 어떻게 오빠를 죽인 사람들 편을 들 수가 있어?"

입을 닫고 엄마의 이야기를 듣겠다는 결심은 계엄을 규탄하는 대규모 집회가 열린 날 올이 풀린 실처럼 슬그머니 사라지고 말았다. 그날따라 엄마는 다시 시국 얘기로 돌아와 그, 나라망치는 철없는 젊은 여자애들에 대한 훈계와 종북 세력의 위험성에 대한 경고를 카드보다 열심히 부엌 식탁에 늘어놓았고, 닫힌 오빠의 방문을 눈이 아플 때까지 노려보다가 나는, 물을 수밖에 없었다.

오빠의 죽음은, 오빠의 과실이 일부 인정되면서 산업재해로 분류되지도 않았고, 공장 운영진과 모기업 역시 약소한 벌금형에 그쳤다. 애초에 오빠에게 냉동창고에서 탈출하는 법을 아무도 알려주지 않았는데도, 오빠가 그 비상용 손잡이를 돌리지 않았다는 이유로. 그 공장은 지역의 삼선 의원인 보수진영 정치인의 친척이 운영하는 곳이었다. 오빠의 죽음을 두고 사람들은 안타깝다고 했지, 아무도 분노하지 않았다. 나는, 적어도 우리 가족은 분노해야 한다고 믿었다. 누구도 용서하지 않아야 한다고.

엄마는 내 물음에 갑자기 입을 다물었다. 식탁에는 방금 내가 낸 스페이스 퀸이 백색 조명 아래서 번들거리는 빛을 발하고 있었다. 엄마는 신중하게 고르던 카드를 내려놓았다.

"누가 죽였는데? 누가 우리 현식이를 죽였다고 생각하는데, 너는?"

"관리를 제대로 하지 않은 사람들. 사고를 철저히 조사하지 않은 사람들."

"……그럼 나는?"

뒤집어놓은 카드의 복잡한 문양을 골똘히 보고 있던 엄마가 말했다.

"나는 책임 없나? 새벽 운전하느라 피곤하다고 일 가는 애 보지도 않고 자던 네 아빠는? 새 신 신으면 멀리 간다는데 바보

같이 새 운동화까지 사서 일 열심히 하라고 신겨 보낸 나는? 네 오빠만 운동화 사줬다고 툴툴대던 너는? 아무것도 모르고 현식이가 죽어갈 때 먹고 웃고 있던 우리는?"

엄마의 말은 질문이 아니었다. 엄마는 이미 판결을 내렸고, 나는 죄를 인정할 수밖에 없다. 수치스럽다. 그러나 동시에 그런 식으로 내 죄책감을 건드리는 건 부당하다는 생각이, 아니 강렬한 거부감이 든다. 어떻게든 나도 엄마에게 상처를 주고 싶다는 오기가 잘못 박힌 못처럼 순식간에 자리 잡는다. 그래서, 나는 말해야 했다.

"이러니까 누가 엄마랑 살아. 나도 한국 떠나. 다신 안 돌아와."

엄마는 태연한 얼굴로 카드를 다시 들어 올리면서 말한다.

"떠나고 싶은 게 이 나라야, 나야? 아니면 너야?"

*

통증도 사라지고 거동도 전보다 자유로워진 엄마가 혼자 병원에 경과를 보러 간 날, 본사에서 면접 결과를 알리는 메일을 받았다. 엄마에게 이미 한국을 떠난다고 말했지만, 나는 실패를 예감하고 있었다. 이번에도 고작, 엄마가 회복하기를 기다렸다가 이 집을 떠나겠지. 이 지긋지긋하고 낡은 우리 집만이 내가 버릴 수 있는 전부겠지. 그런데 메일을 열자마자, 한 번도 본 적 없는 단어가 보였다.

Welcome aboard!

상사에게 소식을 알리자 축하를 건네며 그날 하루는 일찍

퇴근하라고 했다. 엄마도 없는 빈집에 혼자 있기 싫어서 밖으로 나왔다. 완연한 봄이었다. 빌라 단지 화단에는 볼품없이 마른 라일락 나무가 향이 진한 꽃송이를 힘겹게 매달고 있었다. 어릴 때 오빠와 자전거를 타러 갔던 늪지는 생태공원이 되어 갈대가 무성했다. 아직 덜 여문 연꽃이 무성한 못도 생겼다. 노부부가 나란히 걸으며 무언가 서로에게 끊임없이 속삭였다. 아이들이 비명을 지르며 자전거를 타고 지나다녔다. 학교 다닐 때 습지는 무서운 곳이었다. 담배를 피우는 아이들이 모여 누군가의 뺨을 때리거나 '맞짱'을 뜨러 오는 곳. 나처럼 이 모든 것이 지겨워 어떻게든 여기에서 가장 먼 사람이 되려고 공부만 하던 아이들에게는 가끔 악몽으로 찾아오던 곳.

습지를 한 바퀴 도는 동안, 새들이 곳곳에서 날아올랐다. 아주 오래전에, 오빠가 새 사진을 찍으러 다녔던 일이 생각났다. 오빠가 중학생 때였나, 친구들과 오토바이를 타고 담배를 피우며 밤거리를 돌아다니기 전에, 너무 작아서 나뭇가지의 옹이처럼 보이던 새들을 찍고는 내게 보여주며 항상 이야기했다.

"너 어릴 때 얼마나 고집스레 울었는지 기억 안 나지? 네가 밤에 자다 깨서 울면 나밖에 없었어. 엄마도 아버지도 잠들면 깨질 않잖아. 그때 내가 너 달래려고 업어도 주고 노래도 불러주고, 진짜 애썼는데……. 너 그런 건 다 까먹고 내가 한 번 잘못해서 네 이마 찧은 것만 기억하더라."

오빠한테 내가 그랬어? 되물으면 오빠는, 너 엄청 그랬어, 진짜 나 힘들게 했어, 대답했다. 나는 그 말에 대꾸하지 않았다. 엄마는 항상 내가 까다롭고 예민한 애였다고 말하곤 했다. 그래서 그때 오빠의 말도 무심히 넘기려고 했다. 엄마처럼 나를 낙

인찍고 공격하는 빌미로 삼을까 봐, 방어적인 무관심으로.

새들은 끊임없이 운다. 저쪽에서 울면, 이쪽에서 울고, 날아오르면서 울고, 내려오면서 울고, 나뭇가지가 부러지고, 연잎이 흔들릴 때도. 갑자기 무서운 생각이 든다. 오빠가 끝까지 자기한테 아무도 없었다고 생각했으면 어쩌지. 한번 잠에 들면 깨지 않던 부모와 울기만 하는 여동생. 그 사이에서 영원히 혼자였다고. 마지막까지 혼자였다고 생각했으면. 우리 가족이 언제부턴가 오빠에 대한 이야기를 하지 않게 된 걸 보고, 지금도, 어디선가, 그럼 그렇지, 생각하고 있으면.

산책을 마치고 빌라로 돌아와 우리 집까지 걸어 올라가는데, 공장 유니폼 같은 점퍼를 입은 중년 남자와 마주쳤다. 그는 다리를 계단에 걸친 채 올라갈지 내려갈지 망설이고 있는 듯 보였다. 그가 내게 말을 붙였다.

"저기, 401호 사시나요?"

나는 무심코 고개를 끄덕였다.

"이거, 501호에 좀 전해주실 수 있으실까요. 제가 꼭 직접 전해줘야 하는데 쉽지가 않아서……. 우편함에 넣고 가려니 마음이 영 놓이지 않더라고요."

남자는 내게 평범한 흰 우편 봉투 하나를 건넸다. 그 봉투는 사람의 손자국이 그대로 느껴질 정도로 낡아 있었다. 밖에 오래 있었는지 남자의 손이 트고 곱아 보였다. 나는 봉투를 받았다. 남자는 머리가 바닥에 닿을 듯 내게 허리를 숙여 인사하고 계단을 내려갔다.

날이 어두워지고 있는데 엄마는 아직 집에 오지 않았다. 전화를 받지도 않았다. 나는 거실에 앉아 높고 가파른 계단을 자박자박 걸어올 발걸음 소리를 기다렸다. 봉투는 무릎 위에 올려두었다. 봉투 입구가 저절로 벌어졌다. 제대로 봉하지 않았거나 여러 번 뜯었다 붙여 헤진 것 같았다. 이제 막 여섯시가 넘었으니 윗집의 부부가 퇴근하고 돌아오려면 시간이 좀 남아 있었다. 나는 가지런히 접힌 종이를 슬쩍 꺼내서 펼쳤다.

그 편지는 '친애하는 쑤완 양에게'라고 시작했다. 그리고 장황한 필체로 자신의 삶을 요약하는 내용이 이어지다(홍천의 축산 농가에서 태어나 뼈를 갈고닦는 노력을 하여 서울 어느 대학교에 들어갔고, 군대에서 어떤 고생을 했고, 어떤 기업체에서 일하다, 어떻게 식품 공장 관리직으로 오게 되었는지……), 갑자기 용서를 구했다.

"저의 잘못은 제가 누구보다 잘 압니다. 쑤완 양은 저희 공장에 없어서는 안 될 소중한 베테랑 인력입니다. 부디 쑤완 양이 믿는 불교의 자애를 발휘하여 고소를 취하해주시기를 부탁드립니다. 그렇지 않으면 저 또한 저를 방어하기 위해 쑤완 양이 고향에서 이미 결혼한 몸이면서 한국에서 외간 남성과 살림을 차리고 있다는 사실을 이용할 수밖에 없습니다."

용서를 구하는 게 아니라 협박인가. 나는 편지를 다시 봉투에 넣고 고민했다. 이 편지를 정말 전해주지 않는 게 좋으려나. 아니, 이 편지가 협박의 증거일 수도 있으니 꼭 전해주어야 하나. 속이 시끄러워져서 텔레비전을 켰다. 엄마가 항상 틀어놓는 뉴스 채널에서 오늘도 열린 시위 현장의 취재 보도가 나오고 있었다. 군중이 성조기와 태극기를 휘날리며 구호를 외치고 있었다. 누군가를 타도하고 끌어내리자고. 자유 대한민국을 지키자고. 빨갱이는 물러가라고. 나는 군중을 유심히 바라봤다. 저기, 엄마가 있을까? 아직도 밤에 등을 구부리고 앓으면서, 저기에 갔을까?

밖에서 현관문이 진동할 정도로 무겁고 큰 발소리가 들렸다. 나는 엄마처럼 현관문에 몸을 붙이고 서서 밖을 내다보았다. 층계참의 불이 밝혀지고, 양손에 장바구니를 든 여자가, 아니 쑤완 씨가 계단을 올라갔다. 쑤완 씨는 천천히, 그러나 한 번도 쉬지 않고 양손의 짐을 무게 추처럼 흔들며 사라졌다. 나는 편지를 접어 주머니에 쑤셔 넣고 현관문을 열고 나갔다. 쑤완 씨는 그새 5층까지 올라 문을 닫고 들어간 뒤였다. 나는 문을 두드렸다. 문을 두드렸을 때는 아무런 반응이 없었다. 조심스레, 401호인데요, 말하자 문이 곧 열렸다. 쑤완 씨가 땀이 맺힌 이마를 손으로 닦으며 물었다.

"무슨 일이시죠?"

"아, 그게, 저……."

나는 왜인지 주머니에 구겨 넣은 편지를 꺼낼 수 없었다. 쑤완 씨의 큰 눈이 나를 바라보자 눈물이 말라붙고 부어오른 내 눈이 창피했다. 주머니에 손을 넣어서 편지를 꺼내려는데, 쑤완 씨가 말을 시작했다.

"저, 어머님께 신고 그만하시라고 전해주시겠어요?"

또박또박한 한국어로 쑤완 씨는 내게 말했다.

"저희는 조용히 있어요. 저희가 아니라 옆집이에요. 옆집이 시끄러워요. 아무리 말해도 계속 안 믿고, 저희 집만 신고하세요."

아, 네. 나는 바보같이 고개를 끄덕였다. 아무 말도 못 하고. 이제 나는 내 존재가 전부, 빠짐없이 창피했다.

"아, 그리고 저 미얀마 아니고 라오스 사람이에요."

뒤돌아서는 내게 쑤완 씨가 급히 덧붙였다.

그날 엄마는 자정이 가까운 무렵 들어왔다. 나는 그때까지 소파에 앉아서 같은 장면이 반복되는 뉴스를 보고 있었다. 한 칠십대 남성이 시위 현장에서 분신을 했다고 했다. 진압하던 소방관과 경찰관도 화상을 입었고, 시위 현장은 아수라장이 되었다고 기자가 엄숙한 얼굴로 전했다. 집에 들어온 엄마는 태극기가 들어 있을 그 검은 나일론 가방을 소파에 던지듯 내려놓으며 무심한 얼굴로 내게 왜 안 자고 나와 있냐고 물었다. 왜 안 자냐니, 어떻게 자나. 엄마는 왜 늘 알면서 묻지?

"어디 갔다 와? 또 저런 데 다녀오는 거야? 엄마는 거기서 엄마를 밟고 지나간 사람은 신고하면 큰일 날 것처럼 굴고, 윗집은 왜 그렇게 신고를 하는 거야? 그 사람들은 아니라고 엄마한테 몇 번을 말했다던데, 왜 그 사람들 말은 안 듣는데? 내가 외국 가서 똑같은 취급 당하면 엄마는 뭐라고 할래? 남의 나라에서 돈 벌어먹으니 당해도 싸다고?"

엄마는 아무 대답 없이 화장실로 들어갔다. 또 저 침묵. 나 따위는 보이지도 않는다는 듯 행동하는 엄마가 진절머리 났다. 이제 엄마는 어깨걸이를 풀고 팔을 어느 정도 움직일 수 있었다. 내가 더는 엄마의 머리를 감겨주고 몸을 씻겨주지 않아도 되었다. 나는 방으로 들어가 다시 짐을 싸기 시작했다. 애초에 몇 개 챙겨 오지도 않았는데 그새 얇은 옷 몇 벌과 책을 좀 샀더니 캐리어가 잘 닫히지 않았다. 나는 캐리어를 주먹으로, 발로 내리쳤다. 왜, 안 닫히냐고, 왜. 엄마가 인기척도 없이 내 방에 들어와서 캐리어 위에 앉았다. 엄마의 무게로 캐리어가 겨우 맞물렸다. 나는 빠르게 지퍼를 채웠다.

"현식이 보러 갔었어, 오랜만에. 갑자기 못 견디게 보고 싶더라고."

캐리어에서 일어서며 엄마가 말했다.

"내가 앞으로 잔소리 안 한다고 해도, 떠날 거지?"

엄마는 내 대답을 기다리지도 않고 부엌으로 가 식탁 한편에 놓아둔 카드를 꺼냈다.

아까 틀어둔 뉴스에서 시위 현장이 반복적으로 재생되고 있었다. 똑같은 구호, 똑같은 얼굴들, 태극기의 물결…….

"뭔가 바꾼다고 말하는 사람들, 엄마는 꼴 보기 싫더라. 노동자, 인권, 그런 말 하는 사람들, 진짜 싫어. 바꿀 수 있었으면, 우리 현식이가 안 죽어도 됐잖아. 그런 생각 하면 엄마는 살 수가 없어."

엄마는 카드를 착착 섞으며 말했다. 한참 우리가 식탁에 내려놓는 카드가 쌓여갔다. 내가 마지막 카드를 남겨두고 있을 때, 그때까지 계속 패스만 하던 엄마가 네 장의 카드를 나란히 내려놓으며 말했다.

"혁명이다."

스페이스, 클로버, 하트, 다이아몬드 9 네 장이 반들거리는 식탁 위에 펼쳐졌다. 네 장의 9가 서로의 등을 바라보며 기대어 서 있는 사람들 같았다.

"혁명해서 좋아?"

"그럼 좋지."

엄마가 오랜만에 나를 보며 웃었다.

「대부호」 성혜령 작가와의 대담

전기화 | 문학평론가, 제49회 이상문학상 예심위원

전기화(이하 전) 성혜령 작가님, 제49회 이상문학상 우수상 수상을 축하드립니다. 작가님은 「간병인」으로 제47회 이상문학상 우수상을 수상하시기도 했지요. 두 번째 수상에 더욱 진한 축하의 마음을 전해드리고 싶어요. 이번 수상작인 「대부호」는 『문학들』 2025년 여름호에 실렸던 작품입니다. 처음 이 소설을 읽었을 때 많은 사람과 함께 이야기해보고 싶다고 생각했는데, 좋은 계기가 마련된 것 같아 기쁩니다. 작가님은 요사이 어떻게 지내고 계신지도 궁금한데요. 근황과 함께 독자분들에게 인사 부탁드려요.

성혜령(이하 성) 저도 다시 이상문학상 작품집으로 독자분들을 만나게 되어 무척 기쁩니다. 「간병인」은 수상 당시로부터 거의 오 년도 더 전에 썼던 이야기여서 사실 실감이 잘 나지 않았는데요. 이번 소설은 당해 여름에 구상부터 쓰기까지 모두 마친 작품이라 조금 더 제게 가까이 느껴집니다. 저는 감사하게도 일상에 큰 변화 없이 평일에는 직장 생활을 하고 주말에 쓰는 삶을 반복하고 있습니다. 이상문학상 작품집을 챙겨 읽어주시는 독자분들에게 안부 인사를 드릴 수 있게 되어 정말 좋습니다.

전 이 소설은 오래전 원가족이 살던 집을 떠나왔던 '나'가 엄마의 쇄골 부상을 계기로 다시 그 집으로 돌아가 생활하게 되는 이야기를 담고 있습니다. 응급실에서 걸려 온 전화에 황급히 병원으로 향한 '나'는 택시를 타고 돌아오던 중 엄마의 낡은 가방의 지퍼 틈에서 태극기 문양을 발견하지요. 여러 정황상 아무래도 엄마의 부상은 그녀가 참여한 '애국 보수 단체' 시위의 혼란스러운 현장에서 비롯된 것으로 보입니다. 이후 다친 엄마를 돌본다는 명목하에 두 사람의 동거가 시작되면서 '나'는 엄마의 현재를 당혹스럽게 마주하게 됩니다. 이른바 애국 보수 유튜브를 애청하며, 요새 여자애들을 향한 불만을 표출하고, 이웃집 '쑤완 씨'를 향한 적대감을 드러내는 엄마를 도무지 이해할 수 없다는 마음으로 말이죠.

소설을 읽으며 오늘날 한국 사회를 겹쳐 보게도 되었는데요. 비상계엄 선포와 탄핵을 둘러싼 찬반 여론이 들끓던, 그리고 여전히 지속되고 있는 시민사회의 균열이 가족이라는 공간 속 부모와 자식 세대를 통해 압축적으로 그려지는 듯 읽히기도 했습니다. 극우 세력을 민주주의의 적으로 규정하고 심판하기에 앞서 문제의 사태를 '나와 엄마'에게로 끌어당겨 해결이 난망한 문제로 만드는 것이 문학의 일이라는 생각도 들었고요. 작가님이 이 소설을 구상하게 된 계기는 무엇이었는지, 혹 영감을 받은 구체적인 사건이 있는지도 궁금합니다.

성 이 소설은 마감 기한을 약 두 달 앞두고 다소 받은 청탁을 받고 갑자기 시작된 이야기입니다. 평소의 제 성격(불안을 못 견디는 계획형)이라면 아마 양해를 구하고 거절했을 거예요. 저는 항상 소설 재고를 한 편이라도 쌓아두는 편인데, 그 시점에는 드물게 두 건의 청탁이 들어온 상태라 수중에 아무것도 없었고, 무엇보다 급하게 써서 좋은 결과를 낼 만한 재능이 없었기에 적어도 세 달은 단편소설에 투자하자는 주의였거든요. 그런데 청탁을 받고 돌연히 떠오른 이야기가 있었습니다. 바로 태극기 부대인 엄마와 그런 엄마가 못마땅한 딸이 함께 밤마다 카드 게임을 한다, 이 한 문장이었어요.

지난겨울에 저희 모두 큰 사건을 겪었잖아요. 계엄이 발효되었다가 해제된 다음 날, 엄마에게 안부를 물으려 전화를 걸었을 때만 해도 엄마는 이렇게 말했어요. "이게 다 무슨 일이냐. 황당하게 어떻게 이런 일을 벌이냐." 그런데 그 후 일주일인가 지나서 갑자기 저에게 장문의 카톡이 왔습니다. 그 카톡은 이렇게 시작했이요. "비상계엄은 신의 한 수였다." 정말 믿고 싶지 않았지만, 그때 엄마는 팔에 깁스를 하고 계셨는데 이런 말까지 하셨습니다. '(팔만 멀쩡하면) 나도 태극기 들고 (전 대통령 지키러) 나가고 싶다'고요. 저는 어떻게 했을까요. 엄마랑 정치 이야기를 하지 않기로 했습니다. 대신 이 소설이 쓰고 싶어졌습니다.

전 소설 속 '나'는 엄마와의 동거 중 '나'는 엄마가 보고 듣고 말하는 것에 속수무책으로 노출되며, 엄마가 무엇에 눈물 흘리고 무엇을 혐오하는지 불가피하게 알아가게 됩니다. 이 가운데 '나'는 이미 안다고 생각했던 엄마를 전혀 모르는 사람처럼 낯설게 마주하게 되지요. 무엇보다 소설에서는 '내'가 좋을 대로 깔끔하게 정리되지 않는, 엄마의 육박해오는 그 부담스러운 존재감이 잘 그려져요. 근래 한국문학의 관심이 부모와 자식의 관계를 벗어나고 있다는 진단이 나오기도 합니다만, 이 소설은 그 '진부한' 관계의 심연을 들여다보고 여전히 충분히 헤집어지지 못한 문제의 멱살을 쥐어보려는 듯 느껴지기도 했습니다.

기실 극우 미디어에 '세뇌'된 듯 보이는, 도저히 말이 통하지 않는 듯한 부모 세대를 향한 난감함을 호소하는 자식 세대의 모습이란 상당히 현실적인 부분이 있습니다. 실제로 웹상에서도 이와 유사한 고민을 토로하는 경우를 다수 찾아볼 수 있는데요. 소설 속 '나' 역시 자신의 고민을 인터넷 익명 사이트에 올리기도 하죠. 이때 주인공의 글에 달린 대부분의 댓글이 '포기하라'로 일관한다는 점도 시사적이었어요. 그러나 이 소설은 재빠른 손절과 청산 대신, 엄마를 향한 '나'의 이물감과 부대낌을 적극적으로 다루어냅니다. 그 덕에 소설의 끝에 이르러서는 뜻밖의 특이점이 마련되는 듯 보이기도 하고요. 이렇듯 '나'와 엄마의 관계를 풀어내는 데 담긴 작가님의 생각을 좀 더 들어보고 싶습니다.

성 평론가님의 질문을 듣다 보니, 문득 '포기하라'는 댓글은 사실 저의 마음의 소리인 것 같다는 생각이 들었어요. 엄마가 몇 년 전부터 단톡방에 도는 보수적인 정치 메시지들을 저에게 보내주기 시작한 이후, 저는 줄곧 집에서 정치 관련 대화는 피해왔어요. 속상하니까요. 이야기를 계속 하면 늘 제 속이 먼저 타들어갔거든요. 엄마의 정치관에 동의하지 않으면 마치 엄마가 살아온 세월과 세상 자체를 부정하는 것 같기도 했어요. 말하지 않기, 건드리지 않기. 그게 저의 최선이었어요.

현실에서 저는 엄마의 말을 듣지 않는데 소설 속 '딸'은 '엄마'의 이야기를 들으려고 하다니, 조금 부끄러워지네요. 그래도 이번 이야기를 쓰면서 저는 최대한 엄마의 말을 엄마의 언어로 써보고 싶었습니다. 엄마가 이야기하게 하자, 엄마의 말을 여기서라도 들어보자, 그런 생각이었어요. 소설의 마지막, '엄마'가 외국에 가려는 '딸'을 붙잡으면서 자신의 속내를 고백하는 부분을 쓸 때, 이게 정말 '엄마'의 언어인지 단지 저의 바람이나 환상인지 스스로에게 질문을 많이 했습니다. '엄마'라는 인물로부터 나온 말이어야 의미가 있을 텐데, 작가로서 내가 바라는 말을 주입하는 건 아닌가, 자꾸 되묻게 되더라고요. 고민을 오래 할 시간적 여유가 없어, 저는 결국 간편한 선택을 했습니다. 일단 쓰고 나중에 생각하자. 답을 내리는 대신 질문을 남겨두자. 늘 그렇듯 정답은 너무 멀고, 끈질긴 질문만 유효한 것 같다는 생각과 함께요.

전 '나'의 오빠인 '현식'에 대해서도 이야기해보고 싶습니다. 현식은 소설 속 인물들의 세계에 나버린 가장 중요한 구멍으로도 비유할 수 있을 것 같아요. 사실 제가 이 소설에서 가장 좋아하는 대목은 '나'가 습지를 산책하며 새들을 보다가 현식의 마음을 되짚어보고 문득 무서움을 느끼는 장면이기도 한데요. 다시 생각해보면 이 소설은 현식의 죽음이 발생한 이 세계를 어쨌거나 감당하기 위한 '나'와 엄마 나름의 삶의 방식을 다룬다고도 볼 수 있을 것 같아요. 집을 떠나거나 해외로의 이주를 통해 어떤 단절을 애타게 갈구하는 '나'의 내면에는 오빠의 죽음 이후로 아무것도 변하지 않은 사회에 대한 환멸과 분노가 깃들어 있고, 태극기를 들고 시위에 나가고 유튜브를 보며 눈물을 흘리는 엄마에게는 깊은 자책감과 슬픔이 깃들어 있지요. 특히 현식의 죽음 이후로는 무언가를 바꿀 수 있다고 말하는 사람들이 싫었다는 엄마의 고백은 이 사회를 향한 절박한 문제 제기로 번역되어 들리기도 했어요. '나', 엄마 '이자숙', 오빠 '김현식' 그리고 아빠 '김규남'까지, 이들 소설 속 인물들에 대해 작가님이 가진 감정이 궁금하고, 또 이들 가족의 서사에 결부된 작가님의 문제의식에 대해서도 듣고 싶습니다.

성 부끄럽지만 습지 장면을 저도 좋아하는데, 좋아해주셔서 정말 기쁩니다. '오빠'의 죽음이 '가장 중요한 구멍'이란 표현에 공감합니다. 덧붙여, 저는 이 가족들이 '오빠'의 죽음에 관하여 말을 하지 않는다는 점이 오히려 많은 것을 말해준다고 생각했어요. 침묵이 일종의 증상이나 증후인 것 같다고요. 그러니까 이들은 서로 같은 상실을 안고 살아가면서, 혼자만 조용히 망가지는 사람들인 거죠. 사실 '엄마'와 '딸'은 서로 다른 방식으로 망가지고 있을 뿐인데, 그 차이가 '딸'에게는 본인의 폐허보다 더 심각하고 무섭게 느껴지는 거겠죠. 저는 어쩔 수 없이 이 이야기를 '딸'의 일인칭시점으로 썼지만, 사람들이 같은 일을 겪고 각자 다르게 받아들이고 닮아가는 모습을, 소설을 쓰며 계속 추적해보고 싶다는 생각은 오래전부터 가지고 있었던 것 같아요.

저는 기본적으로 슬픔은 정말 나눌 수 있는 것인가, 하는 의문을 가지고 있습니다. 슬픔은 나누면 반이 된다고 하지만, 어떤 종류의 슬픔이나 고통은 나누는 순간 걷잡을 수 없이 부풀어 올라 모두를 삼켜버릴 수도 있음을 우리는 본능적으로 알고 있죠. 이 이야기에 나오는 남겨진 가족들도 그런 두려움을 가지고 있으리라 생각했어요. '나'는 '오빠'가 '우리'의 삶에 계속 '끼어들어'야 한다고 믿었지만, 어느 순간부터 부모의 침묵에 동참하죠. 왜 그래야 하는지 납득하지 못하면서도, 은연중에 알고 있었을 거예요. 부모의 침묵이 필사적이라는 것, 비어 있지만 팽팽한 풍선 같은 침묵을 푹, 터트리는 순간 그들은 함께 휩쓸려 가게 될 거라는 것. 물론 나중에 한 번은 터져야겠지만 지금은 아니며, 미룰 수 있을 때까지, 정말 건드리지 않을 수 없을 때까지 각자 곪을 수밖에 없다는 것도요.

이 이야기를 통해 그런 시간들을 어떻게 했어야 한다는 비난 없이, 어떻게 해야 한다는 조언 없이 담아보고 싶었습니다.

전 소설은 '나'와 엄마가 대부호 게임을 하는 데에서 마무리됩니다. 오래전 일본 고모가 이들 가족에게 알려주고 갔던, 한때 가족의 화목함을 연출하는 데에도 퍽 요긴하게 사용되었던 이 게임에는 혁명이라는 특이한 룰이 있지요. 엄마는 '나'와 게임을 하는 가운데 네 장의 카드를 내어놓으며 '혁명을 합니다'. 소설의 전반부에서 '나'가 게임의 룰을 설명하는 가운데 언급했듯 혁명을 일으킨 자가 꼭 대부호가 되라는 법은 없지만, 질서를 거꾸로 뒤집는 일이 웃음을 터지게 만든다는 것만은 여전하네요. 어쩐지 소설의 마지막에서 혁명을 '하는' 주체가 엄마라는 것, 그리고 그 순간 '나'는 물론 독자들까지 엄마의 웃음을 목격하게 된다는 것도 의미심장하게 느껴집니다. 기대어 선 사람들처럼 보이는 네 장의 카드 속 숫자들은 어쩐지 이들 가족의 모습을 유비하는 것은 아닐까 생각해보게도 되고요.

이제 '나'와 엄마는 오빠와 아버지를 없는 셈 치지 않고 그들의 부재를 버팀목 삼아 서로 기대어 설 수 있을까요? 엄마가 일으킨 이 '혁명'의 자장은 게임 밖의 삶으로까지 번져나갈 수 있을까요? 소설의 마지막 장면을 쓰실 때에는 어떤 느낌이셨는지 궁금해집니다.

성 바로 앞서 슬픔을 나누는 게 가능한지 의문을 가지고 있다고, 어떤 슬픔은 나누는 순간 모두를 침몰시킬 수도 있다고 말씀드렸는데요. 그럼에도 불구하고 우리 삶에서 슬픔만큼 강력한 유대감을 형성하는 감정도 없는 것 같습니다. 마지막 장면을 쓸 때 사실, '엄마'의 진심을 너무 서둘러서 갑자기 던져놓고 끝내는 건 아닌가 하는 의심이 들었고 그건 지금도 마찬가지인데, 그럼에도 이 이야기는 이렇게 끝내는 게 맞겠다는 직감이 더 강했습니다. 이 이야기 속의 '나'와 엄마에게 소설의 힘을 빌려 잠시나마 서로에게 자신의 슬픔을 내보이고 같이 웃을 수 있는 순간을 만들어주고 싶었어요. 지속되지 않더라도 존재해야 하는 순간들이 있으니까요.

전 마지막으로 인터뷰를 마무리하는 작가님의 소감과 더불어 앞으로의 집필 계획에 대해 들려주세요. 이상문학상 작품집은 2026년 1월에 출간될 텐데, 지금 작가님은 2025년을 어떠한 마음으로 마무리하고 계신지, 그리고 다가오는 새해에 관한 다짐이나 소망이 있으신지도 궁금합니다. 독자분들에게 남기고 싶은 인사가 있다면 함께 부탁드릴게요.

성 2025년은 유독 빠르게 지나간 것 같습니다. 아마 많은 분이 연말이면 비슷하게 느끼실 것 같아요. 한 해가 이렇게 갔다고? 항상 얼떨떨한 기분으로 새해를 맞이하게 되는데, 그래도 지난해보다는 편안한 기분으로 새해를 맞을 수 있을 것 같습니다. 저는 새해에도 계속 이야기를 써보려고 합니다. 왜인지 이야기를 쓰면서 한 해를 보내고 나면, 제가 실제로 보낸 시간보다 더 긴 시간을 산 것처럼 느껴지더라고요. 이야기 속에 기꺼이 들어와주시는 독자분들도 그렇게 느끼시면 좋겠습니다. 2026년에도 같이 조금 더 긴 시간을 살아가보아요.

2026년 제49회 이상문학상 작품집

겨울의 윤리

이민진

2016년 『문예중앙』 신인문학상을 통해 소설을 발표하기 시작했다. 소설집 『장식과 무게』 등이 있다.

겨울의 윤리

해진이 살아 있다는 소문을 들었다.

세상 곳곳에 해진은 존재한다. 소문에 의하면 해진은 스무 살에 미국으로 어학연수를 떠났고, 몇 년 뒤 경기도 어느 도시에서 반려견을 데리고 호수 공원을 산책하는 모습이 목격됐다. 사이비종교 공동체에 들어간 건 스물아홉, 비슷한 시기 초등학교 동문 사이에서는 시드니에서 간호사로 일하며 산다는 얘기가 돌았다. 최근에 들은 소문에서 해진은 사고로 머리를 다쳐 요양원에서 지냈다. 머리 일부가 움푹 파여 침을 질질 흘린다는 상당히 구체적인 묘사였다. 나는 끔찍한 내용보다 아직도 해진을 기억하는 사람이 있다는 사실에 놀랐다. 그때 죽었으므로 사람들이 기억하는 해진은 열여섯 살에 멈춰 있을 텐데 사람들은 어떻게 성인이 된 그 애를 알아본 걸까. 그저 신기할 따름이다. 누구 하나라도 말을 걸었다면 그 애가 아니라는 걸 알았을 텐데 아무도 확인하지 않은 게. 사람들은 온갖 이야기를 지어내고 믿으면서 그 애의 죽음만은 상상하지 못한다.

나는 사람들에게 해진의 죽음을 알리는 대신 유령처럼 떠도는 그 애의 소문을 수집한다. 그 애가 살아 있다면 가능했을 지도 모르는 인생들. 소문 속 해진의 모습을 떠올리면 정말 그 애가 어딘가 살아 있는 게 아닌지 의구심이 든다. 그렇다면 시드니에서 간호사로 사는 이야기가 좋겠다. 12월에서 2월, 한국이 겨울일 때 호주는 여름이고, 시드니 항구에서는 바닷가 특유의 짠 내가 나지 않는다. 눈부신 햇살 아래 하이드파크에서 오페라하우스까지 해변 둘레길을 달리는 그 애의 모습을 그리면 새살이 차오르듯 마음 한구석이 간질대고 뭉클하지만 끝내 나는 해진의 죽음으로 돌아온다. 이국에서의 모험이든, 시시하고 권태로운 일상이든, 파산과 파국으로 치닫는 연대기든 내가 해진의 소문을 즐길 수 있는 건 그 애가 죽었기 때문에 가능한 일이다. 죽음 아래서 그 애는 안전하다. 그게 내가 그 애를 묻은 이유고, 무성한 소문 가운데 그 애를 방치하는 까닭이다.

†

오랜 세월이 지난 지금은 해진의 얼굴이 희미하다. 내가 기억하는 해진은 조숙한 아이였다. 부모님의 이혼처럼 인생에는 자연재해와 같은 사건이, 속절없이 받아들이는 수밖에 없는 일들이 존재한다는 걸 일찍이 깨달은 아이. 부모님의 이혼 후 해진은 아빠와 살면서 나영 씨와는 일 년에 세 번 만났다. 설날과 추석, 크리스마스. 생일이 크리스마스 부근이 아니면 한 번 더 볼 수 있을 텐데. 해진은 5월생인 아이들이 부러웠다. 나영 씨에게서 연락이 올 시기가 되면 해진은 방에서 꼼짝하지 않았다. 집에 전화기는 두 대였다. 거실과 해진의 방. 전화벨이 세 번 울릴 때까지 수화기를 들지 않거나 다른 사람이 받으면 바로 끊어졌기에 해진은 나영 씨의 전화를 놓치지 않기 위해 침대와 벽 사이에 전화기를 두고 잠들었다. 열네 살에 휴대폰이 생길 때까지. 그즈음에는 이미 일 년 가까이 나영 씨에게서 연락이 오지 않았으나 해진은 액정에 모르는 번호가 뜰 때마다 담금질하듯 기대와 실망을 반복했다.

아무도 설명해주지 않았으나 해진은 자신의 처지를 잘 알았다. 나영 씨는 해진을 키울 형편이 안 된다는 것, 아빠와 살려면 새엄마를 엄마로 불러야 한다는 것. 잔병치레가 잦은 엄마는 방학마다 해진을 이혼 후 혼자 사는 고모 집이나 각종 캠프에 보냈고, 해진은 두말없이 짐을 꾸렸다. 고모네 근처에 있는 비디오 대여점과 순이네 떡볶이 가게, 창문마다 아늑한 불빛이 흘러나오던 캐나다의 적막한 밤거리, 낯선 곳에서 정을 붙일 만한 것을 찾는 게 어른들의 결정에 좌지우지되던 시절에 해진이 유일하게 할 수 있는 일이었다.

해진이 백양암에 들어간 건 열여섯 살, 10월 초 아직 본격적인 단풍철에 들어서기 전이었다. 부모님과 해진은 우송산 국립공원 주차장에서 짐을 내리고 한 시간 가까이 산길을 올랐다. 엄마가 앞장서고, 여행 가방을 든 아빠가 뒤따랐다. 암자에 도착한 세 사람은 전각 사이에 있는 샘터에서 목을 축였다. 출타 중인 주지 스님 대신 그들을 맞은 건 공양주 보살이었다. 어른들이 대화를 나누는 동안 해진은 암자를 둘러봤다. 작고 낡은 전각보다 눈길을 끈 건 암자를 둘러싼 경관이었다. 맞은편 기암절벽에서 자라는 노송들, 낭떠러지 아래 울창한 골짜기, 오른편으로는 망망대해 같은 하늘과 굽이굽이 이어진 산등성이 지평

선까지 펼쳐졌다. 국립공원 입구에 있는 지도를 봤을 때부터 해진은 왠지 속은 기분이 들었다. 산에 있다고만 들은 암자는 해발 800미터 깊은 산속 낭떠러지에 있었다. 집은 어디쯤일까. 지평선 너머 집으로 돌아갈 날이 아득하게 느껴져 주머니에 있던 휴대폰을 꺼내니 통화권 이탈 지역이었다.

하늘 끝자락이 주황빛으로 물들기 시작하자 부모님은 어른들의 말씀을 잘 들으라는 말을 남기고 서둘러 하산했다. 해진은 보살님을 따라 앞으로 지낼 방으로 향했다. 방에는 이불과 탁자가 전부였다. 세면도구, 수건, 로션, 속옷, 양말, 트레이닝복 세 벌, 충전기. 딱히 정리할 짐도 없었다. 필요한 게 있으면 나중에 택배로 부쳐주겠다는 말에 당장 필요한 물건만 챙겼는데 이렇게 깊은 산속까지 택배가 올 리 없었다. 집을 나서기 전에 급히 시디플레이어를 챙긴 게 다행이었다.

해진은 어디를 가든 파나소닉 시디플레이어를 챙겨 다녔다. 나영 씨가 열두 번째 생일에 사 준 생일 선물. 시디플레이어에는 홈스테이 가정을 떠나며 선물받은 앨범이 들어 있었다. 초등학교 6학년 겨울방학에 아빠가 의사도 묻지도 않고 신청한 영어 캠프였다. 밴쿠버에 있는 외국인 가정에서 두 달간 홈스테이를 하는 프로그램이었는데 호스트는 여섯 살과 세 살짜리 형제를 둔 캐나다인 부부였다. "네 이름은 헬렌이야." 부부는 해진에게 영어 이름을 지어주고서 앞으로 머물 방을 보여주었다. 해진은 그 집에서 건식 욕실을 처음 사용했고, 피넛버터만 바른 부실한 샌드위치를 점심으로 먹으며 어학원에서 웅얼웅얼 회화를 연습했다. 헬렌이 노년층에 많은, 사라져가는 이름이라는 걸 알려준 이는 어학원에서 근무하던 교포 선생님이었다. 촌스러운 이름에 실망보다는 놀라움이 컸다. 고모가 애늙은이라고 부르는 걸 알 리 없는 부부가 단시간 자신이 어떤 아이인지 파악해서. 해진은 홈스테이 가정을 좋아했다. 가장 인상적인 건 부부가 사소한 것까지 자녀의 의사를 확인하는 것이었는데 부부는 옆에서 지켜보는 게 지겨울 만큼 물었다. 어느 컵을 사용할래? 직접 먹을래? 뭐가 그렇게 널 속상하게 하니? 물론 잠자리 시간처럼 절대적인 규칙이 있었으나 그것을 제외하고는 인내심 있게 아이들과 소통했다. 남편인 피터는 종종 거실에 음악을 틀어놓았는데 해진이 유일하게 제목을 물었던 노래를 기억하고는 해진이 그 집을 떠나는 날 작별 선물로 주었다. 〈Everything Happens To Me〉. 노래의 제목을 물어볼 때만 해도 해진은 알지 못했다. 우아하고 나른한, 어느 구간에는 경쾌하게 들리는 그 노래가 자신에게 일어난 불운을 나열하고 있을 줄이야. 암자에서 보내는 첫날 밤, 해진은 어쩌다 암자에서 살게 됐는지 생각하다가 나중에는 너무 울적해지지 않기 위해 가사를 해석하지 않았다.

암자의 하루는 종소리로 시작됐다.

식당에서 울리는 종소리였다. 아침 여섯시 삼십분, 정오, 저녁 다섯시 삼십분. 공양 시간에 맞춰서 식사할 것, 물을 아껴서 사용할 것, 쓰레기를 만들지 말 것, 속옷은 알아서 손빨래할 것. 첫날 저녁에 공양주 보살이 알려준 생활 수칙이었다.

암자의 전각들은 맞은편 절벽에서 자라는 노송처럼 낭떠러지 곳곳에 흩어져 있었다. 등산로에서 올라오면 제일 먼저 식당 건물이 보이고, 계단 위로 법당과 숙소가 나란히 있었다. 숙소 옆으로 난 비탈을 오르면 작은 전각이 나왔는데 무당들이 치성을 드리는 곳이었다. 공양간, 요사채, 원통보전, 산신각, 전각마다 명칭이 있었지만 해진은 용도로 건물을 불렀다. 해우소만 해우소. 구덩이에 판자를 덧대어 만든 재래식 화장실은 화장실이라고 하기에 손색이 많았다.

"공기 좋고 물 좋은 곳에서 마음 편히 지내는 것보다 건강에 좋은 게 없지요."

백양암의 주지 스님은 건강에 자부심이 대단했다. 달고 짜고 맵고 자극적인 모든 게 독이며, 독이 쌓여서 기혈이 막히고 병이 생긴다. 사람이든 음식이든 슴슴해야 한다는 주지 스님의 철학 때문에 백양암의 음식은 유독 싱거웠다. 스님은 환갑이 훌쩍 넘은 나이에 식자재와 생필품을 암자까지 지고 나르는 비결 중 하나로 석간수를 꼽았다. 산 정상에 내린 빗물이 암반을 통과해 숙소와 법당 사이에 있는 샘터로 나왔는데 암자에서는 석간수를 식수로 음용하고, 방문객들에게도 석간수를 권했다. 사시사철 차갑고 복숭아 향이 나는 달큰한 물. 암자에 온 날부터 해진도 매일 석간수를 마셨으나 스님이 말한 복숭아 향을 맡지는 못했다.

"시주님이 있다고 생각하면 있고, 없다고 생각하면 없는 거지요."

스님의 화법은 의뭉스러웠다. 이도 저도 아닌 말이 많고, 뜻 모를 미소로 답을 대신했다. 그나마 대화가 통하는 사람은 사법시험을 준비하는 고시생으로, 해진과 같은 객식구인 그는 암자에 들어간 첫날 밤 해우소에 다녀오다가 넘어진 얘기를 듣고는 툇마루 아래 랜턴의 위치를 알려줬다. 외국에서 만난 한국인 같았다. "울력은 일손을 보태라는 건데 우리처럼 돈 내고 들어온 사람도 빠질 수 없어." 아침 식사 후 고시생은 도량을 쓸고, 해진은 잔반을 모아 산과 암자를 오가며 사는 고양이 밥을 챙겼다. 고시생이 낯선 불교용어를 풀이해주고 유용한 정보를 알려준 덕분에 해진은 암자 생활에 적응할 수 있었다. 불자인 어머니의 권유로 들어온 고시생은 백양암을 산간벽지에 있는 기숙사쯤으로 여겼다. 산신각 뒤에서 몰래 담배를 태우고 스팸을 구워 먹으며 속세의 즐거움을 버리지 않았다. "대놓고 먹지만 않으면 돼. 냄새 정도는 다들 모른 척해줘." 그는 추석 때 집에서 챙겨 온 간식을 고양이에게 주면서 스팸이 먹고 싶으면 말하라고 해진에게도 선심을 베풀었다.

식사와 울력을 제외하고 암자 사람들은 각자 시간을 보냈다. 스님은 예불을 드리거나 객들과 차를 마시며 담소를 나누었고, 고시생은 흡연과 짧은 산책을 빼고는 방에서 나오지 않았다. 스님이 시킨 108배를 마치면 해진의 일과는 끝났다. 열시가 지나면 방문객들이 하나둘 나타나기 시작했는데 대부분 정상을 오가다 들른 등산객이었고, 간혹 초코파이나 귤 같은 간식거리를 사 들고 스님을 뵈러 오는 신자도 있었다. 넌 왜 학교에 안 있고 여기 있니? 해진은 호기심 어린 눈빛으로 말을 건네는 어른들에게 그때그때 떠오르는 난치병을 말했다. 무책임한 질문을 거두게 하는 데 그보다 효과적인 방법이 없었다.

별다른 심부름이 없으면 점심 공양을 마친 뒤 해진은 걸어서 삼십 분 거리의 휴게소로 향했다. 텔레비전도 없고 휴대폰도 되지 않는 산중에서 그나마 재밌는 게 사람 구경이었다. 암자에 데려다주면서 아빠가 휴게소 사장님에게 십만 원을 선불로 낸 덕분에 휴게소 장부에 해진의 전용 페이지가 있었다. 홈런볼, 어묵, 자일리톨 껌, 브라보콘. 처음에는 사장님이 직접 장부를 기재했으나 얼마 안 가 해진에게 알아서 적으라고 했다. 속여 봤자 부처님 손바닥 안이라는 투로.

휴게소 사장님은 바지런하고 손이 빨랐다. 빨간 해병대 모자를 쓰고서 어묵탕을 끓이고, 파전을 부치고, 칡차를 탔다. 손이 커서 뭐든지 듬뿍듬뿍 넣었고, 재료를 아끼지 않은 만큼 비싸게 값을 받았다. 휴게소 메뉴판에는 가격이 적혀 있지 않았는데 사장님은 이렇게 외진 곳에는 정가가 없다고, 부르는 게 값인 자연산 송이와 굿판에 비하면 자기는 양심적이라고 생각했다. 산에는 다양한 사람이 모였다. 나들이 나온 가족, 산악 동호회, 단풍 구경을 나온 여고 동창 무리, 불륜으로 의심되는 중년 커플, 막걸리를 물처럼 들이켜는 스님. 스님이 술을 마셔도 되냐는 질문에 사장님은 곡주라 괜찮다고 했다. 곡주는 술이 아닌가. 사장님은 논리에 맞지 않는 말을 자주 했으나 해진은 굳이 지적하지 않았다.

암자에 머물며 해진은 왜 사람들이 기를 쓰고 정상에 오르는지 알게 됐다. 암자에서 본 산은 거대한 봉분처럼 고요했으나 암자로 돌아가면서 본 숲은 전쟁터였다. 생명력이 넘칠수록 혼란한 풍경이었다. 썩은 낙엽과 열매, 돌멩이, 나무뿌리, 부러진 나뭇가지가 발에 차이고, 쓰러진 나무가 길을 가로막았다. 숨을 헐떡이며 그늘진 수풀 길을 걷다 보면 백양암으로 갈라지는 계단이 나왔다. 은폭동을 알게 된 뒤로 해진은 매일 그곳에서 걸음을 멈췄다. 아는 사람은 멈추고, 모르는 사람은 지나치는 곳. 계단 양편 거대한 바위 안쪽에 폭포가 숨어 있었다. 등산객이 보이지 않으면 해진은 암벽에 다가가 귀를 댔다. 차고 축축한 바위에서는 흙과 쇠, 비, 풀 같은 숲의 온갖 내음이 뒤섞여 올라왔다. 바위 안쪽에서 희미하게 맥동하는 물소리. 어느 날은 좁은 수챗구멍을 통과하는 빗물 같고, 어느 날은 느릿한 손길로 갈대밭을 쓸고 지나는 바람 같았다. 폭포가 유난히 가까이 느껴지는 날에는 무자비한 장대비에 두들겨 맞는 것처럼 울컥 이유 모를 눈물이 쏟아졌다.

관세음보살, 관세음보살, 관세음보살…….

다시 계단을 올랐다.

백양암에 들어오기 전 엄마는 말했다. 해진이 봐선 안 되는 걸 보고, 들으면 안 되는 걸 듣는다고. 그래서 자꾸 이상한 행동을 하는 거라고.

내 눈에만 보이고, 내게만 들리고, 나만 느끼는 것.

그게 뭘까.

엄마는 뭐가 잘못됐는지 모르는 게 병이라고 했다.

중학교 1학년 겨울방학에 해진은 원인불명의 발작으로 응급실에 갔다. 오한과 경련. 응급실에서 척수액 검사를 비롯해 이런저런 검사를 마치고 소아정신과로 이관됐는데 의사와 면담 중 엄마의 심기를 불편하게 만든 건 스트레스라는 단어였다. 보호자를 향한 비난으로 느꼈던 탓이다. 해진은 우울증과 불안장애를 진단받고 꾸준히 치료받았으나 증세는 더욱 나빠졌다. “한집에 있는 게 무서워. 얼마 전에는 걔 침대 밑에서 프라이팬을 발견했다니까. ……거기서 칼이 나올지 누가 알아.” 이대로는 안 된다고 판단한 엄마는 현대 의학 바깥에서 해결책을 찾았다. 한약과 침술, 기 치료, 고온에서 구운 돌이 박힌 이백만 원짜리 온열 매트 등. 엄마가 이상한 질문을 하기 시작한 건 그 무렵이었다.

"이상한 게 보이거나 들리지 않니?"

해진이 질문의 요지를 알아듣지 못하자 엄마가 더욱 구체적으로 물었다.

"누가 널 지켜보고 있는 거 같지 않아?"

방에는 둘뿐이었다. 하지만 틀린 대답을 한 것처럼 이후에도 엄마는 같은 질문을 반복했다.

마침내 엄마는 병의 원인을 찾아냈다. 신내림 받은 지 얼마 안 된 무당에게 다녀온 엄마가 친척 중 요절한 사람이 있냐고 물었을 때 아빠가 떠올린 건 늦둥이 동생, 그때까지 있는 줄도 몰랐던 해진의 막냇삼촌이었다. 해진이 초등학교에 입학하기 전에 벌어진 일이었다. 아빠의 기억에 의하면 제대 후 막냇삼촌은 한동안 이상행동을 보였는데 (구체적으로 어떤 행동이었는지 알려주지 않았다.) 큰아버지와 함께 제발 정신 좀 차리라고 죽을 만큼 두들겨 패기도 했지만 소용없었다.

"똑같아."

아빠는 해진의 방문 안쪽에 그려진 그림을 보고 주저앉았다. 오래전 막냇삼촌의 방에서 본 그림. 거대한 눈동자가 그들을 지켜보고 있었다. 한참 말을 잇지 못하던 아빠가 해진을 다그치기 시작했다.

"대답해. 이딴 걸 왜 그렸는지."

해진은 아빠의 추궁에 할 말이 없었다. 언젠가부터 드문드문 기억이 끊겼다. 약을 먹고부터는 더욱 심해졌다. 자다 깨면 새벽 세시였고, 다시 눈을 뜨면 오후 다섯시였다. 그런 자신을 지켜보는 시선이 느껴졌다. 무슨 일이 벌어지고 있는 걸까. 빨간 포스터물감으로 그린 눈동자는 해진의 눈에도 기괴하고 섬뜩했다. 처음 들은 삼촌의 존재도 얼떨떨한데 본 적 없는 삼촌이 죽기 전 비슷한 그림을 그렸다니. 엄마의 추측대로 정말 귀신에 씐 걸까. 그게 아니면 이걸 어떻게 설명할 거야. 아빠가 시선을 떨군 채 고개를 주억거렸다. "솔직히 말해도 돼. 네가 일부러 그런 게 아니라는 거 알아. 네 안에 있는 악귀가 그런 거야." 말에는 중력이 있었다. 처음에는 말도 안 되는 소리라고 생각했는데 두 사람의 말을 들을수록 천장 모서리가 점점 어두워 보였다. 정말 거기에 무언가 있는 것처럼. 그게 말을 건네듯 머릿속에 이상한 생각이 떠올랐다. 평소 해본 적 없는 욕설과 폭력적인 장면들. 자신도 모르게 속엣것들이 불쑥 튀어나왔다.

"씨발, 내가 그걸 어떻게 알아."

부모님은 천만 원을 들여 막냇삼촌의 천도재를 지냈다. 천도재를 앞두고 스님이 해진의 집에 방문했다. 굿은 미덥지 않다며 엄마의 지인에게 소개받은 스님이었나. 마른 체구에 품이 큰 승복을 입은 스님에게선 무당의 집에서 맡았던 향냄새가 났다. 아이고, 손이 얼음장이네. 엄마와 담소를 나누던 스님이 해진의 손을 잡고서 난색을 표했다. 기가 허해서 길 잃은 영가가 해진의 몸을 터로 삼은 거라고, 몸을 보하지 않으면 천도재를 지내도 이런 일이 또 일어날 수 있다는 우려에 부모님은 해진을 데리고 백양암으로 향했다.

"네가 업이 많구나."

첫날 저녁 공양주 보살은 해진에게 생활 수칙을 알려준 뒤

『반야심경』과 염주를 건넸다. 헛것이 보이거나 들리면 관세음보살을 불러. 보살님의 설명에 따르면 관세음보살은 세상의 모든 소리를 듣는 분, 천 개의 눈과 손으로 중생을 구제해주시는 분이었다. 모주에서 시작해 염주 한 알에 관세음보살 한 번, 엄지로 염주 알을 굴린다. 염주 알은 총 108개. 108이라는 숫자는 사람의 마음에 일어나는 모든 번뇌를 의미했다. 번뇌는 '나'에게서 비롯하므로 염주 알과 함께 내 안의 번뇌와 '나'라는 망상을 버리는 수행법이었다.

어쨌거나 한국이고, 언어가 통하니까. 암자에 들어오기 전 해진은 캐나다보다는 암자 생활이 수월하리라 예상했다. 처음 보는 가전의 사용법을 헤매고 밤마다 전기장판이 그립긴 했으나 딱히 불편한 게 없었던 캐나다와 달리 암자의 시설은 모든 면에서 열악했다. 해우소는 물론 지하수를 끌어와 사용하는 수도도 수압이 좋지 않았는데 머리를 감다가 물이 나오지 않아서 곤욕을 치른 뒤로는 욕실에 있는 대형 플라스틱 통에 물을 받아놓고 바가지로 퍼서 씻었다. 한밤중 랜턴을 들고 칠흑 같은 어둠을 헤치며 해우소에 다녀오고 심장마비가 올 것만 같은 냉수로 목욕하는 것보다 적응하기 힘든 건 처음 듣는 단어와 예법이었다. 전각의 명칭부터 전생, 업, 영가, 지옥, 극락, 윤회, 무아, 해탈 같은 단어로 이루어진 불교의 세계관은 외국보다 낯설게 여겨졌다. '나'라는 건 존재하지 않는다니, 내가 존재한다는 망상에서 벗어나는 게 뭔지 해진은 보살님의 말을 이해하기 어려웠으나 부연 설명은 없었다.

"시키는 대로 하다 보면 자연스레 알게 될 거야."

해진은 매일 법당에서 108배를 했다. 귀신이 실재하는지 여전히 혼란스러웠으나 어른들의 말을 따랐다. 부모님도, 고모도, 스님도 그렇게 말했으니까. 천도재를 지냈으니 이제 괜찮은 걸까. 애초에 증명할 수 없는 존재이니 없어진 걸 증명할 방법도 없었다. 모든 게 끝났다고 어른들이 말해주길 기다리는 수밖에. 그러나 삼촌의 귀신이 아직 떠나지 않은 것처럼 불쑥불쑥 불경한 생각이 들었다. 의심하는 마음이야말로 어두운 귀신을 낳는다는데……. 그 미친년이 집에서 날 쫓아내려고 모함하는 게 아닐까. 어느 집안에나 불미스럽게 죽은 사람이 있기 마련이니까. 오래된 일이라 아빠가 착각한 것일 수 있었다. 의심이 들불처럼 번질 때마다 해진은 휴게소로 내려가 전화를 걸었다. 하루는 참지 못하고 울음을 터트리자 엄마가 다정한 목소리로 해진을 다독였다. 전부 해진을 위한 일이라고, 좀 더 참아보라고. 그래도 해진이 좀처럼 눈물을 그치지 않으니 싸늘하게 전화를 끊었다.

"맘대로 해. 난 이제 모르겠으니까 네 엄마한테 가서 살든가."

이후 마음이 범람할 때마다 해진은 산신각에 올랐다. 산신각 천장에는 축원문을 단 종이 연등이 빼곡했고, 기단에는 산신할아버지에게 바친 막걸리와 사탕, 과일, 말린 오징어 같은 공양물이 놓여 있었다. 해진은 사탕을 까먹으며 종이 연등에 매달린 축원문을 올려다봤다. 축원문에는 모르는 이들의 이름과 생년월일이 적혀 있었다. 가족과 지인의 안녕을 비는 마음을 보며 해진은 믿음을 잃지 않기 위해 애썼다. 나영 씨, 아빠와 엄마, 고모, 그때까지 믿지 않았던 신을 떠올리며 까치발로 서서 두 손을 뻗었다. 종이는 쉬이 찢어졌고, 너덜거리는 축원문을 보면 세상이 조금 공평해진 듯했다.

사방이 가로막힌 전각에서 가만히 흔들리던 연등 같은 마음과는 별개로 암자에서 지내는 나날은 평화로웠다. 매일 암자와 휴게소를 오가는 비슷한 날들이 이어지는 가운데 가을비가 내리는 날에는 보살님과 배추전을 부치고, 스님이 출타한 날을 틈타 고시생과 스팸을 구워 먹었다. 마지막 스팸 조각을 양보하며 고시생이 건넨 말은 애써 잊고 있던 해진의 나이를 상기시켰다.

"넌 아직 성장기니까."

암자는 속세와 다른 방식으로 시간이 작용했다. 해진은 구름이 흩어지고 이동하는 모습을 보면서 시간이 흐르는 걸 느끼고, 군데군데 노랗고 붉어지는 산을 보면서 날짜가 지나는 걸 체감했다. 구름 한 점 없이 맑은 날에는 산봉우리 사이에 시간이 웅덩이처럼 고여 있는 듯했다. 너무 조용해 시간이 멈춘 것 같던 어느 오후, 간만에 휴대폰을 충전하니 어느덧 한 달이 흘러가 있었다.

단풍이 절정에 이르러 산은 단풍객으로 시끌벅적해졌다. 덩달아 암자를 찾는 사람도 늘었다. 스님의 지시로 고시생과 해진은 암자와 등산로를 잇는 계단을 청소했다. 계단이 보이지 않을 만큼 낙엽이 수북했다. 해진이 빗자루로 낙엽을 한쪽에 모으고, 고시생이 뒤따라오며 계단 바깥에 낙엽을 흩뿌렸다. 색색의 낙엽 비를 맞으며 해진은 휴게소 사장님에게 들은 설화를 고시생에게 들려줬다. 휴게소 사장님은 아는 게 많았고, 아는 척하기도 좋아했다. 만산홍엽, 제행무상, 일망무제 같은 사자성어부터 이끼와 지의류의 차이, 우중산에 사는 야생동물들까지. 개중에는 첫눈을 먹으면 시력이 좋아진다는 근거 없는 속설도 섞여 있었는데 은폭의 설화도 그중 하나였다. 신라의 어느 고승이 수행을 위해 깊은 산속에 암자를 지었는데 막상 암자에서 지내다 보니 골짜기 아래 폭포 소리가 그의 수행을 방해했다. 온종일 멎지 않는 소리에 참다못한 고승이 바깥으로 뛰쳐나가자 별안간 주변의 바위가 무너져 내렸다. 그렇게 폭포는 사라졌으나 돌무지 안쪽에서 여전히 물소리가 났고, 그 소리를 들은 사람들은 폭포가 숨어 있는 골짜기라 하여 그곳을 은폭동이라고 불렀다. 고승이 세운 암자는 천 년이 넘는 세월이 흐르는 동안 몇 차례 이름이 바뀌었고, 해진이 들어갈 무렵에는 백양암으로 불렸다.

"박혁거세 같은 이야기네."

등산로에 도착한 두 사람은 은폭동에 섰다. 고시생이 다가가 귀를 댔지만 아무런 소리도 듣지 못했다. 해진은 내심 실망했으나 티를 내지 않았다. 일전에 고시생에게 들킨 모습을 해명하는 게 목적이었으므로.

"사람들이 들은 소리는 안반수였을 거야."

고시생이 암벽을 올려다보며 말했다. 아직 과학이 발전하지 않은 시대에 바위 안쪽에서 물소리가 나는 불가해한 현상을 이해하기 위해 사람들이 그런 이야기를 지어냈을 거라고. 고시생에게는 종교도 다르지 않았다. 인간은 왜 태어날까. 왜 죽어야만 할까. 죽음 이후에는 무엇이 있을까. 어떻게 하면 인생의 고통과 허무에서 벗어날까. 끝내 알 수 없는 질문에 관한 이야기. 고시생의 어머니는 전생을 믿었다. 전생에 지은 업을 받는다고 생각하지 않으면 억울해서 살 수가 없으셔서. 고시생은 전생도, 백양암이 합격 명당이라는 소문도 믿지 않았다. 부모님의 경제적 지원이 필요해서 암자에 들어온 그는 물에서 복숭아 향이 난다는 스님의 말도, 일전에 사흘간 머물다 간 처사의 영적 체험담도 재밌는 괴담으로 여겼다. 처사는 팔도강산 터가 센 곳을 찾아다니며 기를 수련하는 도사에 가까운 아저씨였는데 숙소를 놔두고 혼자 식당 2층에서 잤다. 절벽이 지척에 보이는 그 방이 터가 센 이곳에서도 가장 음기가 응집된 공간이라고 했다. 밤마다 귀곡성이 들리고 가위에 눌리는 방에서 자는 것도 수련의 일환이라는데 귀신을 이겨서 뭘 하려는 건지는 알 수 없었다. 고시생과 달리 해진은 처사의 이야기를 즐길 수 없었다. 아기보살은 어디가 아프신가. 단박에 해진의 병을 눈치챈 처사가 부리부리한 눈매로 빤히 응시하는 탓에 사흘간 해진은 처사를 피해 도망 다녔다.

해진은 자신에게 일어나는 불가해한 일들을 고시생에게 상의하고 싶었다. 그러나 속세의 일을 묻지 않는 게 암자의 암묵적인 분위기였다. 그래서 장난을 칠 만큼 친해지고 나서도 고시생이 몇 살인지, 몇 번이나 시험에 떨어졌는지 묻지 못했다. 고시생도 해진에게 왜 학교에 안 다니는지, 구체적으로 어디가 아픈지 묻지 않았다. 호기심을 억누르는 해진과 달리 고시생은 전혀 궁금하지 않은 기색이었다. 어쩌다 이렇게 깊은 산속에 살게 된 걸까. 언젠가 밥 먹는 고양이를 지켜보던 해진에게 그걸 알아서 뭐 하냐는 투로 말했다.

"어쩌다 보니 우리도 여기 있잖아."

한밤중 해우소에 다녀오면서 해진은 숙소 끝 방에 불이 켜져 있는 모습을 종종 목격했다. 그 방의 불빛은 고시생의 농담에서 느껴지곤 했던 체념과 냉소, 절박함과 닮아 있었다. 고시생은 정말 아무것도 눈치채지 못했을까. 암벽에 귀를 댄 채 울고 있는 해진을 말없이 지나친 그는 그날의 일을 입에 올리지 않았다. 해진은 아무것도 묻지 않는 고시생에게 섭섭한 감정을 품지 않았다. 말해봤자 소용없다는 비관도 있었으나 해진을 대하는 태도가 바뀔지 모른다는 두려움이 컸다. 그는 해진을 평범한 열여섯 살로 대하는 유일한 사람이었고, 그 시선이 해진에게는 무엇보다 소중했다. 그래서 암자를 떠나는 날까지 해진은 도움을 요청할 수 없었다.

†

종이 울린다.

단풍이 떨어지고 바람이 서늘해진다. 11월에 들어서면서 암자는 월동 준비에 들어갔다. 밀가루 풀을 쒀서 방마다 문풍지를 교체하고, 메주를 빚고, 예비용 LPG 가스를 주문했다. 월동 준비로 바쁜 가운데 스님은 한 번씩 해진의 상태를 살폈다.

스님의 방은 소박하고 단출했다. 옷걸이와 서랍장, 나뭇결이 살아 있는 탁자 가장자리에 다구와 전화기가 놓여 있었다. 암자의 전화기는 스님의 처소에 있는 한 대가 전부여서 엄마는 스님을 통해 해진의 안부를 전해 들었다. 스님은 매번 108배를 꾸준히 하고 있는지 묻고는 해진의 손과 발을 주물렀다. 사람의 신체에는 생사와 관련해 중요한 혈이 있었다. 스님은 혈의 위치를 하나하나 알려주면서 수시로 혈을 문질러 풀어주라고 했다. 그러다 한 번씩 혈자리를 세게 눌렀는데 해진이 움찔하면 기혈이 꽉 막혀서 아픈 거라며 더 세게 눌렀다. 정수리와 목덜미를 지나서 가슴 정중앙까지. "화병 알지? 여기에 독이 쌓이면 화병이 생기는 거야. 잘못 맞으면 죽을 수 있어." 해진이 몸을 움츠리자 스님이 어깨를 꽉 붙들었다. 어디까지가 치료고 어디부터가 폭력일까. 스님의 손은 매번 애매한 지점에서 멈췄다.

해진이 스님의 방에서 나와 양말을 신는데 누군가의 시선이 느껴졌다. 보살님이 행주로 장독대를 닦고 있었다. 암자에 들어온 첫날 보살님이 했던 말이 떠올랐다.

암자에 들어간 지 얼마 되지 않아 해진은 스님과 보살님의 사이가 그리 좋지 않다는 걸 눈치챘다. 스님은 유독 보살님에게 강퍅하게 굴었다. 스님의 기준에 보살님은 게으르고 우매한 사람이었다. 평소 밥을 많이 하거나 음식의 간을 세게 하는 일이 잦았고, 스님이 시킨 일을 깜빡하고 낮잠을 잤다. 깜박했다는 건 보살님의 말이고, 정말 잊은 건지 일부러 안 한 건지 알 수 없었다. 스님의 꾸중을 들을 때마다 보살님은 공손한 말투로 시정하겠다고 대답했는데 며칠이 지나면 도로 아미타불이었다. 자기 자신을 돌아보지 않고 허구한 날 관세음보살만 찾으면 뭐 하냐고 나무라는 스님을 보면서 해진은 스님도 사람이니 짜증이 날 만하다고 생각했다.

스님의 번뇌는 보살님이 분명했다. 갈수록 스산해지는 산처럼 암자에도 냉랭한 분위기가 감돌았다. 출타도 하지 않고 종일 암자에서 부대끼다 보니 스님은 보살님의 일거수일투족이 거슬리는 듯했다. 초등학생처럼 대답만 잘하는 게 더욱 꼴 보기 싫었는지 고시생과 해진이 지켜보는 것도 개의치 않고 신경질적으로 말했다. "사람이 세 끼만 먹고 열심히 생활하면 살찔 일이 없어요. 나는 이렇게 고봉밥을 먹어도 살이 찌지 않잖아. 살이 찌는 건 그만큼 움직이지 않는다는 거예요. 사람이 미련해 보이게." 고시생과 해진이 조용히 시선을 마주치는 가운데 보살님은 태연하게 식사를 마쳤다.

"보살님은 눈치가 없는 걸까요?"

"눈치가 빠른 거지."

울력 중 해진이 식사 시간에 있었던 일을 꺼내자 고시생은 두 사람의 이해관계를 설명해줬다. 알고 보니 보살님이 암자에 들어온 지 얼마 안 된 사람이었다. 산속에서 숙식할 공양주를 구하는 게 쉽지 않아서 보살님이 오시기 전에는 주지 스님과 고시생이 번갈아 식사를 준비하고 빨래와 청소를 했다고, 그래서 스님은 보살님을 못마땅하게 여기면서도 암자에서 내쫓지 못하고, 보살님은 그런 속사정을 알아서 눈치를 봐가며 적당히 일하는 거라고.

"사람이 있는 데가 속세야."

고시생은 가끔 도통한 사람처럼 말했다. 고시생이 알려주기 전까지 해진은 보살님이 돈을 받고 일하는 사람이라는 걸 알지 못했다. 처음 봤을 때는 반삭에 회색 법복을 입어서 비구니인 줄 알았다. 그러나 눈가의 아이라인 문신처럼 보살님은 스스로 여성인 걸 잊지 않았고, 해진도 그 범주에 넣었다. "여자는 우리뿐인 거 알지?" 속옷은 조물조물 손빨래해서 방 안에 널라고 알려주면서 덧붙인 말. 해진은 '여자'라는 단어가 낯설고 불편했다. 왜 절간에서 그런 의미심장한 말을 하는지 의아했으나 무슨 일이 있으면 보살님께 말하라는 뜻으로 받아들였다. 보살님의 말처럼 암자에 여자는 그들뿐이었으니까. 두 사람은 남자들이 씻은 뒤 욕실을 사용했고, 해진은 요리하는 엄마를 돕던 것처럼 보살님 옆에서 채소를 씻고 바깥에 있는 장독대에서 된장을 퍼 왔다. 보살님이 한 말이 알아서 몸가짐을 조심하라는 의미였다는 걸 깨달은 건 생리대를 어떻게 버려야 하는지 물었을 때였다. 재활용품이 섞여 있는지 스님이 수시로 쓰레기봉투 속을 확인해서 생리대를 버리기 껄끄러웠다.

"나는 폐경해서."

해진은 보살님의 시큰둥한 반응에 당황했다. 보살님에게 실수한 게 있나. 떠오르는 게 하나 있긴 했다. 헛것이 보이면 관세음보살을 외우랬다고 일전에 스님께 말을 전한 게 아무래도 신경 쓰였다. 해서 나쁠 건 없다고 말하는 스님의 표정이 왠지 언짢아 보였는데 그 일로 스님께 꾸중을 들은 게 아닐까. 결국 어떻게 처리해야 할지 몰라서 해진은 등산객이 다니지 않는 곳으로 향했다. 그리고 돌로 땅을 파서 생리대를 묻었다.

이후 해진은 보살님의 심기를 거스르지 않기 위해 수시로 눈치를 살폈으나 도통 속내를 짐작하기 어려웠다. 어느 날은 해진이 좋아하는 간장 떡볶이를 만들어주고, 어느 날은 요즘 애들은 제 얼굴만 닦을 줄 안다고 비꼬았다. 해진이 보살님에 대해 아는 건 남진보다는 나훈아를 좋아하며, 사람들이 산신각에 공양한 막걸리와 소주를 몰래 마시고, 평소에는 아저씨처럼 트림을 꺽꺽 내뱉으면서 어쩌다 한 번씩 옅은 살구색 립스틱을 바른다는 것이었다. 립스틱을 바른 날에는 평소보다 기분이 좋아 보였다. 해진은 보살님의 과거가 궁금했다. 결혼은 했는지, 이혼했는지, 자녀가 있는지, 어쩌다 산속에 들어와 일하게 된 건지. 한번은 호기심을 참지 못하고 보살님이 식사를 준비하는 사이 몰래 방에 들어갔으나 과거를 짐작할 만한 물건을 발견하진 못했다. 보살님이 변덕스레 굴 때마다 해진은 보살님의 과거를 상상했다. 해진이 쓴 드라마에서 보살님은 불행한 결혼 생활 중 외간 남자와 바람이 나서 자식을 버리고 도망친 여자, 그러다 배신당하고 다시 새 남자를 만나고 평생 만남과 이별을 반복하다가 늙고 빚만 남은 여자, 산에 들어와서도 립스틱을 바르는 여자. 그렇게 이야기를 지어내고 나면 도무지 이해할 수 없는 일들을 지나칠 수 있었다. 해진은 다른 이들의 이야기도 지어냈다. 나영 씨가 연락을 끊은 이유, 막냇삼촌이 죽은 이유, 죽어서 하필 자신에게 붙은 이유. 알 수 없는 것보다 견디기 힘든 건 명백한 사실이었다. 자신과 죽은 삼촌이 그린 그림처럼 반박하기 어려운 증거들. 해진이 수많은 이야기를 지어내는 사이 첫눈이 내렸다. 첫눈은 짧았고, 지면에 닿는 즉시 녹아버렸다. 오후에 휴게소에 내려가 사장님에게 물으니 그곳에는 눈이 오지 않았다고 했다.

휴게소 사장님이 야외 파라솔을 접고 계산대와 매대 중간에 난로를 꺼내 놓았다. 해진은 난로 옆에 앉아 라디오를 들으며 사장님이 타준 코코아를 마셨다. 사장님은 퉁명스러운 말투와 달리 정이 많고 감수성이 풍부했다. 아빠가 낸 십만 원을 전부 쓴 것 같아서 얼마나 초과했는지 물었을 때도 나중에 알아서 받아낼 거니 신경 쓰지 말라고 했다.

"조만간 눈이 오겠어."

사장님이 가게 문 너머를 내다보며 말했다. 해진은 사장님을 따라 바깥을 살폈으나 무슨 근거로 날씨를 예측하는지는 알 수 없었다.

"넌 언제 집에 가냐."

"다 나으면요."

"눈이 오기 전에 내려가. 겨울 산은 위험해."

암자에서 지낸 지 두 달이 지났으나 집으로 돌아갈 기미가 보이지 않았다. 중간에 보란 듯 3000배를 했다가 일주일간 근육통에 시달렸다. 언제쯤 집으로 돌아갈 수 있냐는 물음에 스님은 여느 때처럼 모호하게 답했다. 때가 되면. 그때가 정확히 언제인지 알려주지 않아서 해진은 막연히 석간수에서 복숭아 향을 맡는 날로 여겼다. 기혈이 뚫리고 혈액순환이 원활해지면 감각이 정상으로 돌아갈 거라고, 그러면 더는 헛것에 시달리지 않을 거라고, 그렇게 생각하며 108배를 하면 아리고 저린 순간들을 지나칠 수 있었다.

"심심하면 안에서 텔레비전이라도 봐."

사장님은 읍내에 집이 있었지만, 일주일에 사흘은 휴게소에 딸린 쪽방에서 잤다. 해진은 그 방에 들어가본 적이 있었다. 열이 나서 감기약을 먹은 날이었다. 대낮인데 어둑하고 환기를 제대로 하지 않아 방 안 공기가 눅눅했다. 구석에 있는 빨래 건조대에는 사장님의 팬티와 러닝셔츠가 널려 있었다. 이불에서도 묵은내가 났는데 엄마가 말한 홀아비 냄새가 이런 냄새일 것 같았다. 해진은 얼마 누워 있지 못하고 방에서 나왔다. 여자는 우리 둘뿐이라는 말이 계속 떠올랐기 때문이다. 왜 벌써 나오냐는 사장님의 얼굴을 마주하자 죄책감이 들었으나 그 뒤로 다시는 안채에 들어가지 않았다.

내 눈에만 보이고, 나만 느끼는 것.

해진은 불순한 생각이 들 때마다 엄마가 한 말을 떠올렸다. 웃을 때마다 드러나는 누런 이와 삐뚤빼뚤한 치열, 날름 입술을 핥는 혀, 허벅지에 고양이를 앉혀놓고 부드럽게 쓰다듬는 손길. 스님이 아닌 무언가가 스님 거죽을 쓰고 있는 듯했다. 스님을 볼 때마다 소름이 끼친다는 말에 엄마는 전부 허주의 농간이라고 했다. 귀신이 해진의 몸을 떠나기 싫어서 어깃장을 놓는 거니 그런 망측한 생각은 하지도 말고, 입 밖에 내지도 말라고. 해진은 삿된 생각을 떨쳐내려고 노력했으나 자꾸 손과 입술이 떨리는 건 어쩔 수 없었다. 이렇게 미쳐가는 걸까. 문득 진실이 궁금했다.

"우리 딸, 무슨 일이야?"

다른 사람과 있는지 아빠의 말투가 평소보다 상냥했다.

"아빠, 막냇삼촌은 왜 죽은 거야?"

"아빠도 점심 먹었지."

해진이 딴청을 부리는 아빠에게 재차 묻자 나중에 말하자며 아빠가 전화를 끊었다. 한참 연결음이 흐른 뒤 아빠가 다시 전화를 받았다. 갑자기 전화해서 왜 그런 걸 물어보냐며 조금 전과 달리 짜증이 밴 음성으로 말했다.

"왜긴 왜야. 지 혼자 미쳐서 그런 거지."

일몰이 빨라지면서 밤이 점점 길어졌다. 첫날 밤 해우소에 다녀오고서 해진은 오후 네시 이후로는 물을 마시지 않았다. 그래도 밤중에 한 번씩 요의가 일었다. 불빛 하나 없는 산은 해진이 본 가장 완전한 어둠이었다. 청회색 하늘만 남고 능선 아래는 암흑이었는데 울창한 골짜기, 절벽의 소나무, 기단이 부서진 석탑, 해진의 몸도 전부 어둠에 잡아먹혔다. 랜턴의 불빛은 너무 흐리고 반경이 좁았다. 왼쪽은 절벽, 오른쪽은 법당. 흔들리는 불빛을 주시하며 해진은 해우소로 향했다. 벽을 짚고 판자에 쪼그려 앉았으나 막상 오줌은 나오지 않았다. 해우소에서 나오자 귀곡성과 함께 찬 바람이 얇은 코트 안으로 파고들었다. 법당의 촛불들이 흔들렸다. 탱화 속 보살은 열한 개의 얼굴. 관세음보살은 다양한 모습으로 우리 앞에 나타난다고 했다. 자애롭게 웃는 얼굴, 살기를 품은 얼굴, 무심한 얼굴, 엄정한 얼굴. 하나같이 매서운 눈매에 입꼬리가 올라가 있었다. 악귀는 부처의 얼굴을 하고 온다는데 누가 부처고 누가 악귀인지 어떻게 알아볼 수 있을까. 관음상이 악귀처럼 웃었다. 헛것이다. 방으로 돌아가 해진은 이불을 뒤집어썼다. 무언가 들이닥칠 것처럼 갈고리형 걸쇠가 흔들리며 문틈으로 외풍이 들어왔다.

관세음보살.

"씨발."

관세음보살, 관세음보살.

"씨발, 씨발."

밤새 몇 번을 돌아도 모주였다.

암자의 시간이 정지한다. 새와 풀벌레의 울음소리가 멎고 사람들의 발길이 끊긴다. 그해 겨울에는 유독 눈이 내렸다. 날씨가 풀려도 좀처럼 눈이 녹지 않아서 휴게소에 가지 못하는 날이 많았다. 방에서 고시생에게 빌린 판례집을 읽는 동안 해진의 세계는 격변했다. 그때까지 세상을 구성하던 기본 전제들이 무너지고 마음 깊이 묻어두었던 의구심이 솟아오르던 어느 날 해진은 암자를 뛰쳐나갔다. 휴게소 사장님이 아무것도 묻지 않고 내준 오만 원을 쥐고서 국립공원 입구에 있는 대형 사찰을 지나 큰길을 따라 달렸다. 숨이 차서 걷다가 다시 뛰기를 반복하니 작은 읍내가 나왔다. 멀리 버스터미널이 보였다. 대전행 버스에 올랐다. 대전까지는 두 시간. 터미널 앞에서 다시 택시를 잡았다. 택시 뒷좌석에서 본 하늘은 무언가 스러지는 것처럼 붉게 물들어 있었다. 해진은 기억 속 빌라 앞에 섰다. 오래전 지하 주차장에서 외사촌들과 술래잡기하며 놀았던 빌라. 기억을 따라 3층 오른쪽 대문의 초인종을 눌렀다. 인기척이 없었다. 해진은 계단에 앉아 기다렸다. 얼마나 지났을까. 기억 속 노인이 나타났다. 노인은 대뜸 밥은 먹었냐고 묻더니 집 안으로 들어가 냉장고에서 반찬 통을 꺼내고 아침에 끓인 청국장을 데웠다. 해진은 거실에 있는 전기장판에서 노인이 차려준 저녁을 먹었다. 경로당에서 롤케이크를 먹고 왔다는 노인은 옆에서 복숭아 맛 요플레를 먹었다. 장판의 열기와 포만감에 노곤한 기운이 밀려들 때 후식으로 단감을 깎던 노인이 잠을 깨우듯 말했다. 섭섭하게 들리겠지만 네 엄만 내 딸이고, 넌 손녀야. 나한텐 내 자식이 더 소중해. 전화벨이 울렸다. 노인의 연락을 받은 아빠의 에쿠스가 빌라 입구에 도착해 있었다. 열세 살, 추석이 지나도 나영 씨에게서 연락이 오지 않아서 홀로 외할머니 집을 찾아간 날 해진은 나영 씨의 연락처를 얻지 못하고 집으로 돌아왔다. *너 어디 모자라니? 이해 안 돼? 네 엄마가 널 버린 거잖아. 나한테 이런 병신 새끼를 맡기고.* 집에 도착하니 엄마가 고성을 지르며 길길이 날뛰었고, 겨울방학이 되자마자 해진은 캐나다로 보내졌다.

종이 울렸다.

집으로 도망쳤던 건 꿈이었을까. 해진은 흐린 눈으로 장지

문을 바라보다가 이불을 개고 나왔다. 식당은 뜨끈한 공기로 가득했다. 암자 사람들의 행동은 전날과 다르지 않았다. 된장국과 시래기무침, 감자조림, 느타리버섯볶음. 침묵 속에 식사를 마치고서 아무래도 몸살이 난 것 같다며 고시생은 서둘러 울력을 마치고 방으로 들어갔다. 오후에 휴게소로 내려가 돈을 꼭 갚겠다고 말하자 사장님은 무슨 소리인지 모르겠다는 듯이 어깨를 한 번 으쓱하고는 송년회에서 부를 노래를 연습했다. 돌아오는 길에 신고 있던 아디다스 운동화가 눈에 들어왔다. 분명 컨버스를 신고 암자에 들어왔는데 귀신이 곡할 노릇이었다.

그해 겨울은 영원 같았다. 해진은 매일 악몽을 꾸고 가위에 눌렸다. 악몽이 꿈 밖으로 새어 나왔다. 목덜미와 어깨, 겨드랑이, 허벅지, 굳은살 박인 손이 벌레처럼 살갗을 기어다녔다. 미간 사이의 인당혈. 엄지와 중지 끝이 교차하는 노궁혈. 손목이 접히는 곳에 있는 신문혈. 지그시 혈을 문지르던 나무귀신이 해진의 몸을 꽉 옭아맸다. 목에서 끅끅거리는 소리가 새어 나오고, *아이고, 아파라,* 나무귀신이 대신 우는 시늉을 했다. 해진은 나무귀신을 올려다봤다. 고목 껍질처럼 손톱으로 긁으면 떨어질 것 같은 주름. 나무귀신이 우는 해진을 바라보며 웃었다. 종이 울렸다. 매번 애매한 지점에서 멈추던 손길이 속옷 밑으로 들어오고, 야차 같은 표정으로 엄마가 꾸짖었다. *네가 거기서 어떻게 했는지 모를 거 같아? 죽을병 걸렸다고 거짓말이나 하고. 내가 죄송해서 스님을 뵐 수가 없어. 돌아가서 스님께 사과드리고 싹싹 빌어.* 종이 울리고, 해진은 휴게소 아래로 달렸다. 다시 종이 울렸다. *머리 검은 짐승은 거두지 말라더니 스님이 일부러 시간 내서 봐주시는데 감사한 줄도 모르고.* 보살님의 잔소리를 들으며 악귀를 향해 절했다. *나무아미*

타불 관세음보살. 종이 울렸다. 달렸다. 계속 종이 울린다. 달린다. 종이 운다. 울면서 쫓아온다. 달린다. 달린다. 달린다.

종을 울리고, 운다.

겨우내 해진은 윤회를 겪으며 무아가 뭔지 배웠다.

해가 바뀌고 고시생이 암자를 떠났다. 해진이 암자를 나갈 때 환송회를 열어주겠다던 고시생은 못내 미안한 표정으로 나중에 밥을 사주겠다며 연락처를 남겼다. 그러나 해진은 연락하지 못했다. 그곳에서 나오지 못했으므로. 아무도 그 애의 죽음을 알아차리지 못했고, 이십 년이 훌쩍 지난 지금도 해진의 행방은 오리무중으로 남아 있다.

나의 전생,

내가 아직 해진이었을 때의 이야기다.

†

나는 시드니에 가본 적이 없다. 종종 집 근처 하천을 산책하지만 반려견은 없고, 사이비는 물론 어떠한 종교도 믿지 않는다. 최근에는 조기폐경이 와서 호르몬제를 복용하고 있으나 소문처럼 요양원 신세를 질 만한 사고는 없었다. 나의 일상은 대체로 평온하다. 장기근속한 직장이 있고, 일주일에 세 번 요가원에 간다. 한밤중 전화할 수 있는 친구가 있고, 마음만 먹으면 시드니에 다녀올 수 있지만 좀처럼 시드니에 가고 싶은 마음이 들지 않는다. 이미 꿈같은 인생을 살고 있기 때문이다. 별다른 사건이 일어나지 않는 지루한 인생이야말로 해진의 꿈이었으니까. 호수처럼 잔잔한 파문만 이는 일상에서 이따금 나는 생각한다. 내가 해진으로 살았다면 어떻게 됐을까.

"사람이 죽으면 혼은 하늘로 날아가고 백은 이승에 남아. 그게 귀신이야. 죽어서도 흩어지지 않는 응어리."

스무 살의 어느 봄날 해진이 미국에 갔다고 알려졌던 시기에 나는 경기도에 있는 어느 굿당에서 굿을 했다. 암자에서 나와 폐쇄병동에 두 차례 들어갔다 나온 뒤의 이야기. 무당은 내게 무령을 건네며 말했다.

"혼비백산 알지? 이대로 가다간 산 귀신 되는 거야. 혼이 달아나기 싫으면 어서 뛰어."

나는 무당의 호령에 나를 맡겼다. 봄볕은 뜨겁고, 근처 야산에서 무언가 태우는지 굿당에 탄내가 진동했다. 더 높이! 더! 더! 법사의 연주가 빨라지고, 나는 꼭두각시처럼 미친 듯이 널을 뛰었다. 그때 연기가 되어 올라간 건 무엇이었을까. 산기슭에서 피어오르던 연기 한 줄기. 스르르 풀려 흩어졌던 희부연 끈은.

굿을 마치고 무당은 말했다.

"잘 들어. 이제 귀신 생각은 하면 안 돼. 봐도 절대 아는 척하지 마. 귀신들은 아무나 떠보고 자기를 알아보는 사람한테 붙으니까."

나는 동네에 있는 철학관에서 작명비 이십만 원을 주고 이름을 샀다. 앞으로 무엇을 해야 할까. 짐을 싸면서 떠올린 건 오랫동안 잊고 있던 대화였다. 아직 11월, 가을 햇볕 아래서 메주를 빚던 날이었다. 고시생과 나는 삶아서 으깬 콩을 벽돌 모양으로 성형해 볏짚을 깐 소쿠리에 차곡차곡 쌓았다. 이렇게 시비도, 다툼도, 폭력도 없고 각자 알아서 조용히 살아가는 곳이라면. 당시 나는 이대로 산속에 사는 것도 나쁘지 않다고 생각했다. 비구니가 되든 보살이 되든. 남은 인생은 너무 길었고, 남은 날들을 생각하는 것만으로 진이 빠졌다. "넌 전생에 나무였나 보다." 심각한 표정으로 손에 붙은 콩 반죽을 떼어내던 고시생이 말했다. "그래도 사람들 사이에서 사는 게 안전해. 숲에 있는 소나무는 곧게 자라는데 절벽에 있는 소나무들은 뒤틀리고 구부러졌잖아." 고시생의 말대로 절벽의 소나무는 하나같이 수형이 기이했다. 어떻게 살아야 할지 모르겠으면 자신이 말하는 것부터 해보라고 고시생은 나의 미래를 설계해주었다. 일단 검정고시부터 보고, 형편이 되면 대학에 가. 고졸이든 대졸이든 중요한 건 돈을 버는 거야. 경제력이 없으면 서른이 넘어도 부모의 그늘에서 벗어나지 못하니까. 일단 그렇게 살다 보면 앞으로 뭘 해야 할지 알 수 있을 거라고 했다. 자신의 상황을 빗댄 듯한 자조적인 조언이었으나 고시생의 말은 씨앗이 되었고, 여러 도시를 전전하다 지금의 삶에 정착할 즈음엔 내가 무엇을 해야 하는지 알았다.

업을 끊는 것.

과거의 인연을 청산하고 유령처럼 살아가는 가운데 해진의 소문은 악귀처럼 찾아온다. 그때마다 나는 운동화를 신고 뛰쳐나간다. 암자에서 도망쳤던 날처럼 하천을 달리고 달려 무료한 일상으로 돌아온다. 수없이 되풀이한 지금은 나의 불운을 담담하게 나열할 수 있다. 친모와 친부 모두 나를 맡기를 거부했다는 것, 친모가 재혼하면서 나와 연락을 끊었다는 것, 내가 이상해졌다는 친척들의 뒷말에 계모가 스트레스를 받았다는 것. 시간이 지나 밝혀진 게 있으나 아직 미스터리로 남아 있는 것이 많다. 나는 정말 귀신에 씌었던 걸까. 나의 부모였던 사람들은 여전히 해진이 미쳤다고 믿으며, 암자에서 있었던 일을 해진의 거짓말로 여긴다. 해진의 안부를 묻는 사람들에게 그 애가 보이지 않는 이유를 둘러대고, 그들이 지어낸 이야기는 돌고 돌아 나에게 온다. 나는 무당의 경고를 떠올리며 소문을 무시하지만 의문이 드는 건 어쩔 수 없다. 그들은 왜 아직도 그런 이야길 지어내는 걸까. 나는 헛웃음밖에 나오지 않는 소문을 실제로 믿는 사람들이 있는 게 기이한 한편 이해가 된다. 길을 걷다가 일면식도 없는 사람을 찌르고, 단지 거기 있었다는 이유로 찔리는 세상이니까.

그래도 살아 있잖아요.

살아 있다는 건 얼마나 감사한 일입니까.

아무리 생각해도 기이한 신앙이다.

지금도 흐린 겨울이면 나는 백양암에서 눈을 뜬다. 창호지로 드는 어스름한 빛, 목조건물 특유의 나무 내음과 벽지에 밴 향냄새, 구들의 잔열, 묵직한 이불, 새벽빛처럼 고요하게 스며드는 감각들. 문을 여니 미몽 같은 풍경이 펼쳐진다. 나뭇가지마다 눈꽃이 흐드러지게 피고, 허공에서 눈송이가 춤춘다. 암자를 떠난 게 꿈이었던 것처럼 이곳의 풍경은 그대로다. 내가 두려운 건 경험이다. 나도 모르게 익숙한 길로 들어서는 것. 오래전 그날처럼 나는 산신각을 향해 걷는다. 산신각을 지나 정상으로 간다. 살을 에는 추위에 몸을 떨며 소복이 쌓인 눈길을 걷고, 안전 봉을 잡고 바위를 오른다. 이윽고 비탈을 마주한다. 두 걸음 오르고 미끄러진다. 단단히 힘을 주고 여섯 걸음, 나무뿌리를 움켜쥔다. 다시 미끄러진다. 다시, 다시. 나는 오래전 널브러진 자리에 드러눕는다. 매번 같은 자리다. 무언가 내 발목을 붙잡는 것처럼 이곳을 벗어나지 못한다. 허공을 헤매던 눈송이가 얼굴에 내려앉는다. 동상에 걸린 것처럼 감각이 느껴지지 않는다. 숨이 차오른다. 부연 입김이 눈앞에 어린다. 흩어진다. 다시 숨이 피어오른다. 흩어진다. 사라진다. 미워하지 않는다. 원망하지 않는다. 아무 일도 없던 듯 과거를 묻고, 전력을 다해 도망치고, 모든 게 희미해진 곳까지 멀어진 나는 이곳에 묻힌 게 뭔지 알지 못한다. 알지 못한 채 운다. 아무리 울어도 기억의 정경은 녹지 않는다. 용서해줄 사람도 용서받을 사람도 없다. 아무도 살지 않는 이곳은 영원한 겨울이다.

「겨울의 윤리」 이민진 작가와의 대담

소유정 ı 문학평론가, 제49회 이상문학상 예심위원

소유정(이하 소) 이민진 작가님, 안녕하세요. 『릿터』 52호에 발표하신 「겨울과 윤리」로 이상문학상 우수상을 수상하셨어요. 수상 소식을 전달받았을 때 기분이 어떠셨나요?

이민진(이하 이) 일하던 중에 연락을 받아서 얼떨떨했어요. 제가 평소 감정 표현이 큰 편이 아니어서 통화 끄트머리에 해명 비슷한 말을 했던 기억이 나요. 일단 기뻤고, 소설을 좋게 읽어 주셔서 감사했습니다.

소 2016년 등단 이후 첫 문학상을 수상하신 걸로 알고 있어요. 소설을 쓰신 지 십 년 차에 받는 상이라 작가님에게 더 뜻깊을 것 같다는 생각이 들어요.

이 세어본 적이 없는데 벌써 그만큼 됐군요. 왠지 부끄럽네요. 한 분야에서 십 년 차라고 하면 전문가 같은데, 다른 작가님들처럼 많이 쓰고 발표하지 않아서 그런 것 같습니다. 인생이

든 글쓰기든 제가 원체 느리고, 자주 멈추어 가는 편이라 수상이 칭찬보다는 계속 쓰라는 격려로 다가옵니다.

소 「겨울의 윤리」는, 이제는 해진이 아닌 사람의 해진이었던 시절에 대한 이야기예요. 무슨 말일까 싶지만 열여섯까지의 삶을 '전생'이라고 부르는 한 사람이 자신의 과거를 반추하는 소설이라고 정리할 수 있을 것 같아요. 이 소설은 어떻게 시작되었나요?

이 제가 범죄 관련 프로그램과 콘텐츠를 자주 보는데요. 자연스레 사건 이후 피해자는 어떻게 살아남는가로 생각이 흘러가더라고요. 생존의 방식은 다양하죠. 소설 속 '나'처럼 과거를 '전생'이라 할 만큼 전혀 다른 인생을 살 수도 있고요. 가정폭력을 답습하는 부모처럼 아이러니하게도 생존자 중 일부는 가해자의 논리를 수용하며 살아가요. 약자를 보호하기보다 다시는 약자가 되지 않겠다는 일념으로 가해자가 되기를 택하죠. 수동적으로는 '세상이 뭐 그렇지' 식의 체념으로 자신에게 일어난 사건을 누구나 겪는 보편적인 경험으로 축소하며 냉소적 태도를 보이는 사람도 있고요. 어쩌면 제가 괜찮은 어른이 되지 못했기 때문에 이런 소재에 사로잡히고, 그 과정에서 「겨울의 윤리」가 나오게 된 것 같습니다.

소 처음 이 소설을 읽기 시작할 때는 주인공을 믿을 수 없는 화자라고 생각했어요. 그건 가족들이 해진을 두고 죽은 삼촌 귀신이 붙어 무병을 앓고 있다고 말했기 때문일 수도 있고, 이미 오랜 시간이 지나 과거를 돌아보는 것이기에 어느 정도의 왜곡이 있을 수도 있다는 생각 때문이었어요. 하지만 소설의 끝에서는 '나'에게 미안한 마음이 들었어요. 저도 해진에게 상처를 주었던 어른들과 다를 바 없이 느껴졌고요. 바로 이 지점에서 작가님이 주인공으로 하여금 해진이었던 시절의 '나'를 돌아보게끔 한 게 아닐까 싶었는데요. 설령 그것이 자기 자신일지라도, 늦게나마 그 아이를 제대로 봐주어야 하는 어른이 필요했으니까요. 믿을 수 없는, 사실은 아무도 믿으려 하지 않은 아이 '해진'에 대한 이야기를 좀 더 듣고 싶어요.

이 먼저 그렇게 읽어주셔서 감사합니다. 소설이 제 의도대로 가닿지 않을 때도 있으니까요. 소설을 쓰면서 직접적인 서술로 해진을 변호하지 않기 위해 노력했습니다. 독자에게 감정을 강요하기보다 감각이나 느낌을 통해 상황을 전달하고 싶었거든요. 지금도 제 부연보다는 저마다 살아오면서 보호하지 못했던 '해진'과 비슷한 자아와 맞닿는 지점이 중요하다고 생각해요. 저에게 해진은 '내 안의 타자'이자 '원혼'에 가깝습니다. 떨림이나 경직, 경련, 공황 같은 신체화된 트라우마일 수도 있고요. 전부 의지의 영역 바깥에 있죠. 소설에서는 열여섯 이후 현재까지가 간략하게 서술되어 있지만, 그 시간 '나'의 내면에서는 얼마나 많은 투쟁이 벌어졌을까요. 결국 지금의 나에게 해진은 온전히 공감할 수 없는 존재가 됐죠. 소설에서 무당이 혼비백산을 언급하며 이대로 가다간 산 귀신이 된다고 경고하는 대사가 있는데요. 이후 나는 부모와 절연하고 평범하게 살아가는 듯하지만, 제 시선에는 해진이었던 과거를 버리고 해진의 소문 중

하나로 살아남은 나의 인생이 산 귀신과 겹쳐 보이기도 해요.

소 소설 속 주된 공간은 아무래도 백양암일 텐데요. 해진의 기혈을 뚫고 정신을 맑게 해야 한다는 이유로 돌아갈 날에 대한 기약 없이 머물고 있던 암자였지요. 이곳에서 열여섯의 해진에게 어떤 일이 있었는지 정확한 서술로 드러나지는 않지만, 유추해보건대 스님에게 성추행을 당한 것으로 짐작할 수 있어요. 혈자리를 눌러준다는 이유로 온몸을 스쳤던 나무껍질과 같은 손길, 어쩌면 그건 스님의 것만이 아니었을 수도 있지요. 스팸을 나눠주기도 하며 친밀하게 지냈던 고시생이나 '나중에 한 번에 받겠다'며 호의를 베풀었던 휴게소 사장 또한 의심이 가기는 마찬가지예요. 그런데 이러한 의심에 확신을 가질 수 없는 건 해진의 기억 속에도 혼동이 존재하기 때문인데요. 가령 백양암에서 뛰쳐나와 외할머니 집에 갔던 기억이 꿈처럼 여겨지는 부분처럼요. 이와 같은 일종의 서술 트릭을 통해 작가님이 이끌어내고 싶었던 건 무엇이었을까요?

이 일단 가장 결정적인 사건이 분명하게 드러나는 걸 피하고 싶었습니다. 먼저 피해자에게 요구되는 구체적이고 일관된 진술이 근본적으로 가능한 일인지 의문이 있었어요. 사람에겐 끔찍했던 순간을 잊거나 부정하고 싶은 방어기제가 있잖아요. 고작 열여섯 살인 아이가 그 순간을 냉철하게 마주하고 기억하는 게 가능할까요? 더불어 사건을 명명하는 단어가 가질 수밖에 없는 폭력성에 대한 거부감도 있었는데요. 미디어에서는 해진의 이야기가 성폭력, 방임, 가스라이팅 같은 단어로 요약될 텐데 그런 몇몇 단어로는 개인이 겪은 사건의 본질과 고통이 전달되지 않잖아요.

독자들이 품은 의심과 혼란은 소설 속 화자인 '나'의 시선이기도 합니다. 과연 내 기억이 맞을까. 오랫동안 반복하며 외운 이야기가 아닐까. 가장 가깝고 신뢰했던 어른들에게 자신의 감각과 생각, 판단을 부정당한 아이가 성장해 과거를 회상했을 때 자신의 기억에 품게 되는 의구심이요. 현재 '나'의 서술로 해진에게 일어난 일이 어느 정도 정리되지만, 독자의 혼란이 전부 제거하거나 해소되진 않는데요. 과거에 일어난 사건의 진위보다 세월이 지나도 회복할 수 없는 화자에게 마지막 시선을 남기고 싶었습니다.

소 말씀하신 독자들이 품은 의심과 혼란은 사실 이 소설을 끝까지 읽게 하는 중요한 힘이기도 합니다. 게다가 이 혼란이 점점 확장된다는 것 역시 주목할 만한 부분인 것 같아요. 처음엔 해진에 대해서 그리고 주변 인물들에 대해서 또 사건이 전개되는 공간에 대해서도 그렇습니다. 이렇게 독자가 불안과 의심을 키워나갈 수 있도록 만들기 위해 많은 공을 들이셨을 것 같은데요. 작품 집필을 하며 특히나 신경 썼던 부분이 있다면 무엇인가요?

이 작가님마다 작업 방식이 다르실 텐데, 저는 사전에 계획하고 쓰는 타입은 아니에요. 초고를 쓰면서는 등장인물과 이야기에 대해서만 생각했고, 퇴고를 거치면서 구조적으로 정돈되고 분명해진 부분이 많아요. 의심이 점진적으로 누적되고 확장되는 건 인내심을 가지고 수정하면 되는데, 아직 사람에 대한 믿음을 잃지 않은 해진의 시선으로 세상을 바라보는 게 가장 어려웠습니다. 굳이 따지면 저는 소설 속 화자에 더 가까운 사람이어서요. 가능한 한 저의 사견이 들어가지 않도록 조심했는데 끝내 제목에 '윤리'라는 단어가 들어가버렸습니다. 마지막 장면을 쓰면서 화자는 용서해야 하는가, 그게 선택의 영역인가, 하는 질문이 들었거든요. 더는 사건의 주체가 아니게 된 나에게 해진에게 일어난 일을 용서할 권리가 있는지도 모르겠고요. 사회에서는 흔히 용서와 화해를 성숙한 태도로 여기는데, 강요처럼 여겨지는 통념에 이의를 제기하고 싶어졌어요. 그런 측면에서 이 소설의 마지막 문장은 제목이에요. 자꾸만 돌아오고, 아무리 울어도 녹지 않는 '겨울'에 정당성이 있다면, 과연 그 윤리는 무엇일까요? 제가 소설을 쓰면서 받은 질문을 독자들에게도 건네고 싶었습니다.

소 산속 암자에서 해진은 보살님을 비롯해 다른 이들의 이야기를 지어내며 도무지 알 수 없는 것들을 견딜 수 있었는데요. 이건 해진을 견디게 하는 것이기도 하지만 동시에 더욱이 자신을 상처 입히는 방식이 아니었을까 싶어요. 해진 또한 언제나 사람들이 좋을 대로 해석한 이야기 속의 '다른' 인물이었으니까요. 이에 대한 작가님의 생각을 좀 더 듣고 싶습니다.

이 납득 가능한 각자의 논리로 세상을 환원시키는 건 인간의 본성이 아닐까요. 해진의 부모는 이해하기 힘든 아이의 이상행동을 '무병'으로 받아들이고, 해진은 '따듯한 허구'를 지어

내며 진실을 회피합니다. 그건 불가해한 대상이나 사건을 마주했을 때의 가장 빠르고 손쉬운 처방이자 해결책이기 때문일 거예요. 저는 이러한 생리를 비난하는 건 아니에요. 저 또한 그런 이들 중 하나고요. 비록 이 소설에서는 비극이 됐지만, 누군가에게는 긍정적으로 쓰이기도 하겠죠. 진실이 언제나 좋은 결과를 낳는 건 아니잖아요.

소 이십 년이 지난 지금까지도 해진에 대한 소문은 무성하다고 하죠. 한순간에 잊혔다가도 어느 순간 불려 나와 사실이 아닌 이야기의 주인공이 되고 마는 건 비단 '나'뿐만이 아닐 것 같아요. 나를 내가 아니게 만드는 아주 쉬운 단정들인 소문에 대해 작가님은 어떤 생각을 품고 계셨을지 궁금해요.

이 그런 소문들에 노출되면 가까스로 구축한 '나'의 삶과 정체성이 조금씩 훼손되죠. 거짓이어도 소문이 퍼져서 다수가 그렇게 말하면 자신에 대해서 의구심을 갖게 되잖아요. 그렇다고 일일이 찾아다니며 해명할 수도 없는 노릇이고요. 저의 경우, 무던한 성격은 못 되는 터라 그런 말들을 흘려 넘기진 못하는 편이에요. 대신 소문의 내용으로 상대의 의도나 감정을 추측합니다. 이건 소설을 쓰면서 굳어진 습관 같아요. 오해나 실수가 있다면 바로잡으려고 노력하지만, 그냥 저를 싫어하는 거라면 내버려둬요. 평소 에너지가 부족하기도 하고, 직접적인 피해가 없는 한 저를 향한 부정적인 감정도 존중하려고 애씁니다. 물론 쉽진 않아요. 타인에게 휩쓸리는 기분이 들 때 스스로 던지는 질문이 있는데요. 나에 대한 단정들을 '허락'할 건지 되묻곤 해요. '허락'이라는 단어가 과하긴 한데, 저만의 방어기제 같아요. 그렇게 생각하면 주도권이 제게 있는 것처럼 느껴지면서 중심을 잡는 데 도움이 되더라고요.

소 지금도 겨울이면 '나'는 백양암의 그 자리로 다시 끌어져 내리는 듯한 느낌을 받아요. 그곳은 오랜 시간이 지나도 녹지 않는 무언가가 남아 있는 자리인데요. '나'처럼 구할 수 없는 용서 때문에 자꾸만 돌아가는 경우도 있지만, 꼭 같지 않더라도 자꾸만 맴돌게 되는 어떤 기억이 우리 모두에게 하나씩은 있잖아요. 작가님에게도 그런 기억이 있는지 궁금합니다.

이 물론 저에게도 그런 기억이 있습니다. 그때와 많이 달라져 과거에서 벗어났다고 생각했는데 갑자기 몸의 증상으로 나타나기도 하고요. 그러면서 제가 벗어난 게 아니라 그저 묻어두고 있다는 걸 자각하게 되는데요. 보통 그렇게 맴돌게 되는 지점에서 소설이 시작되는 것 같아요. 소설을 쓴다고 그 기억에서 벗어나는 건 아니고, 벗어나야 한다고 생각하지도 않아요. 그저 쓰는 동안에는 직시하고, 과거의 특정한 사건이 저의 정체성이 되지 않도록 지금의 삶으로 돌아오는 게 중요하다고 생각합니다.

소 어느덧 인터뷰를 마무리할 시간인데요. 수상을 진심으로 축하드리며 마지막 질문을 드리겠습니다. 앞으로 어떤 소설을 쓰고 싶은지 또 어떤 소설가로 기억되고 싶은지 말씀해주세요.

이 답변에 앞서, 제 소설을 세심히 읽고 질문해주신 소유정 평론가님께 감사합니다. 앞으로 쓸 소설이 읽을 때마다 다르게 읽히는 글이었으면 좋겠는데 쉽지 않겠죠. 단기적으로는 읽고 나서 잠시 멈춰 서게 되는 소설을 쓰고 싶습니다. 소설가로서의 이미지에 대해선 별로 생각하지 않는데, 소설들이 누적되면 자연스레 형성되지 않을까요. 그건 독자분들에게 남겨두고 싶습니다.

2026년 제49회 이상문학상 작품집

실패담 크루

정이현

2002년 『문학과사회』 신인문학상을 통해 소설을 발표하기 시작했다. 장편소설 『안녕, 내 모든 것』 『사랑의 기초』 『너는 모른다』 『달콤한 나의 도시』, 소설집 『노 피플 존』 『상냥한 폭력의 시대』 『오늘의 거짓말』 『낭만적 사랑과 사회』 등이 있다. 이효석문학상, 현대문학상, 오늘의 젊은 예술가상 등을 수상했다.

실패담 크루

페이스트리는 뜻밖에 정치적인 빵이다. 겹겹이 쌓인 층과 층 사이, 선처럼 얇은 틈이 숨어 있다. 한 입 베어 물면 버터 향이 입안에 퍼지고, 부스러기는 겹의 바깥으로 바스스 쏟아져 내린다. 당신은 이미 어디에든 속해 있다.

1

"제 아버지는 한때 수재였습니다. 그가 서울대에 입학하던 해, 인구 십만의 고향 도시 곳곳에 플래카드가 걸렸습니다. 그 해 그 도시의 서울대 합격자는 총 세 명이었는데 그중 여학생 한 명이 이듬해 여름 산에서 실족사했습니다. 아버지는 종종 그 이야기를 했습니다. 안타까움이나 회한, 애도 같은 감정은 동반되지 않았습니다. 안전사고가 얼마나 위험한 것인지 강조하고자 할 때 그는 그 불행을 언급하곤 했습니다. 불의의 사고를 방지하려면 아예 그런 일을 유발할 만한 행동은 하지 말아야 한다는 자신의 신념을 정당화하기 위해서 말입니다. 어머니가 어린 저를 데리고 뒷산이라도 올라갔다 오라고 하면 그 사고를 잊었느냐고 대꾸하는 식이었습니다. 기어이 어딘가에서 핑계를 훔쳐오는 사람, 세상에는 그런 사람이 있었고 그것이 저의 아버지였습니다.

결혼과 함께 아버지는 고시 준비를 그만두었습니다. 그 순간부터 아버지는 필생의 꿈을 타의에 의해 접은 상실자 역할에 몰두했습니다. 직장에 들어갔다가 사소한 일로 그만두기를 반복하는 패턴도 그 역할의 일부였을 겁니다.

어머니 친척의 친구가 운영하는 회사에 다닐 때 매주 한 번씩 전 직원이 모여 도시락을 나눠 먹었습니다. 아버지는 어머니에게 화를 쏟아내면서 모욕감이라는 단어를 사용했습니다. 그 단어를 제가 처음 들은 날이기도 합니다. 그딴 것들과 내가 왜. 다 너 때문에. 제 귀에는 인간의 언어가 아니라 까마귀의 비명처럼 들렸습니다. 다음 날 아침 그는 어머니가 준비해둔 도시락을 현관 앞에 두고 갔습니다. 별일 아니라는 듯이. 그것을 발견하고 어머니는 우두커니 서 있었습니다. 잠시 후 도시락통을 들어서 그대로 쓰레기통에 버렸습니다. 얼마 지나지 않아 어머니는 아버지 곁을 떠났습니다. 완전히 부서져버리기 전에. 저는 거기 남았습니다. 그것이 두 번째 실패입니다.

아들은 원래 아버지에게 속하는 거라고 그가 말했습니다.

저의 첫 번째 실패는 그의 아들로 태어난 것입니다."

제리는 거기서 말을 멈추었다. 모두 숨을 죽이고 있었다. 나는 알았다. 여간해선 이길 수 없는 상대가 나타났다는 것을. 분했다.

2

난데없이 제리가 등장하기 전까지 나는 실패담 말하기 크루의 유일한 삼십대 회원이자 '젊은이'였다. 젊은이라는 고색창연한 호명은 얼마나 우스꽝스러운가. 물론 농담이었지만 순도 100퍼센트의 농담인 것만은 아니었다. 왁자하게 함께 웃다가 문득 "늙은이들 틈에서 괜히 고생이 많아요"라고 툭 건네받은 한마디에 마구 도리질을 치고 있으면 내가 갑자기 다정한 조직의 일원이 된 것 같았다. 모임의 멤버들은 모두 90년대 초중반 학번이었고, 나와는 열다섯 살에서 스무 살까지 차이가 났다. 기본적으로 다들 친절하게 대해주었다. 식당의 좌석을 정하거나 메뉴를 고를 때 자연스럽게 '막내 먼저'라며 배려해주기도 했다. 삼십대 중반에 막내라니.

성지연은 모임 다음 날이면 잊지 않고 메시지를 보내왔다.

— 불편한 건 없었나 해서요.

—그럴 리가요. 너무나 즐거웠습니다.

혼자가 어색하면 친구를 데려와도 좋다고 성지연이 말했을 때 나는 거듭 사양했다. 누구와도 경쟁할 필요 없는 막내 포지션을 놓치고 싶지 않아서였는지도 모른다. 성지연은 나를 그 모임에 초대한 사람이었다. 그녀와 내가 처음 만난 것은 약 사 년 전이었다. 내가 변호사 시험에 합격한 해였다.

꽤 규모가 큰 로펌에서 의무 수습 기간 육 개월을 보냈다. 로스쿨 시절부터 선망하던 곳이었다. 운이 좋았다. 수습 기간이 끝나갈 즈음 대표 변호사 중 하나인 원 대표가 수습 변호사 네 명 모두를 저녁 식사에 초대했다. 비서에게 전달받은 주소는 종로구의 한 주상복합건물이었다. 수습 계약 종료를 앞둔 시기, 금요일 근무 외 시간에 자기 집으로 부르는 건 권력남용이 아닌가 하는 생각이 스쳤다. 내색은 하지 않았다. 비서가 보낸 메일에는 '당연히, 자유롭게 참석하면 된다고 말씀하셨습니다'라는 문장이, 다음 줄에는 '알레르기 및 기타 사유로 드시지 않는 식재료가 있으면 사전 고지 부탁드립니다'라는 문장이 적혀 있었다.

수습 변호사 단톡방에 '부담스러워 죽겠다'고 써 올린 사람은 민이었다. 육성으로 들으면 진짜 투덜거림인지 아닌지 구별할 수 있겠지만 문자로는 알 수 없었다. 다른 사람들이 민의 말에 공감하는 메시지를 보냈다.

—그러게요.

나도 소심하게 대답했다. 홍이 꽃다발과 케이크를 사자고 제안했다. 윤이 맞장구치면서 역시 고전적인 품목이 가장 낫다고 했다. 와인까지 있어야 3종 세트 완성이라고 부연하자 홍이 대꾸했다.

— 와인도 너무 좋겠어요. 그런데 제가 잘은 모르지만, 그런 분들은 하이엔드급만 드시지 않을까요. 혹시 와인에 대해 잘 아는 분 계실까요?

비싸서 안 된다는 뜻이었다. 넓은 세상으로 나아갈수록 이런 완곡어법을 세련되게 구사하는 사람들의 비율도 느는 것만 같았다. 예의 바르게 돌려 말하면서 정곡 찌르기, 공격적이지 않고 남 신경 거스르지 않으면서 원하는 바를 관철하기 등의 기술을 가르치는 사교육업체가 나만 모르는 곳에서 성업 중인지도 몰랐다.

—하긴, 너무 좋은 술 들고 가면 괜히 건방져 보일 수도 있을 듯요.

—그럼 꽃 어디서 할지 의견 주세요.

역시 그들은 결정이 빨랐다. 누군가 P호텔 플라워 숍이 어떻겠느냐고 하자 다른 누군가가 근방에서는 거기가 제일 괜찮다더라고 호응했다. 그런 정보를 다들 어떻게 알고 있는지 나는 종종 의아했다. 세상에는 내가 아무리 노력해도 알 수 없는 영역이 존재했다.

— 설마 홈 쿠킹은 아니겠죠? 부담돼서 체할 듯요.

— 원 대표님이 요리 좋아해서 조리사 자격증도 있다던데.

미안하지만 노 땡큐인데, 하고 민이 말했다. 서른 살의 그는 우리 중에서 입학 점수가 가장 높은 대학과 로스쿨 출신이었다. 어디서든 분위기를 주도하려 했고 늘 유머러스한 사람으로 보이고 싶어 했다.

— 소스 반, 땀 반일지도.

민이 기어이 덧붙인 멘트를 보면서 저절로 눈살이 찌푸려졌다. 평소 민이 하는 안 웃기는 얘기에도 가장 크게 웃곤 하던 홍이 'ㅋㅋ'를 붙이며 거들었다.

— ㅋㅋ치트 키 있잖아요. 무적의 엘메.

선을 한참 넘었다. 원 대표는 프로 레슬러처럼 유난히 체구가 크고 유난히 땀을 많이 흘리는 편이었다. H 문양이 선명한 에르메스 손수건으로 늘 이마를 눌러 닦으며 걸어 다녔다. 그때, 민이 이미지를 하나 올렸다. 북한 김정은 위원장이 땀을 닦는 사진이었다.

— 헉! 이분 보기보다 겁 없는 분이네ㅋㅋ

홍이 받았다. 시간차를 두고 윤도 'ㅋㅋ'를 입력했다. 나는 아무 말도 하지 않고 조용히 스크린숏을 찍어두었다. 그들의 방식이 그것이라면 이것은 내 방식이었다.

원 대표의 집은 지금껏 내가 가본 집 중에 현관 중문에서 거실로 이어지는 복도가 가장 긴 집이었다. 원 대표가 현관에 서서 우리를 맞고는 안쪽으로 안내했다. 거실 창으로 고궁의 안뜰이 보였다. 너무나도 비현실적인 풍경이었다. 아, 이런 위치에도 건축 허가가 나는구나, 이런 게 가능하구나, 하는 생각이 먼저 들었다. 키가 크고 마른 체격에 쇼트커트를 한 여성이 창가에 서 있었다. 소매를 걷어 올린 흰색 리넨셔츠에 흰색 데님팬츠 차림이었다. 원 대표의 아내라는 짐작이 자연스러웠다. 원 대표가 그녀를 우리에게 소개했다.

"여기는 성지연 씨. 건축 회사를 경영하는."

"거창하게 경영은 무슨. 전 그냥 벽돌 만드는 사람이에요."

성지연이 활짝 웃으면서 인사했다. 벽돌이라는 단어가 성지연의 우아한 모습과는 이질적으로 느껴져서 그 순간이 강렬하게 남았다.

"환영합니다!"

성지연이 진정 환대한다는 듯이 두 손을 넓게 벌려 흔들었다. 다소 연극적인 제스처였다. 다이닝 테이블에는 다양한 음식이 가득 세팅되어 있었다. 중국식 고추잡채 옆에 참치 다타키가, 그 옆에는 부라타치즈 샐러드가 놓인 식이었다.

"중구난방이지만 흉보지들 말고 편하게 드세요."

불러주셔서 감사하다고 민과 윤이 거의 동시에 말했다. 홍이 한 템포 늦게 인사했고 나는 입을 뗄 타이밍을 놓쳐 고개만 숙였다. 무성의하게 보일까 염려됐다. 누가 먼저랄 것도 없이 다들 항공 숏으로 테이블 사진을 찍었다. 원 대표가 모두의 잔에 샴페인을 따랐다. 나도 조심스럽게 받았다. 민이 이렇게 맛있는 문어는 처음이라고, 얄따랗게 저며 토마토, 양파와 함께 올리브오일에 버무린 문어 한 점을 입에 넣자마자 감탄했다. 홈쿠킹은 부담스럽다는 말 같은 건 왜 했나 싶었다. 문어 세비체는 이 사람 솜씨가 최고라면서 원 대표가 성지연을 가리켰다. 그녀가 사뭇 장난스러운 표정으로 손가락 브이를 만들어 보였다. 뭘 하더라도 원 대표보다는 자연스러운 사람이었다.

"우리 둘이 뚝딱거리며 만든 것도 있고, 사 온 것도 있고, 그냥 이것저것 차렸어요. 그래야 다들 편하게 드실 것 같아서요."

그들은 '편하게'라는 말을 그날 저녁의 키워드로 정한 모양이었다. 원 대표가 주방에서 오렌지색 무쇠 주물 냄비를 들고 왔다. 부르고뉴식 소꼬리찜이라고 했다. 반드시 부르고뉴 지역의 와인을 사용해야만 한다고, 그러지 않으면 제맛이 나지 않는다고 강조하면서 모두에게 덜어주었다. 진보랏빛 고깃점을 입에 넣자 알코올 향이 목구멍으로 화급히 쏘였다.

"요즘 술을 강권하면 범죄라면서요. 마실 수 있으면 마시고, 못 마시겠으면 안 마시면 되는 겁니다."

원 대표가 말했다.

"안 마시고 싶은 분들도 물론이고요."

성지연이 덧붙여 말했다. 사모님 멋지시다고 민이 너스레를 떨었다.

"이쯤에서 정정해드려야겠어요. 저는 사모님이 아니에요."

그녀는 갑자기 진지한 표정을 짓더니 자신이 현재 이 집에서 같이 사는 것은 맞지만 원 대표와 제도로 묶인 사이는 아니라고 설명했다. 나는 좀 어리둥절했다. 제도와 제도 아닌 것. 그런 문제 때문이 아니었다. 왜 이 자리에서 그 얘기를 하는지 알 수 없었기 때문이다. 여기 모인 이들은, 그 커플의 개인적인 친구도 무엇도 아니었다. 한참 어린 연배의, 오늘을 끝으로 다시 만날 확률이 거의 없는 일시적인 관계일 뿐이었다.

"와, 멋지십니다. 특별한 이유가 있으세요?"

다시 민의 목소리였다. 설마 이 정도로 분별력이 없을 줄은 몰랐다.

"그냥, 뭐."

원 대표가 얼버무리는데 성지연이 끼어들었다.

"아마 둘 다 겁이 많아서일 거예요. 우리가 얼핏 멀쩡해 보여도 알고 보면 서울에서 제일가는 겁쟁이거든요. 책임도 무서워하고."

"진심 너무 부럽습니다."

민은 입을 열 때마다 영혼이 없는 소리만 했다. 그는 요즘 MZ들 중에서 혼인신고를 하고 사는 커플이 얼마나 되겠느냐는 얘기를 늘어놓았다. 나는 슬쩍 자리에서 일어났다. 화장실에 다녀오다 거실로 이어지는 복도 중간에서 멈춰 섰다. 벽에 걸린 작품이 눈에 익었다. 두 마리의 금색 매미가 단면도 상태로 서로 절반쯤 겹쳐진 모습을 형상화한 작품이었다. 매미 주위로는 세계 각국의 동전들이 흩뿌려져 있었다. 재작년인가, 독일을 기반으로 활동하는 젊은 한국계 작가 요나스 구의 개인전에서 본 기억이 났다. 당시 잠깐 사귀었던 로스쿨 선배와 함께였다. 그는 문화예술과 엔터테인먼트 분야를 포괄하는 변호사가 되겠다는 야망을 위해, 개인 SNS 계정에 부지런히 문화 관련 콘텐츠를 아카이빙하고 있었다. 그가 전시를 보러 갈 때마다 나를 데려간 이유는 갤러리 앞에서 자기 사진을 찍어줄 사람이 필요했기 때문이었다.

"어때요?"

어느새 뒤에 성지연이 다가와 있었다. 나는 전시회에서 인상 깊었던 작품을 여기서 다시 보게 되어 무척 놀랐다고 답했다. 그녀는 예상외로 반색하며 들떴다.

"세상에, 이 아이를 아는 분을 만났네요."

그녀는 작품을 '아이'라고 칭하며 어떤 점이 인상적이었는지 들려줄 수 있느냐고 눈을 반짝였다. 나는 전 남자친구가 했던 말들을 기억하려 애썼다. 그는 자기가 아는 것들을 매사 입밖에 내 떠들기를 좋아하는 사람이었다. 늘 과도하다고 느꼈던 그의 설명이 엉뚱한 순간에 도움이 될 줄은 몰랐다. 나는 기억을 더듬어가며, 곤충의 단면도를 통해 자연과 인공, 혐오와 환대, 희망과 절망 같은 상반된 개념이 불러일으키는 여러 감정을 동시에 표현하는 것이 이 작가의 특징인 것 같다고 주워섬겼다. 그런 작업들 중에서도 이 마이크로 코인 시리즈는 더욱 특별한 것 같다고도.

"음, 잘 모르지만 전 세계적인 자본 중심주의 현상을 성찰하는 것 같아요. 또 소액 동전이라는 게 다 똑같이 하찮아 보여도, 사실 어떤 나라의 화폐인가에 따라서 실 가치가 다르잖아요. 그런 불균형을 예술의 형식으로 표현한 것 같았어요. 집에 와서도 계속 마음에 묘한 불편감이 남더라고요."

성지연은 입이 귀에 걸리도록 함빡 웃었다. 이 집에 이사 온

이래 지금이 가장 기쁜 순간이라고, 정말이라고 강조했다. 만약 내 말에 일말의 진정성이 묻어 있었다면, 그건 지난 기억을 더듬는 속도와 그럴싸한 언어를 조합하는 속도의 간극 때문이었을 것이다. 솔직히 말하면, 요나스 구의 작품들은 내 취향이 아니었다. 아니, 사실 내게 특별한 취향이랄 게 있는지도 알 수 없었다. 그러나 성지연에게 한 이야기 중 마지막 말은 진심이었다. 해부된 곤충과 그 주위의 동전들은 뭐라 설명하기 어려운 불쾌함으로 각인되어 있었다. 이따금 그 이유를 생각하곤 했다.

성지연은 영광이라면서 내 손을 쥐고 흔들었다.

"이 아이 보고 싶으면 언제든 놀러 오세요."

나는 고개를 끄덕였다.

3

얼마 후 변호사 의무 수습 기간이 끝났다. 수습 변호사 중에서 민과 홍만 정식으로 스카우트되었다. 나와 윤은 탈락했다. 누가 봐도 당연한 결과였다. 내 스펙은 객관적으로 가장 별 볼 일 없었으니까. 신입들의 집안 배경까지 고려한다는 소문이 사실이라면 더욱 그럴 것이다. 하지만 속상했다. 노력해도 안 되는 건 안 되는 것임을 나는 씁쓸히 자인했다. 새로운 직장을 잡아야 했다. 쉽지는 않았다. 겨우 구한 곳은 학폭이나 가사, 상속, 이혼 사건을 주로 맡는 소형 사무소였다. 추천서는 원 대표가 써주었다.

수습 변호사들과의 관계는 느슨하게 이어졌다. 연말에 한 번 하는 송년 모임은 역시 민이 주도했다. 원 대표가 회사를 그만두었다는 소식도 그를 통해 들었다. 싱가포르인지 홍콩인지 해외 다국적기업의 법무 책임자로 자리를 옮겼다고 했다.

“아들이 싱에 있다고 했으니까 아마 싱가포르가 맞을 거예요.”

“그분한테 아들이 있어요?”

“몰랐어요? 거의 성인일걸요.”

윤도 몰랐는지, 그럼 그때 같이 있던 여자분은 누구냐고 물었다.

“자기 입으로 부부 아니라고 했잖아요. 동거녀지, 뭐. 괜히 찔리니까 먼저 제도가 어쩌고저쩌고 그런 거 아니겠어요.”

원 대표가 전 부인에게 돌아갔다는 소문도 있다고, 다들 성의 없이 몇 마디 더 나누다 다른 화제로 넘어갔다.

시간이 얼마간 흘러 또다시 해가 바뀌었다. 성지연이 내 직장으로 연락을 해왔다. 수임 의뢰였다. 뜻밖이었다. 사무실로 찾아온 그녀는 그새 많이 기른 머리칼을 하나로 단단히 묶은 채였다. 투명한 사각 뿔테 안경 때문인지 이전과는 인상이 다르게 느껴졌다. 그녀는 아주 고급스러워 보이는 풍성한 꽃다발을 사 왔다. 원 대표와의 저녁 식사 날 우리가 사 간 것보다 한층 큰 사이즈였는데 P호텔 같은 프리미엄 플라워 숍의 솜씨임을 그새 나도 알 수 있게 됐다.

“주 변호사님, 세상에, 너무 멋져요.”

성지연은 나를 껴안을 정도로 반가워했다. 우리가 이렇게 가까운 사이였나 살짝 어리둥절했지만 나도 한껏 반가워했다. 변호사는 결국 영업직임을 여실히 깨달은 무렵이었다. 그녀는 토지분쟁과 관련된 작은 일 하나를 맡아줄 수 있겠느냐고 용건을 밝혔다. 그녀의 벽돌 회사는 사실 꽤 큰 규모의 건축자재 회사였고, 수년 전 아버지가 죽고 오빠가 물려받아 안정적으로 운영하고 있었다. 성지연은 회사 이사와 문화재단 대표라는 직함을 동시에 가지고 있었다.

상속받은 사유지 바로 옆에 호텔이 지어지고 있는데, 아무래도 산책로가 자신의 땅을 침범할 가능성이 있어 보인다며 준공 전에 미리 막아달라고 했다. 변호사 입장에선 분쟁이랄 것도 없는 일이었다. 시청 토지정보과에 건축 설계도 열람을 신청하고, 상대 건축주와 시공사에 경고 공문과 내용증명을 보내고, 현장 측량을 의뢰하는 등 소정의 절차에 따라 진행하면 되었다. 나는 일반적인 프로세스대로 업무를 처리했고 얼마 후 상대측과의 조정이 완료되었다. 마음만 먹으면 더 유능한 변호사들과도 연이 닿을 텐데 성지연은 왜 굳이 나를 찾아왔을까 궁금했다. 조정이 끝나고 그녀와 약속을 잡았다. 성지연이 정한 장소는 한남동의 한 베이커리 카페였다.

"여기는 페이스트리가 훌륭해요. 특히 퀸아망과 크루아상은 독보적이고요."

파리 생제르맹에서 엄청나게 유명한 불랑제리의 수석 파티시에를 스카우트해 왔다고, 현지보다 맛이 훨씬 풍부하다고 그녀는 설명했다. 나는 권하는 대로 플레인 페이스트리를 손으로 떼어 입에 넣었다. 겹겹의 껍질이 입천장에서 부서졌다. 부드럽고 고소한 풍미가 입안 가득 퍼진 것과, 입 밖으로 삐져나온 빵 부스러기들이 아래로 떨어진 것은 거의 동시였다. 나는 황급히 손바닥을 펼쳐 그것을 받아냈다. 내가 평소 페이스트리를 잘 먹지 않았던 이유를 새삼 깨달았다. 이 부스러기들 때문이었다. 맞은편에 앉은 성지연은 나이프와 포크로 조금씩 잘라 먹고 있었다. 그녀의 접시는 깔끔했다. 그녀는 내가 떨어뜨린 부스러기들에는 아무 관심이 없어 보였다. 성지연은 나를 종종 떠올렸다고 말했다.

"변호사님 만날 핑계를 찾고 있었는지도 몰라요. 괜히 궁금하고, 내가 뭔가 돕고 싶고, 그런 느낌 있잖아요. 아, 원 대표랑 내가 헤어지는 바람에, 〈더 셸 오브 타임The shell of time〉도 못 보러 오시고. 작년에 베를린 갔을 때 요나스 구 작가 작업실을 방문했거든요. 변호사님이 그때 했던 얘기를 전달했더니 요나스 작가님이 너무 감동하더라고요."

〈더 셸 오브 타임〉이라. 그 매미 두 마리 작품의 제목이 시간의 껍질임을 처음 알았다. 성지연은 내 덕분에 요나스의 새 작품을 선예약할 수 있었다면서 고맙다고 했다.

"그리고 사과도 하고 싶어요. 식사하러 왔던 날, 내가 좀 멍하고 아둔했을 거예요."

당혹스러웠다. 그날의 성지연은 멍하거나 아둔하다는 형용사와는 거리가 멀었다. 그녀는 누구보다 밝고 생기 있었고 또 즐거워 보였다. 그녀는 그날 나와 나누었던 그림에 관한 이야기만 선명할 뿐, 정작 자신이 무슨 음식을 내놓았는지, 무슨 옷을 입고 있었는지, 그리고 다른 이들과 어떤 대화를 나누었는지 등은 캄캄하기만 하다고 말했다. 그러면서 혹시라도 자신이 실수한 게 있다면 널리 이해해달라고 말했다.

"그날 초대도 내가 우겨서 한 거예요. 그때 그 사람과의 관계가 내적으로 산산이 부서지기 직전의 상태였거든요. 외부에서 새로운 동력을 찾고 싶었던 것 같아요. 살다 보면 그런 시기가 있더라고요. 그렇게 잘 모르는 사람들을 막 집으로 불러 북적북적 소란스럽게 지내면서, 모든 문제를 밀어둔 채 하룻저녁 흘려보내고 싶은."

당시 성지연은 감정의 기복이 심해지고 애매모호한 관계로 인한 심리적 압박이 한계점에 도달하기 직전이었다고, 마치 제삼자인 듯 과거의 자신을 분석했다. 나는 직업의식에 기반해 성실하게 고개를 끄덕였지만, 그 말이 납득된 건 아니었다. 성지연도 원 대표도 나보다 한참 나이가 많았다. 내 기준에서 그들은 명백히 어른이라 할 만한 존재였다. 게다가 흘러넘치도록 많이 가진 인생이었다. 사회적 자산, 경제적 능력, 문화적 자본 등 모든 것이 국내 최상위에 속했다. 고궁이 내려다보이는 자택 거실에 앉아 샴페인을 홀짝이는 삶, 요나스 구의 작품을 화장실 앞 복도에 걸어놓는 삶, 좋아하는 작가를 만나러 베를린까지 날아갈 수 있는 삶. 그들은 누구나 선망할 만한, 반짝반짝 매끄럽게 빛나는 공간의 한가운데에 있었다. 그런 사람들이 불에 그을린 유리 조각을 삼키는 표정을 지을 때, 마음이 부서지는 것 같은 감정에 휩싸인 적 있다고 고백할 때 어떻게 하는 게 좋을까. 성지연과 나는 천천히 커피를 마셨다. 이윽고 성지연은 내게 혹시 어딜 좀 같이 가지 않겠느냐고 제안했다. 그저 친목 모임이라고 했다.

"부담 없는 자리예요."

멤버가 스무 명 남짓 되지만 다 모이는 일은 거의 없다고 했다. 사회생활 하면서 자연스럽게 만들어진 모임인데, 다양한 분야에서 일하는 자신과 비슷한 연배의 사람들이 모임원이라고 설명했다.

"영화 제작사 대표, 건축가, 뷰티 클리닉 원장 선생님, 또 글로벌기업 상무님도 있고, 아, 요나스 구 전시했던 갤러리 관장님도 계세요. 베를린도 그분 출장 따라간 거예요. 맛있는 거 먹고 세상 돌아가는 얘기도 하고 이해관계 없이 인사이트 나누는 자리라고 가볍게 생각하면 돼요."

성지연은 마침 법조계 사람이 없기도 하고, 젊은 피를 수혈하자고 계속 얘기해온 참이라고 했다. 나의 네트워킹에 도움이 될 거라는 권유에 마음이 움직이지 않았다면 거짓말이다. 바야흐로 신뢰를 바탕으로 한 유연하고 부드러운 영업력이 변호사의 덕목에 포함되는 시대였다. 모임에 가는 길에 성지연이 대수롭지 않은 듯이 부언했다. 딱 한 가지 조금 재미난 순서가 있다고 말이다.

"매번 한둘씩 돌아가면서 자기 실패담을 발표하는 거예요."

실패담이라니, 내가 의아해하자 성지연이 덧붙였다.

"성공담 있잖아요. 그 반대말, 실패담. 실패한 이야기."

성공을 위한 과정으로서의 실패를 얘기하는 게 아니라고 했다. 언젠가는 성공의 자리로 가기 위해 지난 실패를 복기하고 분석하며 교훈을 도출하려는 목적도 아니라고 했다.

"극복하고 넘어서고 미래를 기약하는 건 너무 힘들잖아요. 굳이 안 그러고 싶은 실패도 있으니까. 그냥 실패, 이러지도 저러지도 못하고 삶의 일부로 남은 실패. 그걸 이제 남 앞에서 편히 말해보자는 취지예요. 일종의 담백한 공유랄까. 재미도 있고요."

4

내가 실패담 크루에서 들었던 첫 번째 실패담은 이것이다.

"한 십 년쯤 됐나 봐요. 할 일이 태산처럼 쌓였는데 너무 피곤해서, 더는 손가락 하나 움직일 수 없어서, 그냥 인생이 이렇게 망하는구나, 했던 적이 있었어요. 음, 꽤나 긴 시간이었어요. 아이들을 재우고 나서 밀린 일을 하다가 잠깐 눈을 붙이려고 누우면 온갖 잡생각이 파노라마처럼 펼쳐지고 잠은 오지 않았습니다. 겨우 잠이 들락 말락 한 새벽녘이면 잠에서 깬 아이가 꼭 비명을 질렀어요. 유치원생이었는데도 매일요. 얕은 잠에 취해 휘청거리면서 전부 다 내 잘못이라고 생각했어요. 내 죄라고. 내가 너무 바빠서, 늘 곁에 있어주지 못해서, 항상 정신이 다른 곳에 팔려 있어서 애가 자길 좀 봐달라고 비명을 지르는구나. 애를 다독여 재우고 나면 다시 잠을 잘 수가 없었어요. 밀린 일을 할 수도 없었지요. 그저 멍하게 앉아 있다가 동터오는 하늘을 맞곤 했습니다. 영원히 긴 잠을 잘 수 없는, 가석방 없는 무기수가 된 것 같았어요. 병원엔 프로포폴이 흔했어요. 딱 한 번만이라고 생각했습니다. 이래 봬도 인턴 때부터 내가 정맥 잘 잡기로 유명했거든요. 침착하고 정확하게. 그건 내 정맥에도 유효했어요. 실제론 고작 삼십 분이었어요. 삼십 분을 죽은 듯이 자고 일어났을 뿐인데 얼마나 개운했는지 모릅니다. 억지로 잠든 게 아니라 자율적으로 잠들었다 일어난 기분이었어요. 참 이상한 일입니다. 약물 덕분인데 왜 자율적인 수면이라는 생각이 뇌를 지배했을까요. 스스로 잠들기를 선택해 내 손으로 약을 주입했기 때문이었을까요. 내 몸을 내가 통제하고 내 잠을 내가 조종할 수 있다는 감각이 짜릿했어요. 끊으려고 했지만 쉽게 끊어지지 않았습니다. 고백하자면 저는 끊는 것에 실패했습니다. 도저히 불가능했어요. 이제는 자주 하지 않습니다. 일 년에 한 번. 아니, 마지막으로 한 지는 이 년도 더 지난 것 같아요. 하지만 끊었다고는 생각하지 않습니다. 그렇게 생각하지 않기로 했어요. 단지 참고 있을 뿐입니다. 나는 프로포폴 중단에 실패했다, 나는 이기지 못했다. 그러자 여러 가지가 변했습니다. 이렇게 말하면 어떨지 모르지만 세상에 좀 더 관대해졌어요. 흥, 누가 뭐라든 뭐 어때. 나한테는 이게 있는데. 필요하면 나 혼자 잠들 수 있는데. 그런 마음입니다. 내 잘못이 아닌 일에 더 이상 흔들리지 않아요."

이야기를 마친 오 원장은 이마와 눈과 코에 성형의 흔적이 역력해 정확한 나이를 짐작하기 어려운 사람이었다. 그녀의 이야기가 끝나자 다들 박수를 쳤다. 나도 따라 쳤다. 내가 가장 크게 쳤을지도 모른다. 그게 다였다. 그것이 모임의 규칙이었다. 실패담을 들은 후에는 아무 말도 하지 않는 것. 피드백은 금지였으며 충고는 더욱 엄격히 금지되었다. 실패담 나누기의 목적은 다만 말하기 그리고 정성껏 듣기였다.

"남의 서사에 끼어들고 싶은 마음, 타인을 가르치고 싶은 마음, 간섭하고 싶은 마음, 그걸 매개로 자기 얘기를 덮어씌우고 싶은 마음 다 전형적인 꼰대의 특징이니까요. 우린 안 하기로 했어요."

"변호사님, 아직도 꼰대라는 단어가 쓰이나요? MZ들은 어때요? 아, 이런 걸 걱정하는 게 오히려 꼰대인가."

다 같이 웃었다. 멤버들이 답을 기다리듯 나를 쳐다보았다.

나는 입가의 웃음기를 살짝 거두며 대답했다.

"일단 제가 아는 바로는 꼰대들은 질문을 하지 않습니다. 의심이 없어요. 그런 면에서 일단 절대 아니시고요. 아직도 그 말을 쓰기는 쓰는데, 이제는 꼭 나이에 국한한 단어는 아닌 것 같아요. 그보다 태도의 문제랄까요. 젊은 꼰대라는 신조어도 일반화된 지 오래고요."

다들 아주 진지한 표정으로 경청해서 나는 어깨가 괜스레 무거워졌다. 자리가 파했을 때 오 원장이 내게 의료 관련 사건도 수임하느냐고 물어왔다. 요즘 환자들은 까딱하면 소송 협박을 들이민다면서, 믿을 만한 변호사를 찾는 동료들이 여럿이라고 했다. 나는 정중히 명함을 건넸다. 다음 모임에 참여한 건 그런 이유에서만은 결코 아니었다. 그 모임 이후 나는 줄곧 실패에 대한 생각을 멈출 수 없었다. 실패란 도대체 무엇인가, 하는 것을.

5

몇 번의 모임에 참석했고, 몇 편의 실패담을 들었다. 건축사 사무소를 운영하는 양 대표는 유학 시절 우연히 먹었던 엄청난 맛의 돈코츠라멘을 찾아 일본열도를 횡단한 이야기를 들려주었다. 그때의 요리사는 이미 세상을 떠난 후였지만, 그가 남긴 레시피를 어렵게 얻어 돼지 뼈를 사다 밤새 고아 스스로 라멘을 만들었다는 이야기. 그러나 결과는 대실패였다. 그 맛과 한치도 비슷한 맛을 낼 수 없었다. "당연하죠, 처음부터 그럴 순 없었던 것이겠죠"라고 양 대표는 스스로 덤덤하게 인정했다.

"실패에 관한 여러 격언이 있지만, 제가 가장 좋아하는 건 사뮈엘 베케트의 말이에요. 다시 시도하라. 다시 실패하라. 더 나은 실패를 하라. 그 말은 결과보다 실패하는 과정과 반복 그 자체에 더 중요한 의미가 있음을 알게 해주거든요. 실패 또한 창조적인 과정의 일부죠. 저는 계속 도전할 겁니다. 궁극의 돈코츠라멘 만들기에 성공하면 우리 크루님들을 꼭 초대하겠습니다."

성지연의 차례가 왔을 때 나는 그녀가 혹시 원 대표와의 이야기를 꺼낼까 봐 괜히 조마조마했다. 그러나 그러지 않았다. 성지연은 작고한 부친이 젊은 시절 벽돌 공장을 막 창업했을 때를 회고하며 이야기를 시작했다.

"제 유년 시절을 압도하는 기억 중 하나는 아버지의 공장 마당 한편에 높게 쌓인 벽돌 산이었어요. 어딘가 조금씩 잘못 만들어진, 팔 수 없는 불량품들이었어요. 왜 그랬는지, 어떻게 그럴 수 있었는지는 모르겠지만 그중 한 개를 몰래 집어 집으로 가지고 왔어요. 내 방 깊숙한 곳, 아무도 모르는 곳에 소중하게 숨겨두었어요. 그저 그러고 싶어서요. 그런데 일 년쯤 지났을까, 아침 일찍부터 집 앞 골목에 경찰차와 구급차가 온 거예요. 옆집 가정부가 그 집 주인아저씨를 흉기로 내리쳤대요. 우리 집 가정부 언니하고 친해서 여러 번 놀러 왔었던 언니인데. 그런데 흉기가 벽돌, 빨간 벽돌이라고 했어요. 그 말을 듣자마자 내 방으로 달려가서 숨겨둔 벽돌을 찾아봤어요. 없었어요. 아무리 찾아도 안 보였어요. 한동안 그 사건으로 온 동네가 시끄러웠죠. 어머니는 필사적으로 우리 남매의 눈과 귀를 막으려고 했지만 들려오는 소문들을 어떻게 막을 수 있겠어요. 흔한 치정 사건이라는 말도, 성폭력의 방어였다는 말도 다 믿기 어려웠어요. 어른이 되어서야, 그게 내 인생 최초의 실패였단 걸 알았어요. 소중하게 감춰둔 세계가 안전하지 않다는 것, 믿음은 깨진다는 것. 그 실패에 관한 예감이 평생 내 뒤를 따라다니고 있는 것 같아요."

질문이 금지인 것을 알면서도, 나도 모르게 그 벽돌이 진짜 그 벽돌인 것을 확인했느냐고 조심스레 물었다. 내 조심스러움엔 아랑곳없이 성지연은 밝게 대꾸했다.

"아니요. 벽돌에 무슨 표시를 한 것도 아니니까. 80년대엔 도시 곳곳에 공사장이 많아서 빨간 벽돌이 아주 흔했거든요."

정말 그랬다고 누군가 맞장구를 쳤다. 옛날엔 동네마다 꼭 공사장이 한두 개씩 있어서, 빨간 벽돌이 도처에 널려 있었다고.

"세상에, 그게 다 이 댁 벽돌이었구나."

"말도 안 돼요. 다일 리가 있나요. 당시에 벽돌 공장이 얼마나 많았다고요."

그런데 우리 변호사님은 T인가 보다, 하고 말한 사람은 갤러리 관장이었다.

"법 다루는 분들은 대개 그렇지 않을까요. 사실과 근거를 무기로 다투는 직업이니까. 주변님, 근데 그냥 이야기는 이야기로만 봐주세요."

성지연이 내 쪽을 보고 온화하게 말했다. 화제는 이내 엠비티아이로 넘어갔다.

6

다음번에는 나도 실패담을 발표하기로 했다. 성지연을 비롯한 멤버들은 아직 그러지 않아도 된다고 했지만, 참여하기로 한 이상 언제나 듣는 자리에만 머물 수는 없었다. 말하지 않음으로써 나는 타인의 고백을 관망하는 위치에 서 있었다. 그 자리는 나를 이상한 조바심으로 몰아넣었다. 멤버들 틈에 자연스럽게 스며 그들의 일부가 되고 싶다는 욕망과는 다른 것이었다. 마치 나의 등을 스스로 떠밀지 않으면 안 될 것 같은 기분이었다.

어떤 조직이라도 신규 회원이라면 자기소개를 피할 수 없는 법이다. 어떤 곳에선 신입에게 노래를 시키고, 또 어떤 곳에선 건배사를 시킨다. 실패담 크루에선 실패담을 풀어놓아야 할 뿐이다. 나는 여러 날 공들여 이야기를 준비했다. 인상적이되 과하지 않은, 나라는 사람을 각인시킬 수 있는 서사는 무엇인지 고민했다. 용산경찰서에 접견을 다녀오는 길에 성지연과 함께 갔던 가페에 들렀다. 그곳에서 연습하려 했는데 손님이 너무 많았다. 커피와 플레인 페이스트리를 주문했다. 포크와 나이프를 이용해 빵을 잘랐다. 빵의 표면에 톱니바퀴 같은 칼을 대는 순간 겉껍질이 얄따랗게 바스러졌다. 부스러기가 순식간에 접시 위에 후드득 쌓였다. 실패했다는 기분이 들었다. 실패는 현상이 아니라 기분의 문제인지도 모르겠다. 나는 태블릿 피시에 적어 놓은 스크립트를 한 줄도 외우지 못했다.

회사로 돌아오면서 그곳의 페이스트리를 종류별로 사서 송무팀에 가져다주었다. 빵 봉투를 건네면서 파리 생제르맹 출신의 굉장히 유명한 파티시에가 만든 것이라고 알려주었다. 언젠가 성지연이 내게 알려준 것처럼. 다소 과장된 감사 인사가 들려왔다. 얼마든지 또 사다드리겠다고 대답하고서 나는 내 방문을 열었다.

7

호흡을 가다듬고 첫 문장을 시작했다.

"저는 실패한 미아입니다."

모두가 나를 주시하고 있다는 게 느껴졌다. 법정에서 인생 첫 변론을 하던 날보다 더 떨렸다.

"아홉 살이었습니다. 더 이상 집에 살고 싶지 않은데, 가출은 너무 복잡할 것 같아서 스스로 집을 잃어버리기로 했습니다. 그러면 일이 훨씬 간단할 것 같았거든요. 집을 떠나는 날엔 가장 좋아하는 옷을 입고 싶었습니다. 그 옷은 앞에 사슴이 그려진 연보라색 티셔츠였는데 찾아봤더니 세탁기 안에 있는 거예요. 며칠 전 집어넣었던 그대로요."

나의 엄마는 빨래를 자주 하는 사람이 아니었다는 이야기, 낮이든 밤이든 술에 취해 누워 있는 날이 더 많았다는 이야기는 하지 않았다. 연보라색 티셔츠가 하필이면 젖은 수건 뭉치 아래 깔려 있어 결국 입지 못했던 것이 아쉬웠다는 것만 말했다.

"디데이는 수요일로 잡았습니다. 하교 시간이 가장 늦은 날이기 때문이었어요. 그러면 그만큼 밤이 빨리 올 것 같았지요. 계획을 치밀하고 세세하게 세웠습니다. 늘 다니던 학교 정문이 아니라 후문으로 하교한 다음 버스 정류장으로 간다. 제일 빨리 도착하는 버스에 올라탄다. 버스 번호를 보지 않는다. 나조차 어디로 가는지 모르도록. 그러고는 열 번째 정거장에서 내린다. 그다음에 또다시 가장 빨리 오는 버스에 올라타서 또다시 열 번째 정류장에서 하차. 그렇게 두 번을 더 반복했어요. 목적은 하나였습니다. 집으로 돌아가는 길을 없애버리는 것. 혹시 내 마음이 약해진대도 집을 찾아가는 길을 모르면 괜찮지 않을까. 그렇게 세상에 어둠이 내렸습니다. 저는 원하던 대로 낯선 밤거리에 혼자 있게 되었습니다. 하지만 계획에 큰 차질이 생겼습니다. 어떤 행인도 저에게 관심이 없는 거예요. 어른들은 바삐 제 갈 길만 갔습니다. 원래 계획대로라면 미아로 발견되어서 고아원에 가야 하는데, 아무도 발견해주지 않으니…… 고아원에 가고 싶어도 내 발로 혼자 걸어 들어갈 수는 없으니까요. 거긴 누가 보내줘야 가는 거잖아요."

"웬일이야, 너무 불쌍해요."

성지연이 불쑥 끼어들었다. 내가 잠시 숨을 고르는 사이였다. 나는 그쪽을 향해 살짝 미소 지어 보였다. 어쩐지 맥이 풀렸지만 이야기를 계속해나갔다. 달리 방법이 없어서 내가 먼저 지나가는 연인을 불러 세웠다는 것을, 그들에게 도움을 요청했다는 것을, 그들이 집에 전화해주겠다고 했을 때 내가 그만 울음을 터뜨려버렸다는 것을. 그냥 빨리 고아원이든 어디든 날 좀 데려가달라고 매달리고 싶었지만 꾹 참았다는 것 또한.

"경찰은 호락호락하지 않았습니다. 어느 학교 몇 학년이냐고 꼬치꼬치 물었습니다. 당황했지만 계획한 대로 학교에 안 다닌다고 말했습니다. 사는 동네 이름도, 집 전화번호도, 부모의 이름도, 하물며 내 이름도 나는 아무것도 모른다고. 기억을 통째로 잃어버린 척하는 것이 가장 중요한 계획이었거든요. 그런데 경찰이 갑자기 손가락으로 제 어깨를 툭툭 쳤습니다. 야, 여기 이거 열어봐. 책가방. 내가 계속 학교 책가방을 메고 있었던 겁니다. 바보처럼. 교과서에 대문짝만하게 학교랑 학년, 반 번호, 이름이 적혀 있었죠. 경찰은 전화를 몇 통 하더니 그대로 경찰차에 나를 태웠습니다. 그길로 집에 돌아왔습니다. 그렇게 미아 되기에 실패했다는 그런 이야기입니다."

말이 끝나자 크루들이 박수를 쳤다. 그것이 규칙이니까. 박수 소리는 이전의 사연들에 비해 크지도 작지도 않은 것 같았다. 나의 실패담 데뷔 무대는 처참한 실패는 아니지만 그렇다고 대단한 성공도 아닌 모양이었다. 어떻게 아느냐고? 분위기. 분위기는 속일 수가 없었다. 첫 실패담 발표 이후 정체 모를 초조함이 한층 깊어졌다. 다음에는 꼭 이보다 더 좋은 반응을 얻어내고 싶었다. 왜인지는 나도 몰랐다. 조금 더, 조금만 더 노력해서 더 잘하고 싶다는 그 모호하고 집착적인 욕망은 내게 너무나 익숙한 것이었다. 나는 그들의 일부가 아닌 진짜 크루가 되고 싶었다. 어떻게 해야 그럴 수 있을지 알지 못했다.

8

제리는 실패담 클럽에 갑자기 등장했다. 초청자는 이번에도 성지연이었다. 양 대표가 성지연에게, 역시 우리의 젊은 피 수급을 도맡는다며, 대단하다고 감탄했다. 성지연은 화사하게 미소 지었다.

"제가 워낙 철이 없어서인지 어린 후배들이 유난히 따르네요."

성지연은 그를 '유튜브 채널에서 〈제리TV〉를 운영하는 유명 크리에이터'라고 소개했다. 〈톰과 제리〉의 그 제리냐고 누가 농담하듯 묻자 그는 맞습니다, 하고 대답했다. 체구와 얼굴, 태도와 분위기 등을 종합해 판단해보자면 그는 적당히 대중적 취향의 소유자들에게 인기깨나 끌 스타일이었다. 트로트 경연 프로그램의 참가자였다면 말이다.

제리는 나와 동갑이었다. 인문학을 전공하고 평범한 회사원 생활을 하다가 어느 날 우연히 유튜브를 시작하게 됐으며, 점점 좋은 반응을 얻으면서 전업을 하게 되었다고 자신을 소개했다. 현재 구독자가 사십만이라고 성지연이 자랑하듯 말했다.

"아니, 아니, 아직 아닙니다. 어제 기준 삼십칠만 팔천육백명 정도입니다."

제리가 급히 정정했다. 그는 심지어 겸손해 보였다. 크루들이 그 역시 대단한 숫자라고 입을 모았다.

"상암경기장이 육만 오천 석 정도이니 엄청난 거죠."

누군가 말하자 그는 단지 자신은 배우기 위해서 여기 왔다고 말했다.

"제가 요즘 성공과 실패에 대해 열심히 공부하는 중이라서요."

누구나 한 방의 성공 신화를 좇아 달리는 이 사회에서 과연 어떻게 살아가는 게 맞는지, 정답이 있는지, 성공과 실패의 진정한 의미는 뭔지 하나씩 찾아나가고 있다고 말했다.

"실패를 성공을 위한 단계로만 소비하는 사회에 이런 전복적인 모임이 존재한다는 사실이 조용한 혁명이라는 생각마저

들어서 전율했습니다."

불안감이 엄습했다. 본능적인 감각이었다. 그는 새로운 유형의 사기꾼이거나 그보다 더 교묘한 무언가일 것만 같았다. 실패담 크루들이 상상도 못 해본 종류의 포식자일 수도 있었다. 어찌 됐든 이 세계를 망가뜨리기 위해 그가 여기 왔다는 예감이 들었다. 이 작고 안온한 곳의 평화로운 질서와 균형을 산산이.

제리의 등장 이후, 모임의 공기가 어쩐지 달라진 것 같다는 느낌은 나의 과민함 탓일까. 나 말고는 모두 그에게 호의적인 듯했다. 나에게는 아무도 재촉한 적 없는 실패담 발표를, 제리에게는 여럿이 서둘러 청하기도 했다. 제리의 실패담을 기다리면서 크루들은 평소보다 한층 진지했고 전에 없는 긴장감마저 감돌았다.

"저의 첫 번째 실패는 그의 아들로 태어난 것입니다."

그렇게 그의 긴 이야기가 끝났을 때 좌중엔 평소보다 조금 깊고 긴 침묵이 고였다. 모두 숨을 죽이고 있었다. 곧 박수 소리가 침묵을 지우며 울려 퍼졌다. 내 첫 발표 때보다 명백히 큰 소리였다. 성지연은 제리 쪽을 보면서, 자신의 오른 손바닥을 펼쳐 심장 위에 올렸다. 감동받았음을 표현하는 동작이었다. 모임이 끝나갈 무렵 "이제 괜찮으신 거죠?"라고 누군가 묻는 소리가 들렸다. 나를 향한 질문이었다면, 네, 하고 답했을 텐데. 아니, 적어도 괜찮아지려고 노력해왔으며 지금도 죽을힘을 다해 애쓰고 있다고 했을 텐데. 새로운 주인공의 대답은 내 귀에까지 닿지 않았다.

9

나는 유튜버 제리를 탐문하기 시작했다. 온라인에서는 의외로 그에 대한 정보를 거의 찾아볼 수 없었다. 그가 본인의 얼굴을 비롯해 개인적인 정체성을 드러내지 않는 방식으로 채널을 운영하고 있기 때문인 것 같았다. 그는 고전 철학과 인문학의 개념을 요약해서 설명하거나 철학을 일상과 연결해 설명하는 콘텐츠를 중심으로 역사, 심리, 예술 같은 주제까지 다루고 있었다. 복잡한 개념을 생활 속 사례와 비유로 쉽게 설명하는 것이 특징인 듯했다. 니체가 말하는 일상을 지키는 힘, 산업혁명과 빵의 윤리학, 같은 실수를 반복하는 사람들의 숨겨진 비밀 같은 제목이 박힌 섬네일이 눈에 띄었다. 스크롤을 내리다 이런 제목들에 눈이 붙잡혔다.

'경제를 지배하는 소수 1%의 사고방식'

'고대 철학자와 현대 심리학자들이 입 모아 말하는, 성공한 사람들이 타인의 마음을 움직이는 방법'

그가 우리 크루를 이용한 방법은 무궁무진할 것이다. 나는 점점 절박해졌다.

다음 모임 날, 약속 장소인 중식당으로 올라가는 계단 입구에서 제리와 마주쳤다. 나는 그에게 단도직입적으로 물었다.

"여기 왜 나오시는 거예요?"

그가 웃음기 없이 반문했다.

"변호사님은요?"

"여기 계신 분들, 다 순수한 분들이에요."

"그럼요. 순수하시지요."

그가 한 템포 쉬고서 말을 이었다.

"그중에서도 변호사님이 제일 순수하신 것 같은데요."

그럴지도 몰랐다. 순수의 의미에 몰입이 포함되어 있다면. 그가 나보다 앞서 뚜벅뚜벅 계단을 올라갔다. 나는 참았던 숨을 뱉었다.

10

"저에게는 오랜 꿈이 있었습니다. 그 꿈을 위해 치열하게 노력했습니다. 진부하게 들리겠지만 발가락 끝까지 긴장하며 달려왔습니다. 충분히 열심히 살았다고 말할 수 있습니다. 작은 실패도 허락되지 않는다고 믿었습니다. 실패는 여유 있는 사람들의 것이니까요. 저 같은 사람은 한 번만 삐끗해도 다음 기회가 없습니다. 그렇게 간신히, 간신히 실패를 피해가면서 왔습니다."

나는 꼭 일하고 싶었던 곳이 있었다고 말했다. 운 좋게도 꿈 가까이에 가게 된 적이 있었다고도 말했다. 그러나 그 자리에 가서는 안 될 사람, 타인을 희화화하여 인격권을 침해하고 공동체를 상처 입힐 게 분명한 사람을 걸러내라는 신호를 보낸 건 그곳에 대한 애정의 발로였을 뿐, 다른 목적은 없었다고. 내가 아닌 누구라도 같은 선택을 했을 거라고. 내가 '그런데'라는 역접 부사를 발음한 순간 성지연이 손을 들었다.

"주변님, 여기서 그만하시는 게 좋을 것 같아요."

크루가 다른 크루의 말을 중단시킨 건 실패담 크루 역사상 최초일 것이다. 내가 야심 차게 구성한 실패담 서사는 완성되지 못했다.

성지연이 나를 룸 밖으로 불러냈다. 양쪽으로 룸이 늘어선 식당 복도는 휑하고 건조했다. 성지연은 마른기침을 하고는 부디 적절한 선을 지켰으면 좋겠다고 말했다. 선을 지키다, 라니. 마음속으로 나는 선을 잇다, 자르다, 넘다, 밟다, 그리다, 지우다 같은 수많은 동사를 만지작거렸다.

"지금 제가 실수했다고 말씀하시는 건가요?"

"음, 어드바이스라고 생각하면 좋을 것 같아요. 인생을 한참 더 산 선배의."

이런 말을 할 때도 그녀는 밝고 우아했다. 언젠가는 또 이날의 일이 하나도 떠오르지 않는다고 할지도 몰랐지만.

"기억나요? 내가 주변님을 보면 왠지 돕고 싶은 마음이 든다고 했던 말."

나는 멍하니 그녀를 바라봤다.

"주변님 지금 펌에 들어갈 때 원 대표가 추천서 써줬었잖아요. 그거 내가 특별히 부탁했던 거예요. 원 대표는 내부고발자의 싹이 보이는 신참은 아예 업계에 발도 못 붙이게 해야 한다고 했지만, 나는 주변님이 안쓰러웠어요. 저 사람 진짜 절실하구나, 동료들끼리 사적으로 나눈 카톡 대화를 보스한테 제보라고 보낼 정도로 상황 판단이 안 되고 다급하구나."

양손에 접시를 든 직원이 우리를 지나쳐 갔다.

"하지만 그런 결핍도 외면해선 안 된다는 게 내가 생각하는 사회적 윤리예요. 원 대표는 잘 이해하지 못했지만요. 그 사람은 노블레스오블리주에 대한 강박도 일종의 허영심이라고 주장했어요. 우리는 그런 식의 가치관이 참 많이 달랐죠. 하지만 이젠 주변님도 이만큼 왔으니까 이거 하나는 기억해두면 좋겠어요."

자기 잘못을 마치 무용담처럼 미화하는 건 매우 위험하며 자칫 음침해 보일 수 있고, 결국 사회적 고립을 자초하는 길이라는 게 성지연의 충고였다. 나는 동의할 수 없었다. 잘못? 음침? 몇 해 전 내가 민과 홍이 단톡방에서 떠들어댄 부적절하고 혐오적인 농담을 갈무리해 원 대표에게 보냈던 일이? 본인이 피해 당사자임에도 일언반구 없이 묵살해버린 원 대표는? 당시 내 미미한 전언은 어디에도 알려지지 않았고 결과적으로 아무도 다치게 하지 않았다. 그들의 삶에 티끌만큼의 영향도 주지 않은 채 흐지부지됐을 뿐이다.

성지연이 차라리 자기 입장을 고려해 참아달라고 했으면 이해해줄 수도 있었을 것이다. 이 시대의 젊은 변호사에게 요구되는 핵심 덕목은 적절한 상황 판단력과 융통성이기도 하니까. 나는 여전히 도태되지 않기 위해 죽도록 노력하는 중이니까. 성지연이 조그맣게 심호흡했다. 그러고는 격려라도 하듯 내 어깻죽지를 두 번 도닥였다.

"다들 기다리시겠다. 그럼 얼른 들어와요."

성지연이 미닫이문을 열고 먼저 룸으로 들어갔다. 문은 곧 닫혔다. 틈 없이 닫힌 회색 문을 바라보며 나는 한동안 그 자리에 서 있었다. 안에서는 희미한 빛도, 웃음소리 같은 것도 새어 나오지 않았다. 아무에게도 발견되지 못했던 아홉 살의 그 낯선 밤에 다시 영원히 갇힌 것 같았다. 도망칠 곳 없이. 나는 되도록 큰 소리가 나지 않도록 조심하면서 닫힌 문을 옆으로 밀었다. 곤혹스러운 표정을 감추며, 내 발로 걸어 들어갔다. 실패한 미아답게 나는 길 잃어버리기에는 영 재능이 없었다.

11

그날 이후 실패담 크루에 나가지 않았다. 성지연에게서 어떻게 지내는지 궁금하다는 메시지가 한 번 왔다. 동급생 목덜미를 연필심으로 찌른 초등학생 가해자의 학폭위가 열리기 삼 분 전이었다. 요즘 맡은 사건이 너무 많아 정신이 없다고, 다음에 꼭 가겠노라고 답신했다. 학폭위 회의가 끝난 뒤 휴대폰을 확인해보니, 밥 잘 챙겨 드시고 일하라는 상냥한 답장이 와 있었다. 나는 그러겠다고, 감사하다는 인사 문자를 보냈다.

이따금 길거리나 식당 같은 곳에서 어린 아들과 아버지가 함께 있는 풍경을 볼 때면 '아버지에 속했던' 한 소년의 이야기가 떠오르곤 했다. 태어난 순간부터 실패해버린 소년은 자라는 동안, 빈집으로 배달된 피자 박스처럼 내내 쓸쓸했을 것이다. 어차피 어떤 인간도 결국 쓸쓸해지기 마련이다. 쓸쓸한 밤이면 나는, 자신의 신념을 증명하기 위해 어떤 핑계라도 훔치는 사람이 있다는 제리의 말을 결정적 증표인 양 마음속으로 되뇌었다.

나는 〈제리TV〉의 삼십팔만 천삼백 번째 구독사가 되었다. 일주일에 한 번 아니면 두 번 새 영상이 업로드되는 날을 기다렸다. 새 영상 알림이 뜨고 섬네일을 확인하기 전까지의 짧은 시간 매번 긴장감으로 가슴이 조여들었다. '잠입 취재_실패조차 유희로 만드는 대한민국 1%의 민낯' 같은 제목의 동영상은 올라오지 않았다. 민낯 대신 얼굴이라는 단어로 바꾸어 상상해보았다. 비현실적이기는 마찬가지였다. 나는 '이별 없는 세대의 절망과 유머 그리고 괴벨스' '중세의 이색 직업: 망토부터 이동변기까지 변소 빌려주는 사람들'이라는 제목의 영상을 보았다.

교양이 조금 늘었다. 아무것도 달라지지 않았다.

실패를 다룬 콘텐츠가 올라온 것은 그로부터 몇 개월이 지난 후였다. 집에서 준비서면을 쓰고 있던 밤, 〈제리TV〉의 새 영상 알림을 받았다.

'실패를 다시 정의하다. 우리가 실패를 말하는 가장 용감하고 섬세한 방식, 멋진 사람들에게서 내가 배운 것.'

섬네일 속에서 잔잔히 미소 짓고 있는 낯익은 이들의 얼굴을 보았다. 밀려난 것은 나뿐임을 알았다. 내가 사라진 자리는 또 어떤 젊은 피로 대체되었을까. 그 순간 나는 깨끗이 승복했다. 내가 졌다. 휴대폰 화면을 향해 선뜻 손끝을 뻗을 수 없어서 당혹스러웠다. 나는 이 밤이 지나가기를 기다렸다.

* 본 작품은 『노 피플 존』(문학동네, 2025) 수록작임을 밝힌다.

「실패담 크루」 정이현 작가와의 대담

인아영 | 문학평론가, 제49회 이상문학상 예심위원

인아영(이하 인) 선생님, 안녕하세요? 저는 문학평론가 인아영이라고 합니다. 오랫동안 멀리서 독자로서만 선생님을 뵙다가 이렇게 지면에서 인사드리게 되어 무척 반갑고 설레는 마음이에요. 제 마음에 남아 있었던 이야기들을 직접 여쭤볼 수 있어서 기뻐요. 「실패담 크루」의 주제는 단연 '실패'입니다. 인간이라면 모두 크고 작은 실패를 겪는 존재니까 독자로서는 이리저리 헤매고 고꾸라지는 주인공을 보면서 저마다의 실패를 떠올릴 것 같아요. 그런데 이 소설의 남다른 관심은 실패의 내용이 아니라 형식에 있는 것 같습니다. 이 소설은 '인간은 무엇에 실패하느냐'가 아니라 '실패가 어떻게 서사화되고 유통되는가'라는 메타적인 질문을 던지고 있다고 생각했어요. 작은 모임에서 일어나는 사건을 다루고 있지만 실은 우리 사회를 관통하는 무척 큰 이야기라고도 느꼈습니다. '실패'라는 주제에 관심을 가지게 된 특별한 계기가 있으신지 여쭙고 싶어요.

정이현(이하 정) 말씀하신 대로, 이 소설은 실패 자체라기보다는 지금의 한국 사회에서 그것을 서사화하는 방식에 대한 관심에서 시작되었다고 할 수 있습니다. 소설가로서 저는 '누가 말하는가'를 늘 살피는데요. 실패에 대해 공식적으로 발언하는 사람들에게는 공통점이 있었습니다. 한때 실패를 겪은 적이 있지만 이제는 그 실패를 극복했거나 적어도 '벗어난 상태'라고 할 수 있다는 점입니다. 실패의 자장 안에 여전히 머물러 있는 사람, 아직 빠져나오지 못한 사람에게는 실패에 대해 말할 기회 자체가 없습니다. 어딘가로 밀려나거나 사라져버렸으니까요. 우리가 남의 실패에 대해 알고 싶어 하는 이유는 무엇일까요. 우리는 실패담을 통해 무엇을 배워야 한다고 믿는 걸까요. 이 소설은 실패와 실패'담' 사이의 틈, 실패라는 실제 경험이 이야기로 가공되는 순간 생기는 균열을 들여다보는 데서 출발했습니다.

인 첫 문장부터 강렬합니다. "페이스트리는 뜻밖에 정치적인 빵이다." 처음에는 무슨 뜻인지 궁금했는데 소설을 읽어나가면서 삶에 대한 탁월한 비유임을 납득했습니다. 작가님은 지난 이십여 년 동안 작품을 통해, 아무리 사소해 보이는 것이라도 얼마나 정치적일 수 있는지 알려주셨다는 생각이 새삼 들더라고요. 정치는 거창한 이념이나 단호한 주장으로 커다랗게 말해지는 것이 아니라, 그런 커다란 목소리들 사이의 얇은 틈, 그러니까 페이스트리의 부스러기가 떨어지는 장면과 같이 사소한 순간에 깃들어 있음을, 저는 작가님의 소설을 읽으면서 배워왔던 것 같습니다. (빵을 먹으면서 부스러기를 떨어뜨리는 주인공과 아무런 부스러기도 남기지 않는 성지연의 대비는 그런 정치성이 일상적인 몸짓 안에 깊이 내재되어 있다는 것을 보여주는 것 같았어요.) 그것이야말로 우리 시대의 정치성이라는 생각도 들고요. 이런 비유를 통해서 말하고자 하신 문제의식이나 관점이 있다면 들려주시겠어요?

정 어떤 소설은 첫 문장부터 순서대로 쓰기 시작하고, 또 어떤 소설은 마지막에야 첫 문장을 쓰게 되기도 합니다. 이 소설은 중간까지 쓰다가 문득 맨 앞으로 돌아간 경우였습니다. '페이스트리는 뜻밖에 정치적인 빵이다'라는 문장이 서두에 놓이자, 그때까지 써온 이야기에 하나의 질서가 부여되는 느낌이 들었습니다. 그런 의미에서 제게도 특별한 첫 문장입니다.

페이스트리는 하나의 덩어리처럼 보이지만 실제로는 겹겹이 쌓인 레이어로 이루어진 구조입니다. 그 층과 층 사이에는 틈(들)이 있습니다. 아주 얇고 미세한 틈이지만 분명히 존재하는 것이고 쉽게 넘을 수 없지요. 위층으로 올라가기는 좀처럼 허락되지 않습니다. 그런 점에서 이 사회의 계층구조와 비슷하다는 생각을 했습니다. 또한 말씀하신 대로 페이스트리는 한 입 베어 무는 순간 부스러기가 흩날리며 바닥으로 떨어집니다. 떨어져 나온 그 부스러기들을 보면서, 구조 안에 속한 보통 사람의 실패가 얼마나 쉽게 개인의 몫으로 치환되는지, 또 얼마나 파편화되는지 생각했습니다.

평론가님이 말씀하신 대로 저는 일상의 정치성에 꾸준히 관심을 가져왔습니다. 겉보기에 개인적인 것으로 여겨지는 한 사람의 가치관이나 태도, 취향 등은 각자가 놓인 사회적 조건 속에서 오랜 시간에 걸쳐 형성된 것이 아닐까 합니다. 그 안에 스며든 정치성과 시대와의 관계를 살피는 일을 앞으로도 계속 하고 싶습니다.

인 '실패담 크루'라는 모임은 겉으로는 점잖고 평등한 모임처럼 보입니다. 피드백이나 충고와 같은 간섭을 금지하는 규칙은 자신의 실패에 대해 말하는 사람을 판단하지 않는 배려의 장치처럼 보이기도 하고요. 그런데 소설을 읽다 보면 그 안에서 미묘한 권력구조가 느껴집니다. 권력을 가진 누군가가 강제적인 힘을 행사한다는 의미에서가 아니라, 말해지지 않는 영역에서 포함과 배제가 끊임없이 이루어지고 있다는 의미에서요. 소설에서 그 미묘한 선이 무척 정교하게 설계되었다는 인상을 받았는데요. 어쩌면 각자 자신의 실패담을 안전하게 고백하는 모임의 형식 자체가 이미 중요하지 않을까도 싶었습니다. 안전감을 해치는 누군가를 언제든 조용히 밀어낼 수 있으니까요. 명시적이지 않고 암묵적이기에 훨씬 힘이 강하다는 생각도 들었고요. 이러한 모임을 구상할 때 염두에 두신 점이 있는지 궁금합니다.

정 크루라는 형식의 모임이 제게는 새로운 공동체나 연대라기보다 혼자와 혼자들의 일시적인 결합에 가깝게 느껴졌습니다. 각자의 필요에 의해 잠시 접속했다가 다시 흩어진다는 측면에서요. 단일한 목표나 대의를 공유하지 않고, 러닝이나 독서 등 구체적인 목적 외에는 서로의 삶에 깊이 관여하지도 않는 듯했습니다. 일정한 거리를 유지하고 예의를 지키면서도 적대적이지는 않은, 이전과는 다른 방식의 관계가 흥미로웠어요.

이런 느슨한 결합이 이 시대의 단면을 드러내는 게 아닐까 싶었습니다. 소설 속의 '실패담 크루'들은 돌아가며 실패에 대해 말하기는 하지만 실패의 의미에 대해 깊이 성찰하지는 않습니다. 그런 것은 애초에 관심의 영역이 아닙니다. 그들에게 실패담을 나누는 일은 커뮤니티를 유지하기 위한 친교의 수단에 가까워 보이기도 합니다. 이제는 친교조차 커리어를 위해 유지, 관리되어야 하는 시대니까요. '자신의 실패담을 안전하게 고백하는 모임의 형식 자체가 이미 중요하며 그 형식이 안전감을 해치는 누군가를 조용히 밀어내게 할 수 있다'라는 평론가님의 해석에 공감합니다. 이 모임은 겉으로는 우호적이고 안전하고 평등해 보이지만 그 우호와 안전, 평등은 조건부입니다. 말해도 되는 실패, 말해서는 안 되는 실패 등은 암묵적으로 정해지는 것이고요.

이 과정에서 게임의 규칙을 눈치껏 이해하지 못한 구성원은 결국 소외되겠지요. 예컨대 지나치게 몰입하거나 너무 '진심'을 보이거나 하면요. 사회적 자본을 더 많이 가진 구성원과 그렇지 않은 구성원 사이에 보이지 않는 위계 관계가 작동할 수도 있을 것 같습니다.

성공담이 아니라 하필 실패담을 나누는 설정으로 한 이유는, 취약하고 개인적인 내면을 '우리끼리' 있는 이 자리에서만 드러내 보이는 포즈를 취하게끔 하고 싶었기 때문입니다. 저는 고백의 형식에 관심이 많은데요. SNS의 많은 글이 독백의 외형을 취하고 있음에도 실은 타자(팔로워)를 전제하는 발화라는 점이 궁금했습니다. 왜 고백의 형태를 빌려 말하는 걸까, 혹시 고백의 형식이 말하는 이를 보호하는 어떤 장치가 되는 건 아닐까, 이런 의문도 따라가보고 싶었습니다.

인 성지연이라는 인물은 저에게 무서우면서도 매력적인 인물이었어요. 속을 알 수 없는 캐릭터라 그런지 단순히 선악의 기준에 따라 판단하기 어렵다고도 느꼈고요. 한편으로는 스스로를 "벽돌 만드는 사람"이라고 표현할 만큼 겸손하고, 어떻게 하면 사람들의 호감을 살 수 있는지 섬세하게 알고 있으며, 실제로 적당한 선에서 타인을 배려하는 인물인데요. 하지만 다른 한편으로는 그런 호감이 곧 권위라는 사실을 누구보다 잘 알고 있고, 상대방에게 은근한 복종을 요구하며, 마음에 들지 않았을 때는 가차 없이 내치는 냉정한 인물이기도 합니다. 마지막에 주인공의 실패담을 중단시키고 '선을 지켜달라'고 말하는데, 얼핏 도덕적인 선을 요구하는 것 같지만 실은 자의적인 질서를 만들어내는 표현이라 참 인상 깊었습니다. 그녀가 어떤 삶을 거쳐왔을까 상상해보기도 했고요. 이런 인물을 떠올리게 된 계기가 있을까요?

정 한 방향으로 규정할 수 없는 여성 인물을 떠올렸습니다. 어떤 면에서는 권력이라고 불릴 만한 것을 지녔지만 동시에 희생자이기도 한, 그러나 또 누군가에게는 착취자로 인식될 수도 있는 인물이요. 인정 많은 언니이자 꼰대이기도 하고, 다정함과 냉정함을, 낭만적인 면과 권위적인 면을 함께 지닌 사람. 어느 한 가지 성향으로 단정되거나 고정되지 않는 여성이요. 선함이나 악함, 피해자나 가해자로 쉽게 환원되지 않는 존재. 그런 모순과 복합성은 개인의 성격에서 비롯된다기보다 그가 놓인 구조와 관계 속에서 형성된 것으로 보였으면 했습니다. 그리고 그 다층성을 결말에 해소하거나 정리하지 않은 상태로 남겨두고 싶었습니다.

인 결말에서 주인공은 제리를 보며 깨끗하게 실패를 인정합니다. 주인공은 미숙한 상태로 등장하지만 흔한 성장형 인물은 아닙니다. 경쟁자들의 뒷담화를 몰래 고발하는 행동은 이 인물의 '순수'한 무지를 보여주는 절묘한 설정이라고 생각했는데요. 이러한 무지는 마지막까지도 유지되는 것처럼 보였어요. 로펌에 합격하지 못한 이유를 성지연이 넌지시 알려주지만 그것을 받아들이지 못한 채 튕겨내고 있고, 제리의 유튜브 방송을 보면서도 자신이 밀려났다는 사실을 감지할 뿐 왜 그런 일이 벌어졌는지는 이해하지 못합니다. 다시 말해 주인공은 냉정한 세계의 법칙으로부터 끝까지 소외되어 있습니다. 이것이 실패담 크루나 제리의 방송에서 말하지 않는 진짜 실패가 이루어진 순간이라는 생각이 들었습니다. 그런데 이러한 결말은 독자들에게 무력감이나 만족감을 준다기보다, 연민과 불편한 공감이 뒤섞인 찝찝한 감정을 오래 느끼게 하는 것 같아요. 어쩌면 소설이 이 무지한 인물을 우습다고 비웃거나 한심하다고 판단하기보다는, 그러한 인물을 통해 성장이나 깨달음으로 간단히 설명할 수 없는 현실을 보여주고 있어서가 아닐까 하는 생각도 들었습니다. 이 인물을 어떻게 그리고 싶었는지, 인물을 만들어나가는 과정에서 고민은 없으셨는지 궁금합니다.

정 주인공은 '주 변호사'라서 '주변'이라고 불리는 인물로 설정했습니다. 저 나름의 작은 힌트이기도 합니다. 그 호명에는 이 인물이 끝내 중심으로 들어갈 수 없을 거라는 예감이 담겨 있습니다. 주변이란 무엇이고 중심이란 무엇인가, 하는 물음일 수도 있겠고요. '주변'이 순수하거나 때론 무지하게 느껴지는 이유는 미숙해서가 아니라 아직 세계의 규칙을 완전하게 이해하고 내면화하지 못한 어정쩡한 상태에 놓여 있기 때문인 것 같습니다. 아니면 집을 잃어버리겠다는 계획은 세울지언정 그에 성공하지는 못하는, 중심으로 진입하는 경로를 가지지 못한 인간형이기 때문인지도 모르겠습니다.

마지막 장면이, 그가 결국 크루로부터 배제되었다고 읽힐 수 있을 듯합니다. 결국 '주변'이 어떤 태도를 취해야 하는지 오래 고민했던 것이 사실입니다. 지금의 결말을 택하면서, 역설적으로 이것이 끊임없이 소외를 만들어내는 질서에서 벗어날 수 있는 계기일 수도 있다고 생각했습니다. 중심에 가기 위해 따라야만 했던 암묵적 규칙의 세계에서 밀려났기 때문에 오히려 질서 바깥의 세상과 용기 있게 마주할 가능성이 열릴 수 있지 않을까요.

인 「실패담 크루」는 이야기에 대한 소설이기도 합니다. 지금은 일인 유튜버를 비롯해서 모두가 자신의 삶을 콘텐츠화하면서 자기 서사를 생산하는 시대인데요. 하지만 이때 이야기는 투명하고 진솔한 그릇이라기보다는 자본주의사회에 알맞게 유통되기 위해 관리된 결과물에 가까운 것 같기도 합니다. 제리는 이러한 경향을 정확하게 반영하고 있는 인물이 아닐까 싶었습니다. 실패가 사교의 수단이자 콘텐츠가 되는 실패담 크루보다 더 노골적으로 자본주의사회에서 살아남기 위한 생존주의 교훈으로 전환해버리는 자기 계발 서사를 만들어내니까요. 실제로 이런 유튜브가 많을 것 같다는 현실감도 들더라고요. 조금 커다란 질문이긴 하지만, 이러한 자기 서사의 시대를 어떻게 바라보고 계신가요? 이러한 시대에 소설은 무엇이어야 할까요?

정 말씀하신 대로 자기 서사의 전성시대인 것 같습니다. 사랑과 이별, 재회, 질병, 육아, 노화, 죽음에 이르기까지 개인의 경험과 그에 따르는 감정과 욕망은 콘텐츠의 재료가 되어 플랫폼을 통해 유통되고, 소비됩니다. 이제는 거대한 산업이 된 것 같습니다. 조회수와 '좋아요' 같은 수치가 가치의 척도가 되었고, 그 순위에 따라 자본이 배분됩니다. 사람들은 이제 진짜 감정과 욕망을 현실에서 직접 겪기보다 복제되고 재생산된 콘텐츠를 통해 간접적으로 겪게 된 것 같습니다. 가지 않아도 간 듯한 기분, 먹지 않아도 먹은 듯한 기분. 이런 대리적 포만감은 가성비의 시대가 만들어낸 새로운 경험의 형식일지도 모르겠습니다. 그편이 더 효율적이라고 학습했으니까요.

이런 시대에 소설은 무엇이어야 할까요. 저는 그 질문을 곁에 두고 씁니다. 한 글자 한 글자 쓰고 한 글자 한 글자 읽어야 하는 소설이야말로 본질적으로 비효율적이고 불편하며 느린 매체입니다. 소설은 그런 어긋남과 지연의 방식으로, 이 시대가 당연시하는 효율과 편의, 속도에 의문을 던집니다. 소설을 통해 내가 서 있는 자리가 얼마나 불확실하고 불안한지 지각할 수 있지 않을까요. 진짜 삶의 불확실성과 불안을 회피하지 않고, 타인으로부터 이식된 서사에 의탁하지 않고, '나만의' 감정과 욕망의 부스러기들을 머뭇거리면서도 끝내 천천히 찾아가게 하는 것. 그것이 지금 이 시대에 소설이 할 수 있는 일이라고 생각합니다.

2026년 제49회 이상문학상 작품집

우리의 적들이 산을 오를 때

함윤이

2022년 서울신문 신춘문예를 통해 소설을 발표하기 시작했다. 소설집 『자개장의 용도』, 단편소설 『소도둑 성장기』 등이 있다. 2023년 젊은작가상, 2024년 문지문학상, 2025년 문학동네소설상을 수상했다.

우리의 적들이 산을 오를 때

신입 이름이 뭐였지. 그 질문은 몇 겹의 파티션과 책상을 건너 노아에게 왔다. 노아는 일어서 갈색이라고도 베이지색이라고도 할 수 없는 빛깔의 파티션 위로 얼굴을 내밀었다.

"이노아입니다."

과장이 졸린 개처럼 생긴 눈으로 그를 훑고서 말했다. "그래……." 뒤이어 박 주사와 함께 어디를 좀 다녀오라고 했다. 노아는 고개를 끄덕이고 사무실 가장 안쪽을 보았다. 칸막이 너머에 둥그스름하게 웅크린 녹색 등이 있었다. 이세껏 한 번도 말 붙여본 적 없는 등이었다.

"짐 챙겨요." 잠시 후 다가온 박녹원이 말했다. "거기서 퇴근합시다."

녹원의 차는 흰색 포터였다. 매끈한 방수포가 짐칸 전체를 꼼꼼하게 덮고 있었다. 조수석에는 겹겹의 옷가지와 손가방, 몇 해는 묵은 듯한 문서철이 쌓여 있었다. 녹원은 그것을 모조리 챙겨 뒷좌석에 밀어 넣었다. 차에서는 흙과 송진 냄새가 났다.

주차장 옆 벤치에 앉은 노인들이 트럭을 타고 떠나는 두 사람을 지켜보았다. 노인들은 얇은 코트 혹은 우비만 걸친 채 매일 오후 면사무소로, 주차장으로, 가장자리의 벤치로 왔고 날이 저물 때까지 앉아 있었다. 그들이 무엇을 하러 오는지 노아는 잘 몰랐다. 시간을 때우러 오나 보다, 막연히 추측했을 뿐이다. 그것은 이 소도시에 사는 사람들이 가장 자주 하는 일이었다. 느리고 꾸준하게, 표정 없는 얼굴로 시간을 흘려보내는 일.

면사무소는 소도시의 서쪽 끝에 있었다. 정문을 나와 동쪽으로 방향을 틀면 회색 강을 가로지르는 다리가 나타났다. 강을 건너면 국도였다. 길 양옆으로 창백한 노란색 논밭과 비닐하우스, 용도를 알 수 없는 조립식 건물들이 드문드문 이어졌다. 노아는 내비게이션 화면을 슬쩍 보았다. 천문대까지 차로 약 반 시간이 걸린다고 나와 있었다.

면사무소를 떠난 후로 트럭 안은 내내 고요했다. 녹원은 음악도 라디오도 틀지 않았다. 음악이나 라디오를 듣는 모습이 상상되지 않는 사람이기는 했다. 노아는 실수로라도 그를 곁눈질하지 않기 위해 차창 쪽으로 몸을 틀었다.

"노아 씨."

화들짝 놀란 노아가 고개를 돌렸다. 녹원의 옆얼굴이 바로 보였다. 진흙으로 빚은 양 뭉툭한 얼굴이었다. 꽤나 나이를 먹은 것 같다가도, 갓 성인이 된 듯 보이기도 했다.

"천문대에 대해 들은 적 있어요?"

노아는 그렇다고 대답했다. 실은 여러 번 들었다고. 면사무소의 자잘한 민원 속에서도 천문대 이야기는 유달리 도드라졌다. 사람들은 천문대에 사는 이들에 관해 여러 말을 늘어놓았다. 너무 시끄럽다, 쥐 죽은 듯 고요하다, 무슨 생각인지 모르겠다, 어떤 작당을 하는지 빤히 보인다……. 그들의 말에 따르면 천문대에 머무는 이들은 산 곳곳을 청소하고, 숲과 들을 돌아다니며, 둘러앉아 노래를 부르고, 폐건물 외벽을 칠하거나 본래 있던 철조망을 허물고, 등산객과 마주치면 미소 짓다가도 대뜸 소리를 지른다고 했다. 여기서 나가세요. 사유 구역입니다. 그들의 목소리를 흉내 내는 민원인도 있었다. 잔뜩 내리깔거나 얼음이 갈라지듯 쨍하거나. 어느 쪽이든 듣기 싫은 목소리였다.

허공에 매달린 신호등이 노랗게 번쩍였다. 멈춰 선 트럭 안에서 노아가 외쳤다. "앗." 신호등이 매달린 기둥 뒤편에서 무언가를 발견한 탓이었다. 너른 밭 한가운데에서 흑갈색 무리가 웅성이고 있었다. 노아가 큰 소리로 말했다.

"독수리예요."

"점심시간인가 보네요." 녹원이 조수석 창밖을 바라보았다. "처음 보시나요?"

"저, 야생 독수리 자체를 처음 봐요."

노아가 차창을 살짝 내렸다. 희미한 우짖음과 분변 냄새가 섞여 들어왔다. 냄새는 또 다른 민원을 떠올리게 했다. 시내 외곽의 식품 공장과 그 주변을 맴도는 독수리 떼에 관한 민원이었다. 소도시의 사람이라면 누구나 새들의 냄새와 소리에 대해 할 말이 있는 것 같았다.

독수리들은 매 겨울 몽골에서 3000킬로미터를 날아 이곳으로 왔다. 새들은 주기적으로 식품 공장을 찾았고, 이른 새벽 떨어지는 소와 돼지의 부산물을 받아먹었다. 주말이면 카메라를 든 몇몇 시민단체가 스타렉스나 트럭에 또 다른 동물의 사체를 이고 와 논밭에 뿌렸다. 공장 인근의 주민들은 독수리의 똥과 울음소리를 어떻게든 해달라 청해왔다. 반면 새들이 이곳을 떠나지 않게 해달라고 부탁하는 이들도 있었다. 독수리 밥을 주러 오는 이들 또는 탐조나 사진 촬영을 하러 오는 사람들이 내는 관광 수익이 쏠쏠하다고 했다.

"정말 크네요, 세상에."

노아가 중얼거렸다. 인터넷에 올라온 강원도 독수리에 관한 농담을 몇 차례 본 적 있었다. 농담의 레퍼토리는 엇비슷했다. 길가에 털옷을 입은 어린아이 혹은 노인의 등이 보여 말을 걸었더니 날개를 펼치고 날아갔다는 것이었다. 실제로 보니 그 농담을 충분히 이해할 수 있었다. 새들은 놀랄 만큼 컸고, 묘하게 사람다운 면이 있었다. 둥글게 구부린 어깨나 축 늘어뜨린 목 등이 특히 그랬다.

신호가 바뀌고 트럭이 다시 출발했다. 노아는 방금 자신이 낸 목소리, 흥분에 겨운 그 음성이 부끄러워졌다. 입을 다물고 차창을 올리는 그에게 녹원이 또 말을 걸었다.

"실례가 될 수 있는 질문인데, 그래도 해야 할 것 같아요."

트럭이 굽잇길을 따라 큰 곡선을 그렸다. 녹원은 아까보다 더 뜸을 들였다. 말이 물 위로 천천히 솟아올라 명확한 윤곽을 드러내기까지 기다리는 듯했다.

"노아 씨의 이름에는…… 종교적인 의미가 있나요?"

"아, 네. 어머니가 개신교세요."

녹원이 고개를 까닥거렸다. 다시 찾아온 적막 속에서 노아는 녹원의 다음 말이 무엇일지 가늠해보았다. 왼손으로는 오른 검지의 손톱을 서서히 뜯어냈다. 그의 이름을 옹호하는 쪽이든,

슬그머니 적대하는 쪽이든, 어느 방향도 반갑지 않았다. 이름에 관한 질문은 늘 그를 초조하게 만들었다. 그러한 불안은 노아가 예전부터 개명을 원한 이유 중 하나였다.

하나 녹원이 꺼낸 말은 옹호와도 적대와도 가깝지 않았다. 대신 노아가 전혀 예상치 못한 질문이 날아왔다.

"천문대에 가서 사람들을 만나면, 그러니까 혹시 이름을 댈 일이 생기면, 가명을 말해줄 수 있나요? 그래도 괜찮겠어요?"

"네네, 문제는 없는데……."

"거기 사람들이 다른 종교에 예민할 수도 있어서요."

가드레일 너머로 천문대 방향을 가리키는 녹색 표지판이 보였다. 노아가 머리를 주억였다. 비로소 그간 민원인들의 목소리에 스며 있던 불안이 어디서 온 것인지 알 수 있었다.

트럭은 국도를 빠져나와 표지판이 놓인 곁길로 직진했다. 쉴 새 없이 구불거리던 길은 곧 산중 도로로 변했다. 오래도록 방치되었는지 곳곳에 난 포트홀이 눈에 띄었다.

십 분가량 비탈을 오르자 우거진 나뭇가지 틈새로 원통형 건물이 드러났다. 희고 길쭉하여 얼핏 등대처럼 보였다. 주차장 팻말을 지나갈 무렵에는 은박지 빛깔의 돔 지붕과 원통 옆에 딸린 직사각형 건물까지 볼 수 있었다.

녹원이 차를 세웠다. 주차장에서 건물로 이어지는 석조 계단에 또 다른 표지판이 서 있었다. 한때는 천문대의 이름이 적혀 있었겠지만, 지금은 검은 페인트로 뒤덮인 채였다.

"노아 씨, 이번이 첫 외근이지요?"

"네, 맞습니다."

차에서 내리자마자 바람이 목덜미를 파고들었다. 산 아래보다 배로 찬 공기에 머리카락이 송두리째 곤두섰다. 노아는 뒤를 돌아보았다. 천문대 너머로 펼쳐진 산면에 서슬 퍼런 백색이 군데군데 맺혀 있었다. 어머니의 목소리가 귓가를 맴돌았다. 강원도는 10월부터 눈이 왔지. 기억나? 그런 데서 평생을 살 수 있겠니? 너는 추위도 많이 타잖아. 녹원이 트럭 짐칸을 덮은 방수포를 한 차례 더 고정하며 말했다.

"오늘은 그냥 일 배우는 시간이라고 생각하세요. 제가 하는 걸 지켜보시면 돼요. 누가 말 걸어도 길게는 이야기하지 마시고요."

노아가 코를 훌쩍이며 답했다. "그러겠습니다." 녹원이 뒷좌석에서 꺼낸 목도리를 건넸다. 노아는 몇 차례 거절하다가 받아들였다. 목도리에서도 흙과 송진 냄새가 났다.

녹원이 먼저 계단을 올랐다. 노아는 바짝 뒤따라갔다. 건물이 가까워지자 통유리창 앞에 선 몇 개의 인영人影이 보였다. 일렬로 나란히 선 그림자들은 분명 두 사람을 응시하고 있었다. 이윽고 그중 하나가 움직였고, 정문이 열렸다. 검은 털옷을 입은 여자가 문간에 서 있었다. 체구는 작달막했으며 까맣고 기름진 머리채가 거의 허리에 닿았다.

"박녹원 선생님."

목소리는 두 채의 건물과 계단 그리고 산을 꿰뚫듯 날아 그들 앞에 꽂혔다. 소리친 여자가 잔걸음으로 달려왔다. 메아리가 잦아들 즈음, 여자는 그들 바로 앞에 섰다. 그가 녹원의 두 손을 덥석 잡았다. 면사무소에서는 물론이고 다른 어디서도 녹원을 그토록 스스럼없이 대하는 사람은 본 적 없었다. 여자는 녹원의 손을 아래위로 흔들며 말했다.

"얼마 만이에요. 반갑다. 오는 길이 얼진 않았어요? 요새 기온이 훅 내려갔거든요. 춥죠? 안으로 들어오세요. 차라도 드릴게요."

말을 마친 여자가 몸을 돌려 노아를 마주했다. 그는 노아가 한 발짝 물러선 거리를 순식간에 좁힌 다음 물었다.

"이쪽은 처음 뵙네요. 신입이신가요? 이름이 어떻게 되세요?"

여자가 손을 내밀었다. 얼떨결에 악수가 이루어졌다. 노아는 더듬대지 않으려 애쓰며 말했다.

"반갑습니다. 지난달에 새로 들어왔어요. 정선화입니다."

그것은 어머니의 이름이었다. 어쩌다가 그 이름부터 떠올랐는지 스스로도 알 수 없었으나, 적절한 대처 같기는 했다. 어머니의 이름은 구세대적이긴 해도 무던했다. 신분을 숨기기에도 좋았고 귀에 익은 만큼 입에도 잘 붙었다. 그러므로 여자의 뒤에 선 녹원과 눈이 마주쳤을 때 노아는 흠칫 놀라고 말았다. 부릅뜬 녹원의 눈에 들어선 감정이 무엇인지 이해할 수 없었다. 그와 악수하는 여자가 입을 벌리고 크게 숨을 내쉬는 이유 역시 알지 못했다. 다만 노아 자신이 무언가를 잘못 쓰러뜨렸다는, 혹은 엎질렀다는 사실 정도는 알 수 있었다. 목덜미가 다시 서늘해졌다.

"너무 신기하다." 마침내 여자가 말했다. "기막힌 우연이네요. 내 이름도 선화거든요."

선화는 두 여자를 양옆에 둔 채, 정확히 말하면 노아와 녹원의 양팔에 제 팔을 끼워 넣은 채로 계단을 올랐다. 천문대의 유리문이 자동으로 열렸다. 실내의 훈기가 그들 사이를 파고들었다. 그 안에 세제와 락스 냄새가 섞여 있었다.

로비는 등받이 없는 벤치가 놓인 왼편과 한때 접수대였을 높직한 책상이 자리한 오른편으로 나뉘었다. 책상 뒤쪽에는 위층으로 향하는 새하얀 계단이 보였다. 벤치에는 작업복 차림의 여러 사람이 앉아 있었다. 방금까지 통창 너머로 그들을 보던 이들이었다. 부연 백발에 내려앉은 눈꺼풀을 가진 여자부터 막 고등학교를 졸업한 듯 보이는 남자애까지, 도무지 교집합이 없을 법한 예닐곱 명이었다. 전부 허리를 꼿꼿이 세운 데다 눈썹이나 입꼬리 또한 어디로도 치우치지 않은 듯 팽팽해서 마네킹 같은 인상을 주었다. 그들 옆으로 걸레가 차곡차곡 쌓인 붉은 대야와 벽에 기댄 대걸레, 통돌이 청소기 등이 놓여 있었다. 선화가 말했다.

"정신이 좀 없죠. 월요일이 대청소 날이어서요."

선화는 두 사람을 계단과 책상 사이의 조그만 방으로 데려갔다. 본래 직원 휴게실로 쓰던 공간이라고 했다. 거의 텅 빈 벽장 한가운데에 커피 가루와 찻잎이 든 상자가 있었다. 선화는 싱크대 아래에서 커피포트를 꺼내고 물을 끓이는 내내 말을 멈추지 않았다.

"시내 간 김에 종류별로 사다 놨어요. 다행이지 뭐예요. 카페인 있는 것과 없는 것 중 뭐가 좋으세요? 아무거나 괜찮으시면 제가 즐겨 마시는 것으로 드릴게요……. 이게 특히 향이 좋아요."

노아는 찻잔을 건네는 선화의 얼굴을 슬며시 살폈다. 녹원과 마찬가지로 나이를 가늠하기 어려운 얼굴이었다. 눈가나 입

주변에 내려앉은 주름은 퍽 깊었으나, 빰과 입술이 십대인 양 발그스름했다. 시종일관 밝은 표정은 갓 대학에 입학한 스무 살처럼도 보였다.

차는 적당하게 따뜻했고 진한 풀 냄새를 풍겼다. 노아는 찻잔을 기울이며 앞쪽을 흘끔거렸다. 맞은편 벽장에 몸을 기댄 녹원이 차를 홀짝였다. 트럭에서는 가명을 쓰라거나 길게 이야기하지 말라는 둥 바짝 경계할 법한 이야기를 늘어놓더니, 막상 천문대에 들어온 녹원은 몹시 편안해 보였다. 면사무소에서보다 더 자연스레 행동하는 것 같기도 했다.

선화가 그들을 도로 로비에 데리고 나갈 때까지 녹원은 아무 말도 하지 않았다. 선화가 벤치에 앉은 이들에게 무언가 이야기하는 순간에야 노아 옆으로 다가와 섰고, 빠르게 속삭였다.

“너무 오래 눈 마주치지 마세요.”

목적어와 주어 모두 분명치 않은 지시였다. 누구와 눈을 마주치지 말라는 건지, 어느 정도 바라보아야 오래 눈을 마주친 것인지, 무엇 하나 명확한 게 없었다. 되물을 틈 또한 없었다. 선화가 두 사람 쪽으로 돌아선 탓이었다. 그는 벤치를 가리키며 머릿수건을 쓰거나 앞치마를 두른 여자와 남자, 노인과 아이, 누구랄 것 없이 등을 반듯이 펴고 입술이 경직된 이들을 한 명씩 소개했다. 선화가 말하는 내내 노아는 바닥에 눈길을 둔 채 고개만 끄덕였다.

“박녹원 선생님은 지난번에도 만나셨지요?”

벤치에 앉은 이들이 그렇다고 대답하자, 선화가 양손으로 노아를 가리켰다. 그가 빙긋 웃었다.

“이분…… 이분은 정선화 선생님이세요. 저와 완전히 같은 이름이지요? 깜짝 놀랐어요."

로비의 모든 시선이 노아에게 모였다. 온몸으로 느낄 수 있었다. 이번에는 녹원의 말을 의식적으로 따르려 할 필요도 없었다. 눈을 마주치기는커녕, 표정을 헝클어뜨리지 않는 데만도 갖은 노력을 들여야 했다.

녹원이 그의 옆으로 한 발짝 더 다가왔다. 면사무소에서는 낯설고 어색하던 몸이 이곳에서는 보호자처럼 느껴졌다. 그의 소매나 팔을 붙잡지 않으려 애써야 할 정도였다.

"선화 씨."

녹원이 말했다.

"저흰 오늘 민원 때문에 왔습니다. 면사무소에 관련 민원이 계속 들어와서요."

"네에, 말씀하세요."

선화의 목소리는 정말로 듣기 좋았다. 뒤따르는 녹원의 음성이 안쓰러울 정도였다. 녹원은 갈라지고 새된 목소리로 민원을 전달했다. 서로 모순되는 내용들은 적당히 쳐내고, 말투는 점잖게 다듬은 전달이었다. 민원인들은 천문대의 무리가 지난 몇 주간 유난히 시끄럽게 굴었고, 불을 피우는 듯 탄내를 풍기거나 번쩍이는 빛을 하늘에 쐈으며, 이른 새벽 산나물을 캐러 온 주민들 앞에 낫 또는 제초기를 든 채로 나타나 마주한 이들의 마음을 덜컥 내려앉게 만들었다고 했다. 민원인 일부는 천문대에 머무는 이들의 목적이 대체 무엇인지 알려달라고 호소해 왔다…….

말을 마친 녹원이 차를 한 모금 더 마셨다. 홀짝이는 소리가 로비 전체를 울렸다. 천문대의 사람들은 아무런 말도 표정의 변화도 없이 그들을 보고 있었다. 노아는 한 번 더 눈을 내리깔았다.

자기들끼리 논의할 시간이 필요하다는 선화의 말에 따라 두 사람은 다시 휴게실로 물러났다. 벽 너머에서 소곤거리는 말소리가 들려왔다. 노아는 몇 번이나 녹원을 쳐다보았다. 그가 이 상황에 관해 조금 더 분명한 말을 해주지 않을까 기대했으나, 녹원은 입을 열지 않았다. 그는 희미한 김이 피어오르는 컵을 든 채 싱크대 뒤편의 작은 창만 보고 있었다.

선화는 금방 돌아왔다. 위층에서 잠시 이야기하자고 했다. 녹원이 먼저 일어섰다. 노아는 그 뒤를 따라가며 방금까지 녹원이 보던 창밖을 보았다. 싱크대 바로 앞에 서자 숲 아래의 주차장까지 내려다보였다. 그 한가운데에 파란 방수포를 덮어둔 녹원의 트럭이 서 있었다. 한 사람이 차를 향해 다가가는 중이었다.

그는 흰 스웨터에 야구 점퍼를 걸쳤으며, 머릿수건을 쓰고 있었다. 아까 로비에서 본 차림새였다. 여드름 흉터가 가득한 옆얼굴도 낯익었다. 트럭 앞에 선 소년이 침을 뱉었다. 오른손에 길쭉하고 구부러진 무엇인가가 들려 있었다. 낫처럼 보였다.

"선화 선생님!"

노아가 깜짝 놀라 돌아섰다. 제 이름과 똑같은 이름을 부른 선화가 웃는 얼굴로 말을 걸었다. "이쪽으로 오세요." 그가 로비 끝에 난 계단을 가리켰다. 다시 창밖을 보니 소년은 이미 사라지고 없었다.

층계를 따라 이어지는 벽에는 푸르스름하게 바랜 사진들

이 붙어 있었다. 주로 하늘을 찍은 사진이었다. 12월에 관측된 카펠라의 역동적인 빛, 희거나 푸르게 빛나는 플레이아데스성단, 달의 크레이터와 목성의 줄무늬……. 사진 아래 적힌 설명과 날짜는 모두 십여 년 전의 것이었다. 지금 이곳에 사는 이들이 천문대와 그 부지를 사들인 것은 약 일 년 전의 일이라고 들었다. 그 일 년 사이 산의 분위기가 몹시 흉흉해졌다는 민원인의 말이 떠올랐다.

"우리 때문에 흉흉해졌다는 이야기는 좀 납득이 안 가요."

나선형으로 이어지는 계단을 오르며 선화가 말했다.

"녹원 선생님도 아시겠지만, 우리가 한 건 자원봉사나 다름없는 일뿐인걸요. 기억나시죠? 요 주위 잡초를 솎아내거나, 산처럼 쌓인 쓰레기들 좀 치우고, 옛날에 설치한 야생동물용 덫도 대신 없애주고…… 뭐 그런 것들. 아시잖아요? 좋은 이웃이 할 만한 일이요. 그런 일 때문에 여기가 흉흉해졌다고 얘기하면 저희는 할 말이 없어요."

그가 계단 끝에 놓인 쇠문을 힘껏 밀었다. 경첩이 긁히는 소리와 함께 문이 열렸다. 희고 깨끗한 빛이 그들의 머리부터 발끝까지 적셨다.

빛 속으로 발을 디딘 순간, 노아는 자신이 한 번도 천문대에 와본 적이 없다는 사실을 깨달았다. 그가 본 천문대는 사진이나 영상 속에 나온 이미지뿐이었다. 실제로 본 관측대 내부는 상상보다 좁았으며 기대보다 훨씬 밝았다. 돔지붕과 맞닿은 길쭉한 유리창에서 쏟아진 빛이 홀과 세 사람 그리고 중앙에 놓인 큼직한 망원경을 비췄다. 햇빛에 잠긴 몸체가 하얗게 반들거렸다. 주위를 둘러싼 또 다른 망원경들은 은색 천으로 덮여 있어 인형

극에 등장하는 유령처럼 보였다.

선화가 망원경 사이를 누비며 앞으로 나아갔다. 그는 따라오는 두 사람을 향해 이런저런 설명을 늘어놓았다. 정원의 수목들이라도 소개하는 것 같은 태도였다. 이것은 반사굴절망원경, 저기 있는 것은 굴절망원경, 저것으론 주로 목성을 보고 이것으로는 성단을 관찰하며……. 녹원이 그의 말을 잘랐다.

"아까 다른 분들과 이야기 나누셨다고 했는데, 결론은 어떻게 났나요?"

"아, 그러니까……."

선화가 멈춰 섰다. 중앙의 망원경 바로 앞이었다. 그가 녹원과 노아를 번갈아 보았다. 마지막 시선은 노아에게 오래 머무른 다음 허공으로 옮겨갔다. 왜 그 사실이 아쉬운지, 노아 스스로도 이해할 수 없었다.

"우리는 이 주 뒤에 떠나요." 선화가 말했다. "이 주 동안 저희도 더 조심할게요. 그렇지만 기도회나 대청소, 주변 순찰 같은 건 어쩔 수 없어요. 그런 걸 하려고 여기 온 거니까요. 혹 또 민원이 들어온다면 보름 내로 다 정리될 거라고 말해주세요."

"왜 이 주 뒤죠?"

녹원이 묻자 선화가 웃었다.

"원래 그때까지 머물려고 했어요. 저희도 먹고살아야죠. 어떻게 여기에만 계속 있겠어요?"

녹원이 고개를 끄덕였다. 그 이상의 문답은 없었다. 녹원은 먼저 관측대를 빠져나갔다. 노아가 그 뒤를 따랐다. 빠르게 걸었음에도 선화는 금세 그를 따라잡았다. 빙판 위를 미끄러지듯 날랜 움직임이었다. 노아의 팔을 붙든 선화가 말했다.

"선화 선생님."

"네."

"제 이름으로 계속 남을 부르려니 기분이 이상해요."

선화가 또다시 웃었다. 노아는 대답하지 않았다. 선화의 양손이 노아의 팔을 위아래로 쓰다듬었다. 부드러운 말씨나 걸음걸이와 달리 손아귀 힘은 억셌다. 선화가 바싹 붙은 얼굴로 속닥거렸다.

"선화 선생님, 이 주 뒤에 저희는 떠나요. 12일 다음 날이요. 그러니까 12일 밤에 한번 오세요. 큰 행사를 열 계획이거든요. 즐거울 테고, 아주 아름다울 거예요. 어디서도 보기 힘든 행사예요. 그러니 꼭 와주세요, 네?"

바깥으로 향하는 문은 활짝 열려 있었다. 녹원이 도어스토퍼로 고정해둔 것이었다. 말을 마친 선화가 팔을 놓아주었고, 노아는 서둘러 문을 나섰다. 계단 아래에서 그들을 올려다보는 녹원이 보였다. "오면 제가 잘 대접할게요." 뒤따라 나온 선화가 한 차례 더 속삭이고서 계단을 내려갔다. 노아는 그 자리에 서 있었다. 산속 주차장에 처음 섰을 때처럼 몸이 떨렸다.

주차장으로 돌아갔을 때 하늘은 이미 어둑했다. 불그스름한 구름 떼가 숲의 정수리를 덮고 있었다. 그 아래 트럭이 서 있었다. 앞바퀴와 뒷바퀴가 하나씩 찢긴 채였다. 칼로 여러 번 벤 듯 너덜너덜한 모양이 눈에 띄었다. 선화가 다가가 타이어를 살폈다. 긴 머리를 높이 틀어 묶은 뒤 타이어 앞에 앉아 손끝으로 칼자국들을 매만졌다. 곧 그가 녹원에게 몸을 돌렸다.

"선생님, 큰일이네요. 이게 무슨 일일까요. 짐승 짓인지, 아니면 미친 사람 짓인지…….”

노아가 한 발짝 앞으로 나섰다. 아까 휴게실 창 너머로 본 소년에 관해 말할 생각이었다. 그의 흰 스웨터와 둥그스름한 뒤통수, 손에 쥔 낫까지 똑똑히 보았다고. 그러나 녹원의 손이 그의 앞을 가로막았다. 멈춰 선 노아가 머뭇대는 사이 녹원은 트럭 짐칸으로 향했다. 팽팽하게 펼쳐진 방수포를 빼내어 둘둘 말기 시작했다. 곧 짐칸 한쪽에 쌓인 스페어타이어들이 드러났다.

녹원이 타이어를 교체하는 내내, 주차장은 이상하리만치 고요했다. 바람에 가지가 맞부딪히거나 새가 우는 소리조차 들리지 않았다. 어느새 로비에서 본 이들 모두가 주위에 서 있었다. 트럭을 반원형으로 둘러싼 모양이었다. 노아는 금세 흰 스웨터를 입은 소년을 찾아냈다. 그는 주머니에 양손을 꽂은 채 타이어를 가는 녹원을 지켜보고 있었다. 아무런 표정 없는 얼굴이었다.

반면 선화는 웃음을 꾹 참는 듯 보였다. 그는 차 옆에 쭈그려 앉아 타이어를 갈아 끼우는 녹원을 지켜보았다. 검은 털 코트가 반쯤 언 땅에 끌려도 개의치 않았다. 마침내 녹원이 일어서자, 선화는 그를 끌어안을 양 바투 다가가 섰다.

“박녹원 선생님.”

“네.”

“여길 떠나면 종종 생각날 것 같아요. 보고 싶을 거예요.”

녹원이 선화를 내려다보았다. 몇 번의 호흡이 지나간 뒤에 그가 말했다.

“저도요.”

그들이 트럭을 타고 주차장을 떠나는 내내 선화는 줄곧 손을 흔들었다. 그 뒤에 선 사람들 역시 자리를 지켰다. 새 떼처럼 무리를 이룬 채, 그들을 기억에 깊이 새기려는 듯 눈길을 거두지 않았다.

이 주는 순식간에 지났다. 그사이 노아는 갖가지 민원과 서류 그리고 몇 개의 질문과 맞닥뜨렸다. 주로 박녹원과 다녀온 출장에 관한 물음이었다.

발령받은 지 몇 해가 지났음에도, 녹원과 일상적으로 대화하는 직원은 거의 없었다. 업무와 관련된 대화조차 대개 짧게 끝났다. 함께 출장을 다녀온 이튿날, 녹원과 노아가 나란히 앉아 밥을 먹는 모습을 본 몇 사람은 대놓고 기함했으며 이후에 슬며시 다가와 물었다. 박녹원 주사 어때? 같이 일하기 불편하지 않았어?

노아는 늘 비슷하게 답했다. 아니요. 친절하셨어요. 일도 잘 가르쳐주시고요.

거짓말은 아니었다. 천문대에 있는 내내 녹원은 미온적으로나마 노아의 보호자가 되어줬고, 노아는 소맷자락을 붙든 기분으로 그를 따라다녔다. 다만 산에서 내려올 때 녹원이 건넨 말에는 분명히 석연찮은 구석이 있었다. 노아는 그 대화에 관해서만은 누구에게도 말하지 않았다.

그날 녹원은 물었다.

갈 거예요?

네?

아까 선화 씨가 얘기한 거 들었어요. 12일에 오라면서요.

주사님, 청력이 좋으시네요.

녹원은 웃음기 하나 없는 얼굴로 운전대를 틀었다. 산길이 끝나고 빛과 소음이 어룽진 도로가 나타날 무렵 한마디 더 덧붙였다. 가고 싶으면 도와줄게요. 노아가 물끄러미 그를 보았다. 녹원이 말했다.

나는 천문대 사람들과 아무 관련 없어요. 그랬다면 내 타이어를 망가뜨리지 않았겠죠. 그냥 의견을 묻는 거예요. 가고 싶어요?

그는 노아를 집 앞까지 태워다주었다. 노아의 집은 면사무소에서 도보 십오 분 거리에 있는 신축 빌라였다. 원룸과 투룸으로만 이뤄진 건물로 아직 절반가량이 텅 비어 있었다. 이삿짐 트럭을 타고 함께 빌라까지 온 날, 어머니는 도배용 풀 냄새가 나는 방을 둘러보며 말했다. 정말 여기서 살 거니? 노아는 그날도 오랫동안 입을 다물고 있었다. 그러나 이사 날에도, 녹원과 나란히 앉은 그 순간에도, 대답은 분명히 노아에게 있었다. 귀와 눈 안 그리고 혀끝에 또렷하게 매달려 있었다.

네, 저는 가고 싶어요. 주사님, 궁금해요.

차에서 내리기 직전 노아는 말했다. 녹원이 그의 얼굴을 응시했다. 아주 잠시, 눈치채기 어려울 만큼의 찰나였으나 미소를 지은 것 같기도 했다.

그래요, 그럼. 곧 연락할게요. 주말 잘 보내요.

그러나 주말이 끝날 때까지 연락은 오지 않았다. 그다음 주도 마찬가지였다. 같이 점심을 먹으며 그날 일에 관한 말을 꺼내려다 관두길 두어 차례쯤 했을 때, 녹원이 연락처를 하나 건넸다. 근방 파출소에서 일하는 경장의 번호였다. "이분은 누구세요?" 노아가 묻자 녹원은 이렇게만 말했다.

"모레 만나요. 나도 같이 갈 거예요."

대관절 어디에 같이 간다는 것이며 경찰의 번호는 왜 필요한지, 이번에도 녹원은 무엇 하나 제대로 말해주지 않았다. 저녁에 집 앞으로 데리러 갈 테니 옷을 단단히 챙겨 입으라는 말만 덧붙일 뿐이었다. 노아도 더 묻지 않았다. 아무렇게나 휩쓸리는 쪽이 더 나을지도 모르겠다는 생각이 들었다.

일요일 저녁, 노아는 창밖의 경광등 불빛에 잠을 깼다. 직전까지는 꿈을 꾸고 있었다. 새들이 나오는 꿈이었다. 천문대와 국도, 면사무소와 빌라가 한데 뒤섞여 눈앞에 펼쳐졌다. 새들은 뒤엉킨 도심 위를 날아갔다. 겨울 이불을 터는 듯 요란한 날갯짓 소리가 땅까지 선명하게 들렸다. 소리는 점차 귓전을 때릴 듯 가까워졌다.

붉고 푸른 불빛에 눈을 떴을 때는 사위가 고요했다. 휴대폰을 보니 부재중전화 세 통이 찍혀 있었다. 녹원으로부터 온 것이었다. 부랴부랴 점퍼와 목도리를 챙겨 계단을 내려갔다. 녹원은 공용 현관 앞에 서 있었다. 그 뒤로 순찰차가 보였다.

"잤어요?"

"죄송해요. 언제 오시는지 몰라서……."

"뒤에 타세요."

뒷좌석에는 한 남자가 앉아 있었다. 노아와 비슷한 나이로 보였다. 두툼한 연회색 점퍼 어깨에 새겨진 완장이 도드라졌다. 노란 참수리와 저울, 무궁화가 첩첩이 쌓인 모양이었다.

남자가 손을 내밀며 말했다.

"조남욱 경장입니다."

운전석에 앉은 경찰관은 좀 더 연배가 지긋한 남자였다. 녹원이 조수석에 올라탔다. 노아가 남욱과 악수하는 사이 차가 출발했다.

순찰차가 천문대로 향하는 동안 남욱은 그들이 앞으로 무엇을 할지 설명해주었다. 실상 노아와 녹원이 할 일은 거의 없었다. 여러 번 천문대에 가본 녹원이 그곳 구조나 지리를 안내해줄 예정이었고, 참고인 조사가 필요하면 두 사람에게 몇 차례 협조를 요청할 수 있다고 했다. 노아가 물었다.

"무슨 참고인이요?"

"박녹원 주사님 말씀으로는…… 그 사람들이 오늘 연다는 행사가 불법일 가능성이 커 보여서요."

노아가 앞을 보았다. 조수석 등받이 위로 툭 튀어나온 뒤통수가 고요했다. 차창 밖 또한 저번보다 한층 적막했다. 지난 이주간 간간이 내린 눈이 나뭇가지와 뿌리 위에 거미줄처럼 쌓여 있었다. 순찰차는 산중 도로를 덜커덩거리며 나아갔다. 천문대를 지나친 후에도 긴 오르막을 따라 올랐고, 도로가 평평해지는 구간에 멈춰 섰다. 산면에 맞닿은 갓길이었다. "노아 씨." 녹원이 뒤돌며 말했다.

"저는 경사님이랑 먼저 천문대 주변 상황을 좀 볼 거예요. 노아 씨는 경장님이랑 같이 오시면 됩니다."

녹원과 운전석의 경찰관이 먼저 차에서 내렸다. 그들은 불꺼진 순찰차를 뒤로한 채 방금 지나온 도로를 거슬러 내려갔다. 노아는 멍하니 그들의 등을 바라보았다. 여전히 꿈속에 있는 느낌이었다. 옆자리에서 남욱이 물었다.

"저희도 갈까요?"

차 문을 잠근 남욱이 손전등을 켜 앞을 비췄다. 녹원 일행이 걸어간 쪽과 반대 방향이었다. 한밤중의 산은 보름 전보다 훨씬 더 추웠고 또 어두웠다. 손전등 빛조차 얼어붙을 듯했다. 그들은 웅크린 몸으로 산을 올랐다.

차에서 내린 후 남욱은 쭉 입을 다물고 있었다. 상황 설명을 끝내니 별달리 할 말이 없는 듯했다. 노아 역시 아무것도 묻지 않았다. 질문할 것이야 차고 넘쳤지만, 입 밖으로 꺼낼 자신은 없었다. 그러다 도리어 질문을 받게 될까 두려웠다. 가령…… 어째서 이 한밤중에 산을 오르느냐 같은 질문. 이유는 기실 한 가지밖에 없었다. 그것은 보름 전 자신의 팔을 쥐고 눈을 빛내던, 그의 어머니와 똑같은 이름의 여자가 건넨 한마디였다.

즐거울 테고, 아주 아름다울 거예요.

언 도로를 오르는 발가락이 끊어질 듯 아렸다. 바람과 맞닥뜨린 뺨과 이마의 감각이 둔해졌다. 그럼에도 그 말을 곱씹는 일을 멈출 수 없었다. 그 말에는 어머니의 이야기를 연상시키는 구석이 있었다. 어머니는 노아가 이름을 바꾸고 싶다고 말할 때마다 불현듯 부드러운 미소를 띠며 노아의 양손을 쓰다듬곤 했다. 그러면서 몇 번이나 한 이야기를 다시 꺼냈다. 네 이름은 더 낫고 아름다운 세상으로 모두를 인도하는 이름인걸. 그 새로운 세상에선 모두가 배부르고, 즐겁고, 따뜻할 테고…….

"다 왔습니다."

갑자기 멈춘 발이 순식간에 미끄러졌다. 남욱이 손을 뻗었다. 노아는 그의 손을 붙든 채로 고꾸라졌다. 언 땅에 무릎을 부딪힌 통증보다 수치심이 먼저 왔다. 붉어진 얼굴의 노아를 일으켜 세운 남욱이 눈썹을 찡그렸다. 가로등 하나 없는 도로였으나, 달빛이 환해 표정이 그대로 보였다.

"힘든데 억지로 오신 건 아니지요? 주사님이 시키셨다거나……."

"아니에요. 전혀 아니에요."

노아가 무릎과 손바닥에 달라붙은 서리를 털어냈다. 몸을 일으키자 가드레일 뒤로 완만하게 이어진 산비탈과 그 끝자락에 선 천문대가 훤히 내려다보였다. 그제야 지금 자신들이 어디까지 온 건지 알 수 있었다. 그들은 천문대보다 조금 더 높은 해발고도의 도로변에 서 있었다. 노아가 코를 훔치며 말했다.

"저도 오고 싶어서 온 거예요. 확인을 좀 하고 싶어서요. 무슨 일이 벌어지는지……."

그는 말을 멈추고 가드레일에 몸을 붙였다. 지난번 갔던 관측대의 돔이 열려 있었다. 절반이 훌쩍 넘게 열린 지붕 아래에 한데 모인 사람들이 보였다. 자세히 보이지는 않았으나, 돔 안에서 한창 움직임이 벌어지고 있음은 확실했다. 남욱이 말했다.

"저기 있네요."

"네."

"직접 만나셨다면서요. 어떤 사람들이었어요?"

"어떤 사람들이라뇨?"

"저는 한 번도 못 만났거든요. 소문만 들었지."

반쯤 드러난 관측대에서 웅성대는 몸짓이 이어졌다. 저 안에 긴 털옷을 입은 선화와 머릿수건을 썼던 로비의 사람들 그리고 낫을 든 채 트럭으로 슬금슬금 다가가던 소년이 있을 터였다. 그들이 어떠했던가? 면사무소 사람들도 그 질문을 했다. 녹원이 어땠느냐 물을 때와 비슷한 투로, 천문대 인간들은 어때,

하고 물어왔다. 그때마다 노아는 웃음으로 얼버무렸다. 사람들이 떠나면 홀로 남아 생각했다.

그들은…… 흥미로웠다.

그들은 확신에 차 보였다.

그런 확신은 쉬이 보기 힘든 것이었다. 밤마다 기도하던 어머니도 그러한 굳건함은 보여준 적 없었다. 지난 이 주 내내 노아는 그들의 견고한 태도가 어디서 비롯되었는지 골똘히 생각했다.

"그냥…… 열심히 사는 사람들 같았어요."

남욱이 싱겁다는 듯 웃었다. 노아가 마주 웃으려는 순간, 천문대에서 무엇인가가 벌어졌다. 그들은 동시에 고개를 돌렸다. 노랗고 밝은 빛이 먼저 눈에 띄었다. 빛은 점차 몸피를 불려 그들이 선 도로변까지 번졌다. 남욱이 망원경을 꺼내 들었다. 노아는 가드레일을 붙들고 그 너머로 몸을 기울였다. 돔 안쪽에서 이글거리는 불꽃이 보였다. 관측대에서 피어오른 불꽃은 날름거리며 자라나더니, 곧 빠르게 부풀기 시작했다.

남욱이 무전을 주고받는 사이 노아는 휴대전화를 들고 도로 곳곳을 돌아다녔다. 마침내 주파수가 잡히자 녹원의 문자가 날아들었다. 움직이지 말고 그 자리에서 기다리라는 내용이었다. 전화를 걸었으나 아무 응답도 없었다. 노아는 손끝에 입김을 불어 넣은 뒤 문자를 두드렸다.

무슨 일이 일어나는 건가요?

답장은 오지 않았다. 대신에 대답이 왔다.

첫 번째 대답은 천문대에서 산 쪽으로 부는 바람에 실려 있었다. 냄새였다. 비린내와 탄내, 종내에는 상한 고기를 태우는 듯 시큼한 냄새가 섞였다. 냄새는 점차 짙고 풍성해졌다. 불꽃의 형체 또한 뚜렷해지고 있었다. 쥐색 연기가 불길을 타고 날아오르고, 노랗거나 파란 불똥이 돔 바깥으로 점점이 튀었다. 이윽고 두 번째 대답이 노아의 이마에 떨어졌다.

노아가 고개를 들었다. 방금 이마를 스친 것이 하나 더 떨어졌다. 뺨에 부딪힌 걸 얼른 붙잡아 살폈다. 깃털이었다. 길쭉하고 끄트머리가 뾰족했다. 휴대폰 플래시를 켜자 짙은 고동색이 드러났다. 노아는 깃털을 눈앞까지 들어 올렸다.

새들은 그들의 머리 위에 있었다. 북극성을 등진 채 비행 중이었다. 활짝 편 날개는 성단을 단번에 가릴 만큼 길고 큼직했다. 노아는 목을 힘껏 젖히고 새들의 움직임을 좇았다. 그 날개들을 처음 본 순간이 떠올랐다. 추수가 끝난 밭 위에 검은 옷을 입은 수도승 무리처럼 앉아 있던 모양, 노인이나 아이로 착각하기 쉽다던 구부정한 뒷모습, 짙고 부숭부숭한 몸. 그들은 한결 기운찬 모습으로 천문대에 날아들었고, 관측대 주위를 빙글빙글 돌기 시작했다 커다란 날개들 사이로 불꽃과 연기 그리고 냄새가 피어올랐다.

독수리의 울음소리는 예상보다 높고 또 쨍했다. 돔 안쪽에서 울리는 노래는 그보다 낮은음이었지만 노아가 선 도로에까지 와 닿았다. 처음에는 웅얼거리는 소리만 들렸으나 곧 가사가 또렷이 전해졌다.

우리의 적들이 산을 오를 때,
우리의 적들이 산을 오를 때…….

노아가 다시 휴대폰을 꺼냈다. 카메라를 켜고 확대하자 돔 안의 사람들이 보였다. 춤추고 있었다. 엎드린 채 양손을 들어 올린 사람들도 보였다. 불 속에 고깃덩어리를 더 깊숙이 밀어 넣는 이도 있었다. 화면을 확대할수록 모든 것이 몹시 빠르게 움직였다. 불빛의 갖가지 색깔과 춤추는 몸, 고깃덩어리가 얽히고설켰다. 드디어 화면에 검은 털옷을 입은 여자가 들어선 순간, 노아는 손에 힘을 꽉 주었다.

화면 속 선화가 불 앞에 서서 하늘을 올려다보았다. 사방으로 튀는 불티 속에서도 아무런 미동이 없었다. 그는 천문대로, 불꽃 안으로, 화염에 채 던지지 않은 고깃덩이와 그 곁의 사람들 위로 날아드는 새들에게만 온 심혈을 기울이고 있었다.

휴대폰 카메라는 선화의 표정까지 잡아내지 못했다. 화면에 담기는 것은 옆모습의 윤곽뿐이었다. 몇 번의 망설임 끝에 녹화 버튼을 누르려는 순간, 옆모습이 서서히 돌아섰다. 검은 얼굴이 도로 쪽을 향했다. 저화질의 지글거리는 얼굴은 분명히 노아를 보고 있었다. 노랫소리는 계속하여 같은 구절을 되풀이했다.

우리의 적들이 산을 오를 때…….

노아는 도로변에 쭈그려 앉았다. 양손에 가둔 카메라 화면 속, 새까맣게 들끓는 얼굴을 들여다보았다. 두개골 안쪽에서 부글대는 소리가 들렸다. 무언가 끓고, 그리하여 변형될 때 들리는 소리였다.

“우리도 이동하죠.”

어깨를 짚은 손길에 노아는 소스라치며 돌아섰다. 남욱도 놀랐는지 손을 떼고 몇 걸음 물러섰다. "어디로요?" 노아가 헐떡이며 물었다. 남욱은 찌푸린 얼굴로 대답했다. 방화가 확인됐으니 이제 체포와 진화를 시작할 것이라고. 연락을 받은 산불 지원 차량이 오고 있었고, 소방대도 출동 중이었다.

그들은 천문대를 등지고 걷기 시작했다. 남욱이 앞장서서 도로를 내려갔다. 그는 몇 번이나 뒤를 돌아보았다. 한번은 대놓고 노아와 눈을 맞췄다. 할 말이 있지 않느냐 질문하는 눈길이었다. 노아는 말없이 걸었다. 아직도 귓속에서 끓는 소리가 났다. 관측대 안에서 피워 올린 불이 몸속의 무엇을 지핀 것 같았다.

주차장에 다다랐을 때는 이미 사이렌 소리와 경광등 불빛이 사방에 가득했다. 오렌지색 소방차와 산불 지원 차량이 관측대 앞에 서 있었다. 노아 또한 면사무소에서 산불과 관련된 비상 교육을 받은 적 있었다. 그때 배운 절차대로라면, 곧 등짐을 멘 지구대원들이 소방관들과 함께 물을 뿌릴 터였다.

"다른 순찰차를 주차장에 세워놨대요. 잠깐 차 안에 계실래요?"

남욱이 말했다. 노아가 고개를 끄덕였다. 남욱은 그를 몇 초간 바라본 뒤 소방차 쪽으로 달려갔다. 노아는 그와 반대로, 주차장을 향해 걸었다. 산그늘에 접어들 무렵 뒤돌아 남욱이 사라진 것을 확인했고, 곧장 방향을 바꿨다. 천문대 쪽이었다. 그는 빠르게 걸었다. 누군가 자신을 부르는 소리를 들은 듯했으나 멈추지 않았다.

그는 먼저 천문대 로비로 들어섰다. 천장 곳곳의 스프링클러가 홀에 물을 뿌리고 있었다. 화재감지기만은 정상적으로 돌아가는 모양이었다. 노아는 물방울에 닿지 않도록 조심스레 로비를 가로질렀다. 계단 쪽 스프링클러도 작동한 상태였으나 효과가 한층 미미했는지 층계 중턱부터 희뿌연 연기가 들어차 있었다. 노아는 옷소매로 코와 입을 가린 채 계단을 올랐다. 연기 속에 들어서자 시야가 온통 흐려져 몇 차례 발을 헛디뎠다.

층계에서 세 번째로 미끄러졌을 때, 누군가 그를 잡았다. 검은 털옷을 입은 긴 머리 여자였다. 선화는 별다른 말은 하지 않았다. 노아를 붙들고 느릿느릿 계단을 내려갈 뿐이었다. 머리 위에서 사이렌 소리와 새소리, 노랫소리가 뒤섞여 울렸다. 노아가 큰 목소리로 말했다.

"제가 당신한테 거짓말한 게 있어요."

선화는 아무 말도 하지 않았다. 노아는 계속 이야기했다. 자신이 가명을 댔다는 말부터 그것이 어머니의 이름이었다는 사실, 그리고 본명이 무엇인지까지 모두 털어놓았다.

선화는 여전히 묵묵부답이었다. 그는 노아의 손을 잡고 계속 걸었다. 여러 갈래의 물이 쏟아지는 로비 가장자리를 지나 후문으로 나갔다. 겨울밤의 차가운 공기가 그들을 맞아들였다. 그제야 선화가 손을 놓았다. 그는 몸을 굽히더니 노아의 얼굴을 이모저모 살폈다. 오래전 헤어진 이를 알아보려는 양 정성스러운 시선이었다. 그가 말했다.

"우리는 천문대에 이름을 새로 붙였어요."

곧이어 선화는 그 이름을 말해주었다. 몹시 오래되고 유명한 배의 이름이었다. 어머니가 어린 시절 해준 이야기에 나오는 잣나무 배의 이름이기도 했다. 방주는 거센 풍랑에도 뒤집히거나 좌초되지 않고 꿋꿋이 나아가 새로운 세상과 맞닥뜨렸다. 그 세상은 이전의 세상보다 한층 깨끗했고, 한결 아름다웠다. 선화가 허리를 펴고 관측대를 가리켰다.

"저것 좀 봐요."

소방차와 지원 차량의 호스가 뿜은 물보라가 돔 속으로 하얗게 쏟아지고 있었다. 독수리들은 돔의 안팎을 오가며 날개를 푸드덕거렸다. 요란하게 우짖는 소리가 물과 사이렌 소리에 뒤섞였다. 선화가 말했던 대로 확실히 어디서도 보기 힘든 광경이었다. 물보라와 돔 사이를 오가는 독수리 떼는 얼핏 그 사이에 갇힌 것 같다가도, 어느 순간에는 모든 것을 지휘하는 듯 보였다.

"난 저기서 계속 적을 기다렸어요."

선화가 말했다. 때로는 그것이 어떤 가르침보다 중요하게 느껴졌다고도 했다. 모든 책에서 구원은 적의 공습 뒤에 찾아왔다. 적들이 온다는 것은 긴긴 괴로움으로 뭉쳐진 기다림, 그 자체로 하나의 세계가 되어버린 기다림이 끝난다는 의미이기도 했다. 그러므로 선화는 매일 찾아오는 이들을 유심히 살폈다. 산을 타고 올라와 그들의 이 고된 기다림을 끝내줄 사람을 기다렸다.

"그래서 나는 우리가 만난 게 대단한 운명 같아요. 그렇지 않아요?"

노아는 입을 벌리고 그를 바라보았다. "글쎄요……." 한참 후에 노아가 말했다. "저는…… 저는 잘 모르겠어요. 당신이 딱히 적처럼 느껴지지 않아요." 선화가 몇 발짝 뒤로 물러섰다. 그는 흠, 소리를 냈고, 속이 상한 듯 입을 내밀었다.

선화가 물었다.

"그렇다면 당신은 무엇 때문에 이곳에 왔나요?"

노아는 그의 뒤편에서 몰아치는 새 떼와 돔 바깥으로 피어오르는 연기, 그 너머에 무수히 흩뿌려진 별을 보았다. 과연 강원도의 겨울 하늘은 높직하고 별이 많았다. 문득 불에 탄 관측대의 망원경으로 어떤 별을 볼 수 있는지 궁금해졌다. 노아가 질문하자 선화는 얼굴을 찌푸렸다. 그럼에도 대답은 해주었다. 그것은 주문 제작한 망원경으로, 겨울에는 종종 토성을 보는 데 쓴다고 했다. 한쪽 눈을 가까이 들이대면 숲 가까이에서 조용하게 반짝이는 별의 고리까지 볼 수 있다고.

불이 진압된 후 체포는 신속히 그리고 매끄럽게 이어졌다. 천문대의 사람들은 별다른 저항 없이 순찰차에 탔다. 독수리들은 이미 어디론가 사라진 후였다.

남욱이 노아를 집 앞까지 데려다주었다. 산에서 내려가는 내내 그는 뭔가 물으려는 듯 노아를 힐끔거렸으나, 끝내 어떤 질문도 하지 않았다. 대신 자신의 이야기를 꺼냈다. 처음 발령받은 근무지에서 겪은 일들에 대한 이야기였다. 거기서 기상천외한 사람들을 연달아 맞닥뜨렸다고 했다. 학생들이 단합하여 폐가를 불태우거나, 오래도록 의좋게 지낸 이웃이 서로의 물건을 주고받듯 끊임없이 훔치는 꼴도 보았다. 어느 여름에는 도시에서 찾아온 이들이 내내 벌거벗고 해변을 돌아다녀, 그들의 알몸과 대치하고 옷을 입으라 설득도 했다.

"저는 이제 그런 사람들을 이해하려고 하지 않아요."

남욱이 속도를 서서히 줄이며 말했다. 차창 너머로 줄지어

선 빌라들이 보였다. 노아는 안전벨트를 풀다 멈추고서 그와 눈을 맞췄다. "그럼요?" 남욱이 어깨를 으쓱였다.

"그냥 받아들이는 거죠. 세상에 이런 사람들이 있다고요."

남욱이 차를 몰고 떠난 후에도 노아는 한동안 집 앞에 서 있었다. 공동 현관의 비상등이 켜졌다 꺼지길 반복했다. 문득 담배를 피우고 싶다는 생각이 들었다. 그러나 그에게는 담배도 라이터도 없었으며, 실은 여태 담배를 피워본 적도 없었다. 대신 노아는 휴대폰을 꺼냈다. 녹원에게서 문자가 와 있었다.

집에 잘 도착했나요?

노아는 휴대폰을 도로 주머니에 넣었다. 그는 순찰차에 올라타던 선화를 생각했다. 그는 차 문을 닫기 직전까지 노아와 눈을 맞추고 있었다. 입 모양으로는 같은 질문을 거듭했다. 네가 맞지 않느냐고, 네가 그 사람이 아니냐고. 선화는 누차 물었지만, 노아는 답하지 못했다. 그 사실이 미안하게 느껴졌다.

주머니에서 진동이 느껴졌다. 박녹원이었다. 노아는 몇 번의 신호음이 울린 뒤에야 전화를 받았다. 대체 왜 자신을 천문대에 데려갔느냐 물을 심산이었다. 그러나 전화를 받자 전연 다른 말이 튀어나왔다.

"그 사람들이 저보고 적이라고 그랬어요."

한동안 낮은 숨소리만 들렸다. 노아는 천문대 후문에서 들은 이야기를 몽땅 쏟아냈다. 녹원은 말없이 듣더니, 어느 순간 웃음을 터뜨렸다. 처음 듣는 웃음소리였다. 대관절 어떤 표정으로 웃을지 상상도 되지 않았다. 웃음의 끝자락에서 녹원은 말했다.

"고마운 일이네요. 우리도 이야기에 끼워주고."

말을 모두 마치자 물속에서 나온 느낌이 들었다. 숨을 어느 정도 가라앉힌 뒤에 노아는 물었다. "그런데 왜 전화하셨어요?" 녹원도 웃음을 멈추고 숨을 골랐다. 내일 연차를 낼 생각이 없느냐고 했다. 괜찮다는 노아의 말에도 녹원은 재차 권했다. 이런 일을 겪고 난 뒤에는 몸도 마음도 쉬게 해주는 것이 좋다고, 그렇게 쉬어야 다시 일할 수 있다고 했다.

전화를 끊은 노아가 주위를 둘러보았다. 그는 문득 자신이 집으로부터 아주 먼 곳에, 어머니 말대로 정말이지 낯선 장소에 와 있음을 깨달았다. 등 뒤의 신축 건물부터 저 멀리에서 반짝이는 차와 집들의 불빛까지, 모든 것이 수상쩍고도 새삼스러웠다. "새로운 세상." 노아는 중얼거렸다. 고개를 치켜들자 사위가 몹시 환해졌다. 기다렸다는 듯 켜진 비상등 불빛이었다. 노아는 빛에 찔린 눈을 깜빡이며 하늘을 올려다보았다.

밤하늘은 여전히 검고 고요했다. 성단과 성운, 행성과 위성이 소리 없이 빛났다. 그 사이로 새들이 날고 있었다. 매 겨울 새로운 땅으로 이동하는 새들이었다. 그들은 한곳을 향해 이동하지 않고 서로 다른 방향을 보며 둥글게 비행했다. 목적지는 다른 어디도 아닌 이 한가운데에 있다는 듯, 고리 모양으로 돌면서 서서히 땅으로 내려앉았다.

「우리의 적들이 산을 오를 때」 함윤이 작가와의 대담

선우은실 | 문학평론가, 제49회 이상문학상 예심위원

선우은실(이하 선우) 함윤이 작가님 안녕하세요. 저는 일전에 계절의 소설을 살피는 작업들을 할 때 따라 읽어왔던 독자 중 한 명이기도 한데요. 이렇게 수상 소식을 통해 이야기 나누게 되어 더 반갑게 느껴집니다.

2023년 젊은작가상, 지난해 문지문학상에 이어 이효석문학상 우수작품상, 그리고 문학동네소설상 소식까지 이어지는 작가님의 행보에 대해 한 기사에서는 '지금 문단에서 가장 주목받는 신예'라고 평했습니다. 그 이름에 값하듯 올해에는 이상문학상 수상작에 이름을 올리셨고요. 게다가 얼마 전 첫 소설집 『자개장의 용도』를 출간하셨지요? 커다란 축하를 전합니다.

거칠게 정리했지만, 여러 수상 소식과 더불어 첫 책 출간까지 분주한 시간을 보내셨을 것 같아요. 이 시점에 돌이켜보건대 그간 작품 활동에 대해 어떤 소회를 가지고 계실지 궁금해요.

함윤이(이하 함) 확실히 책을 내고 나니 어느 특정한 시기, 그러니까 이십대와 삼십대 초반을 아우르는 시기의 작업들이 얼마간 정리되었다는 느낌이 듭니다. 이번 첫 소설집에 실린 소설 중 삼분의 이는 등단 전에 집필했고 발표 전 다시 쓴 것들이에요. 몇 해간 쥐고 있던 소설들을 책이라는 사물로 풀어낸 만큼, 저의 한 시기가 지나갔고 또 지나는 중이라는 사실을 체감하고 있습니다.

수상에 관해서는 물론 기쁜 마음이 첫째로 큽니다. 동시에 '정신을 잘 차리자'는 생각을 자주 해요. 업계의 인정이란 제가 오래 갈망한 것이고, 그런 만큼 달게 느껴져서 자주 들여다보게 되거든요. 하나 그 기쁨 혹은 달콤함과 제가 소설을 쓰는 행위 사이에는 별 관계가 없다는 사실을 계속 되새기려 하고 있습니다. 외부의 인정이나 관심과는 별개로 소설 쓰는 행위는 홀로 하는 일, 또 매번 새로운 고독과 마주하는 일이니까요. 그렇다면 이제 어디에 마음의 중심을 두면 좋을지, 한창 고민 중입니다.

선우 활발히 발표하신 여러 작품 가운데 「우리의 적들이 산을 오를 때」가 이상문학상 우수상을 받았습니다. 이 소설은 면사무소에 막 발령받은 신입 노아가 민원의 일종으로 박녹원 주사와 천문대에 기거하는 종교 집단에 찾아가게 되면서 벌어지는 일을 다룹니다. 소설은 공무원이라는 지극히 일상적이고 평범한 세계를 대변하는 쪽과 천문대 근처에 머무는 기도회가 내비치는 수상쩍은 세계를 양 끝에 놓으면서 분명한 경계를 형성하고 있습니다. 이 마을의 사정을 잘 모르는 노아가 이쪽(일상성의 세계)에서 저쪽(수상한 세계)으로, 심지어 이름을 바꾸면서 건너가게 된다는 것 자체가 극단에 위치한 두 세계를 넘나드는 환상성을 보여주는 것만 같습니다. 이와 같은 방식의 '경계'의 넘나듦이 특히 '이상문학상'과 어울리는 작가님 소설의 한 부분이 아닐까 싶습니다.

이번 수상작에서 발견되는 (혹은 작법 과정에서 설정한) 경계와 환상성에 대한 이야기를 들어보고 싶어요. 첫 소설집 『자개장의 용도』에 묶인 여러 소설 또한 경계 또는 환상성이라는 키워드를 끌어안고 있다는 점에서 '환상성' 내지는 '경계'는 '함윤이 소설의 주제 의식'이라고 할 만하지 않은가도 싶고요.

함 「우리의 적들이 산을 오를 때」는 등단 이전, 2019년쯤 초고를 썼던 소설이고, 처음으로 신인상 본심에 올랐던 글이에요. 한창 발표할 지면 없이 소설을 쓰던 시기였고, 그런 만큼 직접적인 수상이 아니어도 누군가가 저를 호명하고 소설에 관해 말해주는 일이 매우 소중하게 다가왔어요. 본심 심사평에 적혀 있던 피드백도 추후 소설을 다시 쓸 때 커다란 도움이 됐고요. 그런 여러 작업 과정을 거친 소설이 다양한 지면을 돌아다니는 것을 보니 무엇보다 신비하고, 붙들길 잘했다는 생각이 듭니다.

이번 소설집이 나온 이후 제 소설과 '환상'이라는 키워드를 함께 이야기하는 감상을 많이 접했습니다. 실제로 십대 시절부터 '환상문학'이라는 장르에 애착을 가졌고, 초자연적인 주제에도 관심이 많지만, 소설을 쓸 때 특정한 주제의식, 예컨대 "환상과 경계를 다루겠다"는 일념을 갖고 쓰지는 않아요. 그때그때 제게 재밌거나 흥미로운, 매력적인 것이 무엇인가가 소설을 쓸 때 가장 중요했습니다.

다만 이번 소설집에 관한 감상들을 접하면서 '환상성'이 여러 갈래로 읽힐 수 있는 단어라는 생각을 많이 했어요. 사람마다 세상을 대하는 태도는 각기 다르고, 개인마다 체감하는 현실의 모양 역시 상이하잖아요. 저에게는 현실적이고 일상적인 일이 누군가에게는 환상적이거나 비현실적인 것으로 느껴질 수도 있고요. 바로 그런 격차에서 삶의 '경계'가 나뉠 수도 있겠지요. 따라서 저는 '환상'과 '현실'을 의도적으로 나누기보다, 각기 체감하는 삶의 다른 모양새가 서로 충돌하고 그 와중에 '환상'과 '현실'을 구분 짓는 (혹은 구분되는) 과정에 더 주목하고 싶습니다. 이 두 극이 절대 깔끔히 구분될 수 없고, 상호 침범하며 영향을 주고받는 사이라고 생각하고요.

선우 이번 작품을 읽으면서 경계와 환상성이란 키워드가 확장된 지점을 발견하기도 했어요. 더 나아간 지점에서 저는 '착오'와 '변동'이라는 표현을 마주했습니다. 이 소설의 경계 설정은 인물뿐만 아니라 독자에게 역시 큰 착오를 일으킵니다. 소설이 평범, 보통, 질서라고 하는 이편의 세계와 수상쩍음, 비정상, 사이비(탈질서)라고 하는 저쪽 세계를 가로지르기 때문일 것 같아요. 게다가 그 가로지름의 과정에서 무언가가 바뀌기도 하죠. 그게 단지 은닉에 가까운 일이라 할지라도요. 가령 노아가 이쪽 세계에 있다가 천문대라고 하는 저쪽 세계에 넘어갈 때 자신의 어머니이자 사이비종교 집단의 중핵과 이름이 같은 '선화'로의 변동을 수반하는 것처럼요.

가짜와 진짜, 비현실과 현실, 옳음과 그름 등의 가치체계에 혼란을 야기하는 이 '경계 넘기'가 이루어질 때 무언가가 바뀐 채 넘어간다는 것, 그런데 그것이 본질적으로 무언가를 바꾼다기보다는 어떤 착오를 일으키는 쪽에 가깝다는 게 이번 작품에서 유독 눈에 들어왔습니다. 이쪽에서 저쪽으로 넘어가는 첫 장면에서 서술되는 독수리와 관련된 언급도 그러한 이행을 안내하는 상징적 장면처럼 읽혔고요. ("길가에 털옷을 입은 어린아이 혹은 노인의 등이 보여 말을 걸었더니 날개를 펼치고 날아갔다는 것이었다.")

함윤이 작가님의 작품 세계에서 '경계'라는 것은 바로 이런 착오(혹은 착시)와 본질적 성질은 변화하지 않는 변동의 지점에 있는 게 아닐까 싶었어요. 이번 작품에서 인물이 일으키는 착오, 그리고 이 세계와 저 세계를 오가는 과정에서 어떤 변동을 상상하셨을지 궁금합니다. 혹 착오, 변동 이외에 경계 너머의 키워드를 하나 꼽아 이번 소설을 설명해주신다면요?

함 평론가님이 말씀하신 착오와 변동 또한 앞의 답변에서 말한 구분 짓기, 즉 환상과 현실을 나누는 요인이 될 수 있을 것 같네요. 하지만 당장은 소설을 쓸 때 '착오의 주체'가 누구인지 명백하게 정하고 싶지 않아요. 가령 누군가에게는 굉장히 안전하게 보이는 장소가 또 다른 이에게는 위험이 도사린 장소로 보일 때, 여기서 한 사람이 오해하고 있다는 식으로 이야기를 잇고 싶지 않습니다. '진실'과 '거짓'을 나누는 형태로 사건을 마무리하는 일 역시 피하고 싶고요. 어쩌면 두 사람의 말이 모두 옳을 수도 또 틀릴 수도 있겠죠. 우선 그런 생각과 감각의 차이가 어디에서 왔는지, 왜 같은 자리에서 서로 다른 세계를 보는지 먼저 탐구해보고 싶어요.

근래 출간한 책을 소개할 때 저 스스로는 '이동'과 '움직임'이라는 말을 자주 사용했어요. 평론가님의 말씀대로 이 세계와 저 세계를 오가는 과정, 그러니까 곳곳을 돌아다니고 가로지르는 행위 역시 결국은 '이동'과 '움직임'에 맞닿아 있다는 생각이 들어서요. 만일 현재 제 소설에 어떤 '경계'가 있다면 그것은 넘어가고 가로지르기 위해, 또는 그 주변부를 헤매보기 위해 존재하는 것이리라 생각해요. 제 소설에서는 '환상'이라고 불리는 세계 또한 이동을 통해 닿을 수 있는 영역이라고 보거든요. 인물들이 각자의 움직임 속에서 낯선 땅을 경험할 때 어떤 변화가 벌어지는지 지켜보고 싶습니다.

선우 인물들의 행보가 독특합니다. 특히 선을 넘는 인물들이요. 노아를 초점 인물로 삼고 있지만 녹원, 남욱 또한 '여기'에서 '저기'로 이동하는 인물이죠. 한데 이들이 모두 노아와 같은 방식으로 경계를 넘나들지는 않아요. 이쪽과 저쪽의 경계에 대해 서로 다른 방식으로 대처합니다. 녹원은 끝까지 자신이 놓은 세계를 의심하지 않고, 남욱은 그냥 "받아들인다"라고 말하죠. 남욱의 경우 자신이 몸을 바꾸지 않은 채 세계를 받아들이는 것으로 보이고요.

개중 노아가 가장 적극적인 변화를 실현하는 인물입니다. 재미있는 건 누구보다 적극적으로 세계의 변화에 반응하는 노아가 결국 선화의 세계를 무너뜨린다는 겁니다. 종속되지 않고요. 선화의 세계에서 그 누구보다 적극적으로 반응하는 노아야말로 그곳의 사이비似而非, 즉 '겉은 같지만 속은 다른' 존재입니다. 자신이 믿는 것, 시련이 온 뒤에는 반드시 구원이 올 거란 믿음 위에서 구원과 다름없는 '적敵'을 창출해내는 줄곧 '이상한' 선화의 세계에 이끌려 기껏 도달한 노아는, 정작 그녀를 적으로 느끼지 않는다고 말하니까요.

요컨대 '여기'의 질서와 '저기'의 질서가 아주 뚜렷하게 충돌하는 것 같지만 사실 그건 착오일 뿐입니다. 선화의 얼굴에서 어머니인 선화의 얼굴을 겹쳐놓고 끝없이 자신에게 주어진 현실에 착오를 일으키는 노아처럼, 현실에 무엇을 어떻게 적극적으로 겹쳐놓고 교란할 것인지만이 현실을 대처하는 방식일 수 있다고 느껴졌습니다. 어쩌면 이것이 소설을 대하는 작가님의 방식 혹은 신념일까 싶기도 합니다.

함 '교란'이라는 단어는 제가 평소에 잘 사용하지 않는 언어예요. 그래서인지 특히 눈길이 갑니다. 이 단어를 쓴 적은 많지 않지만, '교란'이 벌어지는 상황에는 나름의 관심을 갖고 있어요. 가령 최근에는 신체의 '안전'이 상황과 맥락마다 어떻게 달리 인식되는지 곱씹어보곤 해요. 노동 현장에서는 몸을 쓰는 일에 여러 안전 수칙을 부여하지만, 파쿠르와 같은 스포츠의 영역에서는 의도적으로 안전한 상황을 어기고 위험 속으로 뛰어들잖아요. 이처럼 동일한 상황을 대하는 상반된 태도 역시 '교란'이라는 표현으로 접근할 수 있을 것 같습니다. 아까의 답변과 이어서 말하자면, 어떤 경계 너머를 들여다보는 일이라고 말할 수 있을 듯싶고요.

규범이 만들어지는 과정에 흥미를 느끼는 만큼 규범의 바깥에 가보려는 행위, 일정 수준 이상의 정도를 넘어서는 감정들에도 관심을 두고 있습니다. 감정이든 신념이든 규율이든, 무엇을 매우 맹신하거나 적극적으로 파괴하려는 제스처를 자꾸 돌아보게 되고요. 소설 속 '노아'와 '선화' 또한 그런 제스처를 보이는 인물들이라고 할 수 있겠지요.

선우 인물을 설정할 때의 과정 이야기를 들어보고 싶어요. 세계에 대해 각기 다른 대처의 형식을 보이는 이들을 상상할 때 구체적으로 각각 어떤 면들을 투영하고 또 들여다보고 싶으셨나요? 또 이 소설을 멀리 밀고 나가 확신과 의심을 교착하는 서사라고 할 때, 확신/의심이란 주제가 작가님에게 어떠한 방식으로 이해되고 있는지도 궁금합니다.

함 앞선 답변에서 소설을 쓸 때 특정한 주제를 염두에 두지 않는다고 했는데, 인물을 설정할 때도 특정한 태도를 먼저 정하지는 않아요. 오히려 쓰면서 정해지는 쪽에 더 가까운 성싶습니다. 대개는 소설을 처음 굴리는 과정에서 인물들의 색이 좀 더 선명해지는데, 퇴고 과정에서 그 색을 여러 방면으로 살피려고 해요. 녹원이 자신만의 온도를 유지하는 모습이라거나 남욱이 눈앞의 타인을 구태여 헤집으려 하지 않는 모습, 노아가 계속해서 '산 위'를 궁금해하는 모습 들을 더 지켜보고 다듬어보는 거죠. 그 과정에서 이들이 바라보는 세계-현실이 각기 다르다는 점 또한 의식하게 됩니다.

저는 확신보다는 의심을 더욱 자주 하는 사람인데, 제가 믿고 따르는 게 정말로 옳은지 불안한 순간이 많아서예요. 그래서인지 무교임에도 불구하고 종종 믿음 자체를 기반으로 하는 종교적 태도가 몹시 편안하고 '믿음직'할 때가 있어요. 바로 그런 면 때문에 현재의 저는 특정한 믿음을 품기보다는 그 믿음의 방식을 이리저리 탐색하는 쪽을 선호해요. 무언가를 굳게 믿는 일 자체는 아름답지만, 그로써 제가 믿음 바깥의 세상을 보지 못하게 될까 무섭거든요. 지금 당장은 저도, 제 소설 속 인물들도 그 무서움 내부를 마주하려 애쓰는 중입니다.

선우 믿음 바깥을 보는/보지 못하는 일의 두려움이라는 것이 흥미롭네요. 저는 어째서인지 '가짜인 것' 혹은 '허구인 것'으로부터 세계의 진실을 길어 올리는 근대문학의 책무를 떠올려보게 되는데요. 문학적 믿음으로 세계를 보는 일이란 무엇을 보거나 보지 못하게 만드는 것일까 싶어서요. 재구성된 것, 허구적인 것, 환상적인 것을 통해 인간이 가장 도덕적 존재가 될 수 있다는 점에서 위상을 얻은 것이 근대문학이잖아요. 또 그만큼 재구성된 것을 통한 진실의 갈구가 문학의 책무이기도 하고요. 착오를 일으키는 것, 때론 가짜처럼 여겨지는 것들이 오늘날 현실을 살아갈 때 여전히 중요한 이유가 있다면 무엇일까요?

함 착오를 일으키고 교란을 만드는 요소가 인간을 도덕적 존재로 만들어준다는 말씀이 재미있어요. 어쩌면 그런 과정에서 '나'에게 내내 익숙했던 현실에 균열이 가고, 그 바깥의 세계'들'이 보이게 되는 것일지도 모르겠어요.

하나 당장은 이러한 착오와 허구, 거짓말 들이 현실을 살아가는 일에 어떤 '도움'을 주는지에는 큰 관심이 없어요. 착오와 허구, 거짓말의 기능적 역할보다는 그것들의 힘이나 존재 자체에 더 관심이 간다고 말하는 쪽이 더 정확하겠네요. 이 끌림의 이유는 정확히 모르겠지만…… 일단은 오래전부터 그런 '가짜'들에 더 매력을 느끼기도 했고요. 최근에는 '진짜'와 '가짜'의 명확한 분류가 가능한지 의구심을 품고 있기도 합니다. 아마 제가 살아가면서 더 많은 분류와 선택을 해야 함을, 또 그런 결정을 피할 수 없음을 알기에 이런 생각을 하는 듯해요.

선우 '진짜'와 '가짜'가 구분될 수 있을까 하는 문제가, 가짜가 진짜를 어떻게 규정하는가 혹은 간섭하는가 하는 문제보다 조금 더 흥미롭게 느껴진다는 말씀이지요? 특히 현재로서는요. 진짜-가짜의 구도가 진실-거짓, 옳음-그름과 같은 이분화된 형식으로 세계를 인식하는 틀의 일종이라고 한다면, 확실히 최근에는 그러한 것들을 명확하게 판단하는 게 더 어려운 것 같기도 해요. 소설 속 인물들이 각각 저마다 삶을 대하는 방식이랄지, 삶을 대하는 감각을 달리 지니는 것 역시 이러한 시대감각을 드러내는 것도 같고요.

함 동의해요. 가짜와 진짜가 과연 구분될 수 있을까요? 저는 정치적 이슈에 대해 보통 특정한 의견과 관점을 품고 있어요. 하지만 그러는 와중에서도 "우리 편과 너희 편: 옳은 것-우리 편-진짜 vs. 그른 것-너희 편-가짜"와 같은 구도가 형성되는 일이 늘 염려되고 의심스러워요. 분별의 과정이 늘 분명하고 뚜렷할 수 있을까요? 애초부터 옳고 그름이 판단 불가하다는 뜻이 아니라, 각자가 믿는 진실이 같은 세계를 완전히 다르게 느끼도록 만든다는 사실을 먼저 의식해야 하지 않을까 하는 이야기예요. 분별과 판단만큼이나 질문이 필요한 시대라는 생각도 들고요. 일단은 서로 다른 이들이 세계를 그리는 방식을 어떻게 소설로 쓸 수 있을지 고민해보고 있습니다.

선우 첫 책 이후, 그리고 이상문학상 이후 예감하는 소설 쓰기의 변화되는 방향이 있다면 무엇일까요?

함 말씀드렸듯 첫 소설집을 내고 '환상'이라는 키워드를 자주 접했어요. 이후로 "내 소설에서 환상은 무엇이고 현실은 무엇이지? 서로 어떻게 다른 거지?"라는 고민을 더 자주 하게 됐고요. 그런 만큼 다른 사람들의 환상과 현실은 무엇인지, 그 두 가지가 서로 어떻게 다른지 궁금해졌습니다. 이런 호기심을 포함하여, 앞으로도 그때그때 재밌고 궁금한 것을 잘 들여다보고 또 소설로 써내고 싶어요. 문제의식 면에서도 마찬가지입니다. 삶의 대목과 소설의 모양이 교차하고 동행하는 과정을 더 오래 지켜내려 해요.

2026년 제49회 이상문학상 작품집

3부

심사평

심사 경위

제49회 이상문학상 심사 경위

1. 1977년 제정된 이상문학상은 국내에 한 해 동안 발표된 모든 중·단편소설 중 가장 빼어난 작품을 선정해 표창함으로써 한국문학의 현재를 확인하고 나아가 한국문학의 발전에 이바지하는 것을 목적으로 한다.

2. 2026년 제49회 이상문학상은 2025년 계간지 가을호, 월간지 9월호까지의 발표작을 대상으로 심사했다. (2025년 겨울호와 10~12월호 발표작은 제50회 이상문학상 심사 대상이 된다.)

3. 2026년 제49회 이상문학상의 심사는 예심과 본심으로 나뉘어 진행되었다.

3. 예심에서는 박혜진, 선우은실, 소유정, 인아영, 전기화, 차경희 등 6인의 문학평론가 및 서점 대표가 심사를 맡았다. 예심위원들은 웹진을 포함한 국내 주요 문예지에 2025년 1월부터 9월까지 발표된 약 200편의 중·단편소설을 두루 살폈다. 모

든 예심위원이 각자 모든 후보작을 살피는 중복 심사의 방식이었으며, 오직 작품성만을 심사 기준으로 삼는다는 대원칙하에 2025년 9월까지의 발표작이라면 그 어떠한 배제의 조건을 달지 않고 모두 심사 대상으로 삼았다. 이에 따라 이상문학상 대상 기수상작가의 작품과 이미 단행본으로 출간된 작품도 심사 대상에 포함되었다. 단, 본심 심사를 맡은 작가의 작품은 공정성을 위하여 심사 대상에서 제외하였다.

4. 예심 결과 총 17편의 작품이 본심에 진출하였다. 본심 진출작은 아래와 같다. (작가명 가나다순)

구소현	「오토매틱 블루베리」
김연수	「조금 뒤의 세계」
김혜진	「관종들」
박서련	「뉴 잭 스윙」
박선우	「이별 키스」
박지영	「귀의 행방」
서장원	「히데오」
성해나	「신포도밭」
성혜령	「대부호」
안보윤	「커튼콜도 없이」
위수정	「눈과 돌멩이」
이미상	「일일야성」
이민진	「겨울의 윤리」
임솔아	「사랑보다 조금 더 짙은 얼굴」

정이현	「실패담 크루」
함윤이	「우리의 적들이 산을 오를 때」
현호정	「늪기슭 그네」

5. 본심에서는 은희경(운영위원 겸임), 김경욱, 최진영 등 3인의 소설가와 김형중, 신수정 등 2인의 문학평론가가 심사를 맡았다. 본심위원들은 2025년 12월 한자리에 모여 토론의 방식으로 심사를 진행했다. 먼저 17편의 본심 진출작 가운데 6편의 입상작을 선정하는 과정은 비교적 어렵지 않게 의견이 모아졌다. 하지만 대상 수상작을 선정하는 데 다소 긴 논의가 이어졌다. 최종적으로 위수정의 「눈과 돌멩이」를 대상 수상작으로 선정하는 데 5인의 심사위원 전원이 동의함으로써 제49회 이상문학상 심사가 모두 완료되었다.

2026년 제49회 이상문학상 작품집

심사평

김경욱

김형중

신수정

은희경

최진영

소설의 과학, 소설의 운

김경욱 ǀ 소설가, 제49회 이상문학상 본심위원

심사 테이블에 마지막까지 남은 작품은 「실패담 크루」 「겨울의 윤리」 「눈과 돌멩이」, 세 편이었다.

삼위일체와 삼각관계에 동시에 들어가는 숫자 3은 가장 안정적이면서 가장 불안정한 숫자다. 심사위원들에게도 그랬다. 세 단편은 정삼각형의 꼭짓점들처럼 정확히 120도 틀어진 방향을 겨누고 있었다. 어느 한 편 결정적 넘버 3에 도달하지 못한 투표 결과는 당연했다.

「실패담 크루」는 짜임새가 가장 좋았다. 단편인데도 이야기 속 이야기가 다섯 개나 등장한다. 기존 크루 세 명의 실패담과 신입 크루 두 명의 실패담. 이야기 속 이야기는 하이리스크하이리턴 공법이다. 성공적으로 마감하면 입체감과 풍성함이 배가 되지만 한 치만 어긋나도 구조물 전체의 신뢰에 금이 간다.

자기 몸에 프로포폴을 주사하는 뷰티 클리닉 원장의 이야기, 유학 시절 맛본 돈코츠라멘을 직접 만들려는 시도에 번번이 실패하는 건축사 사무소 대표의 이야기, 아무도 모르게 숨겨둔 자기만의 벽돌을 잃어버린 건축자재 회사 이사의 이야기 모두 무섭도록 정확한 실패담이었다. 불법 투약보다는 자기통제감이 중요하고, 돈코츠라멘 장인의 레시피를 어떻게든 손에 넣을 수 있고, 숨겨둔 벽돌이 흉기로 쓰인 살인이 치정 사건이든 정당방위든 상관없는 그들. 선악의 경계 위에 군림하는 우리 사회 최상위 포식자들에게 실패담이란 성공하는 데 실패한 이야기가 아니라 실패하는 데 성공한 이야기다. 성공 유전자를 물려받은 그들에게 유일하게 남은 챌린지 영역은 유니크한 실패뿐이기에. 정말 실패한 자들의 실패는 실패담 대접도 받지 못하는, 성공한 자들이 실패한 자들에게서 실패의 서사조차 빼앗는 약탈적 계급사회의 단면이 여기 있다. 신입 크루 '나'는 진짜 크루가 되는 데 실패할 수밖에 없다. 실패담 오디션 심사자들에게 그는 애당초 내부고발에 실패한 내부고발자에 불과했으니. 선악이라는 한낱 노예의 도덕을 주인 된 자들에게 함부로 들이대지 말지어다. 다만 한 줌 선처와 아량을 바랄지니.

어디 최상위 포식자들뿐이랴. 「겨울의 윤리」에는 "이상한 게 보이거나 들리지 않"냐고 묻고 묻다 마침내 "봐선 안 되는 걸 보고, 들으면 안 되는 걸 듣는다"며 의붓딸을 암자에 맡기는 새엄마가 있고, 열여섯 소녀의 혈자리를 누르다 "애매한 지점에서 멈"추곤 하는 스님의 '치료'인지 '폭력'인지 모를 손길도 있다. 요절한 동생의 귀신이 어린 딸에게 씌었다고 믿는 아버지는 말할 것도 없다. 각종 캠프에, 혼자 사는 고모 집에, 밴쿠버 어느 홈스테이 가정에 떠넘기듯 맡겨지는 조숙한 아이 '해진'. 부모의 이혼으로 깨진 첫 번째 가족, 새엄마를 엄마로 불러야 붙어 있을 수 있던 두 번째 가족을 전전하다 "해발 800미터 깊은 산속 낭떠러지"까지 몰린 해진, 거대한 바위 안쪽에 숨은 폭포처럼 남몰래 흐느끼던 해진은 그곳에서 여태 내려오지 못했다. 주지 스님과 공양주 보살과 고시생은 어쩌면 세 번째 가족이었는지 모르지만 해진은 템플스테이 가족 속에서도 삶을 살아낼 수 없고 스테이할 뿐이었다. 불안의 근원은 가족이기에. 죽음만이 안전한 은신처가 되는 그 영원한 겨울 속에서 해진은 이야기의 실타래를 풀었다 감기를 반복하며 얼어붙은 시간을 달리고 달린다.

이것은 '나'의 전생 이야기. 해진은 은폭동 골짜기에서 죽고, 그때 해진의 나이보다 스무 해 넘게 살아남은 후생의 내가 부르는 셀프 진혼곡. 산에서 길을 잃은 아이들이 자꾸만 위로 올라가려는 건 불안 때문일 것이다. 다락방도 이층 침대도 높디높은 자리에 있기 마련이니. 우리가 끝없이 이야기를 만들어내는 이유도 불안일 것이다. 잠드는 것에 대한 불안. 다시 깨어나지 못할지도 모른다는 불안. 잠이라는 작은 죽음을 맞이하기 직전 청해 듣던 수많은 이야기.

불안은 이야기를 만들어낸다. 아니, 불안이 이야기를 만들어낸다. 이야기를 만들어낼 수 있는 한 우리는 잠시나마 불안을 잠재우고 한 걸음 더 나아갈 수 있다.

끝나지 않는 악몽 같은 전생담을 읽고 해진에게 건넬 수 있는 위로가 있다면, 겨울의 윤리는 봄을 준비하는 데 있다는 전생보다 오래된 믿음이 아닐까.

「눈과 돌멩이」는 전혀 다른 방식으로 불안한 이야기였다. 응답 없는 현관문을 두드리다 유리를 깨뜨리는 첫 장면부터 그랬다. "콩콩 두드렸을 뿐인데 와장창 망가"지는 게 삶이라는 열 살의 불안한 기억은 그 기억의 주인이 암 투병 도중 스스로 목숨을 끊은 뒤에도 끈질기게 살아남는다. "자신의 일부를 어딘가에 뿌려달라는" 유언과 함께. 비행기에 몸을 싣는 것도, 눈길을 헤치며 차를 모는 것도 "대학 때 영화 감상 동아리에서 만나 이십 년 가까이 친하게 지"낸 '재한'과 '유미'가 아닌 불안이다. 죽은 자의 불안은 검은 아스팔트 위로 쉼 없이 내리는 흰 눈처럼 산 자들에게 배어들지만, 뼛가루 뿌리던 손을 들어 냄새를 맡아보아도, 여장 남자가 쓰는 수건에 손을 닦다 흠칫하고 코를 대보아도 불안의 냄새를 맡을 수는 없다. 불안은 머릿속에 밴 냄새 같은 것이기에.

히쓰 마부시. 히쓰으 마부시이.

짧게 발음하면 나고야식 장어덮밥이고 길게 발음하면 눈부신 비통이라는 뜻이 된다. 이 기묘한 모순이 소설의 씨앗이 된 건 아닐까. 나고야도 뼛가루를 뿌리러 가는 여정도, 설국도, 여장 남자도, 삼나무 숲도, 이상한 대위법이 빚어낸 환상은 아닐까. 섹스와 삭스라는 해프닝도, 눈과 돌멩이라는 제목마저도.

눈부신 비통이라는 모순형용을 맛집 장어덮밥처럼 보고 듣고 만지고 냄새 맡고 맛보며 감각의 영토로 불러내는 환각의 기록. 독자로서 내 불안의 발원지도 여기 같았다. 몽환적이고 감각적인 분위기와 매력조차 어쩌면 정밀한 대위법 위에 세워진 건 아닐까. "두렵고도 은근히 설레는 시간. 비행 중에는 모든 것을 과학과 운에 맡겨야 했다. 과학과 운. 가장 먼 것 같은 둘"이라는 소설의 한 대목처럼.

한 편의 소설을 쓰는 일은 불안과 싸우는 작업인지도 모른다. 그 불안을 견디기 위해 작가는 소설의 과학에 기댄다. 「눈과 돌멩이」는 말해지지 않은 것으로 말하는 과학, 불안과 모호함을 견디는 힘으로 쓰인 소설이다. "오쿠샤 신사 주차장에는 다행히 몇 대의 차가 주차되어 있었다. 거기에는 조금 전 식당 앞에 있던 붉은색 도요타 SUV도 있었지만 둘은 알아차리지 못했다." 재한과 유미는 모르는 게 많다. 죽은 '수진'에 대해, 서로에 대해, 자신들이 온몸으로 통과하는 여정에 대해서도. 끊임없이 불안에 시달릴 수밖에. 불안하기는 독자도 마찬가지다. 숨겨진 서사가 많은 까닭이다. 수진도 유미도 여장 남자도 자기만의 작은 비밀을 만드는 방식으로 불안이라는 삶의 조건을 견디기 때문이다. 가장 비밀이 없어 보이는 재한이 눈의 정원에서 주운 돌멩이를 유미에게 비밀로 하기로 마음먹는 마지막 장면이 그래서 더 눈에 띈다. 우리가 전력을 다해 이어가는 삶이란 무심한 돌멩이 하나에도 산산조각 날 수 있지만, 돌멩이를 던지지 않게 하는 힘 역시 그 부서지기 쉬움에서 온다. 하지 않는 것이야말로 가장 적극적인 행동이라 말할 수 있다면 이야기하지 않음으로써 훨씬 많은 것을 이야기하는 「눈과 돌멩이」는 과학 자체인 소설일 것이다. 불안함 속에 불안을 견디는 힘을 품고 있는 소설 말이다. 깨질 것 같지 않던 삼각형의 교착상태를 깨준 것도 주머니 속 돌멩이처럼 단단한 그 힘이었다.

설경 너머 저 모호한 삶이

김형중 | 문학평론가, 제49회 이상문학상 본심위원

올해 이상문학상 본심에서 나는 열일곱 편의 작품과 '만났다'. 열일곱 편의 작품이 '올라왔다'라거나 열일곱 편의 작품을 '심사했다'라고 말할 수는 없어서 그냥 '만났다'라고 말한다. 설레는 만남이었고, 또 고맙고 감탄스러운 만남이었다. 작가의 생물학적 성별을 따지는 일이 얼마나 의미 있을까 싶지만, 역시나 남성 작가의 작품은 아주 소수에 불과했다는 보고 정도는 전한다. 여전히 최근의 한국문학은 여성 독자들과 여성 작가들이 지탱하고 있는 듯하다.

이미 꼼꼼하게 읽어온 작품들이었지만, 열일곱 편 중 우수작 여섯 편에 합의하는 데에도 적지 않은 시간이 필요했다. 간단히 투표로 결정하기보다는 열일곱 편의 작품 모두에 대해 차근차근 논의하기로 한 탓이었다. 실은 바라던 바였는데, 나로서는 각 작품에 대한 다른 심사위원들의 의견이 몹시 궁금했고, 특히 내가 추천을 염두에 둔 작품들에 대한 평가에 대해서는 더 그랬다. 고백하건대 심사 과정 전체가 내겐 즐거운 공부였다. 심사위원 모두가 그렇게 서로 공부하는 마음으로 이야기를 나누었다고 생각한다.

결국 여러 차례 표를 던진 후에야 여섯 편의 우수작이 추려졌다. 내가 추천을 염두에 두었던 작품이 그 여섯 편에 들지 못한 경우도 있었으나, 별다른 불만은 없었다. 이야기를 나누는 도중 설득당해서이기도 했고, 또 룰이란 그런 것이니까. 추려진 우수작 여섯 편의 목록은 김혜진의 「관종들」, 성혜령의 「대부호」, 위수정의 「눈과 돌멩이」, 이민진의 「겨울의 윤리」, 정이현의 「실패담 크루」, 함윤이의 「우리의 적들이 산을 오를 때」였다.

여섯 작품 모두 비평가나 심사자가 아니라 그저 매혹당한 한 사람의 독자로서만 읽고 싶을 만큼 '다 좋았다'. '믿을 수 없는 화자'라는 장치를 최대한 활용해 묘한 심리극을 펼치는 작품이 김혜진의 「관종들」이다. 정치적 올바름과 사생활 침해 사이 어디쯤의 경계에서 우리 스스로를 돌아보게 만드는 문장의 힘은 '역시 김혜진!'이란 감탄을 자아냈다. '태극기 부대'의 심리적 연원이랄까? 성혜령의 「대부호」가 탐구한 것이 바로 그것이었는데, 이즈음의 정국을 대하는 두 세대 간 갈등과 (몰)이해를 '대부호 게임'이라는 절묘한 장치가 매개한다. 정이현의 「실패담 크루」는 그야말로 정이현다운 소설로 읽혔다. 이른바 계급적 '아비투스'에 대한 현미경적인 관찰과 칼날 같은 아이러니는 최소한 이 주제에 관한 한 당분간 정이현을 넘어서기 힘들 것임을 입증하고도 남았다. 「우리의 적들이 산을 오를 때」에서 작가 함윤이는 오컬트 장르의 쓸모가 한국 소설에 있어 무엇일 수 있는지를 보여준다. 완벽한 구성, 이 장르 특유의 기이한 서스펜스, 그리고 요즘 소설에서는 드물게 '구원'이라는 큰 주제를 다룬 작가의 패기가 모두 좋았다.

그리고 이민진과 위수정의 작품까지 여섯 편, 다시 긴 토론, 또다시 몇 차례의 투표. 결국 이민진의 「겨울의 윤리」와 위수정의 「눈과 돌멩이」가 올해 이상문학상 대상 수상작 후보로 남았다. 결론이 잘 나지 않았으나 그렇다고 심사장 분위기가 살벌해지지도 않았다. 다들 두 작품에 대해 우호적이었으니까. 마치 은폭隱瀑처럼 '드러내지 않고 울부짖는' 「겨울의 윤리」의 주인공 '해진'이 오래 기억에 남아 있다. 버림받고 폭행당한 이의 내면을 눈과 추위와 고립의 이미지를 통해 암시하고 환기하는 작가의 문장들이 마치 실제 피부에 와닿는 겨울처럼 아프고 차가웠다.

그러나 내 마음은 결국 위수정의 「눈과 돌멩이」 쪽으로 기울었다. 우선은 이상문학상이 단편에 주어지는 상이란 점이 그 이유였다. 단편으로서 「눈과 돌멩이」의 구성은 완벽해 보였다. 죽은 친구의 재를 뿌리러 떠나는 두 남녀의 여정에 마치 가와바타 야스나리의 소설 속에서처럼 폭설이 내린다. 우연히 위엄 있고 아름다운 오카마(여장 남자) 코요를 만나고, 그의 산장에서의 묘한 하룻밤, 그리고 친구의 재를 뿌리고 돌아오는 두 사람. 그러나 나는 더 이상 이 작품을 요약하기 힘든데, 왜냐하면 정말 훌륭한 단편은 결코 인물과 줄거리로 환원될 수 없기 때문이다. 서사만으로는 요약 불가능한 어떤 기미와 이미지들이 폭설에 가려 잘 보이지 않는 풍경처럼 곳곳에서 모습을 드러내거나 드러내지 못한다. 독자는 그 모호하게 아름다운 풍경 너머에서 어떤 비밀, 가령 남성 화자인 재한은 모르는 수진과 유미의 이야기, 말로 되어 나오지 못한 코요와 로드리고의 이야기를 읽어낼 수도 있고 읽어내지 못할 수도 있다. 나는 무섭다거나 아름답다고만 말하기 힘든 저 설경 속에 고도로 정교하게 감추어진 삶의 모호함, 거기에 최종적으로 한 표를 던졌다.

우수작으로 선정하지 못했으나 내내 미련을 버리지 못했던 작품들에 대해서는 말을 삼간다. 그것이 호의로 받아들여질 지 알 수 없어서다. 말을 아껴, 다만 새로운 이상문학상 대상 수상자 위수정 작가에게 축하와 감사의 말을 전한다.

이 미치도록 놀라운 유미주의자의 깨달음이라니

신수정 | 문학평론가, 제49회 이상문학상 본심위원

올해 이상문학상 본심에 오른 작품들은 작년에 비하면 편수가 줄어든 편이다. 거의 서른 편에 육박했던 이전과 달리 이번 본심작은 열일곱 편이었다. 아마도 일정이 당겨지면서 계간지 겨울호에 게재된 작품들이 제외된 탓이 큰 듯하다. 그렇다고 해서 후보작 읽기가 수월했다는 이야기는 아니다. 지금 이곳의 우리 문학을 대표하는 젊은 작가들의 작품으로 이루어진 본심작들은 이전의 문학 선배들과 미묘하게 다른 방식으로 문학 공화국의 새로운 성좌를 형성하고 있었다. 수상 작품집에 실릴 후보작을 선정하는 데도 이견이 많아 여러 번 투표해야 했고, 대상작 선정 시에는 최종심에 오른 두 작품을 두고 팽팽한 긴장이 흐르기도 했다. 그러나 정작 이 모든 과정을 치른 후 돌이켜 보니 우리의 선택이 최근 우리 소설의 경향을 감지해볼 수 있는 중요한 가늠자가 되지 않았나 하는 생각도 든다.

김혜진의 「관종들」에서 시작해보자. 이천 세대 규모의 낡은 대단지 아파트에 거주하는 정해는 추운 겨울, 날씨에 어울리지 않는 옷을 입은 채 밖에 나와 있는 아이를 보고 그냥 지나치지 못한다. 혹시라도 있을지 모르는 위험의 신호를 감지하고 불길한 사태를 미연에 방지하고자 애쓰는 것은 그녀가 가장 잘하는 일 가운데 하나다. 이런 인물에 지지를 보내지 않을 독자는 드물 것이다. 그런데 그녀가 이곳으로 이사 오기 전 이웃과 불화하다 명예훼손으로 고소당한 적이 있다는 사실이 알려지며 사태는 급변한다. 투철한 시민정신의 화신으로 여겨지던 그녀의 집 현관에는 다른 사람의 사생활과 생활 방식을 지켜달라는 호소가 나붙기도 하고 '관종들'이라는 낙서가 휘갈겨져 있기도 하다. 사정이 그러하다면 타인에 대한 그녀의 관심과 개입은 정의인가, 침해인가. 김혜진은 이에 대해 명확한 답변을 내리지 않는다. 이는 그녀 부부의 과거의 불행을 서술할 때도 마찬가지다. 버스 차고지 주변을 기웃거리다 버스에 치이는 사고를 당한 열 살짜리 딸을 두고 누군가 약간의 관심이라도 기울였다면 그런 일이 벌어지지 않았을 거라고 주변 사람들을 원망하는 이들 부부의 상황은 우리 사회 재난의 편재성을 드러내는 장치로 기능하는 것이 사실이지만, 한편 그로 인해 이 부부의 마음에 똬리를 틀고 있는 어떤 불편한 감정들, 예컨대 "다른 사람들이 불행하다고 생각하면 마음이 좀 낫냐"고 물어보는 그녀의 언니 정미의 말에서 유추할 수 있는 불행에 대한 강박적 환기력을 드러내기도 한다. 그녀 부부는 피해자인가, 가해자인가.

정치적으로 올바른 길을 택했던 이전 소설들의 선명하고 명확한 도덕률과 비교할 때 김혜진이 선보이는 이 다면적이고 복합적인 판단 정지 상태는 우리 소설의 또 다른 변화의 징후를 암시하는 듯하다. 이는 성혜령의 「대부호」에서도 두드러진다. 서울 외곽 신도시 연립주택에 사는 한 가족이 있다. 이 가족의 불행은 고교 졸업 후 공단에서 단기 알바를 하던 아들이 냉동창고에서 빠져나오지 못한 채 열아홉으로 생을 마감하면서 시작된다. 산재 처리 보상도 받지 못한 아들의 죽음은 가족의 일상을 무겁게 가라앉히고, 물류 트럭을 몰던 아버지마저 느닷없이 사망한 이후 '둘만 남은' 엄마와 딸의 관계를 소원하게 만든다. 이 소설은 이 단계에서 태극기 집회에 참여했다가 넘어져 짓밟힌 엄마의 사고와 더불어 이들의 새로운 이해의 국면을 마련한다는 점에서 이채를 발한다. 뒤늦게 공인중개사 자격증을 따고 부동산을 열면서 삶의 전기를 마련하는가 싶던 엄마는, 왜 태극기 부대의 시위에 참여하고 특정 종교 단체에 헌금을 하며 젊은 여성들과 외국인노동자들에 대한 혐오를 마다하지 않는가. 외국계 회사에 근무하며 집(한국)을 떠날 기회만 엿보는 딸이 엄마를 이해할 가능성은 없는가. 성혜령은 골 깊은 갈등을 내재하고 있는 이 모녀의 여정을 가슴 아픈 가족드라마로 재현하면서 자기 계급을 배반하는 노동자 가족의 엇갈린 정치적 선택의 결과를 보여준다. 그녀에 따르면 엄마의 (계급적) 배반은 뿌리 깊은 절망의 다른 표현이다. 엄마는 말한다. "뭔가 바꾼다고 말하는 사람들, 엄마는 꼴 보기 싫더라. 노동자, 인권 그런 말 하는 사람들, 진짜 싫어. 바꿀 수 있었으면, 우리 현식이가 안 죽어도 됐잖아. 그런 생각 하면 엄마는 살 수가 없어." 이 생생한 모어(엄마의 말)로 전달된 엄마의 도착적 절망과 슬픔을 알지 못한다면 어떤 혁명도 완전하지 않을 것이다.

이 도착적 아이러니는 정이현의 「실패담 크루」에서도 찾아볼 수 있다. 취향과 정동으로 은폐된 계급의 경계와 허위에 관해서라면 정이현을 뛰어넘을 작가가 드물 것이다. 군더더기 없는 매끄러운 서술로 펼쳐지는 엘리트 중산층의 자기 서사 혹은 자기 정체성의 재구성이 유례없는 (가짜) 진정성을 획득하는 것은 정이현의 날카롭고 예리한 시선에 의해서다. 이제 그들은 실패를 극복하고 더 나은 미래를 도모하는 성공담으로 자신들을 치장하지 않는다. 성공담이 아니라 실패담이 그들의 역설적 위력을 드높인다. 불에 그을린 유리를 삼키는 표정으로 마음이 산산이 부서질 것 같은 감정을 고백하는 어떤 실패자의 형상은 그들의 성공을 돋보이게 하는 마지막 화룡점정이다. 그러나 어디까지나 여기에도 선이 있다. 실패를 이야기하되 진짜 실패는 안 된다. 흙수저 출신 변호사인 화자가 자신의 실패담을 끝까지 이야기하지 못한 채 중단당하는 이유가 여기에 있다. 그녀는 진짜 실패한 경험을 이야기하려 했기 때문이다. 정이현은 이 통제와 관리의 메커니즘을 '페이스트리 빵'에 비견한다. "페이스트리는 뜻밖에 정치적인 빵이다. 겹겹이 쌓인 층과 층 사이, 선처럼 얇은 틈이 숨어 있다. 한 입 베어 물면 버터 향이 입안에 퍼지고, 부스러기는 겹의 바깥으로 바스스 쏟아져 내린다. 당신은 이미 어디에든 속해 있다." 소설의 첫머리에서 당당하게 울려 퍼지는 이 미시적인 정치성에 관한 테제는 쏟아져 내리는 페이스트리 부스러기를 끝끝내 감추지 못하는 집단의 가장 내밀한 계급의식을 대표하는지도 모른다. 소위 박완서의 「도둑맞은 가난」을 다시 쓴 2000년대식 정이현 버전의 '도둑맞은 실패담'이라고 할 만하다.

이번 후보작들은 압도적인 풍경 묘사로 마음의 오지를 재현하고 그 내면적 움직임의 박동을 대체하고자 하는 시도 역시 두드러진 편이었다. 앞서 언급한 소설들이 사회적 존재로서의 우리를 둘러싼 현실적 어젠다를 적극적으로 소설화하며 그 복잡미묘한 국면을 파헤치고 있다면, 다음에 이야기할 소설들은 죽음과 삶의 조건을 뛰어넘지 못하는 필멸의 존재로서 우리 삶의 형이상학적 국면을 오래 응시한다.

함윤이의 「우리의 적들이 산을 오를 때」의 공간적 배경은 강원도 지방의 용도 폐기된 천문대다. 여기에 집단생활을 하는 사이비 신앙인들이 거주하기 시작하면서 마을 주민들과의 반목이 빈번해진다. 신앙인들은 그들 나름의 질서를 구현하며 산속 깊숙이 외따로 살고자 하나 주민들은 그들의 일거수일투족을 추적하며 그들이 마을의 질서를 어지럽힌다고 성화다. 신성과 일상으로 구획되는 두 경계는 조만간 거대한 파국으로 치닫게 될 조짐이 없지 않다. 구원파 역시 이를 모르지 않는다. 그들은 '적들이 산을 오를 때', 즉 자신들의 파국이 다가올수록 구원의 가능성도 커진다는 신념으로 무장한다. 이 소설의 독특한 지점은 바로 이 구원파의 신념, 즉 종말에 이르는 파국의 스펙터클이 발현되는 방식이다. 아무런 일도 벌어지지 않을 것 같은 권태로운 지방 도시는 그들의 등장과 더불어 곧 엄청난 재앙을 동반하는 판타지의 세계로 돌변한다. 사람의 형상과 구별되지 않는 커다란 독수리의 이미지나 미처 수거하지 못한 천문대의 관측 시설들이 주는 섬뜩함, 그리고 살을 태우는 냄새와 함께 치솟는 불길 등 이 소설의 분위기를 형성하는 일등 공신은 장소성에서 기인한다. 소설 속 네이밍 역시 이러한 효과를 보조하는데, 주인공 '노아'가 상징하는 바가 무엇인지 알아차리기란 그리 어렵지 않다. 광신적인 기독교인 어머니를 피해 지방 근무를 자처한 노아는 결국 자신을 구원자로 지명하는 이선화(하필 혹은 당연하게 그녀는 엄마와 이름이 같다)의 이야기에 말려들며 마침내 그토록 외면하고자 했던 '새로운 세상'을 예감한다. 어쩌면 새로운 세상은 그렇게 '이야기'로 재림하는지도 모르겠다.

이민진의 「겨울의 윤리」 역시 지방 국립공원 안의 백양암을 배경으로, 귀신을 본다는 이유로 부모와 떨어져 산사의 암자에서 생활할 수밖에 없는 열여섯 소녀의 이야기를 손에 잡힐 듯 들려준다. 가을에서 겨울에 이르는 시간의 변화에 동반되는 소녀 해진의 영혼의 해리 과정은 지나치게 가혹하고 처참해서 재현 자체가 불가능해 보일 정도다. 이민진은 해진의 죽음을 선언하는 나의 단정적 (현재) 진술과 해진의 미래를 둘러싼 소문의 출처(과거 이야기)들을 대비적으로 구사하면서 (성폭력 이후) 살아남은 자의 이야기를 재현할 때 따라올 수 있는 윤리적 난관을 피해 간다. 자신을 죽임으로써 아이러니하게도 자신의 이야기를 할 수 있게 된 것이다. "죽음 속에서(야) 마침내 안전하다." 물론 그렇다고 해서 직접적 재현의 생생함이 사라지는 것은 아니다. 오히려 이런 식의 미학적 방법론은 한 존재의 고립무원의 고독과 참혹한 슬픔을 배가시키는 방식이 되기도 한다. 그리하여 어디에서도 안전할 수 없었던 한 아이의 아슬아슬한 실존은 우리의 존재를 심문하고 격렬한 통증을 제공한다. 이민진이 구사하는 다양한 비유, 특히 '은폭 설화'에 함축된 눈물의 상징은 이 소설의 고통의 정동을 증폭시키는 직접적인 계기가 되기도 한다. 터트릴 수 없는 눈물, 오로지 은폐될 수밖에 없는 상처들! 이런 이야기를 읽는 것은 정말 힘들다. 그러나 그 힘듦이 우리를 이 이야기로 이끈다. 「겨울의 윤리」는 우리에게 감당 가능한 고통의 질량을 다시 설정할 것을 요구한다.

올해 이상문학상 대상은 위수정의 「눈과 돌멩이」에 돌아갔다. 마지막까지 「겨울의 윤리」와 경합을 거듭하며 논의를 이어가던 끝에 심사위원들이 결국 이 작품을 대상작으로 선정한 이유는 이 소설이 불러일으키는 설국의 환영 탓도 없지 않은 듯하다. 그칠 줄 모르고 내리는 하얀 눈발을 배경으로 자동차에 스노 체인도 없이 아슬아슬하게 눈길을 가로질러 일본의 도가쿠시 신사로 가는 두 남녀 친구의 여정이 인상적이지 않다면 거짓일 것이다. 더욱이 그들은 지금 삼각형의 또 다른 꼭지에 해당하는 친구의 유골을 들고 유언을 집행하러 가는 중이다. 죽은 자가 산 자의 여정을 기획하고 산 자가 죽은 자와의 약속을 기꺼이 수행한다. 삶이 죽음이고 죽음이 오히려 새로운 탄생으로 이어지는 생사관이 빛을 발하는 순간이 바로 이때다. 어쩌면 우리의 삶 자체가 죽음과 등을 맞대고 있는 형국 아닐까. 위수정은 이 사태를 죽은 자 수진의 어릴 적 경험에 빗대어 함축적으로 제시한다. 다만 '콩콩' 두드렸을 뿐인데 '와장창' 무너져 내렸던 어린 시절의 현관문처럼 삶과 죽음의 거리는 순식간이다. "단 한 번의 결단으로 모든 것을 망가뜨릴 수 있다." 눈에 파묻힌 차갑고 단단한 돌멩이를 던지면 창은 언제든 깨지기 마련이다. 우리는 모두 그 충동 속에서 간신히 살아간다. 눈은 늘 돌멩이로 돌변할 수 있다. 하지만 그래서 사는 게 더 매혹적인 것 아닐까. 마치 우연히 만난 여장 남자의 우아한 아름다움이 우리를 구원할 수 있었던 것처럼. 때로 삶은 그 깊이를 알 수 없는 신비로 우리를 놀라게 만든다. 이 미치도록 놀라운 유미주의자의 깨달음이 위수정에 의해 우리 문학 속으로 들어왔다. 기꺼이 경하할 일이다.

진실도 용서도 원하지 않는 민원인들

은희경 ❙ 소설가, 제49회 이상문학상 본심위원 · 운영위원

한국문학이 재미있다고 계속 생각하면서 후보작 열일곱 편을 읽었다. 심사를 하는 동안에는 또 다른 생각이 들었다. 이렇게 서로 다르게 읽히다니, 한국문학은 정밀하고 층위가 많구나.

그 결과 심사위원들은 부족하기 마련인 견문과 통찰, 과할 수도 있는 진심을 넘어 문학적 취향까지 동원하며 긴 이야기를 이어가야 했다. 즐거운 여정이었다. 수월했다는 뜻은 아니다. 논의 끝에 수상작 여섯 편을 선정하는 데는 비교적 쉽게 의견이 모였다. 하지만 대상을 결정하기까지의 과정은 녹록하지 않았다. 시간이 지날수록 새로운 해석이 등장하고 거기에 대해 깊고 풍성한 논의들이 오갔다. 그만큼 후보작들의 완성도가 높았기 때문이라고 생각한다.

함윤이의 「우리의 적들이 산을 오를 때」는 소도시의 공무원들이 민원 처리를 위해 소형트럭을 타고 면사무소를 떠나는 장면에서부터 시작된다. 사실은 입구의 벤치에 앉아 그 모습을 지켜보는 노인들에서 시작된다고도 할 수 있다. 그들의 '느리

고 꾸준하고 표정 없는 얼굴'은 진의를 파악하기 어려운 민원의 정체성이기도 하니까. 너무 시끄럽다, 쥐 죽은 듯 고요하다, 무슨 생각인지 모르겠다, 어떤 작당을 하는지 빤히 보인다……. 낯선 존재를 대하는 이 상호 모순된 민원들은 가히 고립과 고독의 새로운 독법이라고 할 만하다. 그래서인지 외딴 천문대를 둘러싼 수상한 이야기들은 현실 탈주의 서사로 읽히고, 타오르는 불과 연기 위로 날아오르는 독수리 떼, 밤하늘에 무수히 흩뿌려진 별은 그 너머로 확장되는 구원의 방식을 생각하게 만든다. 구원이란 적의 얼굴을 한 고독의 민원에서 시작되는지도 모른다는 것. 서늘한 이야기다.

성혜령의 「대부호」는 우리가 잘 알고 있다고 생각했던 이야기의 안쪽을 자르고 재편집해서 다른 진실을 보여준다. 그 진실마저도 더 나아갈 곳이 없는 벽에 이르렀을 때의 무력함은 '대부호'라는 아이러니한 제목이 상징하는 은유에 의해 불현듯 우리를 처음보다 더 차가운 현실로 주저앉힌다.

「관종들」은 그동안 김혜진이 다뤄왔던 사회적 질문을 한 단계 더 심화한 작품이다. 주인공이 정의로운 이웃인지 자신에게 닥친 불운이 억울한 '관심 종자'인지 묻는 이분법적인 문제 제기를 넘어서, 일상 속에 무심히 배어 있는 폭력성의 경계를 성찰하게 한다.

정이현의 「실패담 크루」는 소설이 줄 수 있는 모든 것을 유려한 솜씨로 풀어낸다. 이야기의 흐름과 속도, 세련된 문장, 디테일의 설득력, 주제의 숨김과 드러냄이 모두 조화를 이루고 있다. 실패담 클럽의 '실패담' 속에 담긴 견고한 계급적 사유와 그것을 상업 콘텐츠로 가공하는 제리의 '성공담'은 주인공에게 한계를 부여하는 지금의 부조리한 사회를 정확하게 가격하고 있다.

이민진의 「겨울의 윤리」와 위수정의 「눈과 돌멩이」는 둘 다 겨울의 이야기다. '나쁜 병'이라는 굴레가 씌워진 채 겨울 산사에 버려지다시피 한 여중생, 그리고 죽은 친구가 원하는 장소에 유골을 뿌리러 눈을 뚫고 일본의 절을 찾아가는 젊은 남녀. 읽다 보면 마음이 시려오고 몸이 차가워진다. 그러나 두 이야기 모두 슬픔을 무척 잘 다루어서, 마지막에는 실컷 울고 난 뒤의 고요 혹은 초기 설정으로 되돌아간 듯 막막한 겨울 풍경 같은 평화를 만나게 된다.

「겨울의 윤리」의 주인공은 스스로 자신을 죽임으로써 헛소문으로 남아 있는 삶을 돌려받는다. 자신의 진실을 아무도 믿어주지 않고, 치유라는 이름으로 가해지는 여러 형태의 폭력성 아래에서 탈주의 꿈에서조차 쫓겨난 소녀. 무너진 돌무지 뒤에서 흐르는 폭포의 소리를 찾아 귀를 기울이던 그 소녀가 듣는 것은 자신의 숨죽인 울음소리일 것이다. 그리고 자기라는 존재를 죽여 소거해버리는 선택밖에 주어지지 않았던 이 '꿈'과 '업'의 이야기에서 용서가 성립되지 않는 것은 '이곳'이 아무도 살지 않는 영원한 겨울이기 때문이다. 무참하고 아름다운 소설이다.

「눈과 돌멩이」에서는 다르게 주어진 운명과 더불어 이 삶을 살아내야만 한다는 분위기가 감지되면서 희미한 온기가 느껴진다. 읽어가는 동안 계속해서 이야기의 방향이 옮겨가고 해석이 달라지는 듯한 낯선 흐름 또한 매력적이다. 마치 이동하는 장소와 마주치는 인물들이 사건을 계속해서 바꿔나가는 느낌이고, 그 리듬이 서사에 빠져들게 만든다. 초점화자에게조차 끝까지 비밀을 말해주지 않는 진실의 겹 안에서 독자들이 적극적으로 참여할 수밖에 없는 구조라고나 할까. 그 참여를 유인하는 위태로운 날씨, 소소한 인연과 짧은 연대, 그리고 타인에 대한 완고한 무지와 이기적인 무심함과 이루어질 수 없는 사랑의 상흔을 덮어주는 겨울 풍경들……. 결국 대상으로 의견이 모아졌다.

수상자 모두에게 큰 축하를 보낸다.

나의 사랑이 당신에게 악몽일 때, 소설이 탄생하는 순간

최진영 | 소설가, 제49회 이상문학상 본심위원

종합 선물 세트를 받은 기분으로 열일곱 편의 본심작을 읽었다. 각 소설에 담긴 질문은 저마다 달랐고 개성은 뚜렷했다. 소설 속에는 내가 모르던 세상, 잘 안다고 생각했지만 실은 대단히 오해했던 사람들, 한 방향에서만 바라보던 진실의 다른 면이 있었다. 소설은 언제나 나에게 다양한 필터를 제공한다. 한 번만 살 수 있는 이 삶을 여러 번 살아볼 수 있는 삶으로 바꿔준다. 소설을 통해 다채로운 삶을 선물해준 작가들에게 깊은 감사를 전한다.

김혜진의 「관종들」은 끝까지 긴장을 놓을 수 없는 작품이었다. 짧은 문장에도 반전과 서늘함이 깃들어 마치 외줄 위에서 있는 것처럼 정신을 바짝 차리고 읽었다. 젠가를 쌓아 올리듯 이야기를 차근차근 진행하면서도 독자가 궁금해하는 부분을 적당히 감추었기에 소설을 다 읽은 다음부터 본격적인 질문은 시작되었다. 사실보다는 진실을, 사건 뒤에 숨겨둔 "고꾸라지는 것만 같은 서로의 마음"을 살펴보도록 했다. 정해가 아닌 영기의 시선으로, 아이들의 시선으로, 이웃의 시선으로 소설을 다시 읽어보면 또 다른 감상이 떠오르는, 거듭 읽을수록 달리 읽히는 소설이다.

성혜령의 「대부호」는 이해하기 어려운 인물을 통해 복잡한 질문을 담담하게 풀어낸 작품이었다. 아버지는 일을 하다가 죽고, 오빠는 그보다 훨씬 이전에 일하다가 죽고, 집에는 "이제 우리 둘만 남았네"라고 말하는 엄마와 그런 엄마를 떠나고 싶어서 해외 취업을 준비하는 딸이 있다. 죽은 아들을 사랑하느라 살아 있는 딸을 억압하는 엄마는 한편으로 자기 경멸에 휩싸인 사람처럼 느껴졌다. 소설의 문장 아래로 '내 아들은 왜 죽었고 너(나)는 왜 살아 있니?'라는 거칠고 뜨거운 질문이 흐르는 것만 같았다. 상실에서 비롯된 분노여서일까, 소설 마지막에 등장하는 엄마의 혁명과 웃음은 어쩐지 애처롭고 서글퍼 안아주고 싶었다.

정이현의 「실패담 크루」는 '실패담 크루'에 포함되지 못한 실패담에 관한 이야기로, 전개와 구성이 세련되고 군더더기 없는 작품이었다. 소설 초반에 등장하는 제리의 이야기부터 마지막 반전까지 그 흐름이 유려해서 이야기에 푹 빠져들 수밖에 없었다. 겹겹이 쌓인 페이스트리처럼 다양한 결을 보여주는 '성지연'이라는 인물도 매력적이다. 더 높은 계급으로 올라가려다 실패하는 인물과 실패에 대한 그들만의 정의를 따라 읽으며 나를 돌아보기도 했다. 순진하지 않게 살 자신이 없으면 최소한 그 순진함을 들키지는 말자는 다짐을 나도 모르게 하면서.

함윤이의 「우리의 적들이 산을 오를 때」는 인물들의 고립감과 고독을 탁월하게 그려낸 작품이었다. 천문대에서 바라보는 별처럼 인물들은 각자의 궤도에 갇혀 서로에게 다가갈 수 없다. 누구와도 가까워질 수 없고 어디에도 섞여들 수 없이 홀로 살아가는 그들은 친구나 이웃이 아닌 적을 기다린다. 당신이 나의 적이 되어 이 기다림을 멈춰주길 바란다. 적이 있어야 나의 구원이 가능하다는 논리는 차별과 혐오를 불러오기도 한다. 그래서일까. 주민들은 상반된 민원을 끊임없이 제기한다. 좁고 폐쇄적인 시골 마을에서 즐겁고 아름다운 것은 불법이고, 밤하늘의 별은 소리 없이 빛나고, 독수리는 서로 다른 방향을 보며 비행한다. 새로운 세상을 향해 항해하는 노아라는 방주 또한 망망대해에 홀로 있는 고독한 배에 지나지 않는다. 소설에 깊이 배인 고립감과 막막한 분위기에 깊이 공감하며 읽었다.

이민진의 「겨울의 윤리」는 고요하고도 절박한, 희미하지만 강렬한 소설이었다. 바위 속 폭포인 '은폭동'은 해진이란 인물 자체다. 바위 속에 숨겨둔 울음. 소리로만 간신히 존재하는 폭포. 소설에 거듭 등장하는 '내 눈에만 보이고 나만 느끼는 것'이란 문장과 눈동자 그림 또한 성폭행 피해자의 입장을 정확하게 대변한다. 용서할 사람도 용서받을 사람도 없는데 나만 계속 아프면 어떡해야 하나? 나를 죽일 수밖에 없다. 죽음 속에서 나는 가장 안전하니까. 과거는 지워졌고 나는 죽었지만 겨울만 되면 같은 자리로 돌아간다. 이 소설은 우리에게 이야기가 필요한 이유를 다시금 깨닫게 해주었다. 어떤 일은, 어떤 마음은, 지어낸 이야기를 통해서만 그 진실을 간신히 전할 수 있다. 이 소설은 나를 울고 싶게 했다. 울음을 참게 했다. 아무도 들을 수 없는 곳을 찾아 헤매도록 했다.

위수정의 「눈과 돌멩이」는 곳곳에 숨겨둔 비밀이 많아서 읽을 때마다 새로운 사실을 발견할 수 있는 작품이었다. 수진의 유언을 실행하려고 떠난 길에 유미와 재한은 서로에게 거듭 질문한다. "너, 혹시 나한테 말 안 한 거 있어?" "너 정말 몰라?" "너는 알아?" "수진이 혼자 좋아한 거 아닐까?" "수진이가 어릴 때 얘기 한 적 없어?" 이십 년 가까이 친구로 지냈지만 두 사람은 수진에 대해서 아는 게 별로 없는 것 같다. 그래서일까. 유미가 수진의 사진을 보여줬을 때 코요가 던진 말 "진짜 친구 맞아요?"는 다만 농담처럼 다가오지 않는다. 재한과 유미 또한 서로를 잘 아는 사이 같지는 않고("유미가 원래 저런 사람이었나?") 어쩌면 자기 자신조차도 잘 모르는 것 같다("나는 그런 사람이 아니니까. ……아닌가?") 그들은 '모른다'는 대답을 모른 채 서로에게 질문만 던진다. 상대를 잘 안다는 생각으로 그 사람의 현관문을 "콩콩 두드렸을 뿐인데 와장창 망가"지는 상황은 드물지 않을 테고, 그런 과정에서 나의 사랑은 상대에게 악몽이 될 수도 있을 것이다. 상반되는 개념과 감정을 세련되게 뒤섞어서 제시하는 감각이 놀라웠고, 뒤섞인 이미지 속에서 진실을 찾는 과정 또한 흥미로웠다.

「겨울의 윤리」와 「눈과 돌멩이」 중 한 편을 대상작으로 선정하자는 데에 심사위원의 의견이 모였다. 두 소설의 개성과 강점이 각각 다르고 탁월했기에 대상작 선정에 약간의 어려움은 있었으나 길고 깊은 토론 끝에 「눈과 돌멩이」를 대상작으로 결정했다. 본심작을 읽으며 자주 감탄했고 배운 점 또한 많았다. 수상 작가들에게 진심 어린 축하를 전한다.

이상문학상 역대 대상 수상작

제1회	1977년	김승옥	「서울의 달빛 0장」
제2회	1978년	이청준	「잔인한 도시」
제3회	1979년	오정희	「저녁의 게임」
제4회	1980년	유재용	「관계」
제5회	1981년	박완서	「엄마의 말뚝 2」
제6회	1982년	최인호	「깊고 푸른 밤」
제7회	1983년	서영은	「먼 그대」
제8회	1984년	이균영	「어두운 기억의 저편」
제9회	1985년	이제하	「나그네는 길에서도 쉬지 않는다」
제10회	1986년	최일남	「흐르는 북」
제11회	1987년	이문열	「우리들의 일그러진 영웅」
제12회	1988년	임철우	「붉은 방」
		한승원	「해변의 길손」
제13회	1989년	김채원	「겨울의 환」
제14회	1990년	김원일	「마음의 감옥」
제15회	1991년	조성기	「우리 시대의 소설가」
제16회	1992년	양귀자	「숨은 꽃」
제17회	1993년	최수철	「얼음의 도가니」
제18회	1994년	최 윤	「하나코는 없다」
제19회	1995년	윤후명	「하얀 배」
제20회	1996년	윤대녕	「천지간」
제21회	1997년	김지원	「사랑의 예감」
제22회	1998년	은희경	「아내의 상자」
제23회	1999년	박상우	「내 마음의 옥탑방」
제24회	2000년	이인화	「시인의 별」

제25회	2001년	신경숙	「부석사」
제26회	2002년	권지예	「뱀장어 스튜」
제27회	2003년	김인숙	「바다와 나비」
제28회	2004년	김 훈	「화장」
제29회	2005년	한 강	「몽고반점」
제30회	2006년	정미경	「밤이여, 나뉘어라」
제31회	2007년	전경린	「천사는 여기 머문다」
제32회	2008년	권여선	「사랑을 믿다」
제33회	2009년	김연수	「산책하는 이들의 다섯 가지 즐거움」
제34회	2010년	박민규	「아침의 문」
제35회	2011년	공지영	「맨발로 글목을 돌다」
제36회	2012년	김영하	「옥수수와 나」
제37회	2013년	김애란	「침묵의 미래」
제38회	2014년	편혜영	「몬순」
제39회	2015년	김 숨	「뿌리 이야기」
제40회	2016년	김경욱	「천국의 문」
제41회	2017년	구효서	「풍경소리」
제42회	2018년	손홍규	「꿈을 꾸었다고 말했다」
제43회	2019년	윤이형	「그들의 첫 번째와 두 번째 고양이」
제44회	2021년	이승우	「마음의 부력」
제45회	2022년	손보미	「불장난」
제46회	2023년	최진영	「홈 스위트 홈」
제47회	2024년	조경란	「일러두기」
제48회	2025년	예소연	「그 개와 혁명」
제49회	2026년	위수정	「눈과 돌멩이」

2026년 제49회 이상문학상 작품집

눈과 돌멩이

초판 1쇄 발행 2026년 1월 23일
초판 5쇄 발행 2026년 2월 26일

지은이 위수정, 김혜진, 성혜령, 이민진, 정이현, 함윤이
펴낸이 김선식

부사장 김은영
책임편집 박진혜 **디자인** 김하얀 **책임마케터** 오서영
콘텐츠사업6팀장 박진혜 **콘텐츠사업6팀** 김하얀, 최찬미, 김현서, 양우림
마케팅사업2팀 오서영, 이다은 **홍보2팀** 정세림, 고나연
브랜드사업본부장 정명찬
브랜드홍보팀 오수미, 서가을, 박장미, 박주현 **영상홍보팀** 이수인, 염아라, 이지연, 노경은
저작권팀 성민경, 이슬 **편집관리팀** 조세현, 김호주, 백설희
재무관리팀 하미선, 임혜정, 이슬기, 김주영, 오지수
인사관리팀 강미숙, 김재경, 김혜진, 김주림, 황종원
제작관리팀 이소현, 김소영, 유미애, 이지우, 이승협
물류관리팀 김형기, 김선진, 주정훈, 양문현, 채원석, 박재연, 이준희, 최대식

펴낸곳 다산북스 **출판등록** 2005년 12월 23일 제313-2005-00277호
주소 경기도 파주시 회동길 490
전화 02-704-1724 **팩스** 02-703-2219 **이메일** dasanbooks@dasanbooks.com
홈페이지 www.dasan.group **블로그** blog.naver.com/dasan_books
용지 한솔피엔에스주식회사 **인쇄 및 제본** 민언프린텍(주) **코팅 및 후가공** 제이오엘앤피 **제본** 국일문화사

ISBN 979-11-306-7464-3 (03810)